Sangre caliente

BAILEY HANNAH

Sangre caliente

El Rancho Wells, 2

Traducción de
Ana Isabel Sánchez

Grijalbo

Papel certificado por el Forest Stewardship Council®

MIXTO
Papel | Apoyando la
silvicultura responsable
FSC® C117695
www.fsc.org

Penguin
Random House
Grupo Editorial

Título original: *Seeing Red*
Primera edición: octubre de 2025

*Para todas las que pensábamos que lo tendríamos
todo claro antes de cumplir los treinta.
No pasa nada si necesitas más tiempo
para encontrarte a ti misma.*

*Y, si te estresa demasiado, siempre puedes
follarte a un vaquero tatuado en el capó del coche de tu ex.
A ver si eso ayuda*

NOTA DE LA AUTORA

Esta historia trata de un embarazo accidental tras un polvo de una noche. Por favor, ten en cuenta que: aunque se ha hecho todo lo posible por garantizar la exactitud y la sensibilidad, no todas las experiencias de embarazo o parto son iguales, así que es posible que algunos detalles no se ajusten a tu propia vivencia. Lo mismo puede decirse de la experiencia de Cassidy con el SOP/tiroiditis de Hashimoto. Eso sí, no me critiquéis por lo de las referencias del tamaño del bebé: están sacadas de aplicaciones o sitios web, y cualquier persona embarazada que haya consultado semanalmente las referencias basadas en el tamaño de las frutas dará fe de que nunca tienen sentido.

Si leer sobre los detalles de un embarazo no es lo tuyo, puedes saltarte este libro sin problema y continuar leyendo las siguientes novelas de la serie El Rancho Wells sin perderte ninguna información fundamental. Como siempre, cuídate.

Ten paciencia con Cass. Está embarazada y poseída por las hormonas durante la mayor parte del libro.

¡Ah! No se me puede olvidar mencionar que la autora no se hace responsable de ningún embarazo no planificado que se produzca como resultado de la lectura de este libro. Usad doble anticonceptivo, amigas.

Advertencias sobre contenido sensible y posibles desencadenantes:

- Embarazo inesperado (tropo principal del libro). Incluye descripciones de vómitos matutinos y de procedimientos médicos básicos relacionados con el embarazo
- Aborto (mención breve)
- Parto (explícito)
- Enfermedades crónicas: tiroiditis de Hashimoto y síndrome de ovario poliquístico (explícitas)
- Problemas de imagen corporal (explícitos)
- Violencia física (explícita)
- Padre alcohólico/alcoholismo (comentado)
- Consumo de alcohol (explícito)
- Enfermedad/muerte de los padres (comentada, no mostrada)
- Enfermedad de Alzheimer (comentada, no mostrada)
- Abandono parental (comentado, no mostrado)
- Violencia doméstica (comentada, no mostrada)
- Maltrato infantil en el pasado (comentado en detalle)
- Relación problemática progenitor-hijo adulto (comentada)
- Consumo de marihuana (mención breve)
- Actividades ganaderas: parición (comentada)
- Escenas de sexo explícito que incluyen juegos con semen, empleo de juguetes sexuales, degradación, fetiche de embarazo, manos en el cuello (sin juego de respiración/asfixia)

1
Cassidy

Si hay algo que tienen los hombres es una cara dura de cojones. Traer a la chica con la que me puso los cuernos al rodeo de mi pueblo natal es pasarse de frenada mil veces. La intensidad con la que estampo el botellín de cerveza contra la mesa de pícnic pegajosa es tal que me parece increíble que no se rompa. Aunque, si se rompiera, ya tendría con qué cortarle a mi exnovio esa cara de chulo que tiene. Y el caso es que la idea no me suena nada mal.

—¡Voy a por otra! —le grito a una de mis mejores amigas, Shelby, para que me oiga por encima de las versiones de Brooks & Dunn que toca la banda—. Me voy a poner de mala leche si tengo que verlos enrollarse durante un solo segundo más.

—A mí tampoco me vendría mal otra. —Shelby asiente y se bebe de un trago lo que le quedaba de cerveza—. Deja de mirarlos; se supone que tus días de rayarte por eso han terminado, tía. Que le den. Un clavo saca otro clavo: búscate a un hombre para esta noche.

—Hay un pequeño inconveniente, Shelb: no me interesa ni uno de los que hay por aquí.

No suelo tener muchas citas. No porque sea una mojigata, aunque parece que mucha gente del pueblo cree que sí. Es solo que tengo unas reglas muy estrictas. Al igual que el noventa y nueve por ciento de los dos mil habitantes de Wells Canyon, llevo viviendo aquí desde que era una cría. Lo único que quiero es a alguien que no me conozca desde que llevaba pañales, que no se pase todos los viernes por la noche en el bar de mi padre y que no se haya acostado con ninguna de mis mejores amigas. Mi puñetero listón para los hombres está tan bajo que bien podría considerarse que está en el infierno y, sin embargo, ninguno de los solteros que hay en este baile cumple los tres requisitos.

Como no vi las enormes banderas rojas que agitaba en el aire, acepté la fatídica primera cita con Derek hace más de un año solo porque cumplía esas tres condiciones. Luego, todo se fue a la mierda. Mis mejores amigas lo ven como una señal de que debería rendirme y salir con alguien del pueblo. Discrepo vehementemente.

—Bueno, hemos venido para quitarte el bajón, y que te pases la noche dándole vueltas a lo de Derek no va a ayudarnos. Pasa de él.

—Ya, es más fácil decirlo que hacerlo. Aquí solo hay unas cien personas y él es muy alto, así que se me hace un poquito imposible pasar de él.

En las dos semanas que han transcurrido desde que rompí con Derek he tenido altibajos. Durante los últimos cinco días he tocado fondo, sin duda. Me los he pasado vestida con el mismo pijama a todas horas, no solo por la noche, ¡todo el día!, comiendo cereales de una ensaladera y bebiendo sangría a temperatura ambiente —muchas veces al mismo tiempo—. Básicamente he mutado y me he transformado en un universitario que vive en una fraternidad y que está atrapado en una espiral de depresión porque no le han dejado irse a Florida a pasar las vacaciones de primavera. Puede que incluso haya caído en una madriguera de conejo hecha de vídeos de *Girls Gone Wild* en YouTube. Si todo eso no es tocar el fondo más profundo de todos los fondos, ya me dirás.

Desesperada por una noche de juerga loca —por algo que hiciera que volviera a sentirme yo misma—, me moría de ganas de que llegase este rodeo. Pero, entonces, va el cabrón de mi exnovio y se presenta aquí para cortarme todo el rollo.

Cuando me acerco a la barra, pierdo toda la atención de

Shelby en cuanto localiza a su capricho del mes: Denver Wells, uno de los rancheros del Rancho Wells, el imperio ganadero local. Es bastante guapo, tiene el pelo corto y castaño, hoyuelos y un cuerpo esbelto y musculoso. Además, participa en los concursos de monta de caballo bronco con silla y, por lo que se ve, eso impresiona a la mayoría de las chicas de por aquí. Lo cierto es que Denny es un tío bastante majo, pero, de nuevo, tengo reglas por algo.

Como es típico de ella, Shelby pide dos botellines de cerveza y desaparece entre la multitud sin decir una sola palabra. Lo único que veo desde mi mediocre metro sesenta y siete de estatura es la parte de arriba de su sombrero vaquero de estrás mientras se balancea entre la gente de la parte delantera del escenario para abrirse paso hacia la mesa de pícnic de Denny, en el extremo derecho. Desde que la conozco, Shelby siempre ha perdido el culo por los chicos y, aunque no lo entiendo del todo, me encanta que sea así.

Cojo las bebidas y me hago a un lado para contemplar la zona de cervecerías del rodeo y respirar un poco de aire fresco y primaveral. Es un trozo cuadrado de cemento, rodeado por todas partes de verjas para el ganado y de esas rejillas de plástico naranja neón que se utilizan en las pistas de esquí. Así mantienen el caos controlado, como si fuéramos un rebaño de vacas revoltosas. Un solo camino de entrada y de salida, custodiado por el único policía del pueblo y su equipo de porteros voluntarios. Huele más a mierda de caballo de lo que suele gustarme, pero prefiero ese olor al que desprendería este conjunto de vaqueros sucios y borrachos y de mujeres empapadas en perfume si no estuviéramos al aire libre.

Escudriño la multitud, pero no encuentro a nadie con quien me apetezca charlar. Supongo que Denver y los peones de su rancho no son el peor grupo con el que socializar esta noche. Al menos no hacen comentarios lascivos ni intentan tocarme el culo cuando les sirvo en el bar, y algunos son bastante agradables para la vista. En general son unos tíos bastante majos, así que sigo los pasos del putón de mi mejor amiga.

Mientras zigzagueo entre gente que baila country borracha,

solo me paran cinco personas para charlar. Impresionante, teniendo en cuenta que me sé el nombre de casi todos los presentes en este rodeo. Aunque siento la mirada de lástima de cada par de ojos, los cotilleos susurrados sobre el fracaso de mi relación. Otro flagrante recordatorio de por qué no salgo con gente del pueblo.

Por fin llego a mi destino y me encuentro a Shelby sentada a horcajadas sobre Denny en el extremo de una mesa de pícnic..., con la lengua ya metida el uno en la garganta del otro.

«Madre mía, es que no pierde ni un segundo».

Una vez más, me encanta que sea así, pero yo soy incapaz de imaginarme enrollándome con un tío en un sitio así. En Wells Canyon, las noticias viajan más rápido que los piojos, y los rumores son igual de irritantes que esos parásitos. Todo el mundo, desde mi padre hasta mi profesora del jardín de infancia, pasando por mi peluquera, lo sabría en cuestión de minutos. Una lección que aprendí por las malas después de liarme con Steven Gregoire en la puerta de la tienda de ultramarinos cuando estaba en el instituto y de verme obligada a mantener una inquietante conversación sobre sexo con mi padre en cuanto entré por la puerta de casa. Jamás volví a cometer el mismo error, y supongo que sea esa la razón por la que la mayoría de la gente de por aquí piense que soy una mojigata y una estrecha.

Mi par de botellines de color ámbar repiquetean contra la desvencijada mesa de madera cuando me siento frente a Red, uno de los vaqueros del Rancho Wells y, posiblemente, el que peor me cae de todos. Si me dieran un dólar por cada vez que he tenido que echarlo del bar por pelearse, podría pagarme, como mínimo, las cervezas de esta noche. Y, si me dieran otro dólar por cada vez que me ha tocado las narices desde que íbamos a primaria, podría jubilarme y mudarme al Caribe.

—Sabes que no hace falta que me traigas cervezas cuando no estás trabajando, ¿verdad, Cass? Pero gracias, estoy muy emocionado.

Red hace el gesto de ir a coger una de las bebidas y, por instinto, le doy un manotazo en el antebrazo, musculoso y tatuado.

—Tócala y te rajo.

Se echa a reír y se ajusta el desgastado sombrero Stetson que le cubre su pelo color caoba. No puedo decir que su apodo sea el más creativo que he oído en mi vida, y cuando era pequeño, y tenía el pelo tan rojo que parecía un miembro de la familia Weasley, resultaba aún más obvio. Ahora tiene un tono más castaño, pero, en las pocas ocasiones en las que lo he visto con vello facial, me ha quedado claro que es un pelirrojo de pura cepa.

—Qué maleducada eres cuando no estás de servicio —me dice con una sonrisa burlona.

—Sí, bueno, aquí no vas a darme propina, ¿verdad? Entonces no hay necesidad de fingir amabilidad.

Durante un buen rato permanecemos sentados en silencio, fingiendo con incomodidad que nuestros respectivos mejores amigos no se están enrollando a menos de medio metro de distancia y escuchando al grupo de versiones cutres de Brooks & Dunn tocar *Play Something Country* por cuarta vez esta noche. A juzgar por la forma en la que todas las chicas borrachas dan botes delante del escenario, cualquiera diría que estamos en un concierto de verdad. No me cabe la menor duda de que, antes de que acabe la velada, una de ellas se levantará la camiseta y le enseñará las tetas a la banda. Si Shelby no estuviera pegada por succión a Denver, me apostaría lo que fuera a que sería ella quien lo hiciese.

—¿Ese no es tu novio?

Red señala con la cabeza hacia donde deben de estar Derek… y Alyssa. No me atrevo a seguir su mirada, el estómago se me contrae a modo de advertencia para que no mire a menos que quiera volver a sentir ganas de matar. Aquejada de un repentino síndrome de las piernas inquietas, muevo la rodilla arriba y abajo y mantengo la vista clavada en Red, que se aprieta la lengua contra la mejilla mientras los mira con los ojos entornados.

—Ex —lo corrijo—. Rompimos hace un par de semanas.

—¿Quieres que le dé un puñetazo?

—No, Red. No quiero.

Me encantaría decir que sí —me entusiasmaría ver a Derek recibir un pedacito de lo que se merece—, pero lo que vendría después del golpe inicial no vale la pena.

—¿Quieres vengarte? ¿Ponerlo celoso? Podemos enrollarnos justo a su lado.

—Mira, que te den. Solo estoy intentando escuchar música y beber en paz, ¿vale? ¿Por qué no te vas a sacar a bailar a una chica o a meterte en una pelea? O a hacer literalmente cualquier cosa que no sea incordiarme.

—Bueno, para empezar: yo no bailo, la única persona con la que me apetece pelearme es con tu ex, y eso ya me lo has fastidiado, y, por último, yo estaba sentado aquí primero.

Dejo caer el codo sobre la mesa y me tapo la cara con la mano para no tener que verlo. Y, de paso, para no tener que ver a Derek. Dos pájaros capullos de un tiro. Un instante después, la mesa se mueve cuando Red por fin capta la indirecta y se marcha.

No ha pasado el tiempo suficiente ni por asomo cuando aparece de nuevo. Al menos esta vez viene con regalos y me pasa un chupito de tequila y otra cerveza. Y yo no soy de las que rechazan bebidas gratis, aunque no me caiga bien el tío que me invita a ellas.

Red levanta su vaso de chupito con un guiño y dice:

—Un brindis por que ya no estés saliendo con ese puto friqui.

«Por Dios. Pero, por otro lado, ¡salud!».

Me bebo el chupito de golpe, seguido de varios tragos de cerveza. Soy más que consciente de la mirada de Red, que me quema por dentro más que el tequila. Deja la botella vacía sobre la mesa y la hace girar perezosamente con un movimiento de la muñeca. Una y otra vez.

Golpe, tintineo, traqueteo, traqueteo, golpe, tintineo, traqueteo.

Hasta que el ruido del cristal sobre la superficie de madera áspera parece convertirse en un acompañamiento de la banda, a la que me empeño en no dejar de mirar. Desesperada por clavar la vista en cualquier sitio que no sea en el vaquero que tengo sentado enfrente o en el exnovio que ronda entre la multitud. Con la esperanza de que, si me esfuerzo lo bastante en fingir que me gustan esta mierda de versiones, podré dejarme llevar por el ambiente y, con un poco de suerte, salvar la noche.

—Oye, Cass...

La voz áspera de Red perfora el aire justo cuando estaba a punto de olvidarme de que estaba sentado frente a mí.

Vuelvo la cabeza con una exhalación irritada.

—¿Qué quieres ahora, Red?

—Fíjate en esto. Parece que me has tocado tú en el juego de la botella. Más vale que me beses y pongas celoso a tu ex. No para de mirar hacia aquí.

—Eres idiota —le digo con un resoplido.

—¿No eres fan del juego de la botella? Ah, claro. Ahora que lo recuerdo, tú eres más de siete minutos en el paraíso, ¿no?

Este puñetero pueblo. Una sola vez, una única puta vez, cuando acababa de empezar el instituto, se me ocurrió proponer que jugáramos a eso de encerrar a una pareja en un armario durante siete minutos en una fiesta de cumpleaños. Y, casi dos décadas más tarde, todavía me lo sacan a relucir.

—¿Tienes trece años?

Me planteo dejar allí abandonada la cerveza pagada a precio de oro y volver a casa a ponerme el pijama. Toda esta noche está siendo una pérdida de tiempo. Odio saber que me he esforzado en arreglarme para sentarme a una mesa de pícnic con Chase «Red» Thompson, un tipo que me cae mal desde el colegio, y para estar obligada a ver a mi exnovio enrollándose con la preciosa mujer de pelo negro azabache con la que estuvo acostándose durante al menos la mitad de nuestro año de relación.

—¿Es eso lo que te pone? Porque es la hostia de chungo, Cass. —Suelta una carcajada y se endereza el sombrero—. A lo mejor tengo que denunciarte.

—Me refería a que esos dos juegos son de críos, idiota.

Le doy un trago a mi cerveza. Y otro. Y otro.

—Solo digo que parece que aquí se está enrollando todo el mundo menos nosotros. Y eso lo cabrearía de verdad. Pero, si un simple beso es demasiado infantil para ti, podríamos hacer muchas otras cosas de adultos. —Arquea una ceja, desafiante.

—¿A ti qué cojones te pasa?

Me estiro sobre la mesa, le doy un manotazo al sombrero de vaquero y se lo quito de la cabeza. Suelta una sonora carcajada, se agacha para recogerlo del suelo y se sacude la cabellera espesa. El alboroto hace que Shelby y Denny, que hasta el momento han tenido los labios como pegados con Loctite, se separen.

—Oye, Shelb, me voy andando a casa —le digo ahora que por fin me dedica una pizca de atención.

Cuando paso una pierna por encima del banco y me pongo en pie, el alcohol me invade el torrente sanguíneo. El mundo está un poco borroso, las luces del escenario están más atenuadas que nítidas y me siento como si tuviera las piernas envueltas en un lodo espeso. Puede que beberme la cerveza a toda velocidad para marcharme más rápido no haya sido la mejor idea del mundo.

—¡No, no te vayas! —protesta mi amiga, que se aparta de Denny para agarrarme del codo—. Se suponía que esta noche ibas a encontrar a un tío que te ayudara a superar lo de Derek.

—Ya te he dicho que aquí hay cero posibilidades de eso.

Shelby desvía la mirada desde mí hacia Red y luego vuelve a centrarla en mí con un encogimiento de hombros.

—A ver…, no son «cero» posibilidades.

—A la mierda con este baile. Y, desde luego, a la mierda con lo que acabas de decir. Me voy a casa. Buenas noches, chicos.

—Buenas noches, Cass. Te quiero —dice Denny a mi espalda.

El chillido juguetón de Shelby retumba cuando, supongo, Denny vuelve a agarrarla para atraerla hacia otro beso arrebatador.

Me tambaleo entre los numerosos borrachos e intento mantenerme en pie mientras me doy cuenta de lo pedo que estoy en realidad. Ese es el problema de beber cuando estás sentada tan a gusto. En cuanto te levantas, la Tierra se inclina sobre su eje y resulta que te cuesta mantenerte erguida.

Por desgracia para mí, los rodeos de los pueblos pequeños se parecen demasiado a una reunión familiar como para permitirme una huida rápida. La gente que conozco tira de mí en todas direcciones. Desde Jerry, el cliente habitual entrado en años que siempre me suplica que me marque un baile country con él, hasta el director de mi antiguo instituto. Debbie, la de la oficina de correos, me acorrala para preguntarme si puedo cuidar de su gato mientras se va de viaje a Las Vegas y… ¿quién soy yo para negarme cuando me enseña el gorrito con visera que le ha hecho al pequeñín atigrado? A este baile ha venido todo Dios, así que siempre hay alguna persona que me bloquea inoportunamente la única ruta que existe para salir de este infierno.

Después de escapar a duras penas de las garras de un grupo de chicas con las que me gradué en el instituto, estoy casi libre para irme a casa. Echaría a correr si pensara que mi coordinación es lo bastante buena para aguantarlo. Mientras paso arrastrando los pies por delante de los baños portátiles, sin apartar la mirada de la puerta de salida que tengo a unos pocos metros, una voz desagradable hace que un escalofrío me recorra la espalda.

—Cass… Hola.

Se me hunden los hombros y cierro los ojos…, pero solo durante medio segundo, porque enseguida siento que el mundo se pone a dar vueltas sin control.

—Hola, Derek.

Me vuelvo para mirarlo. Por suerte, no va con su amante.

—¿Cómo estás?

Me estudia el cuerpo con una ceja arqueada. Todas las palabras que no está diciendo se reproducen sin parar en mi cabeza. Sí, he engordado un par de kilos desde que rompimos, pero la pelea que he tenido con mi minifalda vaquera para poder subirme la cremallera ya ha sido suficiente palo para mi ego por un día. No necesito que me haga sentir aún peor y sé que está teniendo que hacer un esfuerzo casi insoportable para abstenerse de hacer comentarios sobre mi apariencia física. Le saca de sus casillas que a mí no me moleste mucho vivir en un cuerpo de la talla 42. Y, ahora que no estaré escuchando sus opiniones negativas todo el tiempo, seguro que me sentiré aún más satisfecha con mi talla.

—Bien. Genial, de hecho. Estoy de putísima madre —digo en tono sarcástico—. ¿Te lo estás pasando bien esta noche?

Lo que en realidad significa eso es: «¿Por qué coño estás en un rodeo de mi pueblo semanas después de hacerme sentir como la tía más idiota del planeta?».

—Sí. Alyssa nunca había estado en un rodeo, así que…

Gracias a mis años de camarera en el bar de mi padre, mi voz de atención al cliente es impecable y no se ve afectada en absoluto por mi consumo de alcohol.

—Eso es… genial. Estupendo. Me alegro mucho de que, eh…, la hayas traído. Me voy ya, así que… es genial verte.

—Espero que no te estés yendo pronto a casa porque estoy aquí.

—No. Qué va. No me voy a casa. Voy al baño. —No sé por qué le estoy mintiendo ni por qué sigo soltando estas mierdas por la boca—. La verdad es que yo también he venido con alguien. Lo estamos pasando genial.

«¿Por qué no paro de decir genial?». A lo mejor el alcohol sí me está afectando al habla, a pesar de lo que creía.

—¿Sí? Te he visto hablando con Red. No me digas que estás con ese… Madre mía, Cass, ¿te estás rebajando a la altura de los vaqueros del pueblo? Uf, eso es patético hasta para ti.

«¿Hasta para mí?».

Mi cerebro y mi boca ya no están coordinados, así que las palabras me salen a borbollones antes de que me dé tiempo a pensármelas.

—¿Sabes qué? No es ni de lejos tan patético como traer a este rodeo a la chica con la que me engañaste.

—Cass, solo digo que…

—No me digas ni una sola palabra más, porque al vaquero con el que «me estoy rebajando» le encantaría tener una excusa para pegarte una paliza. Que tengas una noche genial.

En lugar de continuar con mi camino de regreso a casa, vuelvo la cabeza por encima del hombro para mirar a Derek y regreso a la mesa de pícnic haciendo caso omiso de las campanas de alarma y de las alertas rojas que se me encienden en el cerebro. Sé que la idea que está tomando forma en mi mente ebria es terrible. También sé que, después de un año aguantando a ese gilipollas, me da igual. Necesito hacer algo para expulsar la rabia que me corre por las venas.

Me ha humillado de una manera que me ha hecho sentir como una imbécil. Me pasé meses sin darme cuenta de que Derek tenía una novia nueva y de que yo había quedado relegada a ser «la otra». Pero ni grité ni lloré, ni tiré su ropa por la ventana ni le rajé las ruedas del coche. No hice ninguna de las cosas que mis canciones country favoritas dicen que se merece. No, rompí con él de manera civilizada y le devolví todas sus pertenencias con una sonrisa en los labios apretados mientras ella lo veía todo desde el asiento del copiloto del coche de Derek.

Ya no quiero ser la persona más noble, madura y emocionalmente inteligente de los dos. Esta noche no. Me merezco tomar una o dos malas decisiones por una vez en mi puñetera vida.

No hay rastro ni de Shelby ni de Denny por ninguna parte, aunque no me cuesta deducir adónde deben de haber ido. Pero Red sigue sentado a la mesa de pícnic, bebiendo cerveza y viendo tocar a la banda cutre. A decir verdad, desde donde estoy ahora, no tiene tan mal aspecto. Si no supiera nada de su personalidad, tal vez me resultara atractivo. Incluso follable. Con el alborotado pelo castaño rojizo metido bajo el sombrero de vaquero, los tatuajes que le cubren los dos brazos, los músculos abultados ganados a base de mucho trabajo en el rancho, los pantalones vaqueros desgastados estirados sobre unos muslos poderosos y los juguetones ojos de color azul cobalto... Una pena que exista todo lo demás.

Golpeo la mesa con las dos manos y le hago dar un respingo. No tengo del todo claro cuál es mi plan de juego, solo sé que se alimenta de alcohol y odio. Y que Red es justo el tipo de chico que estará dispuesto a seguirme la corriente.

—¿Sigue en pie la oferta de cabrear a mi ex?

—¿Por qué? ¿Ves algo que te guste, Cass?

Enarca las cejas y una sonrisa arrogante le ilumina la cara de idiota.

—La respuesta podría haber sido que sí, pero luego has abierto la boca. Ahora estoy llena de remordimientos. ¿Dónde está Colt? O, más bien, cualquier tío soltero, atractivo y menos tocapelotas que tú. —Este plan era una estupidez. Que a Derek no le caiga bien Red y que piense que me estoy «rebajando» por pasar el rato con los vaqueros del Rancho Wells no quiere decir que tenga que enrollarme con uno de ellos para vengarme de él. ¿Qué estaría demostrando al hacer algo así? Lo reconozco, me falla la lógica—. ¿Sabes qué? Da igual...

—No sé dónde está Colt. Pero yo estoy disponible para ayudarte y se me ocurre una buena manera de que me cierres la boca.

Me masajeo las sienes y paseo la mirada por la cervecería al aire libre. Como si Dios se estuviera burlando personalmente de mí, la luz de la única farola que ilumina la pista de baile en penumbra cae de lleno sobre Derek y Alyssa. Le arranco el botellín de la mano a Red y le doy un buen trago. Me entra como el agua, y ya no me importa una puta mierda si mi plan tiene sentido o no.

—Tira eso. —Señalo el bulto que tiene en el labio inferior—. Me niego a besar a nadie que tenga tabaco de mascar en la boca.

Antes de que me dé tiempo a terminar la frase, se pasa el dedo por debajo del labio y tira la masa de tabaco marrón oscuro al suelo.

—¿Algo más?

—Dos reglas: no dices ni una sola tontería y no volvemos a hablar de esto jamás. ¿Trato hecho?

Apura el último trago de cerveza y se levanta.

—Trato hecho, encanto.

Suspiro.

—Mejor tres reglas: no me llames «encanto».

2
Cassidy

Con la gruesa tela de la camiseta de Red atrapada en el puño, tiró de él hasta que nos colocamos lo bastante cerca de Derek como para asegurarme de que nos vea, pero lo bastante lejos como para que parezca involuntario. Me planto más cerca de Red que nunca en mi vida, le acaricio la barba áspera con las manos y lo beso. Un ligero roce de labios. No es un buen beso, ni mucho menos. Puede que ni siquiera sea un beso convincente... La sensación es desagradable e incómoda, como cuando un familiar te besa sin querer en los labios en lugar de en la mejilla. Cuando nos separamos, juro que oigo la risa de Derek.

«O sea que un beso no es suficiente».

—Vámonos.

Agarro a Red de la mano y él me sigue sin pensárselo; para mi sorpresa, resulta que es lo bastante listo como para adherirse a mi norma de no decir tonterías. Con los dedos entrelazados con los míos, no deja de obedecerme mientras salimos de la cervecería al aire libre, dejamos atrás los puestos de venta ya cerrados y atravesamos las hileras de vehículos aparcados.

—Entiendo lo de que no tengo que decir tonterías, pero empieza a preocuparme que estés a punto de matarme.

—Sé que has traído condones. ¿Dónde está tu camioneta?

Frena en seco y me mira de hito en hito.

—¿Qué cojones está pasando?

La verdad es que yo tampoco sé muy bien lo que está pasando. Solo me estoy dejando llevar por el entusiasmo, haciendo lo que mis emociones alteradas y el alcohol me dicen que haga.

—Pues… Bueno, si estás de acuerdo, iba a ver si me follabas en el capó del coche de mi ex. Por lo de la venganza y ese rollo.

Red echa la cabeza hacia atrás y suelta una carcajada que le sale de las entrañas.

—Hostia puta. No sé, Cass. Es una locura.

—Te lo he pedido porque eres el hombre más loco que conozco. Si tú no quieres hacerlo, dime dónde encontrar a alguien que sí quiera.

Me arden las mejillas; por dentro me arde el cuerpo entero. No me había planteado que pudiera rechazarme. «Mierda». Me aprieto los ojos con los dedos para contener las lágrimas de vergüenza.

—No creo que quieras hacerlo —me dice.

—No tienes ni puta idea de lo que quiero. Estás aquí porque no quería hacerlo con alguien que intentara disuadirme. Solo… —Estoy empezando a perder el ímpetu—. Me he obligado a vestirme y a maquillarme para venir porque he sido tan tonta como para pensar que pasaría una noche divertida. Y entonces va y aparece él con la chica con la que me ha estado poniendo los cuernos durante meses, Shelby me deja tirada y me toca pasar la noche contigo. Hace un rato, cuando dije que me iba, me he encontrado con Derek y me ha tratado como si fuera una pringada fea y patética. Odio que me traten así. Quiero hacer algo para vengarme de él, ni siquiera me importa si no llega a enterarse nunca. Pero, por una vez, quiero sentir que tengo algo de poder, joder. Estoy muy cansada de ser la madura, la educada, la responsable.

—Se equivocaba. Estás preciosa.

—Gracias por el falso halago. Tienes razón, pedirte que hagas esto ha sido una locura y muy poco propio de mí. Yo no hago este tipo de cosas. Me voy a casa.

Me agarra por los hombros para impedirme que me dé la vuelta y me marche.

—No te estaba haciendo la pelota. Estás preciosa de verdad. Y tampoco tienes nada de patética... Ni siquiera con la cara como un tomate y esos ojos de loca. Si vas en serio con esto...

—Me estudia bajo el tenue resplandor de unos faros lejanos y clava los ojos en los míos de una forma que hace que me dé un brinco el corazón. Es como si me viera por dentro. Apenas muevo la cabeza en un gesto de asentimiento inconsciente—. A tomar por culo. Vale, lo haré. Pero vamos a dejar las pruebas que hagan falta para que se entere.

Lo único que soy capaz de hacer es volver a asentir como un muñequito en el salpicadero de un coche.

—Ah, y otra cosa, Cass: si tu padre se entera de esto, tú asumes la culpa, porque me niego a que me prohíban entrar en el único bar del pueblo.

—Por Dios. Te aseguro que es la última persona que se enterará de esto. De todos modos, me alegra ver que tienes las prioridades claras, Red.

Sonríe con suficiencia y por fin me quita las manos de los hombros.

—Mira quién fue a hablar.

—Si vamos a hacerlo, necesito que me folles como si me odiaras. No vuelvas a decirme que estoy guapa ni finjas que es algo más que un polvo rápido por venganza.

—¿Crees que tenía pensado ponerme a hacerte el amor sobre el capó del coche de tu ex? —Suelta un bufido—. Ahora vuelvo.

En el tiempo que tarda en ir a su camioneta y volver, le doy tantas vueltas a la cabeza que termino por marearme. Incluso me entran unas ligeras náuseas. Supongo que esta idea es una estupidez... Sin embargo, ¿no estaría bien devolvérsela un poco a Derek? Red tiene más alertas rojas que la mayoría de los chicos que conozco..., pero también es el único de por aquí que estaría dispuesto a hacer algo así. Mientras intento convencerme a mí misma de seguir adelante con este plan descabellado y, al mismo tiempo, de renunciar a él, localizo el odioso coche rojo de Derek y me apoyo en él con una exhalación nerviosa.

No somos más que dos personas a punto de mantener una

relación sexual puramente transaccional: él gana la oportunidad de correrse y yo gano la oportunidad de sentir que le he dado un escarmiento a mi ex. A Red solo lo veo en los rodeos y en el bar, donde está demasiado ocupado con sus amigos y con otras mujeres como para que yo le importe una mierda. Así que las posibilidades de que las cosas se pongan raras son mínimas, ¿no?

—Vale, ¿dónde vamos a hacerlo?

Su voz me obliga a salir de esa espiral de pensamientos.

—Ah, pues… justo aquí.

Señalo el capó sobre el que estoy apoyada. Se me acelera el corazón cuando da un paso hacia delante y me pone las manos ásperas sobre las rodillas desnudas.

—Estás segura de que quieres…

—Sí. Como si me odiaras, ¿te acuerdas?

Me permito separar los muslos y dejar espacio para que se acerque aún más. La piel se me eriza al paso de sus dedos y me estremezco cuando me acaricia las piernas con las manos ásperas.

Nos estamos mirando a los ojos, y la parte blanca de los suyos brilla a la luz de la luna.

—Respira, Cass.

Cojo aire y, cuando él me hace un gesto con la cabeza, dejo escapar una exhalación larga. Sigue mirándome el alma de una manera que hace que un hilillo de calor me recorra la espina dorsal y se me instale debajo de la pelvis, como una especie de anhelo persistente. Cuando siento que me sube la mano por la pierna y la desliza bajo la tela suelta de mi falda vaquera Levi's *vintage*, miro hacia abajo para asegurarme de que no me lo estoy imaginando. Vale, todo esto ha sido idea mía, pero no esperaba que mi cuerpo reaccionara como lo está haciendo. Que, de entre todos los hombres del mundo, sea Red el que me esté haciendo mojar las bragas con solo acariciarme la cara interna del muslo debería ser delito.

—Qué pulsera tan mona.

Le sonrío e intento aliviar la tensión sexual que flota entre ambos desviando la atención hacia el fino alambre de púas que le rodea la muñeca.

«Pues claro que lleva un trozo de alambre de púas en la muñeca...».

—¿Te gusta? Te he traído un collar a juego.

Me quita la mano de la pierna y, durante una milésima de segundo, ansío que vuelva a ponerla donde estaba. Cambia de postura para que el resplandor de una farola lejana lo capte, y entonces veo lo que está intentando enseñarme. Bajo el denso bosque de árboles de tinta negra que se le extiende por el antebrazo, hay un tatuaje que le recorre el dorso de la mano desde el pulgar hasta el índice.

«Alambre de púas».

Antes de que pueda preguntarle a qué se refiere, me desliza la mano alrededor del cuello como si fuera un collar.

«Un collar de alambre de púas».

—Parece que está hecho a medida para ti, Cass. Y te queda la hostia de sexy, además.

La respiración se me queda atrapada en la garganta, justo en el punto en el que me aprieta la carne con los dedos. Un gemido involuntario se me escapa de los labios entreabiertos y, aunque está oscuro, es imposible no ver cómo se le hinchan las fosas nasales.

Mientras lucho por mantener la compostura, gruño:

—¿Qué te dicho de no decir tonterías? Por favor, acabemos con esto de una vez.

—Joder, tú sí que sabes cómo poner cachondo a un tío, ¿eh? —Con un gesto teatral, pone los ojos en blanco, deja caer la mano de nuevo hacia mi muslo y hace que una oleada de calor me suba hasta la ingle—. Si no quieres que lo hagamos, solo tienes que decirlo y pararé.

—No, sí quiero. Sigue.

Me mira con los ojos vacilantes y entornados, como si no se creyera ni una sola palabra de lo que le estoy diciendo. Para demostrarle que no tengo dudas, le rodeo el cuello con los brazos y aplasto los labios contra los suyos. Los tiene sorprendentemente suaves y cálidos, y se funden con los míos. «¿Estaban así de suaves cuando se los besé antes?». El pelo de la nuca de Red tiene la longitud perfecta para enroscármelo entre los dedos. Entonces me pone una mano firme a cada lado de la cara y me devuelve el beso con un gruñido ardiente. Es húmedo, frenético y hambriento y, para mi más absoluto asombro, cojonudo. Nada que ver con el beso tenso e incómodo que compartimos antes. Me pasa las manos por el pelo y, cuando me muerde el labio inferior, me arranca otro gemido, procedente de algún rincón profundo del pecho.

En cuanto me mete la mano por debajo de la falda, echo las caderas hacia delante. Se me tensan los músculos, suplicando atención, mientras los segundos se me hacen aún más lentos que los movimientos de su mano. Odio estar deseando que me toque, pero, hostia puta, me muero de ganas.

Me recorre con el dedo la costura lateral del tanga y luego la mueve hacia un lado para que el tejido tirante me roce el clítoris sensible. Miles de corrientes eléctricas salen disparadas en todas direcciones y no puedo contener el gemido que Red atrapa con su boca. Cuando hace lo mismo con la otra costura, me deja el tanga atrapado entre los labios de la vulva. El más mínimo movimiento basta para que el algodón fino me acaricie. Sin pensar en lo que hago, muevo las caderas con suavidad sobre el capó del coche para frotarme con la tela. Para acercarme al éxtasis.

Red rompe el beso y retrocede un paso. Ni siquiera me ha tocado todavía, pero me está observando. Atentamente.

—Joder, Cass. Joder.

Oigo su voz áspera cargada de desesperación y, por alguna vergonzosa razón, eso hace que me moje todavía más. Quiero que me desee. Quiero que siga mirándome con pura lujuria. Así que abro más las piernas, aparto el tanga del todo hacia un lado y me meto dos dedos bien adentro.

Menos mal que solo iba a ser un polvo rápido de venganza, porque ahora me estoy masturbando sobre el capó del coche de mi ex mientras Red, un vaquero insufrible, me observa con una mirada carnal. Cuando recupero la cordura lo justo para darme cuenta de lo que estoy haciendo, me sonrojo y aparto la mano de golpe.

—No te he dicho que pares. Sigue. —Se agarra la polla por

encima de los pantalones vaqueros, se frota el bulto despacio y sin apartar la mirada de mi cuerpo en ningún momento—. Quiero ver a la novia de Wells Canyon correrse en plena calle. Tócate, Cassidy. Juega para mí con ese coño tan bonito que tienes.

Trago saliva con dificultad. Debería decirle que no, mandarlo a la mierda. Él, precisamente él, no debería afectarme así. No debería tenerme deseando hacer todo lo que me pida.

Con los dedos empapados, me busco el clítoris y me lo acaricio con toques ligeros como una pluma y una intensidad frenética. Arqueo la espalda de manera que mi melena rubia cae en cascada sobre el metal rojo y brillante y, mientras rezo para que le deje un arañazo bien grande en la carrocería, apoyo una bota en el capó para evitar resbalarme. Red se acerca para sujetarme las piernas con firmeza y abrírmelas del todo. Lo miro mirarme.

—Eso es, fóllate la mano aquí mismo, en público. Me tenías engañado, Cass. Creía que solo te gustaba provocar, pero estás hecha una pedazo de zorra, ¿a que sí?

—No. —La palabra me sale ronca, menos que un susurro. No soy una zorra. No suelo serlo. No sé qué narices me está pasando ahora mismo—. Solo esta noche.

—Solo para mí.

—No. —«Sí. Pero no tengo ninguna intención de analizar el porqué ahora»—. Vete a la mierda.

Tiene el pecho agitado y la cara sonrojada. Sin quitarme ojo, se muerde la mejilla y deja escapar un pequeño gruñido de vez en cuando. Noto que la mano con la que me sujeta la espinilla me aprieta todavía con más fuerza, como si le estuviera costando la vida no tocarme en ningún otro sitio. Con Derek me sentiría cohibida, pero, con un par de kilos de más o sin ellos, Red está haciendo que me sienta la mujer más sexy del puto mundo.

—Uf, Dios —gimo al tiempo que una oleada de calor me recorre de arriba abajo y, mientras la tormenta da sus últimos coletazos, paso a trazarme círculos perezosos con los dedos.

Las pupilas dilatadas de Red reflejan la luz de la luna y, sin dudarlo, alarga la mano para tocar todo lo que he ensuciado. Con suavidad, me pasa un dedo por la entrada hasta llegar al clítoris hinchado, y eso hace que un escalofrío estimulante me recorra la columna vertebral.

—No me jodas. Mírate… Eso ha sido lo más excitante que he visto en mi vida.

Me introduce un dedo frío que me deja sin aliento. En lugar de embestirme con él, como parecen hacer muchos tíos, lo ondula con cuidado, como si estuviera imitando el gesto de pedirle a alguien que se acerque. Me mete otro y se le oscurecen los ojos cuando jadeo.

—Si haces esos ruidos solo con mis dedos, cuando te llene de verdad no vas a poder parar de gritar.

—Madre mía, es que no puedes ser más imbécil.

—Y me va a gustar mucho mirarte cuando te estires alrededor de mi polla.

Entonces aparta la mano y deja un vacío que estoy desesperada por que vuelva a llenar. Dedos, lengua, polla…, me vale cualquier cosa. Aunque jamás vaya a confesar esa verdad.

—¿Significa eso que por fin vas a follarme?

Me dejo caer de espaldas sobre el capó. Al principio el frío del metal me molesta; luego empieza a parecerme agradable mientras lucho por recuperar el aliento y espero a que se ponga el condón.

Cuando pillé a Derek poniéndome los cuernos, mi mejor amiga desde que era casi un bebé, Blair, me dijo que las experiencias verdaderamente originales no existen. Supongo que pensó que saber que millones de personas han pillado a sus parejas siéndoles infieles me haría sentir mejor. Contemplo el cielo estrellado e infinito a la vez que me pregunto cuántas personas más habrán echado un polvo por venganza encima del capó del coche de su ex con un tío que ni siquiera les cae bien. Yo diría que es bastante original.

—Por el amor de Dios —resuello, muy a mi pesar, cuando bajo la mirada y le veo la polla. Para ser un hombre de tamaño medio, se gasta un rabo que de tamaño medio no tiene nada. La verdad es que esperaba que lo tuviera pequeño, deforme o algo parecido, porque así podría añadirlo a las razones por las que Red figura en mi lista de «No tocar». Ahora empiezo a plantearme si el hecho de que sea un capullo al que le gustan las peleas será suficiente para que no quiera volver a repetir este rollo de una noche—. Pensaba que los tíos que se comportan como auténticos gilipollas tenían la polla pequeña.

—¿Así que la razón por la que me has elegido para ayudarte a poner celoso a tu ex es que creías que era un gilipollas con el rabo pequeño? Hay algo que no me cuadra.

—Cállate de una puta vez, Red.

Me arrastro hacia abajo por el capó y le agarro esa polla tan gruesa. Y, cuando digo gruesa, quiero decir *gruesa*. Con un poco de suerte, será lo bastante listo como para tomárselo como una invitación a cerrar el pico y aprovechar mejor el poco tiempo que tenemos.

—Tienes que mejorar las guarradas que dices durante el sexo, encanto.

—Creía que habíamos acordado no utilizar esa palabra.

—Mientras me estés suplicando que te la meta, te llamaré como me dé la gana.

—No te estoy… —empiezo a protestar, pero él niega con la cabeza, incrédulo, y luego baja la vista hacia donde, inconscientemente, estoy tirando de su miembro hacia mí.

Lo suelto como si fuera una patata caliente y el calor sube corriendo a instalárseme en las mejillas.

«No me puedo creer que le esté rogando a *Red* que me folle…».

—Jamás te suplicaría que me la metieras. Solo estaba intentando calcular si me cabe.

«No, no tendría que haber dicho eso».

Sonríe con arrogancia.

—Bueno, tal vez cueste un poco, pero estoy seguro de que podrás con ella.

Entonces se me coloca entre las piernas, me agarra el muslo con una mano y se cierra la otra alrededor de la polla. Para cuando me acerca la cabeza a la entrada, ya me cuesta respirar. Espero con ansiedad, deseando que me llene, rezando por sentir cómo me estira con esa cosa gigantesca y me la clava hasta golpearme con las pelotas.

Me pasa la erección por el coño con agresividad, mojándosela entera con mi humedad. El charco que se me ha formado entre las piernas está acabando con cualquier esperanza de ocultar mi atracción hacia él. Abro más las rodillas y me mete la punta, lo justo para que se me acumule una presión intensa entre las caderas.

Centímetro a centímetro, entra en mí con una mirada de satisfacción en la cara.

—Respira, Cass. Me falta mucho para entrar del todo. Tienes que relajarte.

«¿Que le falta *mucho*?».

—¿Qué?

Trago saliva y me concentro en cualquier cosa salvo en el hecho de que tengo la polla de Red tan dentro que bien podría estar tocándome los pulmones. Aunque lo de que me esté reordenando los órganos internos sería una buena explicación para mi repentina incapacidad para respirar.

—Relájate y respira —gime—. Ya casi está, encanto.

Cuando exhalo, me clava las uñas romas en el relleno extra que me rodea las caderas y me penetra hasta el fondo. El culo desnudo me resbala por el capó metálico y la falda se me sube hasta la cintura. Con una dura embestida toca fondo y me golpea la piel húmeda con los huevos, y yo le rodeo la cintura con las piernas para obligarlo a entrar más. Con cada empujón me toca en ese punto que hace que me retuerza.

Lo quiero entero, hasta el último puto centímetro. Y odio un poco lo mucho que lo deseo, pero después me incorporo apoyándome sobre los codos para ver cómo me la mete una y otra vez, y ya no lo odio en absoluto. Me está estirando y llenándome por completo, sin parar. Con cada empujón poderoso, el borde de mi tanga se le arrastra por toda la erección y luego me roza el clítoris con un impresionante estallido de fuegos artificiales. Sus movimientos son lentos, constantes y absolutamente increíbles.

—Joder, qué apretado lo tienes. ¿Cómo puedes tener el coño

tan prieto, Cass? —gruñe y, cuando echa la cabeza hacia atrás, se le marcan los músculos de la garganta. Bajo la luz tenue, veo que la nuez le sube y le baja cuando vuelve a clavármela—. Dios, no creo que vaya a durar mucho.

Me deja jadeante y vacía cuando me la saca y se encorva para pasarme la lengua plana por el centro, para lamerme desde abajo hacia arriba. Se me corta la respiración y le arranco el sombrero de vaquero de la cabeza para agarrarle el pelo. Le enredo los dedos entre los mechones suaves y me aferro a ellos con todas mis putas fuerzas, como si estuviera a punto de montar un toro… Aunque soy yo la que corcovea cuando me trabaja el clítoris con la cantidad perfecta de presión y de succión. Con la mano que me tiene plantada sobre el vientre restringe mis movimientos con firmeza. Por más que me retuerza o forcejee, no conseguiré escapar de este intenso placer. Cuando me contorsiono, me aprieta la columna vertebral con más fuerza contra el capó de metal rígido.

—Red, no tienes por qué…

Me interrumpe estampándome la mano libre en la boca. Intento hablar, a pesar de la palma que me asfixia, pero es inútil.

Yo no hago estas cosas. No me corro cuando los tíos me comen el coño. Me resulta demasiado húmedo. Demasiado sucio. Demasiado.

Pero no me está dejando elección. Se me tensan todos los músculos a la vez y siento que toda la sangre se me sube a las mejillas y después vuelve a bajar de golpe cuando un orgasmo me sacude de arriba abajo. Con su mano grande y cálida, Red acalla mis gemidos y, con la lengua, prolonga mi placer hasta que empiezo a temblar debajo de él.

—Ahora ya no me sentiré tan mal cuando termine demasiado rápido. Al menos puedo decir que he hecho que te corras —dice mientras se lame el labio inferior.

Mi excitación le brilla en la barba incipiente y me está devorando con los ojos. No estoy desnuda del todo, pero su mirada basta para hacer que me sienta como si lo estuviera.

Parece que está orgulloso. Yo estoy horrorizada. Una cosa

es echar un polvo con Red Thompson, otra es saber que me he corrido dentro y alrededor de su boca. Y la mirada de satisfacción que tiene en los ojos entornados casi hace que me sienta bien por haberlo hecho… Como si él también hubiera obtenido placer de ello.

Joder, tengo que estar muy mal para que me esté gustando esto. Se suponía que no iba a disfrutar follando con él. Se suponía que esto era un medio para conseguir un fin; daba por hecho que me iría a casa para compensar con un vibrador la mala experiencia. Y que, después, jamás volvería a pensar en este momento.

Gracias a Dios, me deja poco tiempo para que mi cerebro entre en barrena. Red vuelve a hundir la polla en mi interior con un gemido estrangulado y me dibuja círculos con el pulgar en el clítoris hasta que vuelvo a estar a punto de reventar. Y, esta vez, él también lo está.

—Te gusta follarme, ¿verdad? Te gusta sentirme bien dentro de tu coño prieto.

—Ni… de… coña.

Me cuesta articular las palabras entre un jadeo y otro.

—Mentirosa. ¿Te vas a correr otra vez para mí, Cass?

—Más quisieras —le digo con los dientes apretados.

—Mmm, yo creo que sí. Creo que me vas a empapar la polla como me has empapado la cara.

—Oblígame…

Lo miro fijamente a los ojos y siento una descarga cuando me aprieta el clítoris con más fuerza. «Oblígame, por favor».

Arrastro las uñas por el capó, arañando la pintura, mientras busco con desesperación algo a lo que aferrarme, cualquier cosa que me impida escaparme flotando de mi cuerpo. Mi orgasmo se le derrama alrededor de la polla al mismo tiempo que él deja caer la cabeza con un último gruñido. Tiene la cara sonrojada y el cuerpo se le estremece en una larga oleada.

—Joder —susurramos al unísono.

Al parecer, ninguno de los dos tenemos claro si hemos querido decir «Joder, ha sido increíble» o «Joder, ¿qué acabamos de hacer?».

3
Red

Denny está tan borracho que tiene que cerrar un ojo para concentrarse en lo que le digo. No entiendo el método de mi mejor amigo, pero jura que lo ayuda a oír mejor. Aunque le he contado lo de que me he tirado a Cass tres veces durante el camino de vuelta a la camioneta, todavía le cuesta entenderlo. No estoy convencido de que a la cuarta vaya la vencida.

—Tú. Tú mismo como persona… —Me traza un círculo torpe con el dedo alrededor de la cara—. ¿Te has liado con Cassidy Bowman? Bah, no me lo creo. Nunca he oído que se haya acostado con nadie. Es demasiado buena chica para liarse contigo, está claro.

Se sube a la caja de mi camioneta y le paso los dos sacos de dormir. La mayor desventaja de vivir en el rancho es que o alguien le echa valor y no bebe para encargarse de conducir, o dormimos en la parte de atrás de la camioneta. Esta noche toca lo segundo. En un pueblo tan pequeño como Wells Canyon, no disponemos de sofisticadas aplicaciones para pedir que nos recojan en coche. En teoría hay un taxi, pero a partir de las siete de la tarde el conductor está borracho como una cuba y antes de las diez de la mañana tiene demasiada resaca para conducir.

—Dame una sola razón para que te mienta sobre una cosa así.

Lo golpeo con el saco de dormir antes de desenrollarlo. En

cuanto me quito las botas, me tumbo en la incomodísima cama improvisada. Esto era tolerable hace una década…, ahora soy plenamente consciente de que este viejo de treinta y tres años va a despertarse con tortícolis y un dolor de cabeza de campeonato.

—Vaaale. Entonces ¿cómo coño ha pasado? —Denny culebrea para meterse en su saco de dormir y un temblor sacude toda la caja del camión—. ¿Por qué ha pasado? Sabes que, si Dave se entera, estaremos jodidos. Nos prohibirá la entrada al bar y tendremos que conducir hasta Sheridan para beber. Te quiero, pero me pillaré un buen cabreo si eso ocurre.

—¿Por qué iba a enterarse?

—No sé. Pero Cass y él están bastante unidos.

—¿Crees que le habla a su padre de todos los tíos a los que se folla? ¿Quién hace eso? Te lo juro, tío, a veces dices unas cosas… ¿Te caíste al suelo de cabeza cuando eras bebé? ¿Te tiraron, tal vez?

—Me he caído de un buen montón de animales sin desbravar. Me he dado bastantes golpes en la cabeza… Es lo que hay. Pero, a ver, ¿por qué y cómo habéis acabado juntos?

Me paso la palma de la mano por la cara y me detengo brevemente en la barbilla para acariciarme la áspera barba de un par de días. Hace apenas unas horas, su orgasmo me mojaba.

—Quería vengarse del mierda de su exnovio por haberle puesto los cuernos, así que me la he follado en el capó del coche del tipo. Y se lo ha rozado a saco con las botas.

Denny se incorpora de golpe, de repente interesado en la historia. Se tambalea un poco incluso estando sentado, aunque podría ser yo el que se estuviera tambaleando. El mundo parece girar más rápido de lo normal.

—Venga ya. ¿Te has quedado para ver cómo reaccionaba el tío? —me pregunta Denny.

—Ni de coña. Las cosas se pusieron raras nada más acabar y ella se fue a casa. Yo me he tomado unas cuantas cervezas más, he jugado una ronda a la herradura y ahora estoy aquí.

—Genial, genial, genial. Ya no hay duda, estamos vetados

en el bar del pueblo. Tenías que comportarte como un rarito de los cojones, y ahora Cass va a montar una barricada en la puerta.

Dejo escapar una larga exhalación, consciente de que es muy posible que tenga razón. En el mismo momento en el que a mí me explotaba el cerebro pensando en follármela una y otra vez, era obvio que ella estaba teniendo una experiencia postorgasmo completamente distinta. Cassidy tenía razón, soy gilipollas. Después de toda una vida soñando despierto con ella, estaba demasiado despistado reviviendo lo bien que se me había ajustado su coño, la manera en la que su cuerpo había reaccionado a mis caricias y el tacto de sus manos sobre mi piel, como para darme cuenta de que se estaba marchando antes de que fuera demasiado tarde para detenerla.

Una semana después llega la hora de la verdad. No he vuelto a hablar con Cass desde el rodeo porque ese era el trato. Nunca volveremos a hablar de lo que pasó entre nosotros. Ojalá pudiera encontrar la forma de dejar de pensar en ello.

Denny abre la puerta de doble hoja con un alarde teatral.

—Supongo que no la has cagado tanto.

En el fondo sabía que no nos impediría la entrada. Hacerlo significaría reconocer que pasó algo entre los dos.

Más bien, al contrario, se comporta como si no hubiera sucedido nada. Como si no se la hubiese metido hasta los huevos ni la hubiera visto poner los ojos en blanco mientras se me corría en la polla. Sé que aquella noche estaba borracho, pero conservaba la coherencia suficiente para saber que echamos un polvo increíble. No me lo imaginé todo. Moriría de un coma etílico antes de estar demasiado borracho para recordar las sensaciones que me provocó tenerla. Su olor, su sabor, sus ruidos. No hay cantidad de alcohol que pueda hacerme olvidar que se corrió en mi cara como una puta estrella del porno. Es lo más excitante que he experimentado en la vida.

—Hola, chicos.

Nos sirve seis jarras de cerveza antes de que nos hayamos acomodado en nuestros respectivos asientos; es decir, que ha predicho exactamente a qué hora llegaríamos y qué querríamos tomar sin cometer el más mínimo error. Estamos en nuestro sitio habitual, contra la pared del fondo: a la distancia justa de la pista de baile para que las chicas borrachas y pesadas no nos pidan bailar, pero, a la vez, lo bastante cerca como para poder echarles el ojo.

—Cass, ¿te he dicho alguna vez lo mucho que agradezco que se me permita la entrada a este magnífico establecimiento?

Denny, que pronuncia con absoluta sinceridad todas y cada una de esas palabras, se agarra al antebrazo de Cassidy cuando la chica lo estira por encima de la mesa para pasarle una cerveza a Colt.

—Vale, ¿cuántas latas de cerveza te has bebido durante el camino? —le pregunta ella entre risas, pero desvía la mirada hacia mí, y sus ojos me rebanan la carne con brutalidad.

La única razón por la que no me está rebanando de manera literal es que su padre, Dave, se halla a seis metros de distancia y tendría que darle muchas explicaciones.

Se aleja, con el pelo suelto ondeándole a la espalda, y yo me quedo mirándola sin disimulo. Siempre he sabido que era preciosa, pero también que no era una opción. Cassidy Bowman está más que fuera de mi liga, pero me he torturado durante años observándola desde lejos. Ya en el instituto era guapa, tenía un grupo de amigos enorme, sacaba unas notas perfectas… Joder, era del todo intocable para alguien como yo.

Hasta la noche en que dejó de serlo.

Ver a Cass desde el otro lado del bar concurrido aplaca mi sed mejor que todas las cervezas de cuatro dólares del mundo, así que me dejo embriagar por ella. Por todo: desde las ondas doradas que le rebotan contra los hombros hasta el culo, que tiene una forma de corazón perfecta y va embutido en unos vaqueros ajustados, dignos de un sueño húmedo. Bebo de sus curvas generosas y jugosas, de las tetas apenas contenidas por el escote pronunciado de la camisa y de las caderas en las que quiero hincarle los dientes. Me gusta que no esté delgada como un palo; así es posible agarrarla, morderla y ser brusco sin preocuparme de que se rompa.

Con el cerebro atrapado en un bucle infinito de fantasías sobre ella, las horas pasan volando. Hasta que ya es más de medianoche y he perdido la cuenta de cuántas cervezas llevo. Es culpa de Cassidy. Tanto por estar tan buena que me he visto obligado a hacerla volver a la mesa una y otra vez —a pesar de que no ha hecho más que pasar de mí— como por no dejar de servirme.

Me tambaleo hacia el baño arrastrando los dedos por el papel texturizado de las paredes del pasillo. Las rodillas amenazan con fallarme cuando un estribillo estruendoso hace retumbar las viejas tablas del suelo. Ese es el problema de quedarse aquí pasada la medianoche. El country clásico da paso a esa basura de música dance más o menos a la misma hora en la que yo empiezo a estar demasiado borracho para soportar al tipo de gente a la que le gusta ese ruido. Abro de un empujón la horterada de puerta tipo salón que lleva al cuarto de baño y apoyo la palma de la mano con firmeza en la pared de encima del urinario.

Estoy atrapado entre la necesidad de respirar hondo para evitar las arcadas y la certeza de que el olor a orina y a ambientadores de baño me hará vomitar. Así que respiro estrictamente por la boca y meo lo más deprisa que me lo permite la condición humana.

—Oye, tío, nos vamos ya.

Colt tamborilea con los dedos en el marco de la puerta.

—Sí, dame un minuto —respondo, y me subo la bragueta mientras me dirijo dando tumbos hacia el lavabo tipo abrevadero para lavarme las manos.

Lavarme la cara con agua fría me ayuda a recuperarme un poco. Nunca vomito cuando bebo; hago muchas otras tonterías, pero aguanto bien el alcohol. Tras una exhalación contundente y varios parpadeos para aclararme la visión borrosa, vuelvo a salir a la pista del bar.

Doblo la esquina justo a tiempo de ver a un tonto de los

cojones borracho manoseándole a Cassidy el culo rollizo. Ella se gira como si fuera a abofetearle y me muero de ganas de ver cómo le arruina la vida a ese puto imbécil. Pero me horrorizo al ver que el único golpe que recibe es el de un ceño fruncido y unas cuantas palabras que no alcanzo a distinguir.

«Eso no es suficiente para darle una lección».

Se me calienta la sangre.

Siento que me inunda una neblina de un color rojo intenso, que me esmalta los ojos y me irrita la parte reptiliana del cerebro que quiere pegar el puñetazo y preocuparse por las consecuencias más tarde. Supongo que le he pegado. Es probable que incluso varias veces. Es difícil saberlo cuando estás en un estado de absoluta desconexión. Entre los latidos del corazón que me retumban en la cabeza y la molesta música electrónica a todo volumen, no oigo a nadie a mi alrededor. El pervertido que le ha tocado el culo a Cass me devuelve el golpe y, aunque estoy seguro de que lo notaré cuando se me pase el subidón de adrenalina, ni siquiera me estremezco cuando me estampa el puño en la mandíbula. El cerebro se me desactiva y continúo lanzando puñetazos, moviéndome por inercia, hasta que vuelvo en mí cuando Denny y Colt me agarran por los hombros para apartarme de la pelea.

—Largaos a tomar por culo de aquí antes de que os vetemos a todos. —La voz de Cassidy resuena por encima del alboroto que me aturde la cabeza. Luego, es de suponer que dirigiéndose a mí, añade—: En serio, ¿a ti qué cojones te pasa?

—¿A mí? —grito—. ¿Qué cojones le pasa a ese tío?

Señalo con el dedo y fulmino con la mirada al pervertido y feo hijo de puta que se sujeta la mandíbula dolorida.

Cass nos sigue cuando salimos por la puerta delantera y deja a Dave detrás de la barra, negando con la cabeza. Ni siquiera está sorprendido. Las peleas son algo bastante habitual y no es raro que yo esté involucrado en ellas de una forma u otra. Al menos eso es un punto a mi favor. Si sospechara que estaba intentando defender a su hija por cualquier otra razón que no fuera disfrutar de una buena bronca, sería hombre muerto.

—Dejadme hablar con él —le espeta Cass al resto del grupo.

Como cabía esperar, se apartan de inmediato y se alejan para aguardar junto a la caja de una camioneta aparcada unas cuantas plazas más allá.

—¿Pretendes conseguir algo presentándote aquí y comportándote en plan celoso y posesivo? Por el amor de Dios. —Se pasa una mano por el pelo y baja la voz hasta convertirla en poco más que un susurro—. Nos enrollamos una vez y no volverá a pasar nunca. Estábamos borrachos y tomamos una decisión ridícula, nada más. Monta este numerito de caballero andante una vez más y no podrás volver a entrar en el bar.

—O sea que se supone que tengo que permitir…

Me interrumpe con una mueca de desprecio.

—Se supone que tienes que pasar de mí, como de costumbre. Tratarme como si fuera una camarera cualquiera en un bar. Dejar que yo me ocupe de los gilipollas.

Es más fácil decirlo que hacerlo, joder. Nunca he pasado de ella. Le he prestado más atención a Cassidy de la que nunca me atreveré a reconocer. Y lo he hecho desde el día en el que conocí a su impertinente versión de seis años en el patio del recreo, hace más de veinte años. Puede que haya intentado aparentar que ni siquiera la veo, pero no nos habríamos liado si por lo general pasara de ella.

Suspira y se da la vuelta para volver a entrar.

—Vete a follarte a otra y olvídate de mí, por favor.

4
Cassidy

Seis semanas después del rodeo

Contesta o te mataré. Contesta o conduciré seis horas para convertirte en un traje de piel. Contesta de una puta vez».

Amenazo telepáticamente a mi mejor amiga, Blair, mientras me paseo con nerviosismo de un lado a otro de la cocina. Cuando su cara sonriente aparece al otro lado de la videollamada, rompo a llorar en torno a la decimotercera vez esta mañana. La verdad, me sorprende que me queden lágrimas que derramar.

—Ay, madre mía. —Se pone pálida al verme—. Siento mucho no haber contestado a tus llamadas. He estado hasta arriba de trabajo. ¿Qué pasa?

Me restriego la cara con las manos y me la embadurno de rímel y mocos. Una respiración irregular y dolorosa me infla los pulmones en exceso y no me queda más remedio que gritar para liberarla. Un grito de esos que hielan la sangre y arrancan el papel pintado de las paredes.

—Cass, ¿qué cojones pasa? ¿Se ha muerto alguien? ¿Qué ocurre?

—Ni siquiera lo sé. La profesional de la medicina eres tú, así que dímelo, por favor.

Me muerdo el labio inferior, me enjugo los ojos borrosos a toda prisa con la mano libre y le doy un toquecito a la pantalla del móvil para cambiar a la cámara trasera. Le enseño la media docena de pruebas de embarazo en las que he meado en lo que va de día.

—¡Cassidy!

—Por eso te he llamado ochenta mil millones de veces. Estoy perdiendo la puta cabeza.

—¡Me cago en la hostia! No creo que fuera necesario que te hicieras tantas pruebas, pero enhorabuena por estar tan bien hidratada. No te hace falta mi opinión médica, Cass. Es evidente que estás embarazada.

Por supuesto, ya lo sabía. La segunda línea rosa apareció en cuestión de minutos. Superembarazada. Tan embarazada que no tuve que esperar todo el tiempo indicado en las instrucciones para confirmarlo. Tan embarazada que, por alguna razón, la línea de la prueba es más oscura que la de control. Pero oírla decírmelo en voz alta hace que me sienta como si acabara de caerme encima una tonelada de ladrillos.

—¿Qué hago? —le pregunto mientras me lo pregunto también a mí misma.

—Bueno, a ver… Si te hablo como enfermera, tienes opciones. ¿Sabes cuáles son?

—Sí, sí. En teoría, sí. Solo necesito que me digas cuál elegir.

Se ríe en voz baja.

—Tienes que decidir por ti misma. A ver, si de verdad quieres contar con otras opiniones, siempre puedes decírselo a Derek…, pero solo si quieres. En última instancia, la decisión no es suya.

Derek. Da por hecho que estoy embarazada de Derek. Claro. Es lo que va a pensar todo el mundo. Y yo también podría haberme convencido fácilmente de ello, si no fuera porque me vino la regla al día siguiente de que rompiéramos. El teléfono se estampa contra la mesa y entierro la cabeza entre las manos.

—Lo único es que… —Frunzo la nariz y la sorprendo mirándome con los ojos como platos—. Él no es el donante de esperma, así que no tiene sentido involucrarlo.

—¿Me has estado ocultando algo? ¿Te has tirado a alguien por despecho y no te has molestado en contármelo? Y yo aquí pensando que era tu mejor amiga, capulla. ¿Quién es el tío?

—No puedo decírtelo. Es de lo más vergonzoso. Bebí un montón y fue un instante de debilidad. De hecho, está claro que estaba ovulando en ese momento, así que se lo atribuiremos al instinto animal.

—Cassidy Marie Bowman, dímelo ahora mismo. He sido tu mejor amiga durante casi treinta años y exijo saber con quién te acostaste para superar a esa magdalena mohosa que tienes por ex.

No sé si las náuseas son debidas al embarazo o inducidas por la ansiedad, pero bebo un largo sorbo de agua para quitarme el mal sabor de boca. Y para retrasar lo inevitable.

—No puede saberlo nadie, ¿vale?

—Claro. Salvo que decidas quedarte con el bebé… En ese caso creo que la gente se enterará.

Me tapo la boca con la mano y dejo que la palabra se me escape entre los dedos.

—Red.

—¿Thompson? ¿Me estás tomando el pelo? ¿En qué coño estabas pensando?

—Ya te lo he dicho. La ovulación. Estaba a merced de miles de años de instinto humano y unas cuantas cervezas de más.

—Espera…, un segundo. ¿No estuviste colgada de él en algún momento? A lo mejor por eso lo elegiste a él para echar un polvo. ¿Sigues colgada de él en secreto?

—Ni se te ocurra ir por ahí. Tenía doce años y colgarme de los tíos era mi pasatiempo. Por Dios, ¡si me gustaba Max, el de *Goofy e hijo*! Que me gustara Red durante un breve periodo de tiempo cuando era una cría estúpida no significa absolutamente nada.

—Madre mía, me había olvidado de tu fase Max. —Se ríe con tantas ganas que la carcajada se convierte en poco más que un resuello—. Si te soy sincera…, puedo llegar a entender el encanto de Red. Siempre ha estado bueno para ser pelirrojo, y la pubertad le sentó bastante bien. La verdad es que creo que es mejor que si estuvieras embarazada de Derek. Que le den por culo a ese capullo infiel. Puede que Red tenga mal genio, que sea un poco bruto y mujeriego, y…

—No me lo estás vendiendo muy bien. Sé que la cagué. Derek y Alyssa vinieron al rodeo y él me dijo unas cuantas mierdas ofensivas. Uf, y me miró como si yo fuera la patética de los dos. —Me sube la presión sanguínea al pensar en la interacción—. Red estaba disponible y dispuesto a ayudarme a vengarme de él, así que follamos en el capó del coche de Derek. Le dejé unos cuantos arañazos en la pintura y creo que después él le dejó el condón colgado en el retrovisor lateral.

Blair estalla en carcajadas. Se dobla de la risa y se le cae el teléfono al suelo del hospital.

—Joder, es increíble. ¿Acabo de hacerme del equipo Red? —Cuando vuelve a coger el móvil, tiene las pestañas inferiores llenas de lágrimas y se está masajeando los músculos de las mejillas—. Vale. En cualquier caso, mi argumento sigue siendo válido. Si quieres contar con alguna opinión, supongo que tendrás que hablar con Red.

—Me sentiría mejor si no se te escapara una risita cada vez que pronuncias su nombre. —Voy cogiendo un test tras otro y observo las insultantes líneas paralelas mientras me paseo por el pequeño espacio que separa la cocina del salón—. No voy a hablar con él de esto.

—Sea como sea, es tu decisión, cariño. ¿Cómo te encuentras? ¿Algún síntoma de embarazo desagradable?

—Me duelen tanto las tetas que quiero cortármelas, duermo catorce horas al día y no me irían nada mal unas cuantas más, vomito varias veces al día y Red es el padre. Supongo que se podría decir que estoy viviendo un sueño.

Durante los tres primeros días me mantuve en el engaño más absoluto y me dije que no era más que un virus estomacal. Luego decidí que tenía que ser un brote del síndrome de ovario poliquístico. Hasta que no hubo manera de seguir negando la realidad de lo que estaba ocurriendo.

—Con un poco de suerte, dentro de unas semanas te encontrarás un poco mejor… Al menos hasta que empiecen los demás síntomas. Entonces se irá todo a la mierda otra vez.

—Gracias por ese pequeño rayo de esperanza, pedazo de idiota.

—Cass…, no estás obligada a tener el bebé.

—Ya. —Me trago la saliva que se me acumula de repente en

el fondo de la garganta—. Es solo que no sé si soy capaz de hacerlo… No te ofendas.

—Oye, te he dicho que es tu decisión. El hecho de que yo tomara una distinta no significa que esté intentando influirte. Recuerda que, incluso con el SOP y la tiroiditis de Hashimoto, si ha ocurrido una vez, puede volver a ocurrir. No tienes que tener un bebé ahora mismo si no quieres. Pero, si quieres, entonces apoyaré tu decisión a muerte.

—Ya… Lo pensaré.

—Vale. Tengo que colgar y terminar mi turno. Mantenme al tanto de todo, por favor. Ojalá estuviera ahí contigo para que pudiéramos criarlo juntas. Dos esposas, cero maridos. —Aparta la vista del teléfono y frunce el ceño al ver algo a lo lejos—. Te quiero. Llámame luego, ¿vale?

—Te quiero.

Toco la pantalla del móvil con un dedo para finalizar la llamada y me desplomo sobre el sofá gris y mullido.

Joder.

Hay opciones. El mero hecho de tener treinta y un años no significa que esté preparada para tener un bebé. Se suponía que esto sería algo que haría una vez que hubiese sentado la cabeza. Con alguien a quien quisiera. En una situación en la que no sería la comidilla de todo el pueblo. Quería trazar un plan bien pensado y seguirlo, no un futuro lleno de incógnitas y caos.

Además, tengo dos trastornos endocrinos que, según me dijeron, me dificultarían el quedarme embarazada… y el permanecer embarazada. Uno me fastidia la tiroides, y el otro, los ovarios. En resumen: en todo momento siento dolor en alguna parte del cuerpo, haga lo que haga nunca estaré delgada y el pelo, o se me cae constantemente, o me crece en sitios en los que preferiría que no lo hiciera. Lo único peor que vivir con la tiroiditis de Hashimoto y el síndrome de ovario poliquístico son los años que pasé sufriendo sin explicación. Al menos ahora las cosas están bastante bien controladas gracias a la medicación.

Después de escuchar el discurso sobre el diagnóstico que se soltó el médico, fui tan ingenua como para pensar que necesitaría meses, o incluso años, para lograr concebir, no un polvo espontáneo y un preservativo defectuoso. Está claro que, basándome en las pruebas de embarazo que hay esparcidas por la mesa de mi cocina, me han engañado como a una idiota.

Aun así, no puedo quitarme de encima el miedo a la infertilidad que he tenido desde el día en el que me diagnosticaron, hace cinco años. La ansiedad se hace con las riendas de mi cabeza y me dirige hacia la decisión que parece más obvia. Aunque también sea la más aterradora.

Voy a tener un bebé.

Con un sollozo, dejo caer la cabeza contra el volante tras salir de la consulta del médico, en Sheridan, donde me han confirmado el embarazo con un análisis de sangre y me han dicho de cuánto estoy, más o menos.

De ocho semanas.

En los días transcurridos desde aquellas dos líneas rosas, no he salido de la cama…, salvo para vomitar. Eso me ha ido bastante bien para colarle a mi padre que tenía la gripe. Menos mal, porque, como soy camarera en su bar, ha insistido en que me mantenga alejada de allí. Lo cual significa que he tenido mucho tiempo para estar a solas y pensar. Y para llorar, para dejarme llevar por el pánico, para darme atracones de un montón de programas de telerrealidad malísimos de principios de la década de los años 2000 y para intentar —aunque fracasando estrepitosamente— idear un plan sólido con el que afrontar todo esto. Para esperar con impaciencia a que los análisis de sangre me confirmaran lo que mis tetas y mi sistema digestivo ya me estaban diciendo.

Es real. Estoy embarazada.

Está ocurriendo de verdad.

Cuando salgo del aparcamiento, voy armada con una ecografía programada para la semana que viene, un bote de vitaminas prenatales y una muestra de gominolas de jengibre para calmar las náuseas. Me meto tres en la boca y el sabor me provoca arcadas al instante, así que las escupo en la carretera mientras vuelvo hacia Wells Canyon. Poco después tiro el bote entero por la ventanilla porque, solo con mirar el envase de plástico, me entran ganas de vomitar.

Hago el trayecto de vuelta a casa en modo piloto automático, con la vista borrosa y la cabeza nublada. Cagada de miedo, aparco el coche en su plaza habitual delante de La Herradura. A estas horas de la mañana, el aparcamiento está vacío excepto por las olas de calor que irradian del cemento oscuro y el viejo Ford de mi padre. Las piernas me tiemblan con tal violencia que me cuesta salir del coche y entrar en el bar. Como si fuera una sombra, floto fuera de mi cuerpo, unida a él, pero sin ser yo del todo. El sol agostizo de media mañana me cae a plomo sobre los hombros mientras recupero el aliento y contemplo el letrero de neón que cuelga sobre la entrada del bar.

Quizá no sea necesario hacerlo ahora. Podría esperar uno o dos días más. Yo creo que sería divertido aparecer con un bebé dentro de más o menos treinta y dos semanas. Hacer el lanzamiento (metafórico) del bebé, como hace la gente que está de moda en internet cuando se echa un novio nuevo. Por otro lado, si no trabajo, no podré permitirme comer, y mi padre entrará a la fuerza en mi casa si me paso demasiado tiempo escondida. Tengo que decírselo más pronto que tarde. Arrancarme la tirita.

Mi padre está reponiendo los estantes cuando entro por la puerta principal arrastrándome como un ser patético y me siento en un desgastado taburete de madera junto a la barra. Es el mismo taburete en el que me he sentado al menos un millón de veces. Mientras pintaba en cuadernos de colorear cuando era muy pequeña y hacía los deberes de niña; mientras comía patatas fritas y mandaba mensajes a mis amigas siendo adolescente; y mientras me tomaba algo después de un largo turno durante la veintena. Como me crio un padre soltero con normas muy estrictas respecto a dejarme salir, pasaba una exorbitante cantidad de tiempo en el bar cuando era menor de edad; este taburete y la silla giratoria del despacho de papá eran mis niñeras habituales.

No es un establecimiento lujoso, pero es mi hogar. Las sillas están desparejadas, hay un sofá que seguramente debería haberse quemado hace veinte años y un televisor al que le falla el control del volumen, así que tan pronto resulta atronador como se silencia. No hay un solo centímetro de la pequeña pista de baile de madera que no tenga un rasguño o una mella. En la esquina más alejada —junto a la máquina tragaperras y la gramola desenchufada—, casi podríamos poner un cartel de «reservado», porque allí no se sienta nadie salvo los vaqueros del Rancho Wells.

Hoy, el familiar olor del alcohol, la comida frita y el limpiador Bar Keepers Friend me revuelven el estómago. Pero sé que, si me doy la vuelta y me marcho, jamás conseguiré reunir el valor necesario para contarle a mi padre lo que está pasando.

—Hola, cariño. Si sigues encontrándote mal, tienes que largarte de aquí. No puedo arriesgarme a que la gente se ponga enferma.

A juzgar por la expresión de preocupación que le invade el rostro, debo de tener un aspecto casi tan terrible por fuera como me siento por dentro.

—Estoy bien, papá. Bueno…, no estoy bien. Pero no soy contagiosa.

Deja caer el trapo y rodea el extremo de la barra a toda prisa para masajearme la espalda con círculos lentos.

—¿Estás teniendo un brote fuerte de SOP? ¿Tenemos que ir al médico? Puedo cerrar esta noche y llevarte a…

—Papá, acabo de venir del médico. —Lo interrumpo sorteando el incómodo nudo que se me ha formado en la garganta. Cuanto más tiempo pase aquí sentada, temblando y dejando que me mime, más difícil me resultará decirle lo que he venido a decirle—. No estoy teniendo un brote. Hoy me he hecho análisis de sangre para controlar las dosis de la medicación y todo va bien. De hecho, mi endocrino va a vigilarme más de cerca durante un tiempo porque… —Cierro los ojos y dejo escapar una exhalación—. Porque estoy embarazada.

Se le hunden los hombros y se llevan mi corazón con ellos. Joder. Durante al menos un minuto entero se queda completamente callado. Y desearía que me gritara o me tirase algo. La ira sería más fácil de soportar que la pura decepción.

—Lo siento. No pretendía… Creo que voy a… No, sé que voy a tenerlo. Así que… ¡sorpresa!

Está claro que el gesto teatral que hago con las manos no logra transformarlo en una noticia emocionante, así que dejo de agitar los dedos, me los meto bajo las axilas y lo miro de hito en hito.

—Ay, Cassie. —Suspira—. No sé qué decirte… Esto no es lo que quería para ti, pero supongo que eso ya no importa, ¿verdad? —Me frota el antebrazo con la mano enorme y me desplomo sobre él. Como una niña pequeña, me aprieto con todas mis fuerzas contra el pecho de mi padre y le empapo la camisa de lágrimas—. Todo saldrá bien. Estarás bien. ¿Has hablado con Derek?

—No. —No necesita saber que Derek no es el padre. Las noticias impactantes, mejor de una en una. Ya lo abordaremos en una conversación aparte dentro de un tiempo—. No voy a hablar con él.

—Y estás segura de que vas a…

Las palabras le salen roncas, se le apagan antes de que termine de decir lo que creo que quiere decir.

Pegada a la tela de la camisa de mi padre, que huele a limpio, murmuro:

—Sí, estoy segura. Voy a tener al bebé.

—Bueno, contra todo pronóstico, yo he criado solo a una mujer fuerte y hermosa. No me cabe la menor duda de que lo harás muy bien sin necesidad de ese cabrón infiel. Y cuentas con mi ayuda. Siempre.

Me da un beso en la cabeza y me acaricia el pelo hasta que dejo de llorar.

—Gracias, papá. —Me seco las comisuras de los ojos con la manga de la camisa—. Menos mal que tengo al mejor padre del que aprender.

—Y, por el lado bueno, esto significa que voy a ser abuelo.

Tengo que reconocer que eso me mola bastante. Aunque sea demasiado joven para ser abuelo.

Me da un ligero codazo.

Me sorbo la nariz y sonrío por primera vez.

—Sí, mola bastante.

—¿Te encuentras bien, cariño?

Resoplo.

—No, ni de lejos. Además de estar muerta de miedo, me encuentro fatal a todas horas. En serio, ¿por qué las llaman náuseas matutinas cuando duran todo el día?

—Tu madre también se puso malísima contigo. Mejorará y, te lo digo de primera mano, merecerá mucho la pena. Este bebé va a ser lo mejor que te haya pasado en la vida… Pregúntame cómo lo sé. Vamos a tomarnos un helado. Eso siempre ayuda cuando te encuentras mal.

Contengo una arcada.

—Creo que voy a tener que pasar.

5

Red

Diez semanas después del rodeo

Buena chica, Bárbara.

Le doy la mitad de la manzana a mi yegua roja y empiezo a cepillarle el cuerpo empapado de sudor en el establo en penumbra. Hoy no ha intentado tirarme al suelo, algo que no es en absoluto propio de ella. Se merece un premio, por una vez. Aunque la forma en la que me mira de soslayo sin dejar de masticar hace que me plantee si dorarle la píldora habrá sido una buena idea... Apuesto lo que sea a que mañana tendré que pasarme medio día poniéndola en su sitio.

Cuando termino, la saco para que pase la noche con el resto de los caballos. Niego con la cabeza cuando, un segundo después, se tira al suelo y se revuelca por él. Las crines que acabo de pasarme cinco minutos cepillándole están ahora llenas de tierra y ramitas. «Puta yegua».

Una voz grave resuena en la oscuridad cuando estoy a medio camino entre el granero y los dormitorios de los peones.

—Espera.

Cuando me doy la vuelta sobre la grava polvorienta, veo a Denny corriendo hacia mí.

—¿Qué pasa?

Lo miro de arriba abajo. Actúa como si estuviera a punto de mearse en los pantalones, está nervioso y tiene una mirada extraña.

—Llevo todo el día esperando para hablar contigo, tío. —Re-

52

cupera el aliento y reprime una sonrisa diabólica—. ¿Has sabido algo de Cassidy últimamente?

¿De Cassidy? ¿Por qué iba a saber algo de ella?

—¿Bowman? La verdad es que no.

—Pues a lo mejor te conviene hablar con ella. Por lo que se ve, las chicas han oído rumores en el pueblo. —Supongo que se refiere a las chicas de sus dos hermanos mayores: Kate, la esposa de Jackson, y Cecily, la prometida de Austin—. Oye, solo os habéis enrollado una vez, en el rodeo, ¿no? Seguro que no pasa nada.

—Escúpelo de una vez, tío.

El corazón me retumba contra la caja torácica. A pesar de que tengo una vaga sospecha de adónde intenta llegar, necesito oírselo decir.

—Puede que sea un rumor falso, pero dicen que está embarazada...

No oigo el resto de lo que dice, se convierte en un idioma desconocido. Se me está licuando el cerebro y soy incapaz de pensar en cualquier palabra que no sea «embarazada». Me paso la palma de la mano por la barbilla áspera y clavo la mirada en Denny.

—Pero es imposible que sea tuyo. —Sus palabras recuperan la claridad y la nitidez de repente—. Si no te ha dicho nada, es que todo va bien. Te habría avisado.

—Cierto.

¿Me habría avisado? ¡Si ni siquiera quería que la gente supiera que nos habíamos enrollado! Reconocer que está embarazada de mí complicaría muchísimo lo de negar que hemos follado.

—Te la plastificaste, ¿no?

—Sí, claro.

—Entonces estoy seguro de que no tiene nada que ver contigo, tío. No te rayes con eso.

Me da una palmada en el hombro y entra en el barracón como si no acabara de soltarme una puta bomba atómica en toda la cara.

Ojalá fuera tan fácil «no rayarse con eso». Durante el resto de la noche, el rumor consume hasta el último de mis pensamientos. Me acuesto pronto porque tengo la vista tan nublada qué no soy capaz de diferenciar entre un trébol y una pica durante la partida de póquer con el resto de los peones del rancho. Entonces sueño que Cass se presenta en la puerta de mi casa con un bebé. Y es lo primero que me viene a la cabeza mientras me lavo la cara con agua fría por la mañana. Ni siquiera puedo tomarme el café: tengo el estómago tan revuelto como si anoche me hubiera bebido una botella de vodka de un trago. En el caso de que el bebé sea mío, Cassidy estará ya de casi tres meses.

«Mierda. ¿Eso significa que ha decidido quedárselo?».

Sentados alrededor de la enorme mesa de la cocina de la casa principal del rancho, Jackson me estudia igual que lo haría con un caballo sin domar, con un conocimiento profundo de lo que está sucediendo entre las orejas. En cuanto a edad, estoy justo a medio camino entre Denny y él, así que, cuando éramos pequeños, los tres nos dedicábamos a liarla sin parar por todo el rancho. Puede que no seamos parientes de sangre, pero, para mí, son más familia que los cuatro hermanos biológicos que tengo. Criarse en un rancho ganadero rural, con una madre permanentemente agotada y un padre borracho y violento, te obliga a encontrar muy pronto a la familia elegida.

Jackson se aclara la garganta.

—Deduzco que Denny ha hablado contigo, ¿no?

Por suerte, la cocina está lo bastante concurrida como para que a nadie le importe una mierda nuestra conversación.

—Sí, así es.

Me trago la bilis que me sube a la garganta.

—¿Estás bien?, ¿puedes trabajar hoy?

«Ni de puta coña». Ni siquiera creo que sea capaz de ponerle la silla a mi yegua, algo que he hecho medio millón de veces.

—No. Imposible, tío. Pero una vez que salga de aquí, estaré bien.

—¡Aus! —Jackson llama al mayor de los tres hermanos, que está tomándose un café en el extremo opuesto de la mesa de madera desgastada—. Hoy Red se coge el día libre. Tiene que ir a ocuparse de un asunto. Yo lo sustituyo.

Austin nos mira a los dos de reojo y con escepticismo.

—Vale. ¿Estás bien, Red?

No sé cuál será el toque mágico con el que Cecily ha suavizado la rigurosa actitud de Austin durante el último año, pero me gusta. El Austin de antes no le habría dado el día libre a un peón con tanta facilidad cuando estamos, sin duda alguna, en la temporada de mayor actividad en un rancho ganadero. Con la cantidad de trabajo que tenemos ahora mismo, si fuera legal nos tendría a los veinte trabajando dieciséis horas diarias, siete días a la semana.

—Te responderé dentro de unas horas, jefe.

—No suena muy propicio.

—No sé qué significa eso, pero… si hay algo que compartir, os lo contaré más tarde, chicos.

Me resulta fácil encontrar la casa de Cassidy por pura eliminación. Es como clasificar el ganado. Wells Canyon tiene unos dos mil habitantes y sé dónde vive al menos la mitad de ellos, así que me centro en las casas que no conozco. Serpenteo con mi mierda de Dodge por las calles tranquilas mientras leo los nombres de los buzones y busco su cutre cochecito azul. Por suerte, lo he visto aparcado delante de La Herradura tantas veces como para distinguirlo a un kilómetro y medio de distancia, en el camino de entrada de una casita blanca, baja y alargada, con una puerta de color amarillo chillón.

Esto es una puta ridiculez. No puedo presentarme en su casa a las siete de la mañana y preguntarle a bocajarro si está embarazada de mí. ¿Quién cojones hace algo así? Solo alguien que esté totalmente desquiciado.

Lo hicimos solo una vez. Aun en el caso de que esté embarazada —cosa que no sé a ciencia cierta—, las probabilidades de que sea mío son muy bajas. Debería volver al Rancho Wells y fingir que esto nunca ha pasado. La duda de no saber si es cierto o no me corroerá por dentro, pero ese problema puede curarse con la cantidad adecuada de whisky.

Por otro lado, ya he llegado hasta aquí. Y, en cuanto Cass me confirme que todo ha sido un malentendido, podremos continuar con lo acordado. Me dirá que soy el tío más idiota del mundo, me dará una bofetada y jamás volveremos a hablar de esto. Tal como ella quería.

Da igual que aquella noche yo la viera bajo una nueva luz. No solo como la niñita divertida del colegio. No solo como la chica popular e inteligente que ni siquiera se dignaba a mirarme en el instituto. No solo como la camarera sarcástica y atractiva de La Herradura. Es la hostia de guapa. Una diosa sexual. La perfección absoluta. Y me deseaba, aunque se empeñara con todas sus fuerzas en fingir que no era así.

También da igual que yo esté dispuesto a hacer casi cualquier cosa por volver a tenerla. Aquí hay tres opciones posibles:

1. Está embarazada de mí y no quería que me enterara.
2. Está embarazada de Derek y vuelven a estar juntos.
3. No está embarazada y estoy a punto de preguntarle si lo está, lo cual es un buen método de conseguir que me pegue un puñetazo en la cara. Nunca se le pregunta a una mujer si está embarazada.

Y, sentado en la calle delante de su casa, caigo en la cuenta de que no tengo ni idea de si vive sola. Si abre la puerta su padre, Dave Bowman, estoy muerto. Si abre la puerta su exnovio infiel, intentará darme una paliza... sin conseguirlo, por supuesto. Aun así, jamás he dejado que el miedo a recibir un puñetazo en la cara me impida tomar malas decisiones, así que cierro la camioneta con un portazo y me encamino hacia la puerta de su casa dando grandes zancadas.

—¿Qué cojones haces aquí? —me pregunta con los ojos a medio abrir, frunciéndolos para adaptarse a la luz de primera hora de la mañana.

Lleva un pijama rosa, el pelo recogido de cualquier manera en lo alto de la coronilla y ni una sola gota de maquillaje. «Mierda, la he despertado». No es un comienzo maravilloso. Reconozco que a veces se me olvida que no todo el mundo arranca el día a las cuatro de la mañana.

Unos cuantos mechones ondulados le caen sobre la cara y levanta una mano para colocárselos detrás de la oreja. Los dos nos damos cuenta al mismo tiempo de que lleva una camiseta de tirantes fina y sin sujetador, así que se cruza los brazos sobre el pecho al instante. Pero no antes de que me dé tiempo a captar algunos detalles acerca del tamaño y la textura de los pezones hinchados que la tela rosa claro apenas oculta. Parece una tontería que se preocupe por eso cuando ya le he lamido el coño, pero, la verdad, estaba oscuro y no alcancé a ver gran cosa. Desde luego, no tanto como me habría gustado.

—¿Te importaría explicarme por qué te has presentado aquí y me has despertado, gilipollas?

Con un pie descalzo, golpetea el suelo de madera al otro lado del umbral.

—Pues…

«Mierda. ¿Qué estoy haciendo aquí?».

—He oído ciertos rumores y… Ya sabes, mierdas de pueblo pequeño. Pero el caso es que me están jodiendo la cabeza, así que esperaba que pudieras despejarme unas cuantas dudas.

Asiente con un gesto lento de la cabeza.

—Vale, eh… ¿Podrías ser más específico respecto a qué tipo de rumores has oído?

«En serio… Va a obligarme a decirlo».

Me rasco la nuca y me preparo mentalmente para la bofetada o la patada en la entrepierna que me espera sin remedio.

—Que estás embarazada.

—Joder.

La palabra es apenas un suspiro. El finísimo tirante de la camiseta está a un pelo de coño de resbalársele por el hombro pecoso. Y tengo que hacer un esfuerzo enorme para no estirar la mano y colocárselo bien.

—¿O sea que es verdad? —Me aprieto la mejilla con la lengua y dejo escapar una exhalación prolongada. Me parece una absoluta locura que no me hayan fallado las rodillas, pero, no sé muy bien cómo, sigo en pie. Eso sí, tengo que apoyarme en el marco de la puerta para mantenerme erguido. Balbuceo—: Vale. Guau.

—Ven a sentarte.

Se aparta de la puerta y, aturdido por completo, entro a trompicones en la pequeña sala de estar. Después me sorprendo sentado en su sofá, mirándola boquiabierto, a la espera de uno de los dos veredictos posibles. Y no tengo ni puta idea de cuál preferiría que fuese. No creo que quiera tener una criatura ahora mismo… Es posible que no la quiera nunca. No estoy hecho para ser padre: mi infancia fue demasiado jodida, mi vida actual es demasiado desastre, mi futuro es demasiado incierto. Pero, por otro lado, su ex es un imbécil de tomo y lomo y no se la merece más que yo.

—No me apasiona que ya estén corriendo rumores, pero supongo que era imposible que continuara siendo un secreto para siempre. —Se sienta en el sillón gris que hay frente a mí y se cubre las piernas desnudas con una gruesa manta de cuadros escoceses grandes—. Siento no habértelo dicho. Hace unas semanas que lo sé, y me está resultando muy difícil asumirlo.

—Uh…, vale. Entonces… ¿Es mío entonces?, ¿estás segura?

No tengo ni idea de cómo soy capaz de formar las palabras. Siento el corazón agarrotado, la habitación se ha quedado sin aire y la mandíbula me cuelga como si estuviera rota. Y eso por no hablar del doloroso escozor que me abrasa los ojos, igual que si estuviese atrapado en una tormenta de polvo.

—Sí, estoy segura.

Frunce la nariz, está claro que odia tener que admitirlo.

—Vaya, ¡joder! —suelto.

Me arrepiento al instante, porque me da la sensación de que esa no es la manera en la que debería reaccionar en una situación así.

—Sí. —Se pellizca el puente de la nariz y clava la mirada en el techo como si estuviera intentando no llorar. «Mierda». Ahora sí que me arrepiento de no haber tenido una reacción más positiva—. Ni espero ni quiero nada de ti. La estupidez que me ha metido en este lío fue idea mía, así que yo me ocuparé de todo.

Trago saliva.

—¿Vas a ocuparte... de...?

—No me he expresado bien. No, no voy a abortar. Es mi decisión y...

Levanto una mano para detenerla.

—Vale, no pretendo hacerte cambiar de opinión.

—Cállate y deja que te lo explique. Siempre me han dicho que podría tener dificultades para quedarme embarazada debido a algunos problemas médicos que sufro. —Despacio, se enreda un mechón de pelo en el dedo y se vuelve para mirar hacia el exterior a través de la ventana—. Aunque esta situación no sea precisamente ideal, es posible que sea mi única oportunidad. Voy a tener el bebé, pero no necesito ni tu ayuda ni tu dinero ni nada, no te preocupes por eso.

Para cuando consigo elaborar una respuesta, tengo las uñas mordidas hasta los muñones.

—No, Cass. Si dices que es mío, quiero estar a tu lado. Quiero estar presente, lo más implicado que pueda. Pagaré las mierdas que hagan falta, le cambiaré los putos pañales, lo que necesites. Al menos, hasta que tu padre me despelleje vivo.

—No lo sabe... No sabe que es tuyo. Dio por sentado que era de Derek y no lo corregí.

Bien. Estupendo. No sé por qué la idea de que Dave piense que a su hija la ha dejado preñada el mierda de su ex me da ardor de estómago, pero me lo da.

—Ya, bueno, pues tienes que decírselo. Porque va a volverse la hostia de obvio quién es el padre de tu bebé. No pienso quedarme de brazos cruzados y dejar que todo el mundo piense que estás embarazada de ese imbécil.

—Vete a tomar por culo, Red. No puedes presentarte en mi casa y decirme lo que tengo que hacer. No somos amigos, no somos novios. Nos emborrachamos y echamos un polvo porque yo estaba cabreada con mi ex. Eso no significa que de repente me caigas bien. No soy una mierda de persona, así que te dejaré comprarle cosas al bebé si de verdad quieres involucrarte. Pero nada más.

—Y una puta mierda. Si me implico, me implico del todo. No voy a ser el padre que solo compra algún que otro paquete de pañales y hace una visita en Navidad. ¿Crees que ahora me odias? Ya verás lo coñazo que puedo ser si no aceptas mi ayuda.

—Vale. —Respira hondo. La Cass que conozco no cede tan fácilmente ante mí—. Pero va a haber unas reglas básicas. Para empezar, tienes que darme tiempo para hablar con mi padre, ¿de acuerdo? No se te ocurra entrar en La Herradura y soltárselo pensando que serás mi caballero andante. Se lo diré cuando esté preparada. Dos: no te equivoques y pienses que ahora puedes mangonearme.

Nunca me ha importado una puta mierda seguir las reglas. Recuerdo que Jackson me contó una vez que se convirtió en un absoluto blandengue cuando nació Odessa, su hija de cinco años. Al parecer, esto es una pequeña muestra de ello porque, me cago en la leche, estoy sentado en un salón pequeño y bien decorado ¡frente a la futura madre de mi bebé! Y, de pronto, estoy decidido a seguir todas y cada una de las reglas que ella me imponga.

—Vale. Muy bien. Trato hecho.

Se recuesta contra el respaldo del sillón y, cuando se pasa una mano por el pelo, la intensidad de su expresión se relaja. Por fin puedo dedicar un momento a observarla de verdad. Está… preciosa, no me malinterpretéis, pero también cansada, pálida y como si hubiera tenido días mejores.

—¿Cómo te encuentras? —le pregunto—. Empieza a protestar. A pesar de que tiene pinta de estar agotada, sigue conservando el espíritu de un caballo salvaje y no está dispuesta a dejar que le haga una sola pregunta sin rebelarse. La interrumpo—. Relaja. Los próximos dieciocho años van a ser un verdadero asco si no eres capaz de dejarme abrir la boca sin plantar batalla. Lo entiendo, no soy tu novio y no intento serlo. Pero, no me jodas, Cass, preguntarle a una embarazada cómo se encuentra es algo normal.

—Lo siento, estoy de mal humor y cansada. Podría dormir diariamente dieciséis horas y, aun así, no sería suficiente. Voy a hacerme unos análisis de sangre dentro de un par de días y, con suerte, me cambiarán las dosis para ayudarme con la fatiga. —Frunce los labios mientras piensa—. Además, estoy vomitando varias veces al día. ¿Sabías que las «náuseas matutinas» pueden darse en cualquier momento del día? Yo no. Pero, según dicen, deberían desaparecer pronto.

—¿Has ido al médico? ¿Te han hecho alguna ecografía?

—Ah, sí. —Se levanta, se acerca a la cocina, que está comunicada con el salón, y vuelve al cabo de unos segundos con un papel en la mano. Justo cuando pienso que todo esto no podría ser más aterrador de lo que ya es, veo una mancha blanca y grisácea sobre un fondo negro y el estómago se me retuerce como si estuviera en una atracción de feria—. Todavía no parece gran cosa, pero ese es el bebé. Y, bueno… El latido del corazón es sano y todo eso. Salgo de cuentas el 10 de marzo.

—¿Puedo acompañarte la próxima vez? A las citas con el médico o a las ecografías.

—Pues es que no me harán más ecografías hasta dentro de un par de meses. Lo siento. Si quieres, puedes quedarte con esa. El técnico me imprimió dos e iba a darle una a mi padre, pero si la quieres…

—Sí. Gracias. —Le sonrío y, con mucha delicadeza, me guardo el papel en el bolsillo delantero de la camisa de franela—. No quiero entrometerme, pero ¿a qué te refieres con lo de cambiarte las dosis? ¿Estás bien?

Pone los ojos en blanco y suelta un gruñido.

—Por Dios. No sabía que ibas a querer meter las narices en todos mis asuntos esta mañana. ¡Sí, estoy bien! Tengo tiroiditis de Hashimoto y síndrome de ovario poliquístico… Son enfermedades crónicas. Por lo general, las dos están bastante bien controladas. Aunque… Bueno, supongo que debería decirte que también tengo un mayor riesgo de sufrir un aborto espontáneo. Por eso preferiría mantenerlo en secreto por ahora, a pesar de los rumores.

Hace veinte minutos venía conduciendo hacia aquí en silencio y rezando para que me dijera que el rumor del embarazo era falso. Es curioso lo rápido que ha cambiado la situación. Ahora la idea de que pierda a este bebé hace que se me desboque el corazón. Sufriría menos si me arrancara el puñetero órgano y lo pisoteara con la bota.

—Por supuesto, Cass. Oye, sé que piensas que soy un puto inútil y que seguramente soy la última persona del mundo con la que querrías tener un hijo. Pero aquí me tienes si necesitas ayuda con cualquier cosa.

—No necesito ayuda, Red. Lo que sí necesito es que te marches antes de que vomite delante de ti. Aún no he desayunado y a mi cuerpo le gusta castigarme con una pota cuando tardo en comer.

—¿Quieres que te haga el desa…?

—¡Largo! —grita cuando ya va por la mitad del pasillo.

No me parece apropiado irme, pero tampoco me parece adecuado quedarme. Así que cierro la puerta de su casa con suavidad a mi espalda y vuelvo al rancho conduciendo con una mano en el volante y la otra en el bolsillo del pecho para mantener a salvo la foto más importante de mi vida.

6
Cassidy

Doce semanas (el bebé tiene el tamaño de una Oreo)

Ojalá alguien me hubiera dicho que quedarte embarazada significa que la gente te molesta siempre que intentas dormir. Aunque, a decir verdad, casi siempre estoy intentando dormir. Primero fue Red, ayer por la mañana. Luego Shelby, durante la siesta del mediodía. Blair me llamó cinco veces después de que me hubiese acostado. Y, esta mañana a primera hora, mi padre ha aparecido con unos burritos de desayuno que olían tanto a huevo que he vomitado en el fregadero de la cocina.

A quienquiera que esté llamando a mi puerta a las nueve de la noche de mi día libre, le deseo una muerte lenta, dolorosa, terrible...

—¿Red? ¿Qué quieres?

Me sonríe con aire tímido, recortado contra el resplandor anaranjado de una farola, y levanta una bolsa de papel marrón.

—Joder. He vuelto a despertarte, ¿verdad?

—Si no hubieras sido tú, habría sido cualquier otro. ¿Qué haces aquí?

Desvío la atención de su cara a la bolsa y luego vuelvo a centrarla en su cara.

—¿Puedo pasar? Te he traído unas cosas.

Frunzo el ceño, confundida. Como estoy demasiado cansada para discutir, me hago a un lado y lo sigo hasta el salón. La bolsa aterriza en la mesita de centro con un golpe seco y me hace un gesto para que la abra.

—Espero que no te enfades, pero anoche se lo conté a Jackson y a Kate. Kate me dio una lista de cosas que podrían resultarte útiles. No pensaba venir hasta aquí tan tarde, pero tenemos que terminar de cortar el heno esta semana y al final hoy se ha alargado más que… Da igual, echa un vistazo.

¿De qué coño va esto? ¿Qué parte de nuestra conversación de ayer le hizo creer que esto es lo que quiero de él? No necesito que me compre cosas. No necesito que se presente en mi casa sin avisar. No lo necesito a él.

Sin embargo, me encantan los regalos, así que supongo que no hay nada de malo en echar una ojeada. Meto la mano en la bolsa y agarro lo primero que toco con los dedos.

«¿Una bolsa enorme de caramelos duros?».

—Kate me ha dicho que las gominolas de jengibre estaban asquerosas, pero que, al parecer, estos caramelos también calman las náuseas. Además, como todavía no quieres que la gente se entere, es una opción bastante más discreta.

Se echa hacia delante, se apoya los codos en las rodillas y me observa con aire dubitativo.

Trago saliva con dificultad. Es irónico que la mención de unas gominolas contra las náuseas haga que me entren ganas de vomitar.

—Sí, Kate tiene razón. Son horribles. Las tiré por la ventanilla del coche cuando volvía por la autopista.

Cuando sigo buscando, encuentro bombas de baño, sales de Epsom, crema para las estrías, una mascarilla para los ojos, zumo de uva con gas, comida basura… Ha traído tal cantidad de cosas que parece que esté metiendo la mano en el bolso mágico de Mary Poppins. Él me observa con una sonrisa. Me mira de la misma forma en la que lo hacía mi padre el día de Navidad cuando era pequeña: está ansioso por ver mi reacción sin esperar absolutamente nada a cambio.

—Red, en serio, ¿qué cojones es esto? Es demasiado. No puedo aceptar todo esto. Ya te lo dije ayer: no somos amigos y no estamos juntos. Es muy inapropiado que me compres regalos.

—Bueno, no puedo devolverlos y no conozco a ninguna otra persona que vaya a aprovechar lo que demonios sea una crema antiestrías. De todas maneras, la lista de la compra la ha hecho Kate, así que, si te hace sentir menos incómoda, finge que los regalos son de ella.

—Gracias.

Ridículas hormonas del embarazo. Odio tener que parpadear mirando hacia el techo para contener las lágrimas. ¿En qué extraña línea temporal estoy viviendo si Red tiene la capacidad de hacer algo que me provoque cualquier sentimiento que no sea exasperación?

—Bueno, ahora ya te dejo dormir. Solo es que me pareció que debías tener estas cosas cuanto antes.

Al levantarse se pasa las manos por la parte superior de los muslos, que me recuerdan a un par de troncos de árbol vestidos con unos pantalones vaqueros.

—Quizá estaría bien que nos diéramos los teléfonos, ¿no? Para que no vuelvas a despertarme con otra visita sorpresa. Y, bueno, por si pasa algo de lo que tenga que informarte.

Le tiendo el móvil y Red se apresura a imitarme. Con unos sencillos toquecitos en la pantalla, tengo un número de teléfono que jamás habría esperado ni necesitar ni querer.

Me meto un caramelo de manzana verde en la boca y, mientras recojo mi última mesa de la noche, intento hacer caso omiso de la sensación incómoda que siento en las tripas. No son náuseas, porque los caramelos ácidos están funcionando sorprendentemente bien; vale, lo más probable es que para cuando desaloje a esta criatura tenga treinta caries, pero eso es un problema para la Cassidy del futuro. No, la incomodidad se debe a que esta podría ser la primera noche de viernes de la historia en la que ninguno de los vaqueros del Rancho Wells ha venido al bar.

—Todavía no me puedo creer que lo hayas hecho tú. —Shelby se da la vuelta sobre el taburete y examina con atención el bolso de cuero labrado. Acaricia el diseño floral con los dedos y una sonrisa le ilumina la cara; su mirada hace que las horas que le he dedicado merezcan la pena—. Ojalá los vendieras en los rodeos y sitios así.

—No, solo son regalos para los amigos y la familia. Por cierto, te pido disculpas de nuevo por haberte dado tu regalo de cumpleaños tan tarde. No tengo energía para hacer nada y he estado fatal con los vómitos. Pero Red me regaló una bolsa enorme de caramelos... —Me saco un puñado del bolsillo para enseñárselo—. Y, aunque parezca increíble, me están ayudando mucho con las náuseas. Por eso he podido acabártelo hoy.

—Un momento. —Shelby suelta el bolso de cuero y me mira con los ojos entornados—. ¿Te está haciendo regalos? Esa parte te la saltaste cuando me dijiste que le habías contado que es el padre.

—Supongo que Kate Wells le exigió que me llevara algo. Le dije que no lo quería, que no quería nada suyo, pero no me hizo caso.

Mi amiga hace una mueca.

—¿Estás enfadada porque te ha hecho regalos?

—No estoy enfadada. Es que... ni siquiera sabía si iba a decirle en algún momento que la criatura es suya. Solo se lo conté porque se presentó en mi casa haciendo preguntas y no soy un absoluto monstruo. No porque quiera que sea el padre.

—Te guste o no, lo es. El donante de esperma, como mínimo. Yo voto por que le sigas el rollo. Deja que te malcríe, si eso es lo que le apetece hacer. Joder, yo me aprovecharía todo lo posible de la situación. Básicamente, ahora eres la dueña de su alma. Haz uso y abuso de ese hombre.

—Que Dios ayude a quienquiera que te deje preñada algún día. —Me echo a reír—. Lo conozco desde que éramos niños, todo esto no es más que una trola. No tiene madera de padre ni de broma.

—En el peor de los casos, es algo efímero y un día desaparece de repente. Como ni siquiera querías tenerlo cerca, no veo dónde está el problema.

—Ya...

Si no fuera porque sé lo que es tener a un progenitor al que solo ves de vez en cuando. Sé lo que es que alguien esté presente en tu vida y luego se vaya sin decir una sola palabra. La duda constante de si has hecho algo que haya provocado su marcha. De si podrías haber hecho algo para que quisiera quedarse. Mi madre se fue cuando yo tenía un año. Volvió durante los tres y los cuatro. Desapareció. Reapareció cuando tenía seis. Se marchó de nuevo una semana antes de mi séptimo cumpleaños. Y, así una y otra vez, hasta que, cuando cumplí los trece, me pidió el dinero de mi cumpleaños para comprarse entradas para un festival de música. Mi padre perdió los papeles, y ¡puf!, ella se esfumó para siempre. Ahora tengo una cuenta secreta para seguirla en las redes sociales… y todavía me pregunto de vez en cuando si me echa de menos. Si alguna vez ha llegado a echarme de menos.

—Pero, bueno, basta de hablar de él. ¿Sigue en pie lo del rodeo cubierto? —Shelby se acoda en la barra mientras me observa cerrar la caja—. Puedo pasar a recogerte.

«Mierda». Hace un par de meses, ir al rodeo cubierto de Sheridan, que está a una hora de distancia, me parecía una idea increíble. Pero la Cass de entonces y la Cass de ahora son dos personas muy diferentes.

Suelto un gemido y se me hunden los hombros.

—No sé, Shelb. No creo que tenga muchas ganas. Ahora, en mis noches libres, prefiero darme un atracón de *Gossip Girl* y quedarme dormida antes de las siete de la tarde.

—Tía, solo te quedan unos meses antes de tener que quedarte encerrada en casa a todas putas horas. Deberías salir y divertirte. —Me mira batiendo las pestañas—. Y, en primavera, estaré muy triste sin mi compañera de rodeos. Tenemos que aprovechar al máximo. Por favor, hazlo por mí.

—Uf, vale. Recógeme. Pero no nos quedaremos hasta muy tarde.

Me lamo los labios, chupeteo el caramelo con sabor a sandía como si me fuera la vida en ello e intento pasar del hombre que se está comiendo un perrito caliente con cebolla frita justo detrás de nosotras en las gradas del rodeo. Si lo pienso mucho, la pobre mujer que tengo delante se va a llevar puesto el batido de chocolate que ahora mismo no para de chapotearme en el estómago.

—Siempre me pongo muy nerviosa cuando le toca a algún chico que conocemos.

Shelby hace una mueca y señala hacia el otro lado de la pista, donde se encuentran los corrales. En concreto, hacia donde Denver Wells está sentado a lomos de un caballo bronco ensillado, preparándose para que abran la verja.

—Ya, normal —mascullo con la vista clavada en algo que me pone bastante más nerviosa que Denny montado en un caballo sin desbravar.

Justo detrás de él, una inconfundible mata de pelo caoba asoma por debajo de un sombrero vaquero lleno de polvo. Está apoyado sobre la parte de atrás del corral, con una camiseta negra ajustada. Los brazos musculosos y tatuados le cuelgan por encima de la barandilla superior mientras le dice algo a Denny con una sonrisa.

«Qué asco, Cass».

Culpo a las hormonas del embarazo, a un miedo aplastante a que Red le cuente a todo el mundo que estoy embarazada de él y al hecho de que, básicamente, me haya salvado la vida con estos caramelos duros. Esa es la única razón por la que me quedo obnubilada con él durante tanto rato que me pierdo la participación ganadora de Denny. Me veo obligada a salir del trance cuando Shelby se levanta de un salto y tira de mí para que la acompañe en sus gritos y silbidos de ánimo.

Cuando termina el rodeo y nos dirigimos al bar, sigo teniendo las ideas confusas. Debe de ser el famoso cerebro de embarazada del que tanto he oído hablar. Pido dos cervezas, en modo piloto automático, aunque no entiendo cómo es posible que acabe de olvidarme de que estoy embarazada después de haberme pasado toda la noche luchando contra las náuseas y haciendo un esfuerzo enorme por mantenerme despierta. Cuando Shelby me arrastra hacia Denny y Red, me alegro de tener a alguien a quien dárselas antes de que me beba un trago sin darme cuenta.

—Cass, ¿te he dicho últimamente lo mucho que te quiero? —Denny sonríe de manera afectada y coge la lata plateada que le tiendo—. En serio, eres la mejor chica de por aquí.

A Shelby está a punto de salirle humo por las orejas. Como si esta no hubiera sido siempre la dinámica entre nosotras desde el instituto. Si Denny se da cuenta de lo celosa que está, no le da ninguna importancia. Como cabía esperar. Puede que ella esté encaprichada de él, pero todos sabemos que Denver no se compromete con nadie.

—Vale, vale. Por más que me hagas la pelota, no vas a conseguir que te invite a más de una cerveza. Solo es un detalle para celebrar que has ganado. No te acostumbres. —Me siento junto a Shelby y le paso la segunda cerveza a Red—. He pedido dos por costumbre y después me he acordado de que no puedo beber, así que toma.

—Siempre asegurándote de que estemos hidratados, incluso en tu día libre. ¿Tenemos que darte propina de todos modos?

Red me guiña un ojo y yo lo miro con el ceño fruncido, negándome a hacer nada que delate el calor que de repente siento en el pecho.

—Un consejo: cierra el pico, Red. —Pongo cara de hartazgo al mismo tiempo que contengo una sonrisa—. Por eso no hago cosas bonitas por los idiotas como vosotros. Sois totalmente incapaces de dar las gracias y seguir con vuestra vida.

—Nos quieres.

Denny bebe un trago y se acerca más a Red para dejarle hueco a otro de sus vaqueros, Colt.

—Os tolero, no os quiero. Y por los pelos.

—¡Bueno! —exclama Shelby, que, a todas luces, está cada vez más molesta por sentirse excluida de la broma—. ¡Por Denny y su victoria!

Entrechocan las latas de cerveza y luego las hacen tintinear contra mi gigantesca botella metálica de agua, un objeto que podría decirse que se ha convertido en un apéndice más de mi cuerpo desde que me quedé embarazada, puesto que nunca está a más de medio metro de mí. Soy visceralmente consciente de que Red no me quita ojo mientras me meto un caramelo de manzana verde en la boca. Por más que no quisiera darle la satisfacción de saber que estoy aprovechando algunos de sus regalos, me parece más importante no vomitar en medio de la conversación. Segundos después, el móvil me vibra en el bolsillo de atrás.

Red
Te están ayudando?

Ayudando… a pudrirme los dientes? Sí
A hacerme ganar un montón de peso? Sí
A controlar las náuseas? Sí

Red
Te pillaré más cuando se te estén
acabando

Según lo dices, parece que hubiera que
comprárselos a un camello en la esquina
Ya me los compro yo

Red
En realidad, el camello está en el callejón
Y se cabreará si vamos a buscar
nuestro alijo a cualquier otro sitio
No creo que sea el tipo de tío al que
nos convenga hacer enfadar

Desvío la mirada desde el móvil hacia él y me sobresalto al ver que me está mirando a los ojos. Se me escapa una pequeña carcajada por la nariz y niego con la cabeza.

Vale, no podemos arriesgarnos a cabrear
al tío del callejón
Creo que todavía tengo para unos cuantos
días más

Red
Mañana por la noche me paso
por tu casa a dejártelos

Si me despiertas, estás muerto, imbécil

Vuelvo a guardarme el móvil en el bolsillo e intento unirme a la conversación. Entre que ya hace tiempo que se me ha pasado la hora de acostarme y las emociones raras que me está despertando Red, soy incapaz de concentrarme en el cotilleo de turno del pueblo que está comentando el resto del grupo. Pero hago todo lo posible y escucho a Shelby coquetear descaradamente con Denver. Me esfuerzo en descifrar las divagaciones de Colt acerca de no sé qué camioneta que tal vez se compre. Y miro a Red solo cuando soy del todo incapaz de contenerme.

Cuando empiezo a pensar que es más que posible que me quede dormida sentada, me armo de valor para dirigirme a Shelby.

—Necesito irme a casa.

Se le desencaja la cara.

—¿Ya? ¿En serio? ¿No puedes aguantar una horita más?

—Venga, Shelb. Si ni siquiera es tan pronto, son las once. Cuando veníamos hacia aquí, me has dicho que nos iríamos cuando yo quisiera.

Refunfuña como los viejos alcohólicos de La Herradura cuando anuncio que vamos a dejar de servir.

—Ya te llevo yo —se ofrece Red.

—No. No pasa nada, me marcharé cuando a Shelby le vaya bien. —Le lanzo a mi mejor amiga una mirada amenazadora de soslayo antes de volverme hacia Red—. Además, tú has bebido.

—Esta es la cerveza que me has traído antes.

Me pasa la lata, todavía llena, deslizándola por encima de la mesa.

—Pues ya está. Solucionado. Que te lleve Red. Te quiero, amiguita. —Shelby da una palmada—. Vente a bailar conmigo, Denny.

¿Qué ha pasado con la solidaridad entre hermanas? Shelby está oficialmente tachada de mi lista de mejores amigas.

Se inclina hacia mí antes de alejarse dando brincos y me susurra:

—Eres la dueña de su alma. Aprovéchate.

—Me cago en mi puta vida.

Me pongo en pie y, a regañadientes, sigo a Red mientras abandona el sofocante salón de baile del rodeo y sale al fresco de la noche.

La que debería ser nuestra primera bocanada de aire fresco de la montaña se ve contaminada por un grupo de fumadores apiñados ante la entrada principal. El humo de los cigarrillos se arremolina en el aire y se lanza en picado hacia mí para invadirme las fosas nasales.

«Reflejo nauseoso activado».

No me da tiempo a buscar intimidad. Ni a hacerlo con elegancia. Antes de inhalar siquiera por segunda vez, estoy doblada y echando el agua, las patatas fritas y el batido de chocolate sobre las hortensias blancas que bordean el camino. La mirada colectiva de una decena de fumadores me arde en la espalda y hace que me sienta —e, imagino, que huela— como un cubo de basura carbonizado.

Consigo ponerme las manos en las rodillas en busca de algo de apoyo cuando una segunda oleada de náuseas arremete con fuerza. Los mechones rubios que me caen sobre la cara se interponen directamente en la línea de fuego gracias a una ligera brisa.

«Joder. Por eso llevo el pelo recogido a todas horas».

Una milésima de segundo antes de que lo que me queda en el estómago se vacíe sobre las rocas de lava y las plantas, Red me recoge el pelo en una coleta improvisada. Mientras con una mano me lo sujeta donde no pueda manchármelo, me traza círculos lentos en la parte baja de la espalda con la otra. A pesar de lo tentada que estoy de apartarlo de un manotazo, no logro convencerme de hacerlo. No le obligo a interrumpir la presión firme ni siquiera cuando ya he terminado de vomitar.

—¿Estás bien? —me pregunta mientras me mira a la cara con preocupación.

—Sí, pero… ¿podemos alejarnos del humo?

Intento articular las palabras sin respirar por la nariz y me enjugo las lágrimas que se me empiezan a secar en las mejillas.

—Mierda. Claro.

Me empuja con suavidad hacia delante, aún sin retirar la mano; a pesar de que llevo el abrigo puesto, me está quemando la piel de la mejor manera posible, como una presencia calmante. Lo odio y lo necesito. Y odio lo mucho que lo necesito.

Nos acercamos a su camioneta y entonces baja el brazo para separarlo a toda prisa de mi cuerpo. Como debe ser.

—¿Seguro que estás bien? —me pregunta al mismo tiempo que me abre la puerta del pasajero.

Asiento despacio, después de quitarme la humedad que aún tenía aferrada a las pestañas.

—Todo bien. Solo quiero irme a casa y lavarme los dientes.

Arranca su camioneta destartalada y me observa mientras tiemblo como una hoja.

—Sé que siempre has puesto mucho empeño en tenerme manía, pero ¿no crees que a la larga sería más fácil que fuéramos amigos? —Estira la mano hacia el asiento de atrás, coge un grueso abrigo de trabajo de la marca Carhartt y me lo extiende sobre el regazo—. De esa forma, no tendrías que fingir que te resulta físicamente doloroso aceptar que te lleve a casa.

—Qué atrevido por tu parte suponer que estaba fingiendo. —Me subo el abrigo hasta la barbilla como si fuera una manta—. No quiero ser exagerada, pero los caramelos que me regalaste me han cambiado la vida y eso me pone muy difícil lo de tenerte manía. Además, esta noche no tengo que lavarme el vómito del pelo gracias a ti. Así que supongo que podemos ser amigos.

—Me alegro de haberte sido útil.

Dobla las enormes manos sobre el volante cuando sale del aparcamiento de tierra y enfila una carretera oscura y sinuosa.

—Anoche no fuisteis al bar.

Me entran ganas de abofetearme en cuanto lo digo. Ha dado la impresión de que tenía la esperanza de que apareciera por allí, cuando, por supuesto, no era así.

—Pensé que sería mejor no arriesgarme a fastidiarte la coartada. No confío en ser capaz de mantener la boca cerrada.

Esa no era la respuesta que buscaba. Alguna razón que tuviera que ver con el rancho o con el rodeo en el que Denny acaba de participar me habría sentado mejor. Casi preferiría que Red le soltara la noticia a mi padre, porque eso significaría que a este tío siguen importándole una mierda todas las reglas, como a lo largo de los más de veinte años que hace que lo conozco, y no que de repente ha empezado a hacer todo lo que le digo que haga.

—¿Qué ha sido de la machirulada de que «va a volverse la hostia de obvio quién es el padre de tu bebé»? —Me quito las botas y coloco los pies justo debajo de la rejilla del aire caliente—. No te me vuelvas un blandengue ahora.

—Pasé el suficiente tiempo cerca de Kate mientras estaba embarazada y loca como para saber que cabrearte no es buena idea.

Las luces azules del salpicadero emiten la claridad justa para que pueda estudiarle los músculos de los brazos, para ver que va marcando el ritmo de la música tranquila con los pulgares y para notar que saca la lengua un instante para lamerse el labio inferior. Pero la cabina de la camioneta está lo bastante oscura como para que no me vea observándolo por el rabillo del ojo.

—¿Estás diciendo que estoy loca?

Se ríe.

—Si no lo estuvieras, no estaríamos aquí.

Se me enciende un fuego en el pecho y la boca se me abre antes de que me dé tiempo a pensar en lo que suelto por ella.

—En verdad, si supieras ponerte un condón como es debido, no estaríamos aquí. —Me vuelvo y lo fulmino con la mirada—. Es un milagro que no tengas una decena de hijos ilegítimos... A no ser que... ¿Los tienes?

Se me quiebra la voz al final de la frase, los ojos me arden por culpa de unas irritantes y hormonales ganas de echarme a llorar al pensar que tiene un montón de hijos más esparcidos por ahí. Odio que el embarazo me tenga constantemente al borde de sufrir una crisis nerviosa por las cosas más ridículas. Por suerte, me estoy convirtiendo en una experta en contenerlo justo antes de que se me desborden las lágrimas.

—Mierda, he cabreado a la loca embarazada. —El contorno de los labios iluminados de Red se curva en una sonrisa—. No tengo hijos. Bueno, supongo que ahora ya tengo uno, ¿eh? Me parece una puta locura.

—Yo lo sé desde hace semanas y sigo pensando lo mismo. —Me arrebujo más en su abrigo para intentar combatir el frío que solo un largo baño de agua hirviendo me quitaría de encima. Y, al parecer, ya no tengo permitido darme esos baños. Me da la sensación de que voy a estar muerta de frío hasta la primavera—. Al final, se hará real, nos guste o no. Y ¿qué vamos a hacer entonces?

—Tenemos opciones. Las bodas de penalti pueden ser preciosas —dice.

—¿Qué pasa, que esta camioneta cutre nos ha teletransportado a 1940? Lo siguiente será sugerir que me retire a un hogar para madres solteras.

—Oye, que solo estoy proponiendo ideas, a ver si alguna nos vale.

—¿Confías en que mi padre te obligue a casarte conmigo a punta de pistola por haberme dejado embarazada o algo así? No tengo claro si es una idea valiente o estúpida. —Enarco una ceja—. Además, apuesto a que te pegaría un tiro.

—Cierto. —Tamborilea con los dedos sobre el volante mientras piensa—. Vale... Podemos criar al bebé juntos, a medias.

—¿No vives en un barracón con los demás peones del rancho como si estuvieras en un campamento permanente de boy scouts? ¿Crees que te vas a llevar a mi bebé allí? Además, eso no funcionaría si le doy el pecho.

Se ríe en voz baja y niega con la cabeza.

—No es como estar en un campamento de verano. Pero, sí, entiendo lo que dices. Supongo que tendré que mudarme contigo.

—Rotundamente no. No tengo ningún tipo de interés en vivir contigo. —Respiro hondo y me cuestiono mi cordura mientras pienso en lo que estoy a punto de ofrecerle—. ¿Y si te permito venir siempre que quieras ver al bebé?

—Eso es lo mismo que vivir contigo, pero fingiendo que no. Al final me pasaré en tu casa todas las horas que no esté en el trabajo, encanto.

Me pregunto si seré capaz de convencerlo de que me deje en paz durante los próximos seis meses alegando que no es sano estar tan estresada durante el embarazo.

—Aceptaste no llamarme así. Es condescendiente.

—Vaya, creía que habías cambiado de opinión. La última vez que te llamé «encanto», me agarraste la polla. Me estás enviando mensajes contradictorios, Cass.

Ahí está el Red que conozco y… tolero. Al menos, la crudeza del comentario atenúa mi preocupación respecto a que se haya ablandado.

—Sí, ya, pero ahora estoy sobria y habría más probabilidades de que te la cortara que de cualquier otra cosa.

Me apoyo en la ventanilla, pero el frío del cristal solo consigue aumentar mis temblores.

—¿Tienes frío? —Se vuelve un segundo para mirarme de arriba abajo antes de volver a clavar la vista en la carretera oscura. Gracias al cielo nublado, nuestros faros son lo único que ilumina el tramo vacío de la autopista—. Ajusta la temperatura, si quieres.

—Siempre tengo frío, gracias a la mierda de la tiroides. Pero ya me he acostumbrado.

Echo un poco hacia atrás el respaldo, cierro los ojos y pienso en cosas cálidas: una tumbona bajo el sol del Caribe, un flotador de piscina en el lago durante el verano, una cama de rayos uva.

Por lo visto, me he quedado dormida. Porque lo siguiente

que sé es que me están sacudiendo con suavidad para que me despierte. Tengo babas en la mejilla y Red me está mirando con una sonrisa de labios apretados. Me paso rápidamente el dorso de la mano por la boca y parpadeo hasta que se me aclara la visión.

—Perdona, me he planteado llevarte en brazos, pero me ha dado miedo que te despertaras y me mataras.

—Lo habría hecho. —Bostezo y estiro el brazo hacia la manilla de la portezuela—. Gracias por traerme a casa.

—No hay de qué, Cass. Ya te dije que te ayudaría en todo lo que necesitaras.

Nos miramos a los ojos de una forma inquietante y busco la manilla a tientas.

—Red, por favor, deja de comportarte como un chico decente. Me estás asustando.

—¿Quieres que entre y te enseñe lo indecente que puedo ser, encanto?

—Vete a la mierda.

Cierro la portezuela de la camioneta y entro en casa con mucho cuidado de mantener mi ridícula sonrisita tonta fuera del alcance de su vista. Como la adorable protagonista de una comedia romántica de los años noventa, me apoyo de espaldas contra la puerta en cuanto se cierra detrás de mí. Creo que podría estar empezando a colgarme un poquitín de él, y eso es una putada.

7
Red

Quince semanas
(el bebé tiene el tamaño de un rollo de canela)

A ver, mi máxima preocupación es si se nos va a permitir volver a acercarnos a La Herradura alguna vez en la vida.

Denny abre de un tirón la verja de alambre de púas y se aparta para que Rob, Colt y yo entremos montando a caballo. El atardecer proyecta sombras intensas sobre el rancho y arrastra consigo el fresco del otoño. Después de un largo día trasladando vaquillas y arreglando vallas, unas cervezas con los chicos sería una forma estupenda de relajarse, pero es más importante seguir ganándome la aprobación de Cassidy.

—Por supuesto que esa es tu máxima preocupación. —Al pasar a su lado con mi montura, me agacho y le quito el sombrero de un manotazo—. Dave no sabe nada todavía, y le dije a Cassidy que le daría tiempo. Así que, si vas al bar y sacas la lengua a paseo, te arrancaré todas las extremidades, una por una. Aunque solo si Cass no te echa el guante antes.

—¿Dave no sabe que está embarazada o no sabe que eres tú el que la ha preñado? —pregunta Colt.

—Creía que existía una regla tácita que prohibía tocar a Cassidy Bowman para que todos pudiéramos conservar nuestro bebedero sin ningún problema —grita Denny, que trota detrás de nosotros para intentar alcanzarnos—. Has cogido esa regla y le has pegado un revés de campeonato.

Me encojo de hombros y me guardo el tabaco de mascar con unos cuantos movimientos de muñeca.

—Nunca he conocido una regla que no me haya encantado romper.

Y esa más que cualquier otra. Me enfrentaría a cualquier consecuencia un millón de veces, y con una sonrisa de comemierda en la cara, por volver a romper la regla de no tocar a Cass. No puedo ni empezar a contar el número de veces que he pensado en todas las cosas que le haría si se diera la oportunidad y tuviéramos más intimidad de la que tuvimos aquella noche.

—Y, Colt, Dave sabe que está embarazada, pero cree que el bebé es de su exnovio —aclaro.

—Muy listo. Deja que siga pensándolo, porque así no te perseguirá para colgarte.

Colt me dispara con las pistolas que ha formado con los dedos.

Más adelante, Rob carraspea para disimular una carcajada. Es un peón amargado, feo y de mediana edad al que se le dan bastante bien las tareas de vaquero y el póquer, pero que, para todo lo demás, es un mierda.

—¿Qué pasa, Rob? —lo desafío.

—¿Por qué no dejas que todo el mundo siga pensando que no es tuyo y así te libras del marrón por completo? A mí me parece que de ese modo saldría ganando todo el mundo.

Si no estuviera montado a caballo, le pegaría. De hecho, a tomar por culo: avanzo hasta ponerme a su lado y le doy un puñetazo en el brazo. Con fuerza. Tanta como para que tenga que tragar aire de golpe entre los dientes.

—Porque no soy un puto escaqueado.

—Está claro que ella no quiere que nadie sepa que es tuyo. ¿Por qué crees que es, imbécil? ¿No te parece que a lo mejor está avergonzada? Tampoco es que se lo reproche…

Le arranco las riendas de las manos, hago que su yegua se acerque a la mía y le doy un puñetazo en toda la mandíbula. Ojalá Rob no fuera tan buen jinete. Me alegraría el puto día verlo caerse del caballo y que tuviera que volverse a casa andando. «Gilipollas».

—Por Dios, Red. Relaja. —Denny se coloca a mi otro lado

y forcejea conmigo para quitarme las riendas de las manos; luego se las lanza de nuevo a Rob—. Estaba intentando buscarte las cosquillas.

—Vale, pues le ha salido de puta madre.

Me sacudo la mano que Denny me ha posado en el hombro. Hasta Bárbara hace unos pasos de costado para alejarse de él.

—Obvio. —Niega con la cabeza—. Vente a cenar a la casa principal esta noche, aléjate de los capullos del barracón. No creo que mañana, cuando vayan a limpiarlos, a las chicas les apetezca encontrarse con un baño de sangre.

El camino de vuelta transcurre en silencio, salvo por el repicar de los cascos sobre el sendero compactado y el canto de los pájaros. Desensillamos y sacamos a los caballos sin que nadie pronuncie una sola palabra; nos movemos con la inercia de la rutina, acompañados únicamente por algún que otro rebuzno y el resonar metálico de la puerta de la sala de los arreos. Hasta que Denny y yo estamos a medio camino del oscuro sendero de grava que lleva a la casa grande, nadie abre la boca.

—Lo que Rob te ha soltado antes no son más que soplapolleces. No me parece que Cass esté intentando que la gente crea que el bebé es de Derek —dice Denny sin apartar la vista de la casa que tenemos delante.

No sé si Cassidy desearía que el bebé fuera de Derek. Pero lo que sí sé con certeza es que desearía que no fuera mío.

—No, no creo que se equivoque. Aun así me cabrea oírselo decir.

—Debe de pensar que estás muy bueno, porque, si no, ni siquiera habría follado contigo, para empezar. —Denny se echa a reír y le doy una palmotada en el pecho, aunque lo único que consigo es que se ría todavía más—. Solo era un comentario. Es una tonta de los cojones por fingir que el bebé es de Derek y no tuyo.

—Den, te quiero como a un hermano. Esa es la única razón por la que no voy a pegarte una paliza. Cuidado con lo que dices sobre la madre de mi hijo.

—¡La leche! Ya te ha entrado el instinto de padre protector, ¿eh? —Denny sonríe al mismo tiempo que niega con la cabeza—. Estoy seguro de que os las apañaréis bien. Cass se dará cuenta de que no eres ni la mitad de mierda que Derek. Te quiero, hermano.

Me pasa un brazo por el hombro mientras subimos las escaleras del porche delantero y ni siquiera me molesto en sacudírmelo. Atravesamos la puerta delantera de la casa principal, la construcción blanca y espaciosa donde viven Jackson y Kate con Odessa, su hija de cinco años, y Rhett, el pequeño de uno. También ha sido siempre el lugar del rancho en el que todo el mundo se reúne. La cocina de la casa grande siempre está abierta.

Odessa aparece como por arte de magia, arremete contra mis piernas para darme un abrazo y luego procede a perseguir a Denny por el pasillo. Se parte de risa cuando él corre a la velocidad justa para que su sobrina le roce la espalda con las yemas de los dedos, pero sin llegar a agarrarle la camiseta. La melena castaña e indomable de la niña ondea tras ella. Si mi hijo o hija es la mitad de guay que esta pequeña, creo que me las arreglaré sin problema. Quizá me salgan unas cuantas canas, pero me entiendo mejor con la gente que es un poco salvaje. En abril, Odessa superó el rito de iniciación de cualquier criatura criada en el campo al caerse de un ternero que decidió montar a pelo. Se rompió una muñeca, pero, en vez de asustarse, tres días más tarde repitió la hazaña y tuvo que ir a que le cambiaran la escayola porque se la había llenado de mierda de vaca.

—Hola, no sabía que ibas a venir —me saluda Kate desde la mesa, donde está amamantando a Rhett—. Coge un plato y sírvete.

Tengo un sitio fijo a la mesa de la cocina de los Wells desde que era pequeño. Mi padre era un vaquero con mal genio y un problema de alcoholismo, y mi madre estaba demasiado cansada para preocuparse por algo que no fueran los cigarrillos y *Los días de nuestra vida*. Por aquel entonces, el Rancho Wells solo necesitaba emplear a más o menos la mitad de los vaqueros que ahora, así que mi familia vivía en uno de los barracones de cuatro habitaciones. Para cuando cumplí los ocho años, ya prefería la seguridad de cenar con la familia Wells a pasar cualquier pequeña cantidad de tiempo con mis padres y mis hermanos. Fue entonces cuando el abuelo Charlie Wells colocó una silla justo entre la de Denny y la de Jackson y declaró que aquel era mi sitio. Ya no suelo entremeterme en sus cenas familiares, pero el sitio sigue siendo mío cada vez que lo quiero.

—¿Has visto que hay aviso de nevada para mañana por la noche?

Jackson se sirve un montón enorme de puré de patatas en el plato.

—Ajá, no debería ser demasiado grave —responde Austin. Si hay algo de lo que les encante hablar a los rancheros es del tiempo. Es un tema que consigue que hasta el mayor de los tres hermanos, normalmente callado, abra la boca—. Aún hace bastante calor durante el día. Aunque se nos congele algo, a media mañana ya estará descongelado.

Denny traga un bocado y añade:

—Pero tendríamos que arreglar el calentador de agua del corral trasero antes de que el frío empeore. Si se congela, tendremos que acarrear agua varias veces al día.

Desconecto de su conversación y observo a Kate mientras coloca a Rhett en su trona. Al instante, el crío mete las manos regordetas en el puré de patatas y se lleva un puñado a la boca. La mayoría se le escurre entre los dedos diminutos y aterriza en la bandeja de la trona salpicándolo todo; no puedo evitar que me arranque una sonrisa. Cuando se lleva la mano sucia a la cabeza y se embadurna de comida el pelo rubio y fino de la coronilla, se me escapa una risa silenciosa.

Es alucinante pensar en que este es mi futuro. Bueno…, más o menos. No tengo ni casa ni esposa ni una familia biológica con la que cenar todas las noches. En cualquier caso, en algún momento de un futuro no tan lejano, voy a tener un bebé rebozado en puré de patatas. Y eso me gusta.

Cuando me doy cuenta de que he estado observando a Rhett con tanta atención que se me han secado los ojos, parpadeo y me vuelvo hacia Austin.

—¿Cómo va la casa, jefe?

Cecily responde por él.

—Los cimientos ya están terminados. Están intentando avanzar cuanto pueden antes del invierno. Entonces las cosas irán bastante lentas.

Al menos existe una pequeña posibilidad de que pueda mudarme a la casa que ellos ocupan ahora poco después de que nazca el bebé. No es la solución perfecta, pero puedo apañármelas. Estaría bien ahorrar y, tal vez, construir un dormitorio adicional dentro de un par de años.

—Diles que se den prisa para que puedas llenarla de bebés y que todos nuestros hijos correteen juntos por aquí —dice Kate con voz alegre. Lleva meses dándoles caña a los dos—. No esperaba que Red fuera el primero en darles un primo a mis hijos. Si Denny también se os adelanta, perderé la cabeza.

Denny rompe a reír y estampa el botellín de cerveza contra la desgastada mesa de madera.

—No hay ningún peligro de que eso ocurra. A mí se me da mejor que a este tío ponerme el chubasquero.

—Hoy estás verdaderamente empeñado en poner a prueba lo bien que me caes, ¿no?

Le robo la cerveza y me doy la vuelta para bebérmela de un trago al tiempo que él se ríe y me da un puñetazo juguetón en el hombro.

—Pero si no está lloviendo, tío Denny.

Odessa frunce la cara mientras escudriña el ventanal que tenemos detrás para confirmar que, en efecto, no está cayendo ni una sola gota de lluvia.

—Vale, se acabó. Odessa, cómete la cena. Chicos, comportaos o largaos. —Kate nos lanza una mirada asesina. Por alguna razón, siempre me meten en el mismo saco que a Denny cuando dice algo que es una metida de pata. A lo mejor es porque tengo facilidad para lanzar el primer puñetazo cuando alguien le replica—. Bueno, ¿cómo está Cass?

—Pues, eh… —Me trago la comida que tengo en la boca—. Está bien. La vi ayer y por lo que dice ya no se encuentra tan mal. Así que eso es bueno.

—Si no fuera porque llevarle caramelos era tu única excusa para verla. Ahora ya no te necesitará.

Denny sonríe con satisfacción. En serio, voy a partirle la cara en cuanto salgamos de aquí.

—Vete a... —empiezo a decir, pero la mirada de Kate me impide decirle adónde tiene que irse y cómo se llega—. El bebé del que está embarazada es mío. No necesito más excusa que esa.

—Bueno, si ya no se encuentra mal, podrías llevarle comida —sugiere Cecily. Se encoge de hombros y señala con el tenedor hacia el otro lado de la mesa—. Kate se bebía más o menos su peso en batidos de chocolate todos los días. Estoy segura de que Cass no tardará en tener algún antojo.

—Ahora que lo dices, deberías invitarla a venir a cenar un día.

Kate ya vuelve a estar entusiasmada. Creo que quiere que todos vivamos en una gran comuna aquí, en el rancho, con un millón de niños de campo y asilvestrados correteando por ahí mientras las mujeres beben té helado en el porche. O cerveza, conociendo a Kate.

No sé muy bien con qué tipo de vida sueña Cassidy. De lo que sí estoy seguro es de que, sean cuales sean sus sueños, no me incluyen a mí. Hace unos cuantos meses, me habría reído de la mera idea de que se dignara siquiera a mirarme. ¿Un futuro en el que Cass y yo estuviéramos juntos?, imposible. «Sigue soñando». Pero ¿ahora? Moriría por tener la oportunidad de demostrarle que merezco que al menos lo intente conmigo.

Para cuando termina la cena, solo soy capaz de pensar en cómo convencer a Cass de que acepte cenar conmigo. Ni hablar de lo de venir al rancho con todo el mundo, como ha sugerido Kate; eso puede hacerse más adelante. Preferiría que estuviéramos solo ella y yo.

Denny tiene suerte de que, como tengo las manos demasiado ocupadas en enviarle mensajes a Cass, no le pegue mientras volvemos a los dormitorios de los peones. Y, ahora que lo pienso, Rob también es un cabrón con suerte. Aparte de un rápido gesto de saludo con la cabeza cuando entro por la puerta delantera, paso de los chicos que están jugando a las cartas y bebiendo cerveza alrededor de la mesa del comedor y me retiro a mi habitación, porque lo único que me apetece hacer es tumbarme en la cama y hablar con ella.

> Ahora que no te encuentras tan mal,
> tienes algún antojo?

Cass
Mmm…, patatas
En puré, guisadas, asadas, de todas
las formas posibles

> Tendrías que haber visto al bebé de Jackson
> y Kate esta noche en la cena
> Básicamente, se ha convertido en
> una patata gigante
> Se ha llenado enterito de puré
> Me ha parecido bastante gracioso

Cass
Se te cae la baba con los bebés?
Deja de ser un pedazo de blandengue
Además, estoy segura de que solo es gracioso hasta que eres tú el
que tiene que limpiar la que han liado

> A lo mejor estaría bien practicar

Cass
Miedo me da preguntar qué puta
locura de plan se te ha ocurrido
para practicar algo así

> Si me embadurno de patata,
> me limpiarías con la lengua, encanto?

Cass
Dime que sabes que no es así como
tendríamos que limpiar al bebé, por favor

Responde a la pregunta, Cass

Cass
A ver… probablemente
Pero no tiene nada que ver contigo,
solo tiene que ver con lo mucho
que me apetecen las patatas

Genial, mañana te hago la cena

Cass
No puedo, estaré en el bar
Pero no dudes en pasarte a llevarme
una patata asada
Eso sí, no se te ocurra entrar con ella
en la polla o algo así

Me reservaré esa idea para otro día
El domingo?
Para cenar, no para la patata empollada
A menos que cambies de opinión
y quieras que te la sirva así

Cass
La cena, vale
La patata empollada, NO

Patatas, eso sí sé hacerlo. Las patatas son fáciles. Es casi imposible cagarla. Van bien tanto para desayunar como para comer y cenar. Combinan bien con casi todo.

«Esta es mi manera de llegar hasta ella».

—Sabes que esto es una absoluta locura, ¿no?

Denny se asoma por encima de mi hombro mientras estoy encorvado sobre la isla de cuarzo pelando la que tal vez sea mi patata número mil. Podrían decirme que es verdad que son mil las que he pelado y cortado, y me lo creería. He perdido la cuenta, pero me duelen las manos y tengo tanta fécula acumulada debajo de las uñas que podría almidonar dos pares de pantalones vaqueros.

—Cállate, es un detalle muy bonito.

Cecily se levanta para acercarse a la cafetera y le da una colleja a Denny al pasar. «Sí, la verdad es que ha sido una buena adición a la familia». Es como si me hubiera leído la mente con esa jugada.

—Gracias, Potrilla —le digo con una sonrisa—. Y que te jodan, Denny. Le dije que le prepararía la cena, y anoche me mandó un mensaje diciéndome que le llevara patatas o se moría. Además, puede que durante los últimos días haya habido algunos mensajes sobre «otras cosas» relacionadas con ellas. Así que voy a cocinar las puñeteras patatas.

—Joder, a vosotros dos os ponen unas mierdas muy chungas. —Denny arquea una ceja—. Yo no sabría ni por dónde empezar con unas patatas en la cama. Aunque, claro, tampoco me tiraría a una chica en el coche de su exnovio solo por venganza.

—Por supuesto que lo harías —replica Austin sin levantar la vista de su revista.

—Vale. —Denny se encoge de hombros con una sonrisa diabólica dibujada en la cara—. No te equivocas. Pero ¿estos otros rollos fetichistas? No son para mí.

—Estás poniendo el listón demasiado alto demasiado pronto, Red. Conduces más de treinta kilómetros varias veces por semana para llevarle caramelos y comida después de pasarte catorce horas subido a un caballo. Ahora le estás preparando una cena de alta cocina. —Jackson se deja caer en su silla con una fuerte exhalación—. Nos estás jodiendo a todos. Al próximo que tenga una mujer embarazada por aquí, le va a costar mucho estar a la altura.

Denny imita con discreción el sonido del restallar de un

látigo y esquiva a Cecily rodeando la isla hacia el otro lado con una risita.

El pelador aterriza en el fregadero con un estruendo metálico y, de repente, todos me están mirando. Lo noto: están nerviosos, esperando a ver si pierdo los estribos. Pero ni siquiera estoy enfadado. Hoy, los comentarios sarcásticos duelen, pero me dicen que estoy haciendo algo bien.

—Esa es la diferencia, tío. —Me lavo la fécula de patata de las manos—. Cass no es mi mujer. Ni mi novia. Qué leches, hasta hace un par de semanas, ella ni siquiera habría dicho que éramos amigos. Si le diese la gana, podría apartarme por completo de la criatura. Podría no inscribirme en el puñetero certificado de nacimiento. En ese caso, la única forma de poder implicarme de algún modo en su vida sería enfrentándome a ella en los tribunales. No me jodas, prepararle cuatro platos de patatas distintos para intentar tenerla contenta es mucho más fácil.

Bueno, les he cortado el rollo de otra manera. Y ahora, en vez de mirarme con desprecio, me miran como si fuera alguien a quien deben tenerle pena. «Estupendo». Me masajeo las sienes y me acodo sobre la encimera. La superficie está fresca y el frío que se me filtra a través de la camisa me calma el estómago revuelto.

—No la creerás capaz de hacerte algo así…, ¿verdad? —me pregunta Cecily.

Austin, Jackson y Denny se quedan inmóviles, mirándome con cara de horror. A su favor, debo decir que hablamos todos los días, pero nunca «hablamos» de verdad. Desde luego, yo no les he contado nada sobre toda esta mierda, aunque llevo semanas preocupado por ello.

—¿Cómo coño voy a saberlo? La conozco de casi toda la vida, pero, al mismo tiempo, no la conozco de nada. No lo suficiente como para saber qué hará si la cago. Así que, sí, le ofrecí prepararle la cena y aceptó. Voy a currármelo mucho, no pienso dar nada por sentado. Es lo que hay, y podéis burlaros de mí todo lo que queráis si os apetece.

No sé si Cecily le ha dado a Austin una patada por debajo de la mesa o si le ha lanzado algún hechizo gordo últimamente, pero se aclara la garganta y habla antes que ninguno de los demás.

—Estás haciendo un muy buen trabajo, tío. Cass se dará cuenta. No dejes que estos gilipollas te convenzan de lo contrario.

Beryl, la principal empleada de la cocina del rancho —y pseudomadre de todos nosotros—, entra en la habitación y, sin perder ni un instante, se pone a trabajar para echarme una mano. Gracias a Dios, porque apenas me siento las puntas de los dedos y no llevo ni la mitad.

Poco después, todos los demás se han marchado y alrededor de la enorme isla solo quedamos Beryl, Cecily y yo, pelando y cortando las patatas en rodajas y en dados. En circunstancias normales, no pasaría mi día libre en la cocina con las chicas. Por lo general, disfruto de mi ocio disparando armas, bebiendo cerveza, compitiendo en rodeos, conduciendo mi mierda de camioneta como si fuera un 4x4 o recuperando el sueño perdido. Con todo eso a punto de cambiar inevitablemente dentro de unos meses, me estoy tomando el día de hoy como una jornada de práctica, para determinar si soy capaz de sobrevivir a una semana de trabajo sin hacer nada para desfogarme.

De pie a mi lado, casi rozándome con el hombro, Beryl sostiene una patata en una mano y la corta en unas rodajas perfectas y finas para hacerlas al gratín. Algo que, si hubiera hecho yo solo, habría sido un puto desastre. La observo con detenimiento, porque tengo la sensación de que es una destreza que debería adquirir. Si esta cena funciona, voy a pasarme el resto de mis días cocinando patatas a diario. Dudo que Beryl quiera ser mi cortadora permanente.

—Más te vale traer a esa chica algún día por aquí, cielo. Debe de ser muy especial para que hagas todo esto.

Beryl se ha perdido el discurso de antes y no pienso repetirlo.

—No, no. Es que el bebé es muy exigente. Todo esto es para la criatura.

Cecily se echa a reír.

—Claro, no tiene nada que ver con que estés colgado de la rubia guapa, ¿eh?

—No, porque no voy a arriesgarme a joder todo esto pensando con la cabeza que no toca. Solo somos amigos, nada más.

Beryl sonríe.

—De verdad, todos los chicos del rancho vais por la vida pavoneándoos como si estuvierais en un desfile de gallos, pero, en cuanto una buena mujer os cae prácticamente del cielo, perdéis la cabeza. Las dos. Piensa con el corazón, no con ninguna de ellas, y no lo estropearás.

8
Cassidy

*Dieciséis semanas
(el bebé tiene el tamaño de una lata de refresco)*

Tengo patatas al gratén, asadas, en puré
Y guisadas para esta noche

Cass
Extraña forma de declararse, pero sí

—Cassidy Bowman, estás tonteando con él. —La voz de Blair retumba en el baño de mi casa a través del altavoz del móvil—. Me juego lo que quieras a que te estás depilando las piernas en esa bañera, ¿a que sí?

—Son bromas de amigos, nada más. Y, si se interpretan como un coqueteo, no es culpa mía. La culpa es de este cuerpo tan rarito que tengo.

Me paso la cuchilla por la pantorrilla lo más silenciosamente que puedo. No necesito que me juzgue por estar depilándome. No significa nada. Tengo que hacerlo cada dos por tres, gracias al puñetero SOP—. Es como si en el momento que dejé de tener ganas de vomitar cada dos segundos, mi cuerpo hubiera decidido que necesito orgasmos con la misma frecuencia. Me he tomado un descanso de los atracones *Gossip Girl* porque estoy teniendo unos sueños tan vívidos con Chuck Bass que hacen que me ponga colorada cada vez que aparece en la pantalla.

—Entonces no entiendo por qué no te enrollas con el padre

de tu bebé. ¿Te preocupa quedarte embarazada por partida doble? ¿O que le dé un golpe al bebé con la polla? ¿Cuál es tu razonamiento?

—De verdad que me encanta oír a una enfermera decir todo eso. Me tranquiliza mucho, tanto en lo referente a nuestro sistema educativo como al sanitario.

Dudo que Red me rechazara, pero las cosas están yendo muy bien. Red lo está haciendo muy bien. Lo cierto es que puede que me haya estado aprovechando un poquito de él, porque es como si hiciera todo lo que le pido. Lo último que me apetece es estropear las cosas solo para darme un gusto. Un gusto que un vibrador me satisface a la perfección. La mayor parte de las veces.

—Para que conste, sé que ninguna de esas dos cosas es posible… Bueno, en teoría, la superfetación sí lo es, pero es bastante excepcional. De todas formas, intento descubrir en qué punto te encuentras. Tú eres la que ha sacado el tema de los mensajes de texto. Llámame loca por suponer que era porque querías conocer mi opinión.

—Adelante —le digo en un tono poco entusiasta.

—¿Cuántos días se ha pasado por tu casa a lo largo de la última semana?

—Tres, creo… Cuatro, si contamos el día en el que vino a dejarme comida mientras yo estaba trabajando. La mayoría de las veces se pasa solo un momento a traerme cosas de picar que cree que me van a gustar o la cena cuando trabajo hasta tarde. Se está asegurando de que coma bien porque me he pasado mucho tiempo vomitando, nada más.

—¿Con qué frecuencia os enviáis mensajes?

—Bastante a menudo…, puede que todos los días. Pero estamos intentando ser amigos. Ya sabes, por el bien del bebé que vamos a tener juntos.

—Es atractivo, te da de comer y está en tu casa a todas horas. ¿Por qué no estás abalanzándote sobre esta oportunidad?

—Porque, para empezar, es Red. Para seguir, fastidiaría cualquier posibilidad de que criemos a nuestro hijo sin tener una relación tóxica. Solo procuro mantener un ambiente profesional. Sabes que la oxitocina me convierte en una persona poco fiable. Deliro tanto que, si un chico es más o menos majo conmigo, me enamoro de él. O sea, es obvio, porque me niego a creer que aguantar un año de relación con Derek fuera el resultado de cualquier otra cosa que no fuese un delirio.

Resopla un sí mientras se ríe a carcajadas.

—Súmale las hormonas desbocadas del embarazo y estoy jodida. Me enamoraré de él porque me ha cocinado patatas; luego, dentro de unos meses, me daré cuenta de que me estoy comportando como una loca, todo implosionará y aún tendremos que educar a una criatura juntos. Así que lo nuestro sigue siendo estrictamente profesional.

—Ah, sí, hablar de comer puré de patatas el uno del cuerpo del otro es superprofesional. —Juro que la oigo poner los ojos en blanco—. Bueno, pues, si no vas a liarte con Red, ¿por qué no te buscas alguna cita? Sal a disfrutar de tu pedazo de cuerpo y de tu libertad sin hijos.

—Ya parezco un tonel. Estoy hinchada y asquerosa.

—Ayer me enviaste una foto de la barriguita y es minúscula. Sé que lo que estás diciendo no es verdad, idiota. Chuck Bass y tu vibrador no van a sacarte del apuro para siempre.

—No hace falta que funcionen para siempre. Solo el tiempo necesario para ayudarme a superar este extraño síntoma del embarazo. Unas cuantas semanas o meses, quizá. Estoy segura de que, al final, estaré demasiado cansada e incómoda como para querer a nadie cerca de mí.

Se ríe.

—Vale. Entonces, en teoría podríais enrollaros y luego volver a ser lo que sea que seáis ahora, cuando ya no estés cachonda.

—Red ni siquiera es una opción, y ya sabes lo que pienso acerca de salir con chicos de por aquí. Así que la verdad es que no sé qué esperas que haga.

—Esa regla era una tontería ya antes de que te quedaras embarazada. Si nunca vas a salir con un chico que viva a menos de cien kilómetros a la redonda de Wells Canyon, múdate.

Quito el tapón del desagüe y me envuelvo en una toalla; cojo la crema hidratante del armario y me la aplico en las piernas. Solo porque no quiero tener la piel seca. En serio, no es por ninguna otra razón.

—Bueno, mudarme ya no es una opción. Así que...

Como si necesitara algún tipo de recordatorio acerca de que ahora no tengo absolutamente ninguna posibilidad de salir de mi pueblo natal.

Cuando me miro al espejo, me veo un poco más mullida por todas partes, pero, más o menos, soy yo misma. De hecho, los vómitos de las primeras trece semanas me hicieron perder unos cinco kilos. No hay nada más doloroso que tener que escuchar al médico decirte que podrías perder al menos otros tantos. Me pasé toda la hora que duró el viaje de vuelta a casa llorando y comiendo patatas fritas. Por suerte, Red no había podido acompañarme a esa cita.

Cuando se hace más evidente es cuando me miro de perfil. No es demasiado llamativo para nadie, salvo para mí: en realidad, solo parece que he comido mucho. Ahora que está empezando a refrescar, supongo que podré ocultar el bulto de la barriga con sudaderas y capas de ropa. Aun así, la pequeña protuberancia me recuerda que se me está acabando el tiempo para que mi embarazo deje de ser solo un rumor... y para que todo el pueblo se entere de que Red es el padre. Que es justo la razón por la que tenemos que presentar un frente unido. Dos amigos con un bebé. Nada más. Nunca.

—Sigues pensando en venir después de Navidad, ¿no? —me pregunta Blair—. No tengo ganas de pasar dos semanas enteras con mis padres.

Termino de aplicarme en la tripa la crema antiestrías que me regaló Red. Da igual que Blair me dijera que las estrías vienen determinadas principalmente por la genética: estoy haciendo cuanto está en mi mano para prevenirlas.

—Claro. Ahora que no vomito a todas horas, ya no estoy confinada en casa. Será como una pequeña luna de miel prebebé.

—Ya que te empeñas en ponértelo difícil con Red, pienso asegurarme de que eches un polvo cuando estés por aquí. Ese será mi primer regalo para el bebé.

—Madre mía, si para entonces ya estaré embarazadísima.
Ve tú a echar el polvo.

Una oleada de aire frío me recorre el cuerpo cuando abro la
puerta del baño y me encamino hacia al armario.

—Ya, ya. Estoy demasiado ocupada para tener citas.

Pongo cara de aburrimiento, segura de que Blair se da cuenta aunque no me vea, y embuto las piernas en un par de pantalones vaqueros.

—Venga ya, no me jodas. Mis vaqueros favoritos no me
abrochan, esos que me hacen un culo espectacular. Ya te he
dicho que soy un tonel.

—¿Ibas a ponerte los vaqueros del culo espectacular para
cenar en tu casa con un tío con el que no tienes ninguna intención de acostarte? Huele un poco a chamusquina.

—Te voy a colgar.

Lanzo los vaqueros al fondo del armario con un gruñido y
me dejo caer de espaldas sobre la cama mientras escucho las
risitas maniacas de mi mejor amiga al otro lado de la línea.

—Buena decisión. Más vale que vayas a arreglarte para tu
cita. Ponte unos leggings. Son cómodos, no dan la sensación de
que te estés esforzando demasiado y te hacen un buen culo.
A los chicos les encantan. Adiós, cariño. Te quiero.

En serio que pensaba que estaba de broma. Pero, con los brazos
cargados de bolsas de tela, Red atraviesa el umbral arrastrando
los pies y me deja atrás mientras se dirige hacia la cocina dando
grandes zancadas. Por lo visto, su oferta de hacerme la cena iba
muy en serio. Cuando me lo sugirió, supuse que les pediría a
las chicas del Rancho Wells que le prepararan algo.

—He precocinado algunas cosas, pero necesito tus fogones
para terminarlas.

—¿Estás seguro de que sabes cocinar? —Lo sigo y empiezo
a sacar las cosas de las bolsas, a su lado. Por suerte, parece que

ha traído todo lo que podría necesitar, pues ha previsto, y con razón, que a mí me faltarían hasta los ingredientes más básicos. Entorno los ojos para leer la etiqueta de una hierba verde que no reconozco—. Me niego a creer que seas siquiera capaz de pronunciar estragón.

—Sé pronunciarlo, cocinar con él… Qué coño, sé hasta deletrearlo, cosa que me imagino que te sorprenderá —dice mientras se lava las manos y se pone a trabajar—. Puede que en el instituto me saltara más clases de las que me convenía. Desde luego, no era un estudiante de todo sobresalientes como tú, pero tampoco soy un completo imbécil.

—No he dicho que lo seas. —Lo he pensado, tal vez. Lo he insinuado, sin duda—. No tengo ni la menor idea de en qué platos se usa el estragón.

Me subo de un salto a la encimera y me pongo cómoda.

—Pues menos mal que no eres tú la que tiene que cocinar entonces.

—¿Por qué vas a cocinar tú? Oí la palabra «patata» y acepté por instinto, pero no hacía falta que vinieras hasta aquí y me prepararas la cena de verdad.

—Porque, si mi bebé quiere algo, voy a darle todo lo que me pida.

Gracias a Dios que sigue cortando rábanos y no levanta la vista, porque sus palabras me provocan un aleteo en el corazón y la mandíbula está a punto de desencajárseme. Entonces caigo en la cuenta. Él está hablando del bebé que llevo en el útero y yo soy tonta de remate. El calor de la vergüenza me sube por el pecho y el cuello.

—Ah…, vale. Claro.

Se me traban las palabras y me bajo de la encimera para ir a enterrar en la nevera mi cara de tía ridícula y colorada mientras finjo que busco algo. Lo que sea con tal de que no se dé cuenta de lo incómoda que me siento.

Es el embarazo. Tiene que serlo. Si no estuviera rebosante de hormonas, Red no podría decir nada que me provocara una reacción así.

Ya sea porque permanece ajeno a mi humillación, ya sea

porque quiere salvarme de mí misma, Red se aclara la garganta.

—¿Tuviste alguna vez a la señora Carr en clase de cocina?

—Todos y cada uno de los cursos de secundaria.

—¿Recuerdas cómo pronunciaba la palabra orégano?

Se me escapa una carcajada gigantesca.

—Madre mía. Me había olvidado por completo del o-rí-cano. Intentaba darle caché a una de las hierbas más comunes del mundo. ¡Y los italianos ni siquiera lo pronuncian así!

—El instituto no podía permitirse ingredientes más caros, así que supongo que tenía que inventarse los suyos.

Deja de cortar y me dedica una sonrisa radiante.

—Le encantaba inventarse pronunciaciones y punto —sentencio—. Me siento mal por cualquiera que haya pedido un tiramisú en un restaurante después de asistir a su clase.

Nos reímos juntos tanto que parece que hubiéramos sido amigos toda la vida, y no dos personas que apenas han interactuado a pesar de que han vivido durante muchísimos años en la misma burbuja de pueblo pequeño. Me duelen las mejillas y me siento como si el corazón fuera a estallarme cuando me apoyo en la encimera junto a él, todavía soltando risitas de colegiala enamorada.

Lo observo con atención mientras trabaja: corta, trocea y hace como sea que se llame esa maniobra en la que le das la vuelta a la comida en una sartén.

—Supongo que no te sorprende que asistiera a sus clases de cocina durante años y que, aun así, no sea capaz de cocinar ni aunque mi vida dependa de ello. Sé encender el horno, pero de ahí no paso.

—Esa era la única clase que no me saltaba. Si no estuviera en el rancho, creo que intentaría encontrar trabajo en una cocina o algo así. Me gusta cocinar… y comer. —Se da una palmotada fuerte en el estómago, que suena firme, musculoso; en absoluto parecido a mi tripa blanducha—. Lo bueno de ser vaquero es que no tienes que estar mazado para gustarles a las mujeres. Unos pantalones vaqueros sucios y un sombrero de cowboy y se transforman en animales salvajes.

Eso es fácil de decir cuando, basándome en lo abultados que tiene los brazos y en lo firme que ha sonado el golpe que acaba de darse en el estómago, está mazado.

—Puede que sí, si las únicas chicas que te interesan son las locas de los rodeos.

—Contigo me funcionó, ¿no es así?

Me guiña un ojo.

—Lo que funcionó conmigo fue el alcohol. Resulta que si bebo la suficiente cantidad de cerveza y tequila, soy capaz de pasar por alto los pantalones vaqueros sucios, el sombrero de cowboy sudado y la personalidad arrogante.

Lo miro de arriba abajo, aprovechándome al máximo de que me está dando la espalda. Ni rastro de los vaqueros polvorientos ni del sombrero. Solo unos pantalones de la marca Wranglers, limpios y entallados, con el círculo de la lata de tabaco de mascar Skoal permanentemente marcada en el bolsillo trasero, una camisa de franela con las mangas remangadas hasta el codo y una cabellera espesa y alborotada de color caoba.

—Si no estuvieras embarazada de mí, te ofrecería un chupito ahora mismo, Cass. Para ver si volvías a pasar por alto ciertas cosas.

—Si no estuviera embarazada de ti, jamás te habría dejado entrar en mi casa.

Bebo un sorbo de agua, despacio, y me fijo en cómo se le mueven los músculos del antebrazo mientras ajusta el fuego de mi cocina de gas. Las venas oscuras que se le ramifican bajo la piel tatuada me bombean la sangre directamente a la zona de la entrepierna.

«Mierda». Esto ha sido una mala idea, teniendo en cuenta lo cachonda que estoy desde hace un tiempo.

—Pues entonces me alegro de haberte dejado preñada.

«Sí. Mala idea».

En lugar de abalanzarme sobre él, me entretengo poniendo la mesa. Me recuerdo una y otra vez que estoy excitada porque estoy embarazada. Las hormonas, el aumento del flujo sanguíneo y que, por fin, siento menos náuseas y cansancio. Esas son las únicas razones de que no pueda dejar de mirarlo como si fuera algo a lo que quiero hincarle el diente. Puede que ahora me parezca que merece la pena liarme con él, pero, cuando mi apetito sexual se normalice, seguro que todo se desmorona. Y eso es lo último con lo que quiero tener que lidiar, dado que no me queda más remedio que compartir la crianza con este tipo.

—¿Red? —Me siento mientras él reparte las fuentes por la mesita de mi cocina, en la que le cuesta encontrar sitio para toda la comida que ha cocinado—. Llevo un tiempo queriendo hablar contigo de una cosa. Creo que deberíamos haberlo hecho cuando me dijiste que querías implicarte en todo esto, pero, si te soy sincera, creía que a estas alturas ya te habrías cansado. Es solo que… Eh… Necesito saber que cuando dices que quieres estar presente, estás seguro de lo que significa eso. Que te estás comprometiendo a implicarte con el bebé, el niño, el adolescente y el adulto. No es tan sencillo como estar aquí hasta que te canses o hasta que cumpla los dieciocho años. Incluso en el caso de que las cosas se pongan feas entre nosotros o la criatura se convierta en un problema.

—Sé en lo que me he metido, tranquila. No hace falta que me des explicaciones.

No tendría por qué explicárselo. Pero lo hago. Porque, al parecer, nadie tuvo esta conversación con mi madre cuando deberían haberlo hecho, y me niego a permitir que mi bebé se enfrente a la misma falta de fiabilidad a la que tuve que enfrentarme yo.

Dejo escapar una exhalación tensa.

—Estoy segura de que sabes que en mi familia siempre hemos sido solo mi padre y yo. Mi madre se pasó la mayor parte de mi infancia entrando y saliendo de mi vida. A veces pienso que habría estado mejor si se hubiera mantenido alejada en todo momento. No pondré a mi hijo en esa situación. Así que, si tienes alguna duda, vete ahora y deja que me encargue de esto yo sola.

Se le cambia la cara.

—No vas a librarte tan fácilmente de mí, encanto.

Perdida en mis pensamientos, apenas me doy cuenta de que acaba de llamarme «encanto» otra vez.

—¿Significa eso que lo entiendes y planeas estar presente? O...

—¿No se suponía que la lista eras tú? —Sonríe y corta un trozo de carne—. Te va a tocar aguantarme durante mucho tiempo, a pesar de que estoy seguro de que lo odias. Acostúmbrate.

Me sorprendo al descubrir que no lo odio. En absoluto.

Y, para cuando empezamos a lavar los platos de la cena, el uno al lado del otro, estoy disfrutando de pasar este rato con él. La conversación ha sido fácil y divertida. Hemos tocado temas importantes, como a qué gente odiábamos en el instituto, los peores nombres de bebé que hemos oído en nuestra vida y si mi cocina está bien organizada. (Por supuesto que lo está, y Red se lo está pasando bomba sacándome de quicio por ello).

—Por favor. Por favor te lo pido, explícame por qué los guantes de cocina no van, precisamente, en este cajón que hay junto al horno —me dice, tatuado de arriba abajo, musculoso, todo un hombre, hablándome a través de una marioneta improvisada con un guante de horno.

Aunque esta fuera una conversación que mereciera la pena tomarse en serio, yo sería incapaz de hacerlo, porque estoy obsesionada con la idea de pegarle unos ojitos saltones a ese guante antes de que venga la próxima vez.

«¿Habrá una próxima vez?». Se me entrecorta la respiración... Desde luego, yo quiero que haya una próxima vez.

—Porque ese cajón es el único lo bastante grande para que me quepa el organizador de bolsas de congelado —respondo con total naturalidad mientras guardo los platos limpios.

Me mira sin dar crédito, tan boquiabierto como su marioneta.

—Vienen en cajas. ¿Por qué no las dejas así y las pones en otro sitio?

—Bueno, así está todo más organizado. Pero, además, tiene que ver con la estética. Algo que no espero que entiendas, teniendo en cuenta que vives en un barracón y que seguro que tu armario es un mar de ropa de trabajo y vaqueros.

Le arranco el guante de la mano y lo guardo en el cajón que le corresponde.

Se apoya en la encimera con las cejas arqueadas y una sonrisa bobalicona.

—Eres tremenda, Cassidy.

Es por cómo mueve la lengua al pronunciar mi nombre, o por el brillo juguetón que tiene en los ojos, o por el hecho de que esta noche me he reído más con él que con Derek en todo un año, o por los músculos abultados que tiene en los antebrazos. También podría ser —y supongo que lo es— una combinación de todo eso lo que hace que se me acelere el corazón. Y, aunque no tiene ningún motivo para quedarse, me parece que no quiero que se vaya todavía.

—¿Quieres quedarte otro rato?

Señalo con la cabeza en dirección al salón, al otro lado del arco que lo separa de la cocina.

—Sí, claro.

—Por cierto, tengo cita con el médico la semana que viene. No te sientas presionado, pero me dijiste que querías saber estas cosas. —Nos acomodamos en el mullido sofá gris y me envuelvo en una manta. Muevo los dedos de los pies para asegurarme de que están bien cubiertos—. Entiendo que tienes trabajo. Sé que un día entre semana no es lo más conveniente. Y... tampoco es que sea una cita emocionantísima. Solo me toman la tensión y me preguntan cómo me encuentro.

—No. Hablaré con Austin, pero seguro que puedo arreglarlo si quieres que te acompañe.

—Después de mi última visita, me sentí como un trozo de basura con forma de patata, y estaría bien saber si el médico es gilipollas o si es solo que estoy loca y poseída por las hormonas. Necesito que haya una tercera persona presente para confirmarlo.

Por otra parte, me pasa algo gravísimo. A lo mejor tengo cáncer en el cerebro además de estar embarazada, porque la posibilidad de pasar varias horas con él en el coche me ilusiona de verdad. Por añadidura, sería maravilloso no tener que soportar las miradas de pena cuando acuda a la cita sola. Otra vez. Seguro que somos capaces de dar el pego como pareja.

¿Ves? Estoy enferma.

—Sin duda, al menos una de esas dos cosas es cierta. —Me lanza una sonrisa burlona—. ¿Estás segura de que quieres que vaya? Porque, si es un gilipollas, le meteré una paliza.

Intento pegarle un manotazo, aunque no llego porque estamos sentados cada uno en un extremo del sofá.

—Y después nos prohibirán la entrada al hospital y no tendré ningún sitio en el que dar a luz que esté a menos de tres horas de aquí.

—He traído al mundo bastantes terneros; no me cabe duda de que nos las arreglaremos.

Me quedo boquiabierta y, desafiando al frío, saco una pierna de debajo de la manta para arrearle una patada fuerte en el muslo.

—Cierra la puta boca. Si vuelves a decirme una mierda así, te castro.

Se está partiendo de risa. Una carcajada estruendosa, atronadora, que no le había oído antes. A pesar de que quiero estar enfadada con él, no puedo evitar que una sonrisa me curve las comisuras de los labios.

—Calla. —Le doy otra patada con los dedos de los pies—. En serio, Red. Nada de pelearse con mi médico. Puedes cabrearte todo lo que quieras, pero nos desahogaremos criticándolo durante el viaje de vuelta a casa, como la gente normal.

—Vale, vale. Deja de darme patadas con esos puñeteros pies de cubito de hielo que tienes.

—Prométeme que no lo harás.

Lo señalo con un dedo amenazador y entorno los ojos con gran decisión a pesar de la sonrisa que no puedo contener.

—Sí, Cass, te lo prometo. Aunque sea un imbécil de tomo y lomo.

Me vuelvo a tapar con la manta y él estira un brazo para envolverme los dedos de los pies en ella con mucho cuidado. Lo único que puedo hacer para no abalanzarme sobre su ridículo, irritante, precioso y sexy regazo es mirarlo de hito en hito y apretar los puños, concentrar toda mi fuerza en ellos.

«Joder».

Red le echa un vistazo al reloj que hay sobre la chimenea y se pasa una mano por la mandíbula cincelada.

—Tengo que irme. Las cuatro de la mañana siempre llegan antes de lo que quisiera. Te enviaré un mensaje cuando hable con Austin.

—Vale. Buenas noches.

Lo observo mientras se levanta y me niego a moverme de mi acogedora burbuja. En parte porque soy una anfitriona terrible, pero, sobre todo, porque sé que lo besaría si me despidiera como es debido.

9
Red

*Diecisiete semanas
(el bebé tiene el tamaño de una patata)*

Vallas que arreglar, tractores que reparar y la interminable lista de tareas de mierda que Austin quiere que completemos antes de traer el ganado a casa para pasar el invierno. Desde mayo hasta octubre, las veinte mil cabezas viven en los pastos de las montañas que rodean el Rancho Wells. Los traslados que las llevan hasta allí y las devuelven al rancho duran varios días y requieren de la participación de todo el personal. Desde la primera vez que me permitieron ayudar, cuando tenía doce años, es posible que esos hayan sido mis días favoritos en el rancho. Lo que me hace sentir orgulloso de formar parte de este lugar. Si no fuera porque ahora la idea de pasar varios días de la semana que viene alejado de Cass —y sin cobertura para mandarle mensajes— me parece un infierno.

Como esperaba, las patatas fueron mi manera de llegar hasta ella. Aunque he tenido poco tiempo, he preparado recetas de patatas cada vez que he podido. Tanto porque es divertido juguetear con diferentes formas de cocinarlas como porque a Cassidy se le ilumina la cara cada vez que se las llevo. Y eso por no hablar de que el suave gemido gutural que se le escapa cuando prueba el primer bocado se ha convertido en un excelente material para pajas. Así que todas las noches que no tiene que trabajar hasta tarde en el bar, le llevo la cena y nos la comemos juntos en esa mesita que tiene en la cocina, tan pequeña que parece de dibujos animados.

Pero que me haya invitado a acompañarla a su visita médica es lo que me parece más real. A pesar de lo que Kate y Cecily me remachan constantemente, no estoy convencido de que las cenas hayan sido suficiente. Podría estar utilizándome solo por la comida…, que es lo que en múltiples ocasiones me ha asegurado que está haciendo.

Necesito algo que me ayude a convencerme de que de verdad quiere que yo sea el padre. De que me quiere cerca, punto. De un tiempo a esta parte, tengo la sensación de que se da por satisfecha con mantenerme en secreto para siempre, así que he estado reprimiendo mis emociones: la frustración, el dolor, la ira.

En la autopista hay poco ruido, pero no tan poco como en mi camioneta durante los diez minutos que llevamos de viaje. Golpeteo el volante con el pulgar una y otra vez, marcando el ritmo de *Guitars, Cadillacs*. El silencio tiene algo que me hace imposible seguir tragándome lo que pienso.

—Bueno, ¿piensas decírselo alguna vez a tu padre?

Es posible que no sea el mejor momento para mantener esta conversación, pero, en mi opinión, es una pregunta muy justa. Joder, ya lleva casi la mitad del embarazo, lo sabe desde hace meses y sigue tan contenta fingiendo que Derek —esa escoria podrida— es el padre, mientras que yo estoy aquí currándomelo a saco por ella.

—No me hables en ese tono. —Me lanza una mirada desde el asiento del copiloto—. Ya te he dicho que lo haré cuando esté preparada.

—Estupendo. O sea que no lo harás nunca.

Ni siquiera me molesto en ocultar el sarcasmo que tiñe mis palabras.

—Por el amor de Dios. No te he invitado a venir hoy para que me trates como a una mierda.

Se vuelve para mirar por la ventanilla y resopla. Tiene más que decir, lo sé.

—¿Por qué me has invitado, Cass? ¿No debería haberte acompañado Derek? —Voy subiendo el volumen de la voz de modo constante, hasta que ya no oigo los relajantes sonidos de Dwight Yoakam por encima del estruendo de mis gritos. Todos y cada uno de los momentos en los que he dudado de mí mismo emergen a la superficie y me brotan como un río por la boca—. ¿El bebé es mío o es suyo? A alguien le estás mintiendo, Cass. Si no estás segura de quién es el padre, dilo, joder. Me importa una mierda si me cuentas que te acostaste con una decena de tíos distintos. Pero, si el bebé es mío, no voy a permitir que me trates como a un secreto del que te avergüenzas para siempre.

—¿Crees que si tuviera cualquier tipo de duda te habría involucrado? Podría haber seguido tan tranquila fingiendo que entre tú y yo no había pasado nada. El bebé es tuyo. Es solo que… decírselo a mi padre es complicado, ¿vale? Ya sabes cómo son las cosas en nuestro pueblo.

Supongo que debería haberme imaginado que todo esto terminaría teniendo algo que ver con mi familia. Por eso no quiere contárselo a su padre. Porque Dave, y la mayoría de la gente, me odia por asociación. Y todo gracias a mi padre, Joe Thompson, el alcohólico violento que jodió a un montón de gente en Wells Canyon bebiendo, metiéndose en peleas, robando, estrellando coches… Sus mierdas hicieron que nos echaran del pueblo cuando yo tenía quince años, e incluso ahora, más de quince años después, continúa amargándome la existencia. Yo sigo siendo el perdedor, Cassidy sigue siendo la princesa no oficial del pueblo.

—Lo entiendo. Tú tomaste la decisión de montártelo conmigo, de quedarte con mi bebé, de decirme que puedo formar parte de su vida. Yo hago todo lo que me pides. Pero, por algún motivo, un cabrón infiel sigue pareciéndoos una mejor figura paterna a ti, a tu padre y a todo el mundo.

La mayoría de la gente que me odia o que piensa que soy basura no me conoce. Eso, por lo general, suele hacer que escueza menos. Pero ¿esto? Esto es una puta mierda. Llevamos semanas hablando todos los días y comportándonos como amigos, pero Cass sigue viéndome como el resto. Nada de lo que he hecho hasta ahora es suficiente. Apuesto a que nada será suficiente jamás.

—Eso no es... Mierda. —Entierra la cabeza entre las manos—. No me refería a eso. No quiero tener un bebé con Derek. Pero habíamos roto justo antes del rodeo, así que es normal que la gente lo dé por hecho. Por aquel entonces ni siquiera me gustabas como ser humano. Y tienes que saber que tu reputación es... Lo siento, se lo diré. ¿Vale? No estoy ocultando nada para herirte a propósito. Mis mejores amigas lo saben, tus amigos lo saben. Los únicos que no lo saben, no me preguntes por qué, son mi padre y el resto del pueblo. Puede que no lo entiendas porque no sé qué rollo tienes con tus padres, pero mi padre y yo solo nos tenemos el uno al otro. Y... —Le tiembla la voz y no necesito mirarla para darme cuenta de que está llorando, lo cual hace que cualquier posible rastro de ira que me corriera por las venas se desvanezca de golpe. «Me cago en la leche». Ahora me siento como un gilipollas por haber sacado el tema—. Tendrías que haber visto la decepción que se llevó cuando se lo conté.

—Le hiciste creer que era de Derek para que la decepción no fuera tan grande.

Se sorbe los mocos con fuerza, se seca la nariz con la manga del jersey y se coloca el pelo rubio detrás de las orejas.

—No, no intencionadamente. Puede que crea que Derek fue el donante de esperma, pero, por lo que a mi padre respecta, estoy sola en esto. Su decepción es solo conmigo. No quiero que piense que soy una guarra que va por ahí acostándose contigo... Lo siento, no te ofendas.

No me molesto en contestar. ¿Para qué? Ya sabía que no quería que la gente se enterara de lo de aquella noche; me lo dejó claro desde el principio. Así que giro el dial de la radio, busco una emisora de música country clásica y ninguno de los dos dice una sola palabra durante unos dolorosos cuarenta y cinco minutos.

—¿Podemos presentar un frente unido aquí hoy, por favor? Creo que lo único peor que las miradas de pena que me lanzan cuando estoy sola en la sala de espera serían las miradas que me lanzarían si nos peleáramos —dice en cuanto salimos de la sofocante camioneta y echamos a andar por un aparcamiento vacío y bañado por el sol.

El hermoso día, el piar de los pájaros y la brisa cálida forcejean con mi mal humor.

—No quiero pelearme contigo. Solo quiero…

«¿Cómo le digo lo que quiero sin sonar patético?». Que necesito un poco de seguridad. Que necesito saber que no me abandonará en cuanto no esté a su entera disposición.

—¿Qué?

—Da igual. No vamos a pelearnos. Venga.

Sigo a Cass hacia el interior de la sala de espera blanca y soleada y nos sentamos más cerca que nunca el uno del otro. Supongo que porque quedaría raro que dejáramos una silla vacía entre los dos. Cassidy huele a vainilla y la rodilla que no deja de chocar con la mía me provoca aleteos calurosos en el pecho y chispas bajo la piel. La pareja que tenemos enfrente está agarrada de la mano como si les fuera la vida en ello, y desvío la vista desde sus manos hasta las nuestras. Cass y yo compartimos un reposabrazos y estamos tan cerca que podría rodearle el dedo meñique con el mío si no pensara que, de hacerlo, me tumbaría de un guantazo. Dios, quiero intentarlo; una nariz rota podría valer la pena. Si ella está pensando algo parecido, su cara de póquer es mucho mejor que la mía. Con la mirada clavada en el frente, me remuevo en el asiento y finjo que solo me estoy poniendo cómodo. Le rozo una mano con la mía y no la aparta al instante.

«Victoria».

Decido arriesgarme y, como quien no quiere la cosa, estiro la mano de manera que mis dedos queden suspendidos sobre los suyos; aquí no está pasando nada, no es más que un estiramiento normal y corriente. Cuando los relajo, mi meñique se engancha con el suyo y ella se aparta, se pone las manos sobre el regazo y entrelaza los dedos sin apretarlos.

«Derrota. Joder».

Así que permanecemos sentados en silencio y me cruzo de brazos para no volver a intentar tocarla.

De repente, cuando una enfermera viene a llevarse a Cass a la sala de exploración, me siento muy inseguro respecto a cuál es mi papel. ¿Me quedo aquí? ¿La acompaño? ¿Y si tiene que, no sé, desnudarse o algo así, y nos toca dar una incómoda explicación acerca de que, aunque he tenido los dedos, la lengua y la polla dentro de ella, nunca la he visto desnuda?

Entonces me agarra del brazo y tira de mí para que cruce la puerta gris batiente con ella.

No mucho después, un médico delgado y de mediana edad entra en la salita estéril sin molestarse siquiera en mirarla y se pone a teclear y consultar algo en su ordenador.

—Bueno, Cassidy, ¿cómo te encuentras?

Desvió la mirada desde la frente gigantesca y brillante del hombre hacia Cass y le hago un gesto para darle a entender que tenía razón. El médico es un pedazo de gilipollas.

Ella me devuelve la mirada arqueando las cejas.

—Bastante bien, la verdad. Apenas tengo náuseas, no estoy tan fatigada.

—Bien, bien…

Durante el siguiente minuto o así, no se oye nada salvo el sonido del tensiómetro. Por lo visto, este tipo nunca ha oído hablar de la empatía con los pacientes.

—Bueno, la tensión la tienes normal. Tu endocrino sigue controlándote la medicación, ¿verdad? —Cass asiente y los dedos del médico repiquetean sobre el teclado—. Como sabes, perdiste algo de peso durante el primer trimestre. Pero lo estás recuperando más rápido de lo que me gustaría, así que de ahora en adelante presta más atención a lo que comes, ¿de acuerdo?

Se oye un crujido intenso y no sé si proviene de mis nudillos o de mis muelas. Estoy teniendo que recurrir hasta mi último ápice de energía para no meterle un puñetazo a este imbécil. Creía que era de sentido común no comentar nunca el peso de una mujer, pero, cuando además está embarazada y por fin ha dejado de vomitar varias veces al día… Eso es ser un gilipollas de campeonato. Sin embargo, Cass me está asesinando con la mirada a mí, no a él. Y el miedo a disgustarla hace que siga crujiéndome los nudillos una y otra vez en lugar de utilizarlos para lo que quiero. No sé de qué hablan Cass y el médico durante el resto de la consulta, porque a mí me suena a cuando hay interferencias en el televisor. La visión de túnel me obliga a mirar fijamente el tensiómetro y, en mi mente, reproduzco la imagen de Cassidy sentada frente a mí en su sofá.

«Prométeme que no lo harás. Sí, Cass, te lo prometo».

Noto la boca caliente y rancia. No me iría nada mal un poquito de tabaco para calmar el tamborileo que siento en el cráneo, pero he empezado a dejar la lata en la guantera de la camioneta siempre que estoy con Cassidy. Si surge un momento en el que tengo la posibilidad de volver a besarla, no me arriesgaré a que me rechace porque tengo tabaco debajo del labio.

Gracias a Dios, no tarda mucho en guiarme hacia el exterior de la consulta. Ni siquiera espero a que se cierre la puerta del despacho principal antes de abrir la boca.

—No digo que no estés loca de todas formas, pero ese médico era un hijo de puta.

—Lo peor.

Se le quiebra la voz y necesito hacer acopio de fuerzas para no volver a entrar y tener unas cuantas palabras con el imbécil. Si se echa a llorar, ese tío no sabe la que le va a caer.

—Oye, no dejes que te afecte. Es un capullo.

Debe de haber habido una tormenta mientras estábamos dentro, porque el aparcamiento está lleno de charcos enormes que desprenden olor a tierra mojada. Caminamos el uno al lado del otro, damos saltos largos para salvar los charcos más grandes y avanzamos lo más rápido posible por el aparcamiento abierto para evitar que el aire fresco y húmedo nos congele hasta los huesos.

—Pero tampoco va tan desencaminado. La verdad es que no debería alimentarme a base de patatas en todas las comidas. Que esté embarazada no significa que tenga que engordar cuarenta y cinco kilos —dice mientras salta un charco—. Además, estoy soltera y me gustaría que, cuando todo esto termine, haya alguien ahí fuera que me encuentre atractiva.

—Anda ya, no me jodas. Estarás como un tren pase lo que pase. —Le abro la puerta del pasajero de mi camioneta y aprovecho para mirarle fijamente el trasero cuando sube. Desde hace un tiempo se pone leggings muy a menudo, y le abrazan el culo de una forma que hace que, cada vez que se lo veo, me palpite la polla—. Vamos a comprar patatas fritas y batidos para el trayecto de vuelta a casa, y te los vas a tomar.

Se ríe.

—No hace falta que mientas para evitar herir mis sentimientos. Pero, sí…, necesito unas patatas fritas. Es lo que he comido después de todas las visitas médicas y el bebé ya se conoce la rutina. Será en lo único en lo que piense hasta que me las coma.

Siento la imprudente tentación de decirle lo dura que se me pone con solo mirarla. Que es guapa, graciosa y sexy a rabiar. Que dudo mucho que el hecho de que el cuerpo le cambie debido a que lleva dentro a mi bebé vaya a hacer algo que no sea ponerme todavía más cachondo. Pero no puedo decir lo que estoy pensando, así que cierro la puerta y cojo una bocanada de aire húmedo antes de subirme al asiento del conductor.

Como en todas las comidas que compartimos, el gemidito de placer que emite tras el primer bocado me afecta de pleno. Los músculos que se le mueven en la garganta cuando traga el batido de fresa me envían un torrente de sangre a la zona de debajo del cinturón.

—¿Sabías que ahora mismo el bebé tiene el tamaño de una patata?

Sostiene una patata frita en alto mientras me lo dice.

—Muy apropiado para nuestro potatito.

No puedo evitar sonreír cada vez que Cass está a menos de seis metros de mí, pero, sobre todo, cuando hablamos del bebé.

—Potatito. Me gusta. —Se frota la barriga—. ¿Vas a pasar Acción de Gracias en el rancho?

—Sí, las chicas suelen tirar la casa por la ventana en cualquier fiesta, así que me imagino que prepararán un gran banquete. ¿Y tú?

—Lo pasaré con mi padre. Como siempre.

Muevo los labios para probar la frase antes de decirla.

—Podríais venir al rancho.

—Sí, será facilísimo explicárselo a mi padre, claro —dice en tono sarcástico.

«Podría contarle a su padre lo nuestro de una vez». Es una opción. Pero no soy tan tonto como para meterme en esa pelea dos veces en un solo día, así que cierro la boca y me concentro en la carretera vacía que se extiende ante nosotros.

Al cabo de un rato suelta:

—¿Vas a visitar a tus padres o a tus hermanos por Navidad?

Me río en voz baja y me paso una mano por la nuca.

—A mis padres no, desde luego. Y mis hermanos, o están igual de jodidos que yo o tienen su propia familia. No, suelo pasarla en el rancho… ¿También pasas las Navidades sola con tu padre?

—Sí. Pero luego me voy a ir a visitar a Blair durante un par de días.

«Hacía mucho tiempo que no escuchaba ese nombre».

—Te refieres a… ¿la Blair de Denny? No sabía que seguíais siendo amigas.

—¿La Blair de Denny? —Se echa a reír—. ¿Tenemos quince años otra vez? Por Dios, fueron novios en el instituto y sabes mejor que yo que hace tiempo que Denny ha pasado página. Pero, sí, sigue siendo mi mejor amiga. Vive en Vancouver y suelo ir a visitarla más o menos cada dos meses. Como durante este tiempo me he encontrado tan mal, no he vuelto a verla desde que vino a visitar a sus padres a principios de verano.

Se me encoge el estómago y aprieto los dedos con fuerza alrededor del volante de cuero.

—¿Vas a conducir hasta Vancouver en pleno invierno?

—Sí, eso voy a hacer…, papá.

Me mira de reojo antes de meterse una patata frita en la boca.

—¿No vendrá a ver a sus padres por Navidad?

—Sí, claro. —Levanta un dedo y se termina lo que tenía en la boca antes de continuar—. Pero no le gusta pasar más tiempo del necesario en Wells Canyon. Y para entonces ya sabremos el sexo del bebé, así que podré hacer algunas compras mientras estoy en la ciudad. Mierda, creo que nunca lo hemos hablado… ¿Quieres saber el sexo del bebé o prefieres que sea una sorpresa?

—Hay dos opciones, Cass. No voy a llevarme una sorpresa a menos que nazca con cola o alguna mierda así.

Me lanza una patata frita y estalla en carcajadas cuando manoteo para intentar cogerla y estoy a punto de salirme de la carretera con la camioneta.

—Que nos digan el sexo, si es lo que quieres. —Me lamo las motas de sal del labio inferior—. ¿Qué sueles hacer cuando visitas a Blair?

—Mmm... —Piensa mientras bebe un sorbo de su batido—. Salimos a cenar, de compras, vamos al bar. Así que esta vez haremos todo eso, pero sin beber. Y ella tiene la absurda idea de que... Da igual.

—¿Qué?

La miro por el rabillo del ojo y le robo una patata frita.

—Bueno, cree que tengo que despedirme por todo lo alto. Liarme con alguien ahora que aún tengo «un cuerpo sexy». Aunque el doctor Capullo, tú y yo sabemos que hace tiempo que eso no es así. Además, cuando vaya a visitarla, estaré innegablemente embarazada... Todo lo contrario a estar buena.

El silencio se alarga mientras me esfuerzo en impedir que me hierva la sangre, intento no frenar en seco y destrozarla. Para empezar, porque es tan tonta como para creer que no está buena. Para continuar, porque la simple idea de que otro hombre la toque hace que me entren ganas de reventarme los nudillos contra el salpicadero de la camioneta.

—No. No vas a hacer eso —digo con los dientes apretados y luchando contra la patata frita caliente que se me ha quedado alojada en la garganta.

—Bueno, la verdad es que no tenía pensado hacerlo. Pero, ahora que pretendes comportarte como si fueras mi guardián, me lo replantearé.

Odio la puta sonrisa irónica que tiene en la cara. Estoy indeciso: no sé si quiero agarrarla por la trenza larga, enrollármela alrededor del puño como si fuera una cuerda y follarle la boca para borrarle el sarcasmo de la cara; o si quiero besarla, haciéndolo mucho mejor que en el rodeo, y recorrerle el cuerpo con las manos al tiempo que le lleno la cabeza de cumplidos sobre lo preciosa que es.

—Ni de puta coña. Mientras lleves dentro a nuestro bebé,

no vas a dejar que se te acerque ningún hombre extraño. Si tan cachonda estás, acudes a mí. Me usas a mí. ¿Entendido?

Cass frunce el ceño y entreabre los labios un poco, como si le costara encontrar las palabras, así que la interrumpo:

—Antes de que me des un sopapo: no pretendo ser tu novio. Ya hemos follado sin sentimientos una vez, así que, si necesitas un orgasmo, yo te lo daré. Sin sentimientos. No tengo que gustarte para que folles conmigo, y los dos sabemos que la última vez estuvo genial…, aunque no quieras reconocer que te encanta mi polla. Pero, mientras mi bebé siga dentro de ti, ahí no va a entrar la picha de ningún tío raro.

—No voy a follarme a nada que no sea mi vibrador, pero gracias por ofrecerte a sacrificarte por el equipo.

Ahora voy a tener grabada en el cerebro para siempre la imagen de Cass utilizando un juguete para masturbarse. La he visto correrse después de hacerse un dedo, así que todo ello me viene a la mente con demasiada facilidad. Mantengo la vista clavada en la carretera, porque sé que, si la miro, se me pondrá dura como una piedra al instante. Ya me está costando bastante evitarlo de todos modos.

Me gustaría saber qué tipo de juguete tiene. Antes de conocerla de verdad habría pensado que quizá algo mono y delicado. Pero después de la noche del rodeo no lo tengo tan claro. Por lo que sé, podría ser la polla del puto Godzilla. En cualquier caso, me muero de ganas de saber con qué se lo monta. Joder, me encantaría mirarla mientras lo hace, pero no existe esa opción. Al menos saber qué utiliza me ayudaría a imaginármelo cuando me meta en la ducha esta noche.

—Vaya, eso te ha dejado sin palabras. —Cass rompe el silencio después de solo Dios sabe cuánto tiempo. «¿Cuánto rato llevo pensando en Cassidy sentada a horcajadas sobre una verga de silicona?»—. ¿Como he mencionado un juguete te has puesto tan inseguro que ya no eres funcional o qué?

—Qué va, he participado en bastantes competiciones de lazo por parejas, encanto. No tengo ningún problema en trabajar con un compañero de equipo. A veces se necesita a un jinete por delante y a otro por detrás.

Eso la deja a ella sin palabras.

Cuando por fin me armo de valor para preguntárselo, son las diez de la noche, me he bebido tres cervezas dentro de la ducha y me estoy rodeando la polla con el puño. Porque estoy desesperado por saberlo.

Qué tipo de vibrador es?

Cass
Estás borracho?

Dímelo

Cass
Ni de broma

Es de clítoris?, de penetración?, las dos cosas?

Cass
Eres la forma humana de una migraña.
No pienso hablarte de mi vibrador para
que te pajees pensando en ello

Por favor ☹

10
Red

Diecinueve semanas
(el bebé tiene el tamaño de un perrito caliente)

Me desplomo en el sofá de Cass y le echo un vistazo al reloj de la repisa de la chimenea. Tendría que irme a casa, pero, en realidad, cada noche me quedo hasta más tarde, aunque eso hace que los madrugones sean terribles. Desde el momento en el que la puerta de su casa se cierra a mi espalda cuando me voy, comienza una cuenta atrás insoportablemente lenta hasta que vuelvo otra vez. No hay muchos sitios en los que prefiera estar en lugar de a lomos de un caballo, lejos de la civilización, sin nada más que cielos abiertos y montañas infinitas a mi alrededor. Pero, desde hace un tiempo, me paso toda la jornada deseando volver al establo, desensillar, ducharme y conducir hasta su casa.

Mi nuevo lugar favorito de la Tierra es dondequiera que esté Cassidy Bowman.

Nada podría habérmelo aclarado tanto como haber pasado varios días de la última semana sin cobertura. Mi cuerpo estaba trasladando el ganado con los chicos, pero mi mente se encontraba aquí con ella. Cuando alguien hacía un chiste gracioso, me entraban ganas de enviarle un mensaje a Cass. Mientras preparaba la cena, me preguntaba si se estaría comiendo lo que habíamos dejado congelado en su nevera. En cuanto me quedaba dormido por la noche, me la imaginaba viendo la tele sola. No hemos hablado de si ella me echó de menos…, aunque también es cierto que jamás se rebajaría a reconocerlo. Sin embargo, en cuanto regresamos al rancho mi móvil se volvió loco con la cantidad de mensajes retrasados que le llegaron, hasta el punto de que Colt y Denny hicieron comentarios impertinentes acerca de que me iban a azotar. Era como si Cass me hubiera enviado todos y cada uno de los pensamientos aleatorios que se le habían cruzado por la mente a lo largo de esos tres días.

Esta noche es tarde. Debería irme, pero no soy capaz de dirigirme hacia la puerta. Más bien al contrario: le arropo bien los pies helados con una manta mientras ella enciende la tele para que empecemos con nuestro atracón nocturno de programas de telerrealidad. Nunca he sido muy de televisión, pero puedo cogerle el gusto a lo de sentarme aquí con ella todas las noches. Masajeándole los pies cuando me dice que le duelen, hablando de nuestros amigos, planeando la habitación del bebé. Y aunque sea una puta locura, sin darme cuenta, he terminado involucrándome emocionalmente con todas esas mujeres que compiten por salir con un chico.

—Imagínate llegar hasta el episodio de la ciudad natal y descubrir que la familia de la otra persona está desquiciada por completo. —Cass se coloca un mechón de cabello dorado entre los dedos como si estuviera creando un pincel y empieza a juguetear con las puntas—. ¿Dejas a la persona por eso o te limitas a aceptar la locura?

—¿Quién soy yo para juzgar? Mi familia es un puto desastre. Sería a mí al que dejarían después del episodio, no al revés.

—Estoy segura de que tu familia no es tan horrible. Tus hermanos siempre me parecieron tíos decentes. Sé que tu padre bebe, pero sigue con tu madre, ¿no?

Suelto una risa desdeñosa.

—No deberían seguir juntos. Mi padre no es un buen hombre, Cass. Y no solo por lo de la bebida.

Pone la televisión en pausa y se vuelve hacia mí; los preciosos ojos azules se le llenan de preocupación mientras reflexiona sobre mis palabras.

—¿Hasta qué punto «no es un buen hombre»?

Vacilo entre contárselo o no. No es que mi situación familiar sea un secreto. Austin, Jackson y Denver lo saben todo porque lo vivieron conmigo. Aun así, por lo general prefiero no remover la mierda. Aunque la expresión ansiosa de Cass me dice que de verdad quiere saberlo. Como madre de mi hijo, quiere —y supongo que merece— una respuesta sincera.

—No quiero que pienses peor de mí.

Entrecierra los ojos y niega con la cabeza al mismo tiempo que esboza una pequeña sonrisa de confusión.

—¿Por qué iba a pensar peor de ti por culpa de tu padre?

«¿Por qué no ibas a hacerlo? Esa es la pregunta que deberías hacerte».

—No quiero que te cuestiones quién soy como persona. —Bajo la mirada hacia mi regazo y me froto la palma áspera de una mano con la otra hasta que me arden—. Y, sobre todo, no quiero que te plantees si seré el mismo tipo de padre que fue él.

—Nunca. Te lo prometo.

La amabilidad suave de su expresión y el temblor que le sacude la comisura de los labios calman mis miedos. Me anima a hablar con una sutil inclinación de la cabeza.

Le agarro una mano y se la paso por la cicatriz circular que tengo en el antebrazo. Está cubierta por un espeso tatuaje negro en forma de pino, pero debajo se nota la piel levantada y marcada. Entorna los ojos, en busca de una explicación de por qué le estoy haciendo palpar una vieja herida.

—Aquí es donde me quemó con el mechero de doce voltios de su camioneta. Tenía diez años y me dejé la ventanilla un poquito bajada una noche. Llovió, así que, cuando nos subimos a la camioneta la mañana siguiente, el asiento de mi madre estaba mojado.

—Cielo santo. ¿Tu madre sabía que él…?

—Estaba allí mismo.

Aprieto los dientes.

Se le hunden los hombros y parpadea para contener las lágrimas mientras me mira con cara de pena. Me siento mal compartiendo esto con ella. Estaba tan preocupado por el hecho de que, al descubrir todas las mierdas que viví en la infancia, se arrepintiera de haber permitido que me involucrara en la vida de Potatito, que no pensé que pudiera sentir empatía por mí.

—¿Por...? ¿Por qué tu madre no intentó...?

Se le apaga la voz y responde en silencio a su propia pregunta.

Le cubro la mano por completo con la mía y le desplazo los dedos hacia mi muñeca.

—Esta cicatriz de aquí es de una operación. Me rompí el brazo cuando tenía doce años porque mi padre le pegó una bofetada a mi madre y yo cargué contra él. Me empujó tan fuerte que me caí por los escalones del porche de la casa en la que vivíamos en el rancho.

—Dios —dice en voz baja—. No me lo puedo ni imaginar.

«Eso es bueno». Es bueno que no pueda ni imaginárselo. Es bueno que no tuviera que lidiar con nada parecido. Es la hostia de bueno que sepa lo que es tener un padre cariñoso y protector, porque así podrá enseñarme a serlo.

—Ninguno estábamos a salvo. Cuando llegó el momento de elegir entre sus hijos y Joe, supongo que mi madre pensó que a la larga era mejor tomar partido por él. Tenerlo contento o algo así.

Cass aparta la manta a un lado y se arrastra por los cojines del sofá hasta que está prácticamente encima de mí. Pegada a mi costado, sujetándome el brazo con las manos. Se agacha para estudiarme la piel y de repente descubre todas las cicatrices que tan bien he conseguido disimular con tatuajes de árboles, caballos y sombras densas.

—¿Por eso tienes tantos tatuajes? —pregunta en un susurro.

—Me hice el primero a los quince años y, cuando me di cuenta de que eran una manera de ocultar mi pasado, empecé a gastarme en tatuajes hasta el último dólar que conseguía ahorrar. De esa forma, mi cuerpo y mis recuerdos sobre mi padre se convirtieron en un lienzo para algo mejor.

—Eso es tristísimo... y precioso. —Me recorre los tatuajes con la yema de los dedos, se detiene un instante cada vez que percibe la textura irregular de una vieja herida. Con sus manos sobre mí, soy incapaz incluso de respirar y, a juzgar por el fuego que me corre por las venas, es como si acabara de beberme una botella de licor de un trago. Sus caricias son una puta droga, y no es de extrañar que sea adicto—. ¿Todas estas cicatrices son de él?

—No, no. Muchas de ellas son solo de haberme criado en el rancho y de trabajar allí. Me he llevado mi buena ración de cortes, rasguños y huesos rotos haciendo el bruto con los hermanos Wells. Pero creo que eso solo hacía que las mierdas de mi padre pasaran más desapercibidas. Los profesores, las enfermeras y los médicos no sabían distinguir si las lesiones se debían a alguna burrada mía o a algo que me había hecho él.

Cass se lame los labios, parpadea para disipar el brillo vidrioso que le invade los ojos y después me apoya la mejilla en el pecho y me rodea con los brazos. Inspiro el aroma de su pelo como si intentara colocarme con él. Compartir mis secretos me ha producido una ingravidez que no había experimentado nunca. Tengo el corazón tan ligero que flota y me rebota contra el esternón, como un globo que choca con las vigas; su abrazo es lo único que impide que me aleje flotando. Y, joder, su tacto es infinitamente más curativo que el licor y la hierba con los que he adormecido el dolor hasta ahora.

—Lo siento mucho. No te merecías nada de lo que tuviste que soportar. Y alguien debería haberle puesto fin. Ojalá hubiera sabido todo el dolor que sentías.

—No pasa nada. Aprendí a mantenerme fuera de su alcance, en general. Y, sobre todo, cuando había bebido. Por suerte, la familia Wells siempre estaba ahí cuando necesitaba alejarme.

—¿Por eso volviste al pueblo en vez de quedarte en la ciudad?

Cuando tenía quince años y nos echaron del pueblo —después de que mi padre iniciara la pelea que colmó el vaso, robase el objeto que colmó el vaso y cabreara a la gente que colmó el vaso—, nos mudamos a un mísero apartamento de dos habitaciones en la ciudad.

Aunque Cassidy no me ve, estoy seguro de que percibe mi asentimiento.

—A Joe le costaba encontrar empleos y mantenerlos... Resulta que, en el mundo de la construcción, son un poco más estrictos que en los ranchos ganaderos respecto a lo de consumir alcohol mientras trabajas. Apenas teníamos para vivir y eso todavía empeoraba más las cosas en casa. En cuanto pude, llamé al abuelo Wells para pedirle trabajo. Volver a todos los terribles recuerdos de mi infancia fue duro, pero no hacerlo habría sido todavía más difícil. Si me hubiera dicho que no, no sé dónde estaría hoy… Tengo clarísimo que no estaría en Vancouver. Solo los trastornados prefieren vivir en un lugar donde no puedes ver las estrellas, oler el aire puro y montar a caballo y cabalgar durante horas sin ver a nadie.

Se endereza, pero no me quita las manos de encima. Con las uñas pintadas de rosa, me recorre el antebrazo de arriba abajo y me abrasa la piel como un incendio forestal que se me extiende rápidamente por el brazo y me explota en el pecho.

—Yo siempre había pensado que acabaría en la ciudad.

—¿En serio? —pregunto con la voz ahogada, un pésimo intento de disimular mi preocupación por que coja a nuestro bebé y se largue de Wells Canyon—. Me cuesta imaginarte en cualquier otro sitio.

—Bueno, no pierdas el tiempo intentando imaginártelo, porque ahora estoy aquí atrapada para siempre.

—No estás atrapada… Si quieres mudarte a una ciudad, puedes esperar que me resista. A cualquier otro sitio, me iré contigo.

—O sea que te vendrías conmigo, ¿eh? ¿En serio acabas de autoinvitarte a mudarte conmigo otra vez? Empieza a preocuparme que llegue un día a casa y encuentre aquí todas tus cosas.

El resplandor frío del televisor en pausa ilumina su sonrisa descarada en una habitación que, por lo demás, está a oscuras; le destella en los ojos y resalta el marcado arco de cupido de su labio.

—No tenemos por qué vivir juntos, pero ya te dije que no seré el padre que nunca viene de visita salvo en vacaciones. Vivir a horas de distancia de mi hijo no es una opción.

—De todos modos, dudo mucho que alguna vez decida mudarme. Siempre he dicho que quería hacerlo, pero nunca he sido capaz de encontrar una razón lo bastante buena como para marcharme. No hay sueños tan grandes o valiosos como para justificar que deje a mi padre aquí solo.

Me suelta el brazo y noto la pérdida de su tacto hasta en la médula de los huesos.

—Es posible que fueras la chica más inteligente de nuestro instituto. Siempre di por hecho que serías médica, abogada, científica o algo así.

Se ríe sin mucho entusiasmo.

—Ojalá hubiera sido así. Pero jamás encontré «lo mío», no sé si me explico…

—A lo mejor lo tuyo es tener una inquietante cantidad de conocimientos sobre los programas de telerrealidad.

—Una lástima que no sea capaz de dar con la manera de que eso me pague las facturas, en vez de ser solo algo sobre lo que cotillear con Blair todas las semanas. Estaría viviendo el sueño. —Vuelve a su sitio, mucho más alejada de mí de lo que me gustaría. Pero somos amigos. Solo amigos. Por eso me ha consolado cuando ha creído que lo necesitaba y por eso ha vuelto a su extremo del sofá ahora que el momento ha pasado—. Si te sirve de algo, no me preocupa que seas como tu padre.

—¿No?

—Sé que tienes tendencia a resolver los problemas a puñetazos cuando hay otro tío de por medio. Hace unos meses puede que sí estuviera un poquito preocupada, pero, desde que te conozco mejor, ni de coña. Eres como… Bueno, eres algo así como un perro de granja gruñón.

Me echo hacia atrás.

—¿Qué coño acabas de decirme?

Agita la mano hacia mí para pedirme que me calme, porque se está riendo con tantas ganas que no le salen las palabras.

—Relaja. Solo me refiero a que no dudas en joder a alguien si se mete con la gente que te importa, pero ni se te ocurriría hacer daño a tus seres queridos.

—¿Y crees que tú eres uno de esos seres?

«Por supuesto que lo es. La primera de la lista, la verdad».

Hace una mueca.

—Joder, eso espero, teniendo en cuenta que llevo dentro a tu hijo.

—Vale, vale. Llevas razón. Supongo que tendré que fingir que es un cumplido que me compares con un viejo perro de granja.

—Eh, lo de «viejo» lo has dicho tú, no yo. —Nos quedamos callados un segundo mientras golpetea el sofá con el pie—. Nadie lo sabe, pero tengo cuentas secretas en internet para poder seguirle el rastro a mi madre.

—¿Sí? ¿Por qué?

Se encoge de hombros y se mordisquea el interior de la mejilla como si fuera un chicle.

—Supongo que para ver si es más feliz... sin mí.

—No lo es.

—Mmm, discrepo. Parece bastante feliz viajando por ahí en una autocaravana con un novio que tiene una edad más parecida a la nuestra que a la suya.

—En las redes sociales todo el mundo parece feliz. Apuesto a que te echa de menos. Me parece imposible que cualquiera que haya tenido el privilegio de conocerte no te eche de menos.

Joder, pasar unos días sin ella me resultó físicamente doloroso. No me imagino lo que serían años.

Con un resoplido para expresar su desacuerdo, Cass se acurruca más en el sofá mullido.

—Cada vez que tengo la fugaz sensación de querer irme del pueblo, me entra miedo de estar convirtiéndome en ella.

—No eres como ella —afirmo con rotundidad.

—Eso no lo sabes. Podría pasar.

—Si yo soy un perro viejo y gruñón, tú eres un gato de granja. Si sigo alimentándote, dudo que te vayas a ninguna parte.

—Eres gilipollas.

Me da una patada juguetona en el muslo.

Cass pulsa el botón de reproducción y volvemos al programa. Bueno, ella vuelve al programa. A mí me cuesta prestar atención a lo que sea de lo que se estén quejando Courtney F. y Sara P. cuando la chica más increíble del mundo está sentada frente a mí. Más bien, me dedico a contemplarla con absoluta adoración. Tiene una mano posada sobre la barriguita y se enreda un mechón de pelo suelto en la otra. Algunas noches me preocupa que vaya a arrancárselo, porque se pasa las dos horas que dura el episodio retorciéndose el cabello con aire distraído.

La conozco desde hace tantos años y he malgastado tanto tiempo sin intentar conocerla de verdad... Y sin dejar que ella —ni nadie— me conozca. Esta noche he desnudado la parte más escabrosa de mi alma, y eso no ha cambiado en absoluto la forma en la que me mira. Se vuelve hacia mí desde el otro lado del sofá y se le iluminan los ojos al mismo tiempo que se le dibuja una sonrisa torcida en los labios. Lo único de lo que me arrepiento es de no haber encontrado el modo de estar aquí con ella antes, muchos años antes.

11
Cassidy

*Veintiuna semanas
(el bebé tiene el tamaño de una botella de Sriracha)*

Cassie, ya te he dicho que no me cuesta nada cerrar el bar unas cuantas horas para acompañarte a la ecografía.

Mi padre pasa un trapo por la encimera de madera lisa del bar.

Odio estar mintiéndole, pero, por alguna razón, no soy capaz de obligarme a poner fin a esta situación. A toro pasado, lo veo con absoluta claridad, y ojalá hubiera tenido los ovarios de confesarle hace meses que Derek no es el padre. Ahora las mentiras son tan habituales que, sinceramente, parece que no vayan a acabar jamás. ¿Cómo voy a decirle la verdad cuando por fin ha dejado de estar decepcionado conmigo por haberme quedado embarazada? Me da miedo fallarle otra vez.

No hablamos de mi embarazo durante el horario de apertura del bar —estoy haciendo todo lo posible por mantenérselo oculto al resto del pueblo—, pero las horas anteriores a abrir y las posteriores a cerrar son increíbles. Mi padre me cuenta anécdotas de cuando mi madre estaba embarazada, comentamos los nombres de bebé que me gustan y le enseño las fotos de cuartos de bebé que me inspiran en Pinterest. En esos momentos siento que estoy viviendo el embarazo que siempre supuse que viviría: ese en el que hay un marido, un perro, una casa preciosa y un bebé planeado. Mientras tanto, no paro de mentirle a mi padre y no le reconozco a Red el mérito que tiene.

—No pasa nada, en serio. Me va a acompañar Shelby, y te

prometo que a la mañana siguiente vendré a primera hora.

—Con la última tanda de copas limpias apilada bajo la barra, me yergo con un gruñido. No tengo ni idea de cómo voy a aguantar otras diecinueve semanas, más o menos, cuando medio turno en La Herradura hace que una sucesión constante de llamas me abrase la columna vertebral—. Además, si vienes, van a pensar que tengo un marido viejo y rico. Odio que la gente piense que somos pareja cuando vamos a algún puto sitio. O, peor aún, pensarán que me he llevado a mi padre a la ecografía porque soy una pringada patética que no tiene novio. No, gracias.

—Vale, vale. Solo es que estoy ilusionado. El tío Pete me regaló un masajeador con un mango largo cuando cumplí los cincuenta. Voy a buscarlo, a ver si te ayuda con los dolores de espalda. —Coge una bandeja llena de platos sucios y se dirige hacia la puerta de la cocina—. Y deja de andar callejeando por ahí con Shelby a todas horas, deberías descansar.

Tomo nota mental de comprarle un buen regalo a Shelb por Navidad para darle las gracias. Hace semanas que no quedo con ella, pero, como si fuera una adolescente, utilizo a mi amiga para ocultar que he estado quedando con un chico. Qué narices, yo no hacía estas cosas ni cuando era adolescente, porque no estaba ni mínimamente interesada en cualquiera de los chicos de por aquí.

Soy consciente de que toda esta situación es absurda, puesto que tengo treinta y un años y estoy embarazada. Podría, y supongo que debería, confesar.

—No callejeamos. Además, en este pueblo no hay nada que hacer.

Niego con la cabeza y me dejo caer en mi taburete habitual. A continuación me estiro sobre la barra fría hasta que un alivio maravilloso me inunda la parte baja de la espalda.

Un alivio maravilloso, seguido de una sacudida extraña. Me incorporo de golpe y me concentro en la sensación anómala.

«¿Me habré apretado la barriga de una forma rara al estirarme o algo así?».

Al cabo de un minuto de normalidad, empieza de nuevo.

Clavo la mirada en los estantes llenos de alcohol, oigo a mi padre poniendo en marcha el lavavajillas industrial por última vez esta noche y, de forma instintiva, me coloco una mano sobre el estómago.

«Hostia puta». La sensación es como si alguien hubiera servido una copa de champán y las burbujas me hormiguearan y estallasen por la zona baja del abdomen. Blair es, en pocas palabras, mi herramienta personal de seguimiento del embarazo, así que me informa de lo que debo esperar cada semana. Y me dijo que esto sucedería más o menos a estas alturas, incluso teniendo la placenta en posición anterior. Cierro los ojos con fuerza para bloquear todo lo que no sea esa sensación cosquilleante, extraña y hermosa. Cuando se detiene de nuevo, me seco la humedad de los conductos lagrimales y saco el móvil para enviarle un mensaje a la persona a la que más ilusión me hace contárselo.

Acabo de sentir las pataditas del bebé
Al menos, estoy segura al 90 %
de que las he sentido

Red
En serio?

Si no, acabo de llorar de felicidad
porque tengo gases

Red
Espero que sea eso lo que ha pasado

Claro que sí, imbécil

Red
Solo porque quería estar presente
la primera vez que ocurriera

La camioneta de Red debe de estar al menos a treinta grados cuando me subo. Tiene la cara colorada y pinta de estar incómodo, pero a mis huesos helados les resulta tan agradable que me cuesta sentirme mal por él.

Mientras me froto los muslos con las manos, le pregunto:

—¿Preparado para conocer a nuestro bebé?

—Joder, no. Pero, a la vez, también estoy ilusionado. —Me mira—. ¿Y tú?

—No existen palabras para describir la extraña mezcla de sentimientos que estoy teniendo.

Suelta el aire de golpe por la nariz para darme a entender que él está igual. Al menos hay una cosa en la que los dos estamos de acuerdo: en que nos sentimos abrumados. Hoy, en lugar de charlar con naturalidad como es habitual en nosotros, la conversación es forzada e inquieta. Como si nos hubiéramos tomado diez tazas de café cada uno antes de tener que permanecer inmóviles en la camioneta durante una hora. No puedo hablar por él, pero yo solo me he tomado un descafeinado mientras le dejaba el bar preparado a mi padre esta mañana.

—Se supone que va a nevar esta noche.

«Estupendo». Ha recurrido a una charla trivial sobre el tiempo.

—Sí, eso me ha dicho mi padre. Me ha soltado un buen sermón sobre la conducción en condiciones climatológicas adversas, como si no llevara toda la vida viviendo en Canadá.

—Sé que habíamos quedado en salir a cenar, pero quizá deberíamos dejarlo para otro momento para que no nos pille la tormenta.

—Ah. —A nivel lógico, entiendo por qué lo dice. Pero, por otro lado, quería que hoy fuera un día especial, distinto al resto de las típicas visitas al médico, tras las que vuelvo conduciendo a casa mientras me pongo morada a patatas fritas—. Sí, vale. Bien pensado.

—No es lo mismo, pero puedo prepararte la cena.

Me obligo a esbozar una sonrisa fingida.

—Siempre y cuando paremos en la tienda a comprar cerveza de raíz. Nos hemos bajado temporalmente del tren de las patatas y estamos a tope con la cerveza de raíz helada.

—Como si te hiciera falta algo más para pasarte la vida tiritando. Pero, vale, la cerveza de raíz requiere mucho menos esfuerzo que las patatas al gratén, así que no pienso quejarme.

Llegamos a la clínica donde tengo que hacerme la ecografía con el tiempo justo, así que me guían de inmediato hacia la parte de atrás y dejan a Red, con la expresión tensa y moviendo la rodilla arriba y abajo con nerviosismo, en el vestíbulo de la entrada. Es la misma sala de ecografías en la que estuve la última vez: solo tiene unos cuantos cuadros de paisajes antiguos colgados en las paredes y una incómoda camilla de cuero. Hoy no me parecen tan horribles. Es casi como si, por alguna razón, los arbolitos y las montañas nevadas se hubieran vuelto menos feos y premonitorios.

—¿Cuadros nuevos? —pregunto mientras me tumbo en la camilla y Heather, la alegre ecografista, me echa un chorro de gel caliente en la tripa. Aunque puede que sea frío —estoy bastante segura de que la última vez era frío—, pero mi cuerpo está en un estado de precongelamiento constante, así que, desde hace un tiempo, noto las cosas relativamente calientes cuando me tocan la piel.

—No. Llevan ahí colgados desde mucho antes de que yo empezara a trabajar aquí. ¿Quieres saber el sexo o prefieres que sea sorpresa?

—Mmm, sí. Queremos saberlo.

El recuerdo de la respuesta que me dio Red cuando le planteé la pregunta hace que me dé un vuelco el corazón. Entonces cierro los ojos e intento que la ansiedad no me domine. Aunque lo único que quiero es preguntar cada diez segundos si todo va bien.

—Ahora estoy ocupándome de las cosas aburridas. Medidas, primeros planos… Un montón de cosas que a ti te parecerían manchas borrosas. Estoy a punto de acabar, luego iré a por tu marido y os enseñaré las cosas divertidas.

Abro la boca para corregirla, pero tengo el cerebro frito y soy incapaz de formar un solo pensamiento coherente. Aprieto los labios con fuerza, me escondo la mano debajo del muslo para ocultar que no llevo alianza y me deleito con mi vida de mentira durante unos instantes.

—Perfecto. No te muevas, voy a por él.

Cuando se levanta y se va, me quedo a solas con mi pulso acelerado y mis pensamientos cargados de ansiedad. Me saco la mano pegajosa de debajo del muslo y me la seco en los leggings. De pronto, el desodorante que me he echado esta mañana no parece suficiente para combatir la cantidad de sudor que el estrés me está haciendo segregar.

Y, entonces, aunque ni siquiera me he dado cuenta de que ya ha entrado en la habitación, Red me coge la mano. Me apoya la otra sobre el muslo, como si fuera el punto de descanso más natural del mundo, y una descarga me recorre el cuerpo entero. Por primera vez desde hace semanas, no tengo frío en ninguna parte. Estoy asfixiada. Acalorada de pies a cabeza.

—Bien, aquí está el bebé.

Estoy bastante segura de que pierdo el conocimiento. Ni siquiera estoy segura de qué estoy viendo o de si la borrosidad procede de mis ojos o del monitor. Pero, cuando por fin consigo enfocar la mirada, es innegable que hay un pequeño ser humano ahí dentro. Diez dedos en las manos, otros diez en los pies. Una cabeza tan grande y redonda que ya empiezo a rezar en silencio por mi vagina. Vemos el latido de un corazón diminuto, el sonido rítmico atruena la habitación. Y, justo cuando creo que voy a conseguir no llorar mientras lo veo, me vuelvo hacia Red.

—Cállate —murmura antes de que le diga una sola palabra, y se seca a toda prisa la cara llorosa con la manga de la chaqueta.

—Mierda, ahora me has hecho llorar a mí. Blandengue.

Levanto la mano para enjugarme con delicadeza las lágrimas que me saturan las pestañas.

La ecografista se aclara la garganta.

—Bien, voy a imprimir varias fotos y a coger el sobre que contiene el sexo. Si surge alguna preocupación o hay necesidad de hacer alguna ecografía más, tú médico se pondrá en contacto contigo.

Me ofrece una toalla húmeda y de repente me doy cuenta de que estoy expuesta desde justo debajo de los pechos hasta el pubis. No tengo el vientre especialmente abultado, pero ya ha dejado de ser una barriguita discreta y bonita. Desde luego, no es algo de lo que me apetezca presumir. A Blair le envío «actualizaciones de panza», pero eso es muy distinto a que Red me vea así.

Agarrándome la mano con fuerza, tira de mí para que me siente y espera mientras me limpio sin que la expresión bobalicona le desaparezca en ningún momento de la cara. Durante medio segundo me planteo besarlo para ver qué se sentiría siendo una pareja que quiere estar en esta situación. Pero no lo hago porque no lo somos.

Cuando abandonamos la sofocante sala de reconocimiento y salimos al aire fresco del otoño, siento que nos hemos quitado un gran peso de encima. Toda la incomodidad del viaje hasta aquí se desvaneció en el instante en el que vimos al bebé.

—No creo que pueda esperar para mirarlo.

Red levanta el sobre hacia el sol poniente con la desesperada intención de atisbar algo a través del papel fino. Los copos de nieve, ligeros y destellantes, se arremolinan a nuestro alrededor, nos caen sobre los hombros y se posan sobre el pelo alborotado de Red.

—Pues, si no puedes controlarte, dámelo a mí.

Alargo la mano para cogerlo, pero él aparta el brazo y luego lo levanta por encima de su cabeza. Demasiado alto para que yo pueda alcanzarlo.

—¿Qué sentido tiene esperar?

—Porque es especial —protesto y me estiro todo lo posible para intentar llegar al sobre, pero es inútil—. Demasiado especial para abrirlo en el aparcamiento de un centro comercial al lado de un KFC y de una licorería.

—¿Y si pillo algo de pollo y cerveza...? Cerveza de raíz para ti. ¿Derek no es de Sheridan? Podríamos ir a sentarnos en el capó de su coche y comérnoslo mientras lo abrimos... Por los viejos tiempos. ¿Te parecería eso lo bastante especial, encanto?

Me sonríe con arrogancia y me clava la mirada en los labios. Siempre he creído que esa sonrisa y ese apodo eran condescendientes...

Pero ahora estoy empezando a pensar que me equivocaba. Tal vez necesite con todas mis fuerzas estar equivocada.

—Cuanto más tiempo pierdas haciendo el gilipollas, más tendremos que esperar para abrirlo.

Me alejo antes de cometer alguna estupidez como besarlo hasta borrarle la expresión de suficiencia de la cara.

Cuando por fin llegamos a las tranquilas calles de Wells Canyon, tengo los nervios completamente crispados. Hemos estado a punto de tener al menos cinco accidentes debido a la brutal combinación de la nevada intensa y húmeda con las calzadas cubiertas de hielo negro. Si a eso le añadimos que muchos conductores no estaban preparados para la primera nevada de la temporada, es un milagro que hayamos sobrevivido. Ninguno de los dos ha abierto la boca. Llevábamos la música baja para que Red pudiera concentrarse y yo he ido rascándome un agujerito que tenía en la rodilla de los leggings hasta hacerlo tan grande como para que me cupiera el pulgar. No he montado muchas veces en la camioneta de Red, pero esta noche ha sido la primera vez que lo he visto mantener ambas manos aferradas con firmeza al volante durante todo el trayecto, y eso ha sido lo que más me ha asustado.

Después de desplomarme sobre el sofá, lo miro.

—Creía que iba a morir sin llegar a ver lo que hay en ese papel.

—Ya, tendrías que haber aceptado mi idea. —Se encoge de

hombros y se saca el sobre blanco y ligeramente arrugado del bolsillo trasero—. ¿Qué hay que hacer para que esto sea lo bastante especial?

—Ya me da igual. Solo me alegro de que hayamos llegado a casa sanos y salvos. —Me arrastro por el sofá hasta que choco con su hombro, me meto los pies debajo del cuerpo y disfruto con discreción de su sutil aroma a jabón—. Ábrelo.

—Dame un segundo. —Desaparece en la cocina y vuelve al cabo de un momento con un encendedor de barbacoa. Enciende las velas de la repisa de la chimenea y de la mesita y apaga la luz del techo—. Ya está. Especial.

Vuelve a acomodarse a mi lado, tan cerca que siento mariposas en el estómago. Con la nieve cayendo y una quietud satisfecha en el aire, Red desdobla el papel. Con los dedos temblorosos, se lo alisa sobre el regazo para que podamos leerlo juntos a la tenue luz de las velas. Y, un segundo después, rompo a llorar con demasiada fuerza como para poder decir nada. Con demasiada fuerza como para poder expresar mi entusiasmo, preguntarle cómo se siente o decirle que debería dejar de acariciarme el pelo con tanta ternura.

—Hostia…, una niña —susurra, creo que para sí mismo.

Me arrepiento de no haberme puesto máscara de pestañas resistente al agua cuando me veo rayas negras en las manos después de secarme las lágrimas. Sé que debo de tener la cara hecha un desastre, pero me consuela mirar al hombre que llora con suavidad a mi lado. Al menos podemos ser un desastre lloroso juntos.

—¿Crees que te las apañarás con una niña?

—Pues claro, joder. Nos pintaremos las uñas y luego nos iremos a ver las vacas juntos.

—¿Vas a pintarte las uñas?

Berreo de tal manera que parece que esté borracha.

—Por supuestísimo. Uñas pintadas, lazos en el pelo; lo que ella quiera. No pienso avergonzarme de que me tenga comiendo de su mano.

Me río a pesar de que esa afirmación me hace llorar aún más.

—Mi padre llevó las uñas de los pies pintadas durante muchos años cuando yo era pequeña. No paraba de someterlo a cambios de imagen, al pobre. Estoy deseando verte con sombra de ojos azul, purpurina y pintalabios rojo.

—Ya he pasado por todo eso. Odessa se cebó una vez conmigo mientras dormía.

No he pensado mucho en la relación de Red con los hijos de Kate y Jackson. Hace unos meses, la idea de que interactuara con niños pequeños me habría resultado risible. Tal vez incluso un poco aterradora. Eso fue antes de que viera este lado suyo. La versión que no es el adolescente que rara vez iba a clase, que fumaba hierba y bebía cerveza en los terrenos del instituto y que, por lo general, llevaba a más pasajeros de los legales en su camioneta. Ni tampoco el tipo borracho y siempre dispuesto a meterse en una pelea en La Herradura. Ninguno de esos está demostrando ser su verdadero yo.

—¿Por qué nadie te llama por tu nombre real? —le pregunto, y la cara se le frunce en una mueca de confusión.

—No lo sé. Me pusieron un apodo y todo el mundo empezó a llamarme así. No me molesté en intentar evitarlo.

Red es el vaquero rudo del instituto, del bar o del rodeo. Es capaz de tumbar a la mayoría de los tíos bebiendo y le parte la cara a cualquiera sin dudarlo. Chase es el tipo que me prepara toda la comida que se me antoje, conduce con precaución en medio de una ventisca a pesar de ser un experto en circular a campo traviesa y me tapa los dedos desnudos de los pies con mantas calentitas. El que llora porque va a tener una niña mientras me acaricia el pelo con una mano encallecida por el trabajo.

—¿Tienes alguna preferencia al respecto?

—No. La verdad es que no.

—Bueno, pues vas a ser un gran padre, Chase.

De repente, la mano con la que me acaricia la cabeza se queda inmóvil y, luego, me atrae hacia él. Una de mis mejillas choca con su pecho firme y el oído se me llena con el estruendo de su pulso. Se me acelera el corazón, me siento segura y abrigada bajo el peso de sus brazos, que me aprietan contra él.

—Debería marcharme antes de que el tiempo empeore.

Se separa del abrazo y se limpia cualquier emoción previa del rostro.

Sin pensármelo dos veces, le suelto:

—Ni de broma. No vas a conducir por ese camino cutre de tierra durante una tormenta de nieve. Puedes quedarte aquí.

—No pienso dormir en este sofá de casa de muñecas.

En teoría es un sofá de tamaño medio, pero entiendo por qué a un tipo que debe de rondar el metro ochenta no le resultaría cómodo.

—¿Prefieres acabar enterrado en un banco de nieve? Yo me quedo con el sofá y tú con mi cama.

—Ah, buena idea, Cass. Como si fuera a obligar a la embarazada a dormir aquí. Me quedo con el suelo.

—Vale.

12
Red

La habitación de Cass es justo como me la esperaba: femenina y sencilla, tan bien organizada como el resto de la casa. Y huele a ella, por supuesto. El mismo ligero aroma a vainilla que aún perdura en el abrigo de trabajo que utilizó como manta en la camioneta después del rodeo cubierto.

Nunca he sido de los que se pasan las horas en vela por la noche. Por lo general, en cuanto pongo la cabeza en la almohada, estoy frito. Pero esta noche no. Ni siquiera puedo echarle la culpa al suelo, porque he dormido en sitios peores que la moqueta del dormitorio de Cassidy... con una manta gruesa y enorme y varias almohadas.

La mente sigue yéndome a mil por hora mucho después de que nos demos las buenas noches y la habitación se suma en el silencio. A juzgar por el cambiante ángulo de la luna que asoma tras los bordes de las cortinas opacas, tiene que haber pasado al menos una hora. No puedo dejar de pensar en la niña..., en mi niña. Y en la hermosa mujer que va a ser su madre. Lo de hoy ha hecho que las cosas parezcan reales, y no solo porque haya visto a un ser humano diminuto y completamente formado en la pantalla de un ordenador destartalado. Aunque, por supuesto, eso ha conseguido que todo me pareciera muy muy real.

Cass ha confiado en mí para que la trajera a casa en medio de una ventisca, se ha acurrucado junto a mí en el sofá y ha habido un montón de ocasiones en las que me ha dado la sensación de que quería que la besara. Por otra parte, puede ser que yo esté viendo cosas que no existen, porque me siento abrumado en todo momento por la necesidad de besarla. Y lo haría si pensara que no jodería las cosas.

Un ruido perfora el aire silencioso y se me aguzan los oídos. Pasa otro instante y oigo a Cass gimiendo. Los ruidos dulcísimos y suaves se me van directos a la polla y la hacen cobrar vida debajo de mis bóxer.

«Joder, debe de estar teniendo un sueño brutal».

Si supiera que estoy escuchando la banda sonora de su sueño húmedo, las mejillas se le pondrían del rosa más bonito del mundo. Pero, cuanto más tiempo pasa, menos claro tengo que esté dormida. Las mantas de la cama se mueven cuando ella se retuerce debajo.

«No sería capaz». Se me desboca la mente al imaginármela tocándose a menos de dos metros de distancia.

—¿Cass? —susurro, y después contengo la respiración porque, si está dormida de verdad, no parará.

Pero los sonidos y el movimiento se detienen de golpe. «Joder».

Ya no estoy pensando con la cabeza correcta… Mi creciente erección me convence para que pruebe suerte.

—¿Necesitas ayuda?

—Madre mía. Vete a tomar por culo, por favor —murmura.

—Perdona, sigue. Solo se me ha ocurrido ofrecértelo porque me ha dado la sensación de que, a este paso, vas a tardar toda la puñetera noche en correrte.

—Ya, bueno, no quería utilizar un vibrador y arriesgarme a despertarte.

Estiro la mano hacia abajo para recolocarme la polla en los calzoncillos e intento con todas mis fuerzas no encaramarme a su cama.

—Estoy despierto. No te cortes, úsalo.

«Por favor, por favor, úsalo».

—Ni loca. Contigo aquí ni se me ocurriría.

—Pues no has tenido ningún problema en tocarte cuando

creías que estaba dormido... Cosa que me parece la hostia de sexy, por cierto. Así que me callaré y haré como que estoy sobado.

No puedo evitar que mi mente divague y me pregunto en qué estaría pensando mientras se daba placer. La recuerdo sobre el capó de aquel coche, con las piernas bien abiertas y las bragas rozándole el clítoris. Con los ojos clavados en los míos, explorándose el coño suave con los dedos. Recuerdo que le chorreó a mares cuando se corrió. Creía que los *squirts* eran algo exclusivo del porno, pero lo de Cass es totalmente real —tan sexy que me vuelve loco—, y daría cualquier cosa por perder la razón viéndola correrse otra vez.

—Hace un tiempo que no soy capaz de dormir sin él. No podía conciliar el sueño y no sabía que estabas despierto, así que...

—Tienes que descansar, así que hazlo, Cass. Ya follamos una vez... Prometo no incomodarte por ello. Haz como si no estuviera aquí —le digo a pesar de que siento una opresión en la garganta y me muero por meterme en la cama con ella.

Sin embargo, no prometo que no vaya a pajearme con este momento durante el resto de mi vida. Trago saliva con dificultad cuando el cajón de su mesita de noche se abre con un chirrido, y la polla ya me está goteando.

—¿Sigues queriendo que te diga cómo es?

—Hostia puta, joder que si quiero. —Por supuesto, preferiría verlo (y mirarla mientras lo usa), pero me conformaré con esto. Me avergüenzo de la cantidad de horas que he dedicado a imaginármela masturbándose desde el día en el que me comentó que tenía un vibrador—. ¿Seguro que no quieres que te ayude?

—Cállate o te echo de aquí a patadas.

—Perdón... Sigue.

Me muerdo el labio y me meto la mano por debajo de la cinturilla elástica de los bóxer. Si no se me permite subir ahí arriba, al menos voy a participar desde aquí abajo.

—Pues es negro y tiene dos... eh... partes: la grande va dentro y la pequeña me vibra contra el clítoris. La parte pequeña tiene como una especie de orejas de conejo... Supongo que por eso se llama conejo.

—Mmm, ¿quieres explicarme cómo lo usas?

La oigo soltar una exhalación prolongada y el edredón de su cama se mueve. Me he rodeado la polla con la mano y me la acaricio despacio, al son de su voz.

—En resumen, hace todo el trabajo por mí. Una vez que empieza a estimular los puntos adecuados, me recuesto y disfruto. Por lo general usaría lubricante, pero...

Se le apaga la voz.

—Ya estás empapada.

Dios, podría correrme solo con pensar en lo empapado que debe de tener el coño.

Una risa entrecortada.

—Sí..., eso...

Ahoga un pequeño jadeo y luego se queda callada. Estoy desesperado por saber qué está haciendo exactamente. No voy a ser capaz de quedarme aquí tumbado sin saberlo.

—Encanto, háblame. Cuéntame lo que estás haciendo, por favor.

Gimo mientras me esparzo las gotas de la punta por el tronco y finjo que es la humedad de Cass.

—Acabo de metérmelo dentro. Y ahora... —El zumbido del vibrador invade el aire y me aprieto la polla con más fuerza—. Voy a dejar que haga su magia.

El zumbido se intensifica y ella gime sin apenas hacer ruido; suena amortiguado, como si se estuviera tapando la boca con una almohada.

—No te quedes callada solo porque yo esté aquí.

Muevo la mano de arriba abajo al imaginarme la puta maravilla de espectáculo que debe de ser ahora mismo. Los muslos cremosos separados, una mano en el vibrador y la otra aferrada a la cama como si su vida dependiera de ello, el pelo largo esparcido por la almohada.

Se toma mi orden muy en serio y deja escapar un quejido áspero que me catapulta hacia el límite. Entre sus gemidos de intenso placer, solo oigo sus jadeos. Me había olvidado de cómo huele cuando está excitada, pero ahora la habitación está tan cargada de su aroma que casi la saboreo. Los resuellos y gimoteos que emite me obligan a agarrarme con fuerza al marco de la cama con la mano libre. Cualquier cosa con tal de permanecer en el suelo, con tal de no subir ahí arriba, quitarle el vibrador y clavarle la polla hasta el fondo.

—Joder, Cass. Qué sexy suenas.

Arrastra los pies por las sábanas y empuja el edredón azul claro hacia los pies de la cama. Si me sentara, podría verla. Quizá no con todo detalle —la oscuridad del dormitorio es total, ni siquiera está iluminado por la luz de la luna—, pero distinguiría sus curvas mientras corcovea. Es imposible que no esté absolutamente increíble. Mis movimientos son descuidados y frenéticos, se me tensan los huevos cuando la oigo desmoronarse.

—Joder, Chase.

No sé qué me pasa cuando oigo que mi verdadero nombre brota de entre sus labios mientras se corre, pero me mata. Un último restregón hace que gruesas cuerdas de semen me salgan disparadas hacia el vientre desnudo y el pecho desbocado.

Una vez que recupero el aliento, vuelvo a guardarme el miembro en los calzoncillos y me dirijo hacia el cuarto de baño del pasillo. Hasta que me miro en el espejo con los ojos entornados para protegerme de la luz no me doy cuenta del lío en el que estoy metido. Porque, no me jodas, no quiero ser su amigo; su secreto vergonzoso; el padre de su bebé. Quiero más que eso. Quiero estar en su cama haciendo que se corra todas las noches para poder conciliar el sueño. Quiero tocarla de formas que ni siquiera son sexuales: cogerla de la mano, acariciarle el pelo, masajearle la espalda dolorida y posarle una mano con firmeza en la tripa mientras dormimos. Y la única razón por la que no me ha tirado una almohada y me ha pedido que me largara de su habitación cuando la he pillado tocándose es que le dije que podíamos follar sin sentimientos. Cosa que era una enorme mentira.

—No te preocupes, duerme en la cama —me dice Cass cuando vuelvo al dormitorio oscuro y veo que mi cama improvisada en el suelo ha desaparecido. La habitación huele a sexo, y ver su mano dando golpecitos sobre el espacio vacío que queda a su lado hace que la polla vuelva a palpitarme en los bóxer—. Venga, nos hemos masturbado juntos… Creo que podemos compartir una cama como adultos maduros.

«Supongo que eso no se puede discutir».

—Vale, cámbiate de lado.

—Ni en sueños. Este es mi lado de la cama. —Aparta la mano del hueco vacío—. Si vas a intentar mangonearme, quédate en el suelo. Retiro la invitación.

—Vale, muy bien. Voy a dormir en la posición más cercana a la puerta de una manera u otra.

Frunce la cara como si acabara de decir una auténtica locura.

—¿De qué estás hablando?

—El chico siempre tiene que dormir más cerca de la puerta, por seguridad. ¿Y si entra alguien?

—Llevo años viviendo aquí sola, ¿y crees que esta es la noche en la que por fin va a entrar alguien? —Se echa a reír, aunque se aparta de todos modos—. Estás como una cabra, pero tú mismo. Esta noche te dejaré ser el vaquero heroico, fuerte y protector. Aunque, ¿qué haré sin un hombre grande y duro que me salve mañana por la noche?

Quiero ofrecerme a quedarme todas las noches, pero creo que Cassidy me echaría de la cama. Y esta es una oportunidad a la que, egoístamente, no quiero renunciar.

—Gracias. —Me tumbo a su lado y le rodeo la cintura con el brazo—. Te lo advierto: soy de los que duermen abrazados.

Gruñe.

—Pues yo no. Échate para allá, joder.

—Apuesto a que, si lo probaras, conmigo sí que te gustaría dormir así.

—No. —Se aleja todavía más, hasta que está a punto de caerse de la cama—. Te garantizo que no. Me gusta dormir sola, sin inhibiciones, sin ataduras, libre de asquerosos alientos matutinos en la cara.

—Si te prometo no respirarte en la cara, ¿me dejas abrazarte?

La persigo por la cama hasta que queda un montón de hueco a mi espalda, pero ella y yo estamos casi en el borde. Le paso el brazo alrededor de la cintura para mantenerla pegada a mí.

—No. —Gruñe exageradamente bajo el peso de mi brazo—. ¿Quién coño eres tú? Tan pronto estás en plan «tengo que proteger a la mujer indefensa» como te transformas en un oso amoroso.

Cada vez que imita mi voz de esa manera tan mona y coqueta hace que me sienta pleno. Ni siquiera me importa que en teoría se esté burlando de mí, porque la sonrisa con la que lo acompaña es lo que más me gusta de todo el puto mundo. Y no puedo evitar darme cuenta de que en realidad no ha hecho ningún esfuerzo por apartarse de mí.

—¿Oso amoroso? Suena bien.

—No soy muy de ositos de peluche.

—Una pena.

La aprieto con más fuerza. Como sé que tiene los pies fríos —siempre los tiene fríos—, se los cojo y me los meto entre las piernas. Con ella entre mis brazos, no me cuesta nada dormirme en cuanto mi cabeza toca la almohada.

13
Red

Cuando me despierto, me está arrastrando las uñas con suavidad por el brazo y el pecho, pero no me atrevo a abrir los ojos. De todas formas, la habitación sigue a oscuras, así que debe de ser muy temprano. Me recorre los tatuajes y luego me acaricia la marca del Rancho Wells que llevo en el pecho. La marca que deseé ponerme en cuanto la familia Wells me permitió volver a pesar del infierno que había desatado mi padre antes de que nos fuéramos del pueblo. El día en el que debería haber subido al escenario del instituto durante la ceremonia de graduación, ya estaba haciendo el camino de regreso a Wells Canyon. Llamando con nerviosismo al abuelo Wells mientras escapaba de la ciudad. Rezando para que me diera un trabajo. Por supuesto, ni siquiera dudó en decir que sí. Y fue entonces cuando me di cuenta de que, en verdad, estas personas eran más mi familia que mi propia sangre.

Cassidy me coloca un muslo encima, de tal modo que me roza la entrepierna con la rodilla.

—Buenos días —susurra, porque supongo que se ha dado cuenta de que estoy despierto.

Abro los párpados de golpe cuando noto que baja una mano hasta la cinturilla de mis bóxer. No me equivocaba, aún está oscuro. Pero el blanco de los ojos le brilla cuando se tumba de lado y me mira.

—Cass —murmuro—, ¿qué...?

—¿Sin sentimientos?

Me aprieta las caderas contra el costado con urgencia y me agarra la polla por encima de los calzoncillos.

«Joder». ¿Cómo digo que no a algo que me muero de ganas de hacer desde hace tiempo, aunque sepa que no es buena idea?

—Sin sentimientos.

Es fácil, al parecer. Solo tengo que mentir. Tanto a ella como a mí.

Sin dudarlo un segundo, se sienta a horcajadas sobre mí. Lleva puesta una camiseta extragrande y solo le distingo la silueta del cuerpo mientras se restriega contra la erección que no para de crecerme. Me meto los pulgares bajo el elástico de los bóxer y tiro hacia abajo para liberarme la polla. Con el movimiento de un resorte, se balancea contra el calor de Cass y se crispa cuando la veo sacar la lengua para lamerse los labios. Puede que esto sea mala idea a largo plazo, pero ahora está mereciendo muchísimo la pena.

—Solo una vez, ¿vale? —Despacio, con suavidad, arrastra el coño desnudo sobre mí, como si esperase que fuera a colársele dentro «por accidente»—. Pero hay una norma.

Pongo los ojos en blanco.

—Tú y tus putas normas.

—Nada de besarnos. Por fin somos amigos y no quiero joderlo. Pero necesito esto. Te necesito a ti.

¿Besarnos es cruzar un límite, pero follar no?

—Vale. Nada de besarnos. Mierda…, ¿condón? Me hice las pruebas cuando me dijiste que te habías quedado embarazada y no me he acostado con nadie después de ti… —digo y levanto ligeramente las caderas para abrirle los labios húmedos con la punta de la polla.

Deseo con todas mis putas fuerzas que diga que no quiere usar condón. Nunca he estado desnudo dentro de una mujer, pero con Cass quiero hacerlo. Quiero sentirla rodeándome por completo.

—¿No has estado con nadie? —Abre mucho los ojos. No sé por qué se sorprende; ya sabe que he pasado casi todos mis ratos libres de los dos últimos meses con ella—. El médico me hizo todas las pruebas en el primer control del embarazo.

—No, no he estado con nadie. —Apenas me da tiempo a terminar la frase antes de que me agarre la polla por la base y se la meta dentro, deslizándose a lo largo de toda ella. Un fuego se extiende por mi interior, como si me hubiera electrocutado de la mejor manera posible—. Joooder.

«Buenos putos días».

Siento que su coño prieto y húmedo se tensa a mi alrededor con cada rebote y la agarro de ese culo maravilloso para ayudarla a subir y bajar con movimientos lentos y decididos. A pesar de la oscuridad, con pelos de recién levantada y una camiseta holgada es cojonudamente perfecta. Me muero por saber qué aspecto tiene sin la camiseta; es imposible que mis fantasías le hayan hecho justicia.

Ya le he levantado el dobladillo hasta la altura del ombligo cuando me detiene.

—No... Creo que debería dejármela puesta. La vista ya no es muy agradable ahí abajo, con la barriga y la grasa acumulada en todos los sitios en los que no debería acumularse.

—No pienso follarte sin verte las tetas. Otra vez no. Quítatela —le exijo al mismo tiempo que le doy un tirón a la camiseta.

Y, aunque hay un brillo desafiante en sus ojos, la suelta. Me doy cuenta de que quiere enfrentarse a mí, ha adoptado la misma expresión de rebeldía que la primera noche. Pero es imposible ocultar que le gusta que le dé órdenes. Tiro la camiseta al suelo y por fin tengo sus pechos redondos y turgentes entre las manos. Como ya me esperaba, mis sueños no se han acercado ni de lejos a la deliciosa realidad.

—Sigo teniéndolas un poco sensibles, así que ten cuidado con ellas, ¿vale?

Me fijo en que se está rodeando la barriga con un brazo. Por mucho que quiera quedarme contemplando esta vista para siempre, la tiro sobre la cama.

—Tampoco quiero que me ocultes esto.

Le planto un beso en el vientre desnudo y le coloco una mano a cada lado de la tripa con ternura. No me ha especificado si tengo permitido besarle el resto del cuerpo, pero, en cualquier caso, la norma me importa una mierda.

—Tener pinta de haberme comido un caballo entero no es sexy.

—¿Me estás vacilando? Estás gestando a nuestra niña, y eso es increíble, Cass. —Vuelvo a besarle la piel cálida y suave. Hace rato que cualquier esperanza de follármela sin sentir nada se ha esfumado. Y creo que ella lo sabe—. No tienes que preocuparte jamás de que piense que eso no es precioso. O que tú no eres preciosa.

Le trazo una línea ascendente por el cuerpo con la lengua y se estremece. Coge aire entre los dientes apretados y me clava las uñas en el hombro cuando le succiono un pezón y me lo meto en la boca.

—Lo siento —susurra. La presión de las uñas sobre mi piel se relaja cuando mueve la mano y me la enreda en el pelo—. Últimamente está todo muy sensible.

—Tendré cuidado.

Gracias a Dios que pude desahogarme anoche, porque, de lo contrario, habría sido imposible que pudiera tomármelo con calma ahora. Aunque, la verdad, tener que bajar el ritmo no ayuda en absoluto a fingir que esto es un polvo que no significa nada.

Supongo que debería apartarme y decirle que vuelva a montárselo con el vibrador. Sola. Pero, en lugar de hacerlo, le lamo los pezones endurecidos con suavidad y le paso dos dedos por el clítoris húmedo. Me agarra el pelo con más fuerza y arquea la espalda sobre la cama para apretarme el coño con firmeza contra la palma de la mano.

—¿Anoche también estabas así de mojada?

Le deslizo los dedos hasta la entrada empapada.

Se muerde el labio y asiente.

—¿En qué estabas pensando?

No me contesta, sino que gira la cara y gime contra la almohada cuando le meto dos dedos hasta el fondo y siento cómo se le tensan las paredes a mi alrededor. Le presiono el clítoris con la mano y la sensación hace que le tiemble el cuerpo entero.

—Ahora te vas a hacer la tímida, ¿eh? Esto lo has empezado

tú, cariño. ¿Quieres saber lo que me estaba imaginando yo anoche? Estaba pensando en que enterraba la polla en este coño tan prieto y en que sentía cómo te contraías a mi alrededor, en que te oía gemir mi nombre, en que te pintaba hasta las putas entrañas. —Cass gime y se retuerce a modo de respuesta, revuelve las sábanas igual que lo hizo anoche. Mueve la cabeza de un lado a otro sobre la almohada y yo juego delicadamente con uno de sus pezones erizados mientras me deleito con el hermoso cuerpo que me ha estado ocultando todo este tiempo—. ¿Es en eso en lo que piensas todas las noches cuando estás aquí tumbada buscando un orgasmo? Dímelo, Cass.

—Sí —gimotea.

La confesión me acelera el corazón y siento las pelotas como si estuvieran a punto de estallar.

—Dime lo que quieres ahora mismo.

—A ti.

Me mordisquea la mandíbula.

—Vas a tener que concretar más si quieres que haga que te corras.

—Quiero… Necesito que me toques, me chupes, me folles. Lo quiero todo.

—Siéntate en mi cara, encanto —le ordeno, y me tumbo a su lado.

—¿Qué?

Me mira con sorpresa y, durante un segundo, me preocupa haberla presionado demasiado.

—Ya me has oído. Siéntame ese coño tan dulce en la boca. Rodéame la cabeza con esos muslos preciosos y fóllame la cara. Deja que te saboree. Deja que mire ese cuerpo tan perfecto mientras te corres.

—¿Y si te aplasto…?

—Cassidy, deja de comportarte como una puta niñata o no permitiré que te corras.

Traga saliva con dificultad, se incorpora apoyándose en las manos y me pasa una pierna por encima del pecho. La agarro por los muslos y la coloco justo donde la necesito.

—Agárrate al cabecero y no lo sueltes —le ordeno.

Entre mi cara y el coño húmedo de Cass el aire es caliente y espeso, así que empiezo a saborearla antes incluso de que se siente encima de mí. Cuando miro hacia arriba, solo la veo a ella. Ojalá pudiera verse desde aquí. Verse como la veo yo. Es la hostia.

—Joder, qué sexy eres. —Le paso la lengua por el centro y, luego, con delicadeza, me abro paso a lametones por ambos lados—. Y sabes… Joder.

Sabe como si todos los demás hombres debieran tener prohibido tocarla. Vuelvo a pasarle la lengua de arriba abajo, le dibujo círculos en el clítoris y hago que se relaje más. Cuando me detengo medio segundo, ella vuelve a alzarse.

—Deja de moverte. Siéntate. Quiero todo tu puto peso encima, encanto.

—No puedo. Ya oíste al doctor Capullo. He cogido…

Le agarro el clítoris con los dientes a modo castigo, y eso hace que deje la frase a medias para inhalar con brusquedad.

—Si ese imbécil me impide disfrutar plenamente de este coño, en cuanto acabemos, iré a Sheridan y le pegaré una paliza. Siéntate. Último aviso.

Gruñe, pero se acomoda sobre mí. Le clavo los dedos en el culo rollizo para acercármela a la boca. Estoy en el paraíso, asfixiado entre sus labios suaves y húmedos, inhalando su aroma placentero y limpio. Lo que daría por comérmela para desayunar todas las putas mañanas.

No bromeaba respecto a lo de que estaba sensible. Los más ligeros roces sobre el clítoris la llevan a restregarse contra mi cara en busca de la fricción, gimiendo como si estuviera intentando no correrse ya. Le succiono y le beso los labios del coño, las gotas de líquido preseminal me resbalan por la polla mientras me arrastra las uñas por el cuero cabelludo. A ambos lados de mi cabeza, los muslos le tiemblan de la tensión. «Está a punto». Concentrándome en el clítoris hinchado, aumento la presión hasta que todo el cuerpo se le contrae y se le relaja en una ola prolongada.

—Joder —digo, y me relamo los labios.

Podría llevarla todo el día puesta en la cara como si fuera

una puta máscara de hockey, pero tengo la polla tan dura que me palpita. Necesito estar dentro de ella más de lo que he necesitado cualquier otra cosa en mi vida. Baja arrastrándose por mi cuerpo y me deja un rastro de humedad sobre el pecho desnudo, como si me estuviera marcando con su olor.

«Bien». Quiero ser suyo.

Se coloca la cabeza de mi polla en la entrada mientras me rodea el tronco con los dedos y se deja caer sobre ella. Se la mete centímetro a centímetro, estirándose a mi alrededor con una exhalación áspera. Cassidy Bowman lo es todo.

—Por Dios, Cass. Mírate. Eres un puto sueño.

Le agarro la curva generosa de las caderas, la sujeto clavándole con fuerza los dedos y luego me muevo hacia arriba para evitar que las tetas doloridas le reboten con demasiada fuerza mientras me cabalga con un abandono absoluto.

Ni siquiera sé adónde mirar, todo es impresionante. No dediqué el tiempo suficiente a admirarla cuando nos enrollamos en el rodeo. Hoy no pienso cometer el mismo error. Puede que nunca vuelva a tener la oportunidad de verla de este modo, así que me permito perderme en ella.

Tiene la cara inclinada hacia el cielo y mueve la boca para formar las palabras «Dios mío» cada vez que la lleno del todo. Sus tetas, grandes y densas, se me desbordan en las manos, y los pezones, duros como piedras, se me clavan en las palmas. Tiene un vientre perfecto, suave, ligeramente prominente, y quiero besarlo. Con una mano se acaricia el clítoris con rapidez mientras yo entro y salgo de ella, con la polla reluciendo por su humedad.

—¿Era esto lo que estabas deseando? Cabálgame más fuerte, encanto. Toma todo lo que necesites. Úsame.

—Chase —gime mi nombre, mi puto sonido favorito.

Choca las caderas contra las mías una y otra vez, y eso le arranca de la boca los gemidos más dulces. Beso y lamo cualquier pequeño pedacito de ella que alcanzo. Le recorro el cuerpo con las manos como si fuera su dueño. Le mordisqueo el antebrazo, le beso la muñeca con suavidad, le succiono las tetas con delicadeza cuando se inclina hacia delante. Si eso de que esto solo va a ocurrir una vez va en serio, voy a tocarla, a follármela y a llevarme todo lo que pueda de ella.

—Me voy a correr —dice con una exhalación a la vez que
me cabalga como si se dedicara a ello, mientras hace un esfuerzo enorme por volver a coger aire al mismo tiempo que todo su
cuerpo amenaza con desmoronarse.

—Bien, quiero sentir cómo me empapas la polla. Quiero
que mojes todas las sábanas.

Como una chica obediente, eso es justo lo que hace. Su coño
codicioso me agarra como si no quisiera soltarme nunca y empieza a arrancarme un orgasmo cuando siento que su corrida
me chorrea por la polla y me cubre los huevos.

—Córrete dentro de mí. Por favor. Quiero sentirte.

«No hace falta que digas más». Gruño y la agarro por las
caderas para mantenerla pegada a mi polla mientras el fuego
me corre por las venas. Los bordes de la visión se me desdibujan con cada descarga frenética hasta que me vacío dentro de
ella.

Se deja caer sobre mí como una muñeca de trapo y jadea
contra mí.

—Eres perfecta. La hostia de perfecta, joder —le digo antes
de darle un beso en la frente empapada de sudor—. Túmbate
y deja que te limpie.

Mi orgasmo y el suyo me resbalan por el miembro cuando salgo de su interior con un escalofrío. La tumbo a mi lado
y desciendo por la cama para arrodillarme entre sus piernas y
lamerle los muslos desde abajo hacia arriba. Ella gime con suavidad; las piernas aún le tiemblan por las réplicas del orgasmo.
Aplano la lengua y le lamo los laterales del coño. Luego el
centro. Retrocede cuando me meto el clítoris hinchado en la
boca.

—Uf, Dios, no puedo más. —Levanta las caderas de tal forma que quedo enterrado en ella y me aprieta la cabeza con los
muslos. Parece que su cuerpo está traicionando a su boca—.
Estoy demasiado sensible.

—Solo quiero asegurarme de que estás bien limpia.

Sonrío y vuelvo a hundirme para darle más lengüetazos

apenas perceptibles. Lamo mi semen. Disfruto del sabor intenso de nuestros fluidos combinados sobre su piel delicada. Le paso la nariz por el centro para aspirarla, desesperado por grabarme en la memoria hasta el último detalle de Cass.

—Qué bien sabemos juntos, encanto.

Con un gemido, arquea la espalda y un pequeño reguero de mi semen le brota de dentro. Sin pensármelo dos veces, consciente de que no va a dejarla más embarazada de lo que ya lo está, lo recojo con la punta del dedo y se lo vuelvo a meter muy despacio.

—Chase —suplica.

Cuando baja la mirada hacia mí, con los ojos soñolientos, le doy un último beso en la barriga antes de tumbarme a su lado. Se acurruca junto a mí y, con toda naturalidad, le poso una mano en el vientre.

—Voy a empezar a dormir aquí todas las noches. Qué gran manera de acostarse y de despertarse. Madre mía.

Exhalo e intento que mi ritmo cardiaco recupere la normalidad.

—Lo siento, últimamente estoy… muy cachonda. Y me he despertado con un hombre musculoso y tatuado en mi cama y no he podido contenerme.

—Ya te lo he dicho, hazlo siempre que quieras. Si lo necesitas, acude a mí.

—Ser amigos con derecho a roce nunca funciona. ¿No has visto ninguna de las cien comedias románticas que existen al respecto?

Vuelve a estar acariciándome los tatuajes del brazo.

—¿Tengo pinta de haber visto alguna comedia romántica?

Se ríe, dulce como la miel.

—Vale, no… Pero créeme cuando te digo que es mala idea. Siempre hay alguien que empieza a sentir algo, y no podemos permitirnos que esto nos estalle en la cara. ¿Podemos volver a como eran las cosas antes de anoche?

Lo curioso es que lo de anoche no ha cambiado nada para mí. No necesitaba oírla gemir mi nombre, verla desnuda o enterrarme en lo más profundo de su ser para saber que me estoy enamorando de ella. Nunca he sentido amor, no de verdad. Mi madre decía que me quería, pero yo no lo sentía. Supongo que la familia Wells es lo más parecido que he tenido hasta ahora. Pero, desde luego, nunca lo había experimentado con una mujer, y no pensaba que fuera a experimentarlo jamás. Pero esto…, lo que siento cuando estoy con Cass, el no poder pasar ni un minuto sin pensar en ella y en lo bien que encajamos el uno con el otro… Esto tiene que ser amor, ¿no?

—¿En serio que no te has acostado con nadie desde que nos enrollamos en el rodeo?

Con un movimiento, se aprieta aún más contra mí y pasa una pierna por encima de la mía.

«Y que no le gustan los abrazos, no me jodas».

—¿Te sorprende?

—Pues, bueno… Sí, un poco. Creía que era a lo que os dedicabais Denny y tú. A emborracharos, a meteros en peleas y a liaros con montones de mujeres.

Se me escapa una risa por la nariz.

—A veces, sí. Pero sobre todo lo de las borracheras y las peleas. La mayor parte de las noches, Denny y yo dormimos juntos en la caja de una camioneta.

—Qué monos —dice en tono burlón, y me pellizca las costillas—. Supongo que a ti no te sorprenderá que yo tampoco me haya enrollado con nadie.

No había pensado demasiado en ello, pero no puedo evitar el efecto tranquilizador que esas palabras ejercen sobre mí. Le paso la mano áspera por el pelo y miro las pestañas doradas que se le abren en abanico sobre la mejilla. Cuento las diminutas pecas de color albaricoque que le salpican el puente de la nariz y me pierdo en lo increíble que es poderla abrazar al fin. En teoría, como se supone que no hay sentimientos entre nosotros, deberíamos vestirnos. Debería irme a casa. Pero ninguno de los dos se mueve durante al menos diez minutos.

Estamos perfectamente felices hasta que el ruido de la cerradura de la puerta delantera de Cassidy perfora el silencio y me la arranca de los brazos.

—Uf, mierda… Mi padre.

Se levanta de un salto.

«Joder. Mierda. Me cago en la puta». No pueden ser más de las siete de la mañana. ¿Siempre se presenta aquí a estas horas?

—¿Qué quieres que haga? —le susurro.

Está al borde de las lágrimas mientras se apresura a vestirse. Cualquier esperanza de pasar la mañana enredado en ella acaba de esfumarse. Ambos somos muy conscientes de que mi camioneta está en el camino de entrada. Ahora que lo pienso, tendría que haber estado aparcándola en la manzana anterior durante todo este tiempo. Es increíble que Dave haya tardado tanto en enterarse, los rumores suelen correr como la pólvora en un pueblo pequeño. Ahora ya no importa nada de todo eso. Se ha descubierto el pastel. Debería estar encantado de que Cass por fin tenga que decirle la verdad a su padre, pero se suponía que no debía ocurrir así.

—Pues… Mierda, mierda, mierda. Supongo que vestirte y venir conmigo.

Busco mis calzoncillos a tientas debajo de las sábanas. Luego me pongo la ropa a toda prisa y la sigo por el pasillo. No es la primera vez que me encuentro en una situación en la que están a punto de pegarme un puñetazo por acostarme con una mujer, pero sí es la primera vez que se me revuelve el estómago por ello. ¿Sería capaz de resistir un embate de Dave, quien tiene pinta de pasarse varias horas al día en el gimnasio? Supongo que sí. Lo que sí sé con certeza es que, si me pega, tengo que encontrar la manera de contenerme y no devolverle el golpe. Por Cass. Por la bebé.

—Papá, ¿qué haces aquí?

Cass entra delante de mí y se sienta frente a él en el sofá. Yo me quedo atrás, apoyado en el marco de la puerta para poder salir corriendo en caso de que sea necesario. Es probable que Cass y yo ya no percibamos el olor a sexo, pero la casa es pequeña… Es imposible que él no lo note. Como si salir juntos de su dormitorio no fuera ya lo bastante horrible.

—Todo el pueblo se ha quedado sin luz a causa de la tormenta, así que he venido a ver si estabas bien.

«Anda». Echo un vistazo en torno al cuarto y parece que

tiene razón. Estábamos demasiado ocupados creando calor corporal en una habitación a oscuras como para darnos cuenta de lo fría que está la casa y de la ausencia de luces.

—¿Qué hace él aquí?

Dave me señala con un gesto de la cabeza, pero en realidad ni siquiera me mira.

—Pues... —Cass nos observa por turnos a su padre y a mí—. Las carreteras estaban en muy mal estado, así que no pudo volver al rancho.

—Vale. Pero ¿por qué está aquí?

La veo juguetear con su camiseta. Se enrosca la tela suelta alrededor del dedo, la desenrosca, la vuelve a enroscar. Capto un atisbo de esa piel tan besable que tiene en la parte baja del vientre.

—Bueno, el otro día no te dije toda la verdad... Ayer no me acompañó Shelby. Me acompañó Red... Eh, Chase. Derek no es el padre.

Aunque está de espaldas a mí, la rapidez con la que los enormes hombros de Dave suben y bajan me hace saber que está cabreado. No puedo decir que me sorprenda. Sabía que no le gustaría enterarse de que Red Thompson se ha acostado con su princesita.

Está sentado de una forma —encorvado y masajeándose las sienes— que me recuerda a las mañanas de la infancia en las que mi padre pasaba la resaca en el sofá. Veíamos dibujos animados con la tele silenciada mientras él gemía de dolor. Se apretaba la cabeza tan fuerte con los dedos que yo estaba completamente convencido de que le atravesarían el cráneo y le llegarían al cerebro; mi hermano mayor me decía que las sienes eran una zona delicada, y ahí era justo donde mi padre se presionaba con los índices. Me debatía entre si, en caso de que sucediera, sería algo maravilloso o aterrador. Quizá incluso acabara con él. Quizá todos pudiéramos ser felices al fin.

—No quería decírtelo así —continúa Cass—, pero estaba nerviosa y no dejaba de posponerlo. Él quería que te lo dijera, y por eso hace semanas que no va por el bar, porque ha intentado respetar mis deseos. Así que enfádate, decepciónate o disgústate conmigo, papá. Fue un rollo por despecho después de lo de Derek y, cuando te dije que iba a hacer esto sola, hablaba en serio. Pero entonces Red…, Chase, se enteró, y se ha portado genial.

Tengo el corazón a punto de estallar por la cantidad de veces que me ha llamado Chase. Aunque su instinto sea decir Red, lo cual es lógico, ya que todo el mundo me ha llamado así desde que éramos niños, se corrige enseguida.

—Por ejemplo, ¿los caramelos duros? Me los regaló él. Y ha estado trayéndome la cena varias noches a la semana, a pesar de que trabaja todo el día. Ayer por la noche se aseguró de que llegáramos a casa sanos y salvos en plena ventisca. Así que no lo odies.

Está enumerando hechos, pero el tono de su voz hace que parezcan cumplidos. Es lo más cerca que he estado nunca de oír a una mujer presumiendo de mí, orgullosa de tenerme.

El silencio de Dave es la hostia de inquietante. Cass me mira con los ojos imposiblemente abiertos y pienso que ojalá le hubiera dicho que yo ya siento algo por ella. Quizá así le parecería bien que la consolase delante de su padre. Los tendones de los brazos me piden a gritos que los estire hacia ella. Quiero cogerla en brazos, llevármela de vuelta a la cama y mostrarle lo agradecido que estoy de que ya no me mantenga en secreto. Aunque la confesión haya sido en contra de su voluntad.

Por fin, Dave se aclara la garganta.

—Red, siéntate.

Doy un rodeo para evitar acercarme a él, como si fuera un caballo indomable propenso a cocear o a morder, y me siento en el sillón reclinable. El mismo en el que se sentó Cass cuando me dijo que yo era el padre. Al ver la cara de Dave, comprendo la expresión horrorizada de Cassidy. Está muy cabreado.

—No es que quisiera que Derek fuera el padre, pero tengo que decir que esta alternativa no me hace ni puta gracia, Cassie. —Niega con la cabeza y se obliga a exhalar con los dientes apretados—. ¿Estáis juntos, entonces?

—No —responde Cass a toda prisa.

—Dios santo. —Se pellizca el puente de la nariz con el índice y el pulgar—. ¿Y ahora qué? ¿Vas a querer implicarte?

«Ah, me está hablando a mí».

—Sí..., sí. —No sé por qué, pero de repente siento la tentación de llamarlo «señor»—. Tanto como Cass me lo permita. Es evidente que esto no estaba planeado, pero estoy feliz de que vayamos a tener un bebé.

—Ayer lloró dos veces por eso. —Cass me apuñala por la espalda con una sonrisa suave—. Papá, sé lo que opinas sobre Chase. Pero… la verdad es que me alegro de estar embarazada de él y no de Derek.

«Dios, sí». Sin duda, va a conseguir todo lo que quiera como recompensa por lo que acaba de decir.

Dave tiene las cejas tan fruncidas que se le ha creado un cañón de piel entre ambas. Con los ojos entornados, nos lanza miradas asesinas a uno y a otro.

—Te voy a ser muy sincero, Red. No me fío de ti. No creo que seas lo bastante bueno para mi hija y no espero gran cosa de ti como padre.

—Ya sé que no soy lo bastante bueno para Cass. No hace falta que me lo digas. —Le devuelvo la mirada a Dave, inquebrantable—. Sin embargo, yo sí creo que voy a ser muy buen padre.

Frunce la nariz y resopla para mostrar su desacuerdo.

—Las astillas no suelen ser muy distintas del palo del que salen.

Cass niega con la cabeza y esboza una mueca de desdén.

—Papá, eso no es justo.

«Joder, qué típico». Todo se reduce siempre al mierda de mi padre.

—Mi padre me enseñó justo lo que no hay que hacer. Yo no soy él. No soy él ni de coña.

Dave se encoge de hombros como si no me creyera. La gente no sabe ni la mitad de lo que pasaba en casa. En público, Joe Thompson era un borracho impulsivo y molesto. Pero ¿en casa? Cuando tenía solo seis años, aprendí a atrancar la puerta de mi habitación con la cómoda para crear una barricada improvisada. Criarme en un rancho hizo que acumulara un montón de cicatrices: los golpes de los animales, los arañazos del alambre de púas y los rasguños de trepar a los árboles me marcaron el cuerpo. Pero la mayoría de la gente no sabe que el Rancho Wells no fue la única fuente de mis heridas. Puede que a veces beba más de lo que debería, y soy el primero en reconocer que tengo mal genio, pero no soy un borracho cruel. Desde luego no soy un maltratador.

—Si mi padre es tu principal argumento contra mí, ¿qué me dices de la madre de Cass? —Estoy perdiendo demasiado deprisa el control del calor que me hierve por dentro. Sé que no es justo arrastrar a Cass a esto conmigo, pero tengo el cerebro acelerado y las palabras se me escapan en tropel—. Ella no se parece en nada a su madre, pero ¿yo soy automáticamente idéntico a mi padre?

—Eso es distinto.

Dave se fija en mis puños y arquea una ceja, a todas luces pensando que está en lo cierto. Por supuesto que cree que, por alguna razón, lo de Cass es distinto.

—Mira, vete a la mierda. Esto es entre Cass y yo. Puedes pensar lo que te dé la gana de mí, pero eso no cambia ni el hecho de que vamos a ser padres ni el de que yo voy a estar a la puta altura. Nada de eso tiene que ver contigo.

—¿Que no tiene que ver conmigo? —grita Dave, que se echa hacia delante como si estuviera preparado para abalanzarse sobre mí—. ¡Cassidy es mi hija y...!

—¡Y está embarazada de mí!

El pecho me sube y me baja a gran velocidad, la sangre caliente se me agolpa en los oídos, la tensión se me acumula en los puños.

—¡Chase! ¡Papá!

La voz suplicante de Cassidy hace que todo se detenga.

—Me voy ya. A ver si han despejado las carreteras que llevan al rancho —digo, y me levanto, agito las manos agarrotadas y me dirijo hacia la puerta.

Si me quedo un segundo más, le daré un puñetazo al abuelo de mi hija y perderé cualquier posibilidad de que me permitan acercarme a ella o a Cass.

Estoy a medio camino de la camioneta cuando oigo que la

puerta delantera se cierra y Cass grita mi nombre. Va descalza, caminando de puntillas por la nieve que le llega hasta los tobillos.

—Te vas a congelar —le digo.

—Solo quería decirte que voy a hablar con él, ¿vale? No será así de terrible para siempre. Él solo...

—Piensa que soy un mierda. No pasa nada. Estoy acostumbrado. No te conviene que se te enfríen los pies aún más que de costumbre. Vuelve dentro y ya hablaremos más tarde.

—Que mi padre se haya enfadado por todo esto no cambia nada, que lo sepas. Seguimos siendo amigos y sigo queriendo que hagas esto conmigo. —Se pasa la mano por la barriga—. Intentaré hablar con él. ¿Puedes volver esta noche?

Quiero besarla, a pesar de la estúpida norma que ha impuesto. Pero besarla con ternura delante de su casa, con su padre dentro, es algo que haría un novio. Y ya hemos dejado claro que no soy su novio.

—Por favor, Chase.

Una calidez agradable me recorre de arriba abajo, a pesar del tiempo nevoso.

—Me gusta que me llames Chase.

—Te queda mejor. ¿Vas a venir?

—Aquí estaré.

Aunque no debería. No soy el hombre adecuado para ella. Durante un breve instante había empezado a pensar que tal vez lo fuera, pero su padre me ha devuelto a la realidad de golpe. Solo estoy aquí porque ella es demasiado buena persona para negarse a permitírmelo.

«Aun así, si ella me lo pide, aquí estaré».

14
Cassidy

Se me llenan los ojos de lágrimas mientras veo a Chase alejarse. Me doy la vuelta y entro de nuevo en casa dando un portazo antes de acomodarme en el sillón reclinable. Fulmino a mi padre con la mirada.

—Eso ha estado fuera de lugar. Te has comportado como un imbécil con él solo porque sí.

—¿En serio, Cassidy? ¿Red Thompson?

—Sí, papá. Chase Thompson. Nos… enrollamos una vez. Y, al principio, ni siquiera sabía si iba a decirle que estaba embarazada. Pero se presentó aquí porque le había llegado el rumor y no fui capaz de mentirle…

—Sin embargo, a mí sí eres capaz de mentirme. —Exhala ruidosamente y se cruje los nudillos—. Es un perdedor, Cass. No sé ni por qué narices se te ocurrió acercarte a él, sabes que no da más que problemas. Está destinado a acabar en la cárcel o a algo peor.

—No lo conoces. —Escupo las palabras, sin pestañear, con un martilleo en el cráneo. Me esfuerzo tanto por no llorar que me arden los ojos y las fosas nasales—. No lo conoces de nada.

—Venga ya. Eres una chica inteligente, tienes que ser capaz de ver lo que se esconde detrás de las mentiras. Porque eso es lo que es, una mentira. Has sido testigo de los numeritos que monta tantas veces como yo. El alcohol, las peleas, siempre haciendo el imbécil con sus amigos vaqueros. Es idéntico a su padre. Es la misma mierda, pero veinte años después.

Exasperada, alzo las manos y las dejo caer sobre los reposabrazos acolchados con un golpe estruendoso.

—Por eso te he mentido, papá. Porque sabía que te comportarías como un puto gilipollas.

La mandíbula me tiembla tanto que me esparce gotitas de lágrimas saladas por el regazo. Me caen a mares por la cara y, por suerte, me nublan la vista, porque lo último que deseo ahora es verle la cara a mi padre.

—Así que, sí. Te dije que quien iba a acompañarme a la ecografía ayer era Shelby, pero fue Chase. Por cierto, vamos a tener una niña. Aunque tampoco es que te hayas molestado en preguntarlo.

Aprieto los labios y, cuando lo miro, la enorme sonrisa que se le ha dibujado en el rostro me pilla por sorpresa.

—Ostras, Cassie. Siento mucho no haber preguntado. Quería saberlo, claro… Dios, las niñas son lo mejor, ¿sabes?

—Sí, Chase está muy ilusionado.

—Cassie, yo…

—Ahórratelo. Tienes que marcharte.

No me molesto en esperar a que se vaya antes de volver a mi habitación arrastrando los pies por el pasillo y enterrarme bajo las sábanas. Las fundas de las almohadas huelen un poco a Chase: a estufa de leña recién encendida con un toque de tabaco. Aspiro su aroma, me aferro a una de ellas para consolarme y me permito romperme. Porque tengo más de treinta años y no sé qué cojones estoy haciendo. Por haber echado un polvo de una noche y haberme quedado embarazada. Porque ese chico ha resultado ser mucho mejor de lo que imaginaba y por lo doloroso que resulta que nadie más se dé cuenta.

Un rayo de sol extraordinariamente maleducado se cuela por una abertura de las cortinas y me cae justo en los párpados. Me froto los ojos para disipar la somnolencia y tanteo con una mano en la oscuridad en busca del móvil. Las once… de la mañana, supongo. Bostezo, salgo de la cama y recorro el pasillo hasta mi estudio.

Aunque esta mañana empezó siendo una de las mejores de mi vida, después empeoró a una velocidad de vértigo. Y, ya puesta, voy a seguir alimentando el mal humor plantándole cara al momento de recoger mis herramientas de marroquinería. Acciono el interruptor de la luz y me llevo una grata sorpresa al ver que hemos recuperado la electricidad; luego me quedo mirando la montaña de trabajo que me espera. Hace semanas que mi padre se ofreció a ayudarme, pero esta tarea tengo que hacerla sola. Necesito la catarsis de guardar estas cosas, de guardar esta parte de mí.

Quito la tapa de una caja de plástico azul y me dejo caer en la silla de cuero del escritorio.

«No tienes que ponerte triste por abandonar esta afición tan tonta. Piensa en la niña».

Suspiro y, con mucho cuidado, guardo las herramientas una tras otra en las diferentes cajas que tengo esparcidas por la habitación. Cojo un trocito de cuero y me lo acerco a la nariz; inhalo su aroma profundamente y siento que se me calma el cuerpo y me alivia las emociones. Exhalo, con los ojos llenos de lágrimas y la respiración entrecortada.

Para cuando termino, estoy segura de que he derramado hasta la última lágrima que me quedaba dentro. Estoy entumecida, cansada y hambrienta. Por supuesto, como Chase viene a cocinar la mayoría de las noches, tengo la nevera llena de ingredientes, pero nada útil para una nulidad de la cocina como yo. Él no vendrá con la cena hasta dentro de unas horas y, como es obvio, hoy no pienso aparecer por La Herradura. Solo me queda la opción de acercarme a Anette's Bakery, la panadería del centro. Fantásticos rollos de canela, horrible hervidero de chismes.

Pero, joder. Un rollo de canela me sentaría genial.

Dos minutos después estoy envuelta en ropa de invierno y dispuesta a adentrarme en el frío. En lugar de desenterrar el coche, decido abrirme paso por la nieve en polvo, que me llega hasta la mitad de la pantorrilla. El sol me calienta las mejillas a pesar de que el aire es tan frío que me hormiguea la nariz y el aliento se me convierte en una niebla densa. Unos críos pasan corriendo y lanzando bolas de nieve a mi lado, a todas luces entusiasmados por la nevada temprana.

Anette's Bakery es un establecimiento pequeño, situado en la diminuta calle principal de Wells Canyon, embutido entre una tienda de artículos para el hogar y la biblioteca. Anette debe de tener al menos setenta años y lleva regentando el local desde mucho antes de que papá y yo nos mudáramos al pueblo. En los días buenos, cuando la brisa sopla en la dirección adecuada, el olor del pan fresco llega hasta el jardín de mi casa, que está a solo unas cuantas manzanas de aquí.

La puerta se abre con un tintineo mientras me quito las manoplas y me las meto en los bolsillos. A pesar de la fuerte nevada, la acogedora panadería está abarrotada de clientes que ocupan todas las sillas mullidas y se apiñan alrededor de las pintorescas mesas tipo bistró. El olor a café molido y canela espolvoreada me inunda las fosas nasales y me provoca un incesante rugido de tripas. Me acerco al mostrador, tras el que me encuentro a Anette con un delantal cubierto de harina y unos ojos brillantes, como de abuela.

—Vaya, buenos días, jovencita. Cuánto tiempo sin verte.

Me obligo a dedicarle una sonrisa.

—Buenos días, Anette. ¿Cómo están tus nietos?

—Uf, dan mucha guerra. ¿Has venido a por un rollo de canela?

—Qué bien me conoces. Y un café, por favor.

Sonríe y se pone manos a la obra. Me pasa una café caliente por encima del mostrador, seguida de una caja rosa. Con un guiño, me dice en voz baja:

—Te he metido un rollito extra. Yo siempre tenía mucha hambre cuando estaba embarazada.

«Confirmado: lo sabe todo el pueblo».

—Ah… Gracias.

Cojo la caja y mi café y me dirijo al otro extremo de la barra para añadirle nata y azúcar al vaso de cartón.

A pesar de los ruidos de la cocina, del molinillo de café, del parloteo de los clientes y del chapoteo de la nata espesa al caer en mi café, se me aguza el oído cuando me parece que alguien dice mi nombre.

Hay un grupo de mujeres sentadas a una mesa, a mi espalda, y están hablando de mí. Aunque no suelo ser una buena fuente de cotilleos, el propio acto de chismorrear no es inusual en este establecimiento: aquí es donde la gente viene a cuchichear sobre todos los habitantes del pueblo. Si quieres saber hasta el más mínimo detalle de la vida de una persona, vienes a Anette's Bakery cualquier día, a cualquier hora, y coges una silla. El marido de no sé quién la está engañando con la niñera, hay dos profesores enrollados, la tienda de la esquina cierra durante una hora todos los jueves por la mañana porque los dueños tienen que ir a terapia de pareja. Los rumores son ineludibles y, tengo que reconocerlo, a veces es divertido escucharlos. Hasta que formas parte de ellos.

Hoy formo parte de ellos. Pero no hablan solo de mí…, también hablan de Chase.

—Me han dicho que llevan mucho tiempo liándose en secreto en el bar y que por eso el novio rompió con ella.

—No me extrañaría. Ese chico se pasa la vida entera en La Herradura.

—Me daría mucha vergüenza estar con un tío así, siempre borracho y metiéndose en peleas.

Me tiembla el labio inferior y no me muevo de donde estoy, aunque sé que debería largarme y volver a casa. No estoy en condiciones de quedarme aquí escuchando estas cosas después de todo lo que ya me ha pasado hoy, pero no lo puedo evitar. Me agarro a la encimera con una mano y, con la otra, remuevo el café sin parar. El golpeteo sordo de la cuchara contra el vaso de cartón es tan frecuente y rápido que podría llegar a montar la nata por accidente.

—A ver, el tío está bueno. Ese es el único punto a favor que tiene, básicamente.

—Ya, pero yo abortaría al instante si Red Thompson me dejara preñada.

La cuchara de metal repiquetea con fuerza contra la encimera cuando me doy la vuelta para mirarlas. Tres mujeres a las que conozco desde el instituto —que, además, fue la época en la que alcanzaron su apogeo— me miran con los ojos abiertos como platos al darse cuenta de que sus cuchicheos en voz baja no han sido lo bastante silenciosos.

—Cass, hola. No te había visto. —Sophie, la pija rubia que lidera el grupo, me mira con aire inocente. Cuando éramos pequeñas, era lo peor. Luego se casó con su novio del instituto, a los veintidós años ya tenía tres hijos y ahora dedica su tiempo libre a odiar su vida y a cotillear sobre la de los demás—. ¿Dónde está Red?

Sus dos amigas se niegan a mirarme a la cara y se llevan el café con leche a los labios para disimular la crueldad de su expresión. Sophie no, Sophie luce una sonrisa robótica, como si sus dos únicas neuronas estuvieran luchando por el tercer puesto.

Me quedo mirándola, sin sonreír.

—Pues supongo que montado en un caballo en algún lugar del rancho. Ocupándose de sus putos asuntos, como deberías estar haciendo tú.

—Vamos, Cass. Lo has malinterpretado, solo estábamos bromeando.

—¿Malinterpretado el qué, Sophie? Dime exactamente dónde está la gracia en que te pongas a difundir rumores falsos y digas que tendría que… —Trago saliva con dificultad—. Abortar.

Su amiga morena y bajita, Ashley, se aclara la garganta.

—No hemos dicho que tuvieras que hacerlo…

—No olvidéis que conozco a vuestros respectivos maridos. Ellos también pasan mucho tiempo en La Herradura. No estáis en una buena posición para hablar mal de Red cuando esos son los hombres que se meten en vuestra cama todas las noches.

Con los rollos de canela y el café bien agarrados, me largo y las dejo con el culo torcido. Saco el móvil y le envío un mensaje a Chase para confirmar que va a venir esta noche. Que estemos juntos charlando, riendo y relajándonos en silencio es justo lo que necesito para dejar de rayarme. Necesito mirar hacia el otro extremo del sofá y ver su sonrisa. Necesito oírlo reírse de alguna tontería que le haya dicho. Necesito que me masajee los pies y las pantorrillas con las manos firmes, y quiero que me acaricie con suavidad el resto del cuerpo. Lo de ser amigos con derecho a roce es un comportamiento de riesgo, pero una noche más no nos hará ningún daño.

Cuando oigo que la puerta delantera se cierra con un chasquido, bajo despacio la botella de cerveza de raíz de la que me estoy sirviendo. Guardo silencio a la espera de que algo me indique si ha sido Chase o mi padre quien ha entrado. Cojo aire y, al inclinarme para asomarme por detrás del arco, capto un atisbo de pelo rojizo que hace que la tensión se me desvanezca de los músculos. La coraza que me he puesto para mantener la cordura desde que volví de la cafetería —la única defensa que impide que ahora mismo sea un guiñapo lloroso tirado en el suelo— se desmorona en cuanto él entra en la cocina.

—Oye, oye, oye, ¿por qué lloras? —Chase me agarra la cara con ambas manos y me obliga a mirarlo a los ojos—. ¿Estás bien?

—Hoy ha sido un puto asco. —Me seco las lágrimas—. Siento lo de mi padre. Las mierdas que te ha dicho.

—Ese no es tu problema, Cass. Que piense lo que quiera. Ya me lo esperaba.

Yo también me lo esperaba. Sin embargo, eso no hace que me resulte menos frustrante.

—Si tú me quieres aquí, eso es lo único que me importa. Lo único que he querido desde el primer día es que me digas que de verdad quieres que participe en todo esto. Sentir que no estoy aquí solo porque te sientes obligada a permitirme estar cerca. Lo que piensen los demás me da igual.

«¿Porque me siento obligada? ¿Por eso cree que está aquí?».

—Te quiero aquí. Potatita y yo te necesitamos aquí.

Me acaricia el pelo con la mano, me la posa sobre la nuca y tira de mí hacia él para envolverme en el abrazo que tan desesperadamente necesitaba. A juzgar por cómo me estrecha contra su cuerpo y me rodea del aroma de su jabón y del calor de sus brazos, creo que él también lo necesita. Nos aferramos el uno al otro como deberían haber hecho Rose y Jack Dawson en aquella puerta flotante en alta mar.

—Gracias por intentar dar la cara por mí. Aunque me hayas apuñalado un poco por la espalda con lo de la mierda de los lloros —dice.

—No puedo evitar que me encante saber que por dentro estás hecho un blandengue. Eres un llorón y un oso amoroso, dos datos que me gustaría que todo el mundo supiera sobre Chase Thompson.

—Yo preferiría que no se lo contaras a todo el pueblo. Tengo una reputación de mierda que mantener, ya sabes.

Reprimo las ganas de contarle lo de las imbéciles de la cafetería. Estoy deseando hablar de ello después de haberme pasado la tarde con sus palabras en modo repetición continua en el cerebro, pero es una conversación que es mejor reservar para Blair. No quiero correr el riesgo de herir los sentimientos de Chase.

Así que me lamo los labios e intento aligerar el ambiente.

—Claro, no nos conviene joderte la reputación, ¿verdad?

—Bueno, si no fuera por ella, no me habrías suplicado que te follara sobre el capó del coche de Derek.

—¿Suplicado? —Arqueo una ceja—. Quizá no, pero eso no es lo que te va a meter en mi cama esta noche.

Chasquea la lengua, con cara de desaprobación, y me dice:

—Cass, creía que habías dicho que era cosa de una sola vez. Ahora estás rompiendo tus propias normas. Esto va a llevarnos a la más absoluta anarquía.

—Cállate si quieres mojar la polla.

—Uy, claro que quiero. Pero, después del día de mierda que has tenido, deja que antes cuide de ti. A ver si te lo arreglo un poco. O un mucho, espero.

—Ya me lo has arreglado.

15
Red

Le doy vueltas en la mano a la lata de Skoal y, con aire distraído, me meto un poco de tabaco de mascar bajo el labio mientras entro en el recinto ferial detrás de Jackson, Kate y los niños. Odessa va a hombros de su padre, torciéndole el sombrero a cada paso, y Rhett va atado a la espalda de Kate, dormido como un tronco. Soy capaz de ensillar un caballo en cuestión de minutos —en menos de uno, si me lo propongo—, pero no tengo ni idea de cómo funciona el portabebés tipo mochila en el que lo lleva.

«Añádelo a la interminable lista de mierdas que aprender».

La Feria de Invierno de Wells Canyon es el acontecimiento más emocionante de nuestro pueblo fuera de la temporada de rodeos. A algunas personas les parecerá extraño que todo el mundo se entusiasme tanto, teniendo en cuenta que el principal objetivo de la feria es que los chavales de la granja escuela vendan los animales que han utilizado en sus proyectos..., principalmente para carne. Pero, entre los puestos de comida, la música en directo y los castillos hinchables para los niños, te encuentras a casi todas las personas que viven a menos de una hora en coche de Wells Canyon. Esa es la verdadera razón por la que la gente disfruta de la feria.

La gigantesca nave está repleta. Hay al menos veinte viejos sentados en círculo, vestidos con pantalones vaqueros desgastados y sombreros de cowboy polvorientos, acomodados en sillas plegables y bebiendo café en vasos de poliestireno. Sus respectivas esposas están sentadas de manera similar, un poco más allá. Con unos carteles con números prendidos a la espalda de la camisa, los niños de la granja escuela corren desbocados por todas partes. Y hay unos cuantos bebés llorando a lo lejos. Es agobiante de cojones.

Tardamos una eternidad en avanzar entre la multitud gracias a que Austin es incapaz de pasar de la gente que quiere hablar con él. Para ser un hombre que apenas masculla una puñetera palabra durante las cenas, resulta que lo metes en un recinto con un grupo de rancheros y se convierte en el señor Viva la Vida Social. Bueno, más o menos; sigue prefiriendo que sean ellos los que hablen mientras él asiente como un muñequito de esos que se llevan en el salpicadero.

Cuando entramos en el establo de la exposición, donde hay varios críos presumiendo de sus corderos criados a mano, por fin respiro. Aquí huele a mierda de varios tipos de animales, pero lo prefiero al aire sofocante del abarrotado Salón de Agricultura.

La belleza de pelo rubio a la que veo en el lado opuesto del establo interrumpe de golpe mi exhalación tranquilizadora. Las dos últimas semanas han sido las mejores de mi vida, sin duda. He pasado más noches en su cama que en la mía, tocándola y abrazándola mientras dormimos. Siempre seguimos la misma rutina: cenamos, hablamos de nuestro día, nos acurrucamos en el sofá a ver la tele, follamos. Luego me dice que no deberíamos hacerlo, que solo vamos a conseguir fastidiar nuestra relación como padres corresponsables cuando llegue Potatita. Me ha soltado el mismo discurso tantas veces que me lo he aprendido de memoria. Sin embargo, cuando me marcho antes del amanecer para volver al rancho, me aprieta la mano y me pregunta si volveré más tarde. Y mi respuesta es sí. Sí para siempre.

Cuando me mira a los ojos, me olvido del chute de nicotina que tengo en las manos y del incómodo zumbido que siento bajo la piel por estar en un lugar tan concurrido. Sabía que Cass estaría aquí, pero eso no hace que me sorprenda menos cuando nos saluda con la mano y se encamina hacia nosotros.

Bajo la mirada indiscreta de todos los cotillas del pueblo, no le reprocharía que pasara de mí por completo.

—Hola —saluda.

El pelo suelto y alborotado le cae sobre el pecho. Sé que, con cada puñetero día que pasa, las tetas se le están poniendo más impresionantes, pero nadie más sería capaz de distinguir lo abultadas que están debajo de la sudadera negra y con capucha que lleva… Mi sudadera. Entre que le queda enorme y que lleva un brazo como en cabestrillo sobre el estómago, sería imposible adivinar que está embarazada. No entiendo su deseo de ocultarlo cuando estoy convencido de que ya lo sabe todo el pueblo. Pero no hubo forma anoche de ganar esa discusión.

—Bonita sudadera. —La lata de Skoal sin abrir se me acomoda con facilidad en el bolsillo trasero de los pantalones vaqueros—. Creo que tengo una idéntica.

Pone los ojos en blanco y una diminuta sonrisa le asoma a los labios.

—Es una sudadera negra bastante básica, así que no me extraña.

—¡Cass! —Kate prácticamente me aparta de un empujón—. ¡Una niña! Madre mía, qué ilusión me hace. —Tira de Cassidy hacia ella y la abraza, sin dejar de parlotear—. No paro de decirle a Red que te dé mi número, pero voy a jugármela y a suponer que no lo ha hecho. Así que, tómalo, por favor. Llámame. Escríbeme. Cualquier cosa que necesites, ¿vale?

Cassidy me busca con la mirada por encima del hombro de Kate cuando se separan.

—Más te vale coger el número. Tiene fama de ser un incordio cuando no se sale con la suya —digo, y me aparto a toda prisa para evitar el gancho que me lanza Kate—. De hecho, creo que no ha sido buena idea que os juntéis.

—Ya, claro. Porque somos las «locas embarazadas» —dice Cass con la voz grave que utiliza para burlarse de mí, y después le tiende su móvil a Kate—. Este gilipollas tuvo la cara dura de decir que, cuando estabas embarazada, te volviste loca, y que ahora yo también lo estoy.

Justo antes de que me pongan a caer de un burro, Odessa

—que este año va a tener unos regalos de Navidad maravillosos— se abalanza sobre Cassidy con todas sus fuerzas. La niña le rodea las caderas con los bracitos y la mira fijamente con los enormes ojos abiertos como platos: es la distracción perfecta.

—Uy. Ho… Hola.

Cass se queda mirando a la pequeña que se ha aferrado a ella.

—Eres la novia del tío Red. Mami me ha dicho que llevas a mi primita en la tripa.

Le dibuja círculos lentos y cuidadosos con la mano sobre la barriga, como estuviera frotando una lámpara mágica.

—Eh… —comienza Cass y, cuando me mira, veo que tiene los ojos del tamaño de los de un dibujo animado.

—¡Odessa! Espacio personal, ¿te acuerdas? —Kate niega con la cabeza, sonriendo a pesar del tono de enfado—. Disculpa a mi hija. Está muy emocionada, todos lo estamos. Espero que no te importe que nos refiramos a la bebé como su prima. La verdad es que parece que será lo más parecido a una prima que vayan a tener mis hijos.

Les lanza una mirada de soslayo a Austin y Cecily, que no le están prestando atención a nuestra conversación. Por suerte.

—Ah, no pasa nada. Yo no tengo hermanos, así que me alegra que vaya a tener primos cerca.

Cass se despega poco a poco a Odessa del cuerpo, como si fuera un chicle mascado. Es evidente que se siente incómoda, así que cojo a la niña y me la echo al hombro. Patalea de manera incontrolable, sus pequeñas botas de vaquero revolotean en el aire cargado.

—Venga, peque. Vámonos a ver los animales, que no nos interesa lo que quieran hablar estas locas.

Kate estira la mano para darme una bofetada, pero la esquivo en el último segundo, aunque me tropiezo con mis propios pies y estoy a punto de dejar caer a Odessa al suelo.

—Hostia, tu madre está intentando matarnos —le digo a Odessa, a la que toda la situación le parece desternillante. Se acomoda sobre mi hombro, sin dejar de reírse como una histérica—. Te lo dije: loca de atar.

—¡Vámonos de aquí! —grita—. ¡Arre!

Con un trote exagerado, me dirijo hacia Jackson, Austin y Cecily. Odessa me rebota sobre el hombro y sus risas jadeantes invaden el aire.

—Más te vale no mearte encima de tanto reírte. —La agarro por los costados antes de bajarla al suelo. Ahora su risa es totalmente silenciosa, y a mí me arden las mejillas de tanto sonreír. Estira los brazos para intentar hacerme cosquillas, pero le pongo la palma de la mano en la frente para mantenerla alejada—. Estás zumbada.

—No, tú estás zumbado. —Resopla antes de rendirse con un suspiro—. ¿Me compras ya un helado?

Cuando Cass vuelve a casa desde la feria, ya la estoy esperando con la cena y uno de sus ridículos programas de telerrealidad preparados. Esta noche, los chicos van a beber y a hacer una hoguera: jugarán a encestar una pelotita en un vaso de cerveza en la parte trasera de la camioneta de Colt, se reirán y harán el idiota para desfogarse del trabajo de toda la semana. En circunstancias normales, no me perdería ese tipo de diversiones por nada del mundo. Hasta ahora. Hasta ella. La elegiría en cualquier momento.

—Uf, eres el mejor. —Guarda el abrigo y las botas en el armario antes de desplomarse en el sofá a mi lado con un gruñido—. Patatas asadas, cerveza de raíz y un montón de solteros sexis en una isla tropical. ¿Qué más puede pedir una chica?

—¿Alguien te ha dicho alguna vez que eres demasiado fácil de complacer?

Le paso un plato lleno de comida y la observo mientras se acomoda en su sitio. Cuando nos hemos visto antes, llevaba el pelo suelto, pero ahora se lo ha recogido en una trenza algo despeinada y floja, mi peinado favorito.

Traga un bocado y me señala con el tenedor.

—Considérate afortunado por ello. Es la única razón de que estés aquí.

Lo dice en broma, pero no del todo.

—¿Qué tal ha ido el resto de la feria?

Cambio de tema para evitarme el dolor.

—Mmm… Ha estado bien. He ayudado a Shelby con sus críos de la granja escuela, más que nada. —Deja el plato en la mesita y se pone de lado en el sofá para mirarme, con las manos entrelazadas sobre el regazo—. ¿Cómo es posible que se te den tan bien los niños?

Me echo a reír.

—Eres una exagerada de tres pares de cojones.

—No, no lo soy. Hoy te he visto con Odessa. Eres muy… natural.

—Bueno, supongo que el hecho de verla todos los días ayuda. Da una guerra tremenda incluso cuando se porta bien.

Frunce los labios, pensativa. Abre la boca. La cierra.

—Además, la conozco desde que era un bebé. Si me dejaran con un crío o una cría desconocidos, no sabría dónde meterme —añado.

—Es solo que… Mierda, esto es absurdo y no quiero llorar por ello. Da igual, vamos a ver el programa.

—No, no, no. —Le arranco el mando de las manos antes de que le dé tiempo a apretar el botón de reproducir—. ¿Qué te pasa?

—Lo has hecho muy bien con ella. Te juro que no he oído ni una sola palabra de lo que me ha dicho Kate porque estaba distraída viéndote ser un buen tío. Y, cuando me abrazó, me quedé petrificada. Me sentí como si nunca hubiera interactuado con un ser humano diminuto. —Coge una bocanada de aire, profunda y entrecortada—. ¿Y si no sé ser madre? A lo mejor no tengo ni una pizca de instinto maternal. Tampoco es que me haya criado con una madre que me enseñara lo que hay que hacer.

—Cass, vas a ser la mamá perfecta. No tienes ningún motivo por el que preocuparte.

—Pero mi madre debió de marcharse por eso, ¿no? —Se enjuga los ojos con los dedos y se deja un rastro de rímel negro en la mejilla. Alargo la mano para limpiárselo con el pulgar y observo cómo se le acumulan las lágrimas en los ojos, amenazando con romper el dique—. Es obvio que no tenía instinto maternal. No estableció ningún vínculo conmigo. Por eso le resultó fácil marcharse. ¿Y si...?

El dique se rompe.

Me da igual lo que seamos el uno para el otro y lo que se suponga que debo hacer en esta situación. La rodeo con los brazos y la estrecho contra mí. Le doy un beso en la coronilla. Mi cuerpo amortigua las marcadas subidas y bajadas de su pecho. Y ojalá pudiera absorber su dolor con la misma facilidad con la que mi camiseta absorbe sus lágrimas.

—Tú no eres como ella. No me cabe la menor duda de que vas a ser una madre increíble, porque eres la mejor persona que he conocido en la vida. Hoy te has quedado hasta tarde para ayudar a Shelby. O mucho me equivoco, o también te has pasado por casa de la señora Kozensky para ponerles de comer a sus gatos mientras volvías a casa.

Asiente contra mi pecho.

—Ya te he dicho que va a estar fuera toda la semana.

—Eres atenta y cariñosa, Cassidy. Además de inteligente y divertida, y sabes tener mano dura cuando hace falta. Todos esos rasgos son los de una buena madre.

Me permito volver a rozarle discretamente la parte superior del pelo con los labios. Es lo más cercano a un beso íntimo que me atrevo a darle. Pero, Dios, me encantaría agarrarla por la mandíbula y obligarla a mirarme, y luego besarla hasta que se olvide de todo esto..., hasta que se olvide de todo excepto de nosotros.

—Pero...

—Sin peros. Aunque te cueste un poco averiguar cómo, vas a conectar con Potatita. Será muy distinto a sufrir el ataque de una niña desconocida de cinco años. Será nuestra.

Me doy cuenta en los momentos más extraños de que vamos a tener un bebé juntos. De que una parte de mí y una parte de ella están entrelazadas para siempre, unidas de la forma más significativa posible.

—Cassidy, si tuviera que elegir a alguien con quien tener un bebé, te elegiría a ti cada puñetera vez.

—Yo también te elegiría a ti —murmura en voz baja…, tan baja que pienso que no quería que la oyera.

—Pero también entiendo lo que sientes… ¿Crees que yo nunca me preocupo por la clase de padre que voy a ser? Me aterroriza convertirme en algo parecido a él. Ambos hemos vivido situaciones de mierda. Pero eso no significa que estemos condenados a repetirlas. Al menos espero que no sea así…

Se sorbe la nariz.

—Tú tampoco vas a ser como tu padre. Sé que no lo eres.

—Voy a matarme a trabajar para asegurarme de que soy todo lo contrario. ¿Quieres hacer ese esfuerzo conmigo?

—Trato hecho.

Aunque pequeña, la sonrisa es auténtica. Tiene los ojos de un azul verdoso y brillante, una réplica perfecta del agua cristalina del lago que hay más arriba del rancho… Me encantaría llevarla allí algún día.

Quiero enseñarle el lago y todo lo demás. El uno junto al otro, agarrados de la mano. La quiero. Estoy locamente enamorado de Cassidy Bowman. Y creo…, joder, espero no equivocarme…, que ella podría estar empezando a sentir lo mismo.

16
Cassidy

Veinticuatro semanas
(la bebé tiene el tamaño de un paquete de Oreos)

Observo a Chase desde la puerta delantera mientras se pelea con algo mullido, gris y del tamaño de un humano adulto para sacarlo del asiento delantero de su camioneta.

—¿Qué coño es eso?

—No tendría que haberlo sacado del puto envoltorio hermético antes de venir —grita. Se echa el objeto gigantesco sobre los hombros, como si fuera un bombero, y se encamina hacia la casa—. Es para ti.

Lo tira sobre el sofá y es entonces cuando me doy cuenta de que es una enorme almohada de embarazo en forma de «u».

—¿Es una manera de decirme que ya estás harto de ser mi almohada?

Le rodeo la cintura con los brazos. Me sujeta por la nuca, entrelazándome los dedos en el pelo, y me atrae hacia sí para abrazarme con más fuerza.

—Nunca. Pero se supone que es un «imprescindible», según Kate.

—Tendré que enviarle un mensaje de agradecimiento. —Retrocedo y me doy cuenta de que Chase baja la mirada hacia mis labios antes de volver a subirla lentamente hacia los ojos—. Aunque ya sabes que no tienes que comprarme regalos.

—Ya, bueno… —Se encoge de hombros—. Tienes que estar cómoda. Y sé que te gustan los regalos.

—Me conoces demasiado bien.

Desde el día de la ecografía, ha pasado aquí casi todas las noches. Cenamos y vemos la tele. Los días que trabajo hasta tarde, me está esperando con un tentempié cuando llego a casa. Cuando uno de los dos bosteza, esa es la señal. La señal para meternos en mi habitación, desnudarnos y follar, prometiéndonos el uno al otro que será la última vez. Nos quedamos dormidos y, por la mañana, él se marcha a trabajar. Enjuagar. Repetir.

Sé que estamos jugando con fuego. Pero, joder, qué bien ardemos.

Se produce un silencio prolongado, durante el que me quedo mirándolo mientras me mira. Estoy bastante segura de que quiere besarme. También estoy bastante segura de que yo quiero besarlo. Pero besarse es algo demasiado íntimo para lo que somos. No hablamos de lo que pasa en mi cama bajo el manto oscuro de la noche. Eso es distinto. Eso es follar.

—Siempre podrías venir al rancho y darle las gracias a Kate en persona —dice.

No tengo claro si ir a cenar al rancho es traspasar un límite en nuestro rollo sin compromiso. Supongo que no pasa nada, porque tampoco es que vaya a conocer a su familia; ya la conozco. Hace tiempo que soy amiga de Denny, y me llevo bastante bien con Kate y Cecily.

—Sí... Sí, podríamos ir. —Estaría bien poder hablar un poco más con Kate, considerando que todo lo que me contó en la Feria de Invierno me entró por un oído y me salió por el otro. Blair está obsesionada con enviarme mensajes con información sobre el embarazo, incluido un recordatorio semanal del tamaño que tiene la bebé, pero es algo que nunca ha experimentado de primera mano—. Me encantaría pasar un rato con Kate para que me dé unos cuantos consejos. Por cierto, ¿sabías que ya es más grande que un Furby?

Esa fue la inquietante comparación de Blair a las veintitrés semanas, y se me había olvidado contárselo a Chase.

Frunce la nariz y la cara se le contrae en una mueca de asco fingido.

—¿La bebé o Kate?

Le doy un golpe con los dedos en el bíceps firme.

—Calla. Ya sabes a quién me refería.

—Esas cosas daban un miedo que te cagas. No vuelvas a usar la palabra Furby para describir a nuestra niñita perfecta.

Aunque emplea un tono serio y de reproche, noto la tensión que le tira de las comisuras de los labios.

—Bueno, la pobre criatura te tiene a ti por padre, así que… —Me encojo de hombros y me aparto para esquivar sus dedos cuando intenta pellizcarme el costado—. Pero la querré aunque nazca pareciéndose a ti.

—Mentirosa. Soy un chico guapo, y lo sabes.

Vale, sí. La verdad es que no me enfadaré en absoluto si nuestra bebé se parece a él. No me malinterpretes, me cabreará haber hecho todo este trabajo para crear un calco suyo. Pero ¿una preciosa niña con los ojos azules y el pelo de un rojo intenso? Es lo más adorable que puedo imaginarme.

—El chico más guapo.

Cojo la almohada para embarazadas y la arrastro por el pasillo hasta mi habitación. Me dejo caer sobre la cama y el cuerpo se me convierte en gelatina gracias al gran amor de mi vida, que es un verdadero lujo y me apoya en todo. Aunque todavía tenga una barriga más o menos pequeña, quitarle ese peso de encima a mi espalda durante un instante me cambia la vida. Existe la posibilidad de que no vuelva a moverme de aquí.

—Creo que me he enamorado de Kate. Esto es muy cómodo. Puedes retirarte, ya no te necesito más.

—Me niego a que me sustituyas por un consolador y una almohada.

—Y no te olvides de la comida para llevar. —Aprieto los labios y lo miro con los ojos entornados—. Sí, creo que con esas tres cosas podría reemplazarte.

De repente, con un movimiento rápido, Chase está sobre mí en la cama. Sin vacilar, me mete las manos por debajo de la camiseta y me acaricia los pezones hasta provocarme una cálida oleada de placer que se me propaga por los pechos. Empieza a quitarme la camiseta por encima de la cabeza y ni siquiera me molesto en impedírselo. Es difícil sentirse acomplejada cuando se pasa el día mirándome como si estuviera hambriento de mi cuerpo.

Sujetándome el pezón entre los dientes, me pasa la lengua a toda velocidad por el botón endurecido.

—¿Esto pueden hacértelo el vibrador o la almohada?

—Creo que, a estas alturas, yo misma podría meterme la teta en la boca... Se me están poniendo enormes. ¿Qué más sabes hacer? Date prisa, se me está agotando el interés en que sigas aquí.

Le doy unos golpecitos a un reloj imaginario que llevo en la muñeca.

Se le oscurecen los ojos, me recorre las curvas de los pechos con las yemas de los dedos.

—Eres una malcriada de cojones.

Me quita los pantalones de yoga y se ahoga entre mis piernas. Me aparta la ropa interior hacia un lado y comprueba lo sensible que estoy soplándome aire frío en el clítoris.

«Me cago en su vida». Así de sensible está.

Me entran ganas de abofetearlo, pero, en realidad, reacciono gimiendo y doblando las piernas. Entonces me lo roza sin miramientos con la lengua y suelto un grito.

—¿Sigues queriendo cambiarme por el juguete?

Trago saliva, intentando ocultar lo excitada que estoy.

—Bueno..., quizá. Él no habla tanto.

—Pues entonces sácalo. A ver cuál de los dos te gusta más. —Señala la mesilla de noche con un gesto de la cabeza. Como no me muevo al instante, lo hace él: abre el cajón y saca el conejo y un bote de lubricante—. Joder, ¿cuántos juguetes tienes ahí dentro?

La cara se me calienta al instante.

—Ah... Es que... cada uno hace una cosa distinta.

Pone una sonrisa burlona y sacude la cabeza con incredulidad.

—Me muero de ganas de verte usándolos todos. No me jodas, durante todo este tiempo nunca he sabido lo guarra que eras.

—¿Qué habrías hecho si lo hubieras sabido?

Arqueo una ceja. Ni de puta coña le habría contado a Chase, ni a nadie, lo de mi colección de juguetes. No tengo el cajón lleno de ellos porque sea adicta al sexo ni nada por el estilo... Lo que ocurre es que es fácil acumular un arsenal cuando te pasas casi toda la veintena soltera y negándote a salir con nadie.

—Haría años que te habría convencido para que me dejaras follarte. Ahora enséñame qué te gusta. ¿Cómo quieres que te folle, Cass?

Vuelvo a tragar saliva, separo las rodillas para abrirme del todo ante él y me paso los dedos por el coño, desde abajo hacia arriba. Resbaladizo. Empapado. Salvo por un único lengüetazo, ni siquiera me ha tocado. Le quito el lubricante de las manos y lo tiro sobre la colcha.

—Pues... no creo que vayamos a necesitarlo.

—Joder. Estás muy sexy, toda abierta y ya tan mojada...

Me tiende el vibrador y lo cojo a regañadientes. Quiero decirle que se olvide de esto. Prefiero sentir el calor de su cuerpo apretándose contra el mío al roce frío del vibrador frotándome la piel, acaparando mi humedad.

Pero mi lado obstinado se impone: no puedo dejar que se entere de cómo me hace temblar, de lo mucho que lo deseo cada segundo del día. Se me pone la piel de gallina y me acerco la punta del conejo a la entrada mientras espero a que me dé una señal de aprobación. La silicona larga y suave se desliza con facilidad dentro de mí. A pesar del impulso de volver la cara hacia la almohada por vergüenza, me quedo paralizada, mirándolo fijamente. Mirando cómo me mira, viendo cómo las respiraciones cortas y superficiales apenas le agitan el pecho. Cuando pongo el consolador en marcha y se me escapa un gemido, se lame los labios y gruñe. Rebosa lujuria y un músculo de la mandíbula se le crispa una y otra vez. Como de costumbre, no tardo mucho en empezar a retorcerme sobre la cama. El calor se me acumula en la base de la columna vertebral. Toda la sangre de mi cuerpo se precipita hacia ese punto mientras siento el familiar tira y afloja de un orgasmo.

Sin embargo, no me deja correrme. Chase agarra la base del

conejo y tira de él para arrojarlo hacia al otro lado de la cama. Un ligero zumbido invade la habitación.

—No vas a correrte todavía. No hasta que hayas sentido mi polla y hayas decidido si sigues pensando que puedes sustituirme por un juguete.

—¿Cómo me quieres? Úsame. Dime qué quieres que haga.

Si alguien me pregunta alguna vez, mentiré hasta la saciedad, pero anhelo sus órdenes bruscas. Su control posesivo despierta algo en mí, una euforia sexual que no había experimentado nunca. La cara se le ilumina de golpe, está claro que disfruta siendo él el que manda.

—Date la vuelta —exige—. Apóyate en las rodillas y en los codos. Con el culo bien arriba.

Sin dudarlo un segundo, me doy la vuelta y espero con ansia. Meneo las caderas en contra mi voluntad, deseosa de fricción, suplicándole que llene el dolor del vacío. Se quita los pantalones y, cuando los tira al suelo, la hebilla del cinturón golpea la parte baja de la cama con un estruendo metálico. Entonces noto que me desliza la polla entre las piernas, provocándome, y la impaciencia por lo que me espera me deja sin aliento. Da igual cuántas veces lo sienta, el momento inicial en el que me estira al llenarme con el grosor de su miembro es un pecado del que nunca me saciaré.

—Mírate, qué ganas tienes de sentirla de verdad, ¿eh? Este coño siempre me prefiere a mí, ¿a que sí?

Con la punta apoyada en mi entrada, me pone la palma de una mano entre los omóplatos y me empuja para apretarme los pechos contra el colchón y aplastarme la mejilla contra la almohada. Me penetra con un movimiento rápido y me la clava hasta el fondo con un gruñido estrangulado y un taco. La fuerza con la que me sujeta la cadera con la otra mano me obliga a apretar tanto la mandíbula que mi jadeo se queda atrapado dentro. Hay unos cuantos moratones oscuros en mi futuro, sin duda; trozos de carne dolorida que él me besará con ternura para disculparse y curármelos más tarde.

Las dos primeras embestidas son lentas, pero luego acelera el ritmo. Me embiste con fuerza mientras sigue estrujándome la cadera con una mano y presionándome la columna vertebral con la otra. Está consiguiendo impactar con la polla en cada centímetro de mi interior, de modo que ni un solo rincón de mi cuerpo permanece ajeno a las chispas que me suben a toda velocidad por la columna vertebral.

—¿Es esto lo que quieres? ¿Quieres mi polla o la de mentira?

—Mmm… Está abierto a debate —lo provoco mientras me vuelvo por encima del hombro para mirarlo y finjo sopesar mis opciones.

Me da un azote en el culo, con fuerza. Cuando me muerdo el labio inferior con un gemido y el placer me obliga a cerrar los ojos, lo hace de nuevo.

—Voy a tener que reventarte a polvos hasta que dejes de ser tan malcriada, ¿no?

—Supongo.

Le lanzo una sonrisa pícara.

Sin dejar de clavarse dentro de mí, desplaza la mano con la que me apretaba la espalda hasta agarrarme un pecho. Me embiste una y otra vez con un ritmo punitivo. Entonces sube los dedos para rodearme la garganta y me levanta a peso del colchón, hasta que mi tronco se encuentra con el suyo. Estiro los brazos y me aferro al cabecero de la cama para no perder el equilibrio mientras Chase me aprieta el cuello con más fuerza. Me arqueo hacia él, disfruto del calor de su aliento en la oreja.

—Joder, Cass. Eres un puto sueño, con mi mano alrededor de ese cuello tan bonito y mi polla enterrada en ese coño tan prieto.

Cada vez que me dice una guarrada así me provoca un escalofrío que me recorre toda la espalda. Le clavo las uñas en el muslo y oigo una exhalación áspera junto al oído. Chase sale de mí con una lentitud angustiosa y yo empujo el culo hacia él, implorando de manera inconsciente por el placer que me está negando.

—¿Preparada para reconocer que te gusta más mi polla que la de mentira?

Me pasa la polla dura como una roca por el culo desnudo. Y, a la mierda con la terquedad, necesito que me folle.

—Sí. Quiero tu polla, la necesito —reconozco con la voz ronca y anhelante.

—Qué buena es mi putita… Harás todo lo que te diga, ¿a que sí?

—Mmm, tal vez —miento con descaro.

Lo haría. Haría cualquier cosa. Ya estoy haciendo cosas que jamás me habría planteado con ninguna otra persona y estoy gozándolo al máximo. Quiero ser su zorra. Quiero ser su sueño.

—Malcriada —me murmura junto al pelo cuando vuelve a hundirse en mi interior.

«Joder. ¿Por qué esa palabra me hace desearlo aún más?».

Me araño el labio inferior con los dientes delanteros.

—Te encanta.

Reacciona apretándome el cuello con más fuerza. No me está ahogando, porque, teniendo en cuenta que la fuerza de cada embestida me llega hasta los pulmones, respiro con relativa facilidad. Pero sí ejerce la presión suficiente a ambos lados de la garganta para dejarme claro quién está al mando. Saberme a su merced hace que un cosquilleo electrizante me recorra la piel y se instale en lo más profundo de mi ser.

—La verdad es que me encanta el collar —le digo cuando recupero el aliento entre una acometida violenta y la siguiente.

Le acaricio el dorso tatuado de la mano, la piel que conozco tan íntimamente después de las noches que llevamos durmiendo con los dedos entrelazados sobre mi vientre. Él me aprieta los dos lados del cuello, lo bastante como para hacer que me tiemble el labio.

—Es todo tuyo. Solo tuyo. —Me presiona la yugular con los dedos ásperos y jadeo—. Ahora quita la mano de ahí y tócate. Juega con tu coño suplicante para mí.

—Tengo una idea mejor. —Uno a uno, voy despegándole los dedos de mi piel y me inclino hacia el cajón. Saco un vibrador del tamaño de una bala y añado su zumbido eléctrico al que ya flotaba en el aire de la habitación—. ¿Quieres que me corra fuerte? Usa esto mientras me follas.

—¿Quién ha dicho que vayas a correrte ya? ¿Crees que te mereces correrte en mi polla después de haberme incordiado tanto? —Vuelve a rodearme la garganta con la mano y tira de mí hasta estamparme contra su pecho. Su respiración entrecortada me calienta el oído y gimo un sí desesperado a pesar de la presión de sus dedos—. ¿Sí? Tienes suerte de que sea un tío majo.

—Mucha suerte —me apresuro a reconocer, y muevo las caderas para sentirlo más dentro.

—Pídemelo con educación. Quizá así te permita correrte.

Aumenta la presión mientras habla. Suplicar no es una opción, cuando apenas soy capaz de articular palabra debido a la fuerza con la que me aprieta el cuello con la palma de la mano. Pero gimo y aplasto más las caderas contra las suyas para dejar que mi cuerpo exprese mis más profundos deseos.

—Por f… —resuello mientras me la clava.

—¿Cómo dices?

Me la saca casi del todo y luego vuelve a hincármela de golpe, de forma que mi inhalación aguda y brusca llena el dormitorio. Agacha la cabeza para mordisquearme el hombro.

Cuando afloja la mano medio segundo, grito:

—Por favor. Por favor. Deja que me corra.

—Qué putita tan exigente.

Empujo hacia atrás y su polla se hunde tanto en mí que siento un dolor momentáneo, la antesala de un placer abrumador.

—Chase, lo necesito. No pares.

—Usa el juguete, cariño. Quiero sentir cómo te corres con más fuerza que nunca.

Dejándose llevar por un ímpetu primitivo, me folla duro, profundo y rápido. La excitación y el sudor espesan el aire. Los músculos se me están empezando a convertir en gelatina, me cuesta mantenerme erguida, con una mano apoyada en el cabecero y con la otra pasándome el pequeño vibrador por el clítoris.

—Eso es. Empápame la polla con un *squirt*. Chorréame encima.

No oigo, no veo, no siento. Todo se vuelve negro y me desmorono con un gemido ronco y prolongado. Mi cuerpo convulsiona entre los brazos de Chase mientras, sin lugar a dudas, me corro con más fuerza que en toda mi puta vida. Con su verga golpeándome el coño, su mano aferrándome el cuello y sus labios en la piel de detrás de la oreja. Cuando el orgasmo debería terminar, no termina. Continúa llegando en oleadas, y mi corrida proporciona aún más lubricación tanto para su polla como para mi vibrador. No se detiene hasta que estoy al borde de las lágrimas, completamente agotada y temblando sin control.

—Buena chica, putita.

Entonces dejo caer la mano y le paso el vibrador entre las piernas para colocárselo en la piel caliente de detrás de los huevos. La sensación lo hace echarse hacia delante con un estremecimiento que amenaza con deshacer por completo la poderosa personalidad que tiene en la cama. Está desmadejado y frenético, es evidente que está a punto de desmoronarse.

—Me cago en la hostia puta.

Gime y me embiste fuerte, deprisa, hasta que comienza a llenarme de líquido caliente y espeso. Le tiemblan los brazos, le falta el aliento. Jadeantes, los dos nos desplomamos sobre la cama en un amasijo de extremidades agotadas.

Esta ha sido la última vez. Tiene que serlo. Empieza a ser demasiado bueno. Me estoy volviendo adicta. Y no solo al placer; aunque los orgasmos son increíbles, podría tenerlos sola. Es a todo lo que tiene que ver con él… y nosotros.

Camina descalzo hasta el cuarto de baño de la habitación y vuelve al cabo de unos segundos con una toallita húmeda y caliente para limpiarme la piel con delicadeza. Luego traza un halo de besos alrededor de la barriguita de la bebé, antes de acomodarse a mi lado y cogerme una pierna para que se la pase por encima del regazo.

—¿Te he dicho lo mucho que me alegro de haberte dejado preñada?

—Sí, ya veremos si sigues pensando lo mismo cuando se te pase el subidón del sexo.

—En serio, Cass. Me alegro. Aunque no me permitas volver a tocarte nunca más, cosa que, joder, espero que no ocurra, me alegro de que esto haya pasado.

—¿No lo cambiarías si pudieras?

Levanto la cabeza para mirarlo, en busca de cualquier atisbo de mentira. Esperando a que diga lo que cree que quiero oír. Sus iris son la viva imagen de un lago en un perfecto día de verano, cuando el sol brilla en el cielo y estás flotando con una cerveza en la mano, sin una sola nube a la vista, nada más que un azul vibrante y titilante que refleja el sol. Tiene una peca justo debajo de la ceja, y no puedo evitar estirar la mano para acariciársela ligeramente con el pulgar.

—Para nada. Con la infancia que viví, creía que jamás querría tener hijos. Pero no cambiaría ni un segundo de todo esto. De hecho, si pudiera volver a la noche del rodeo, me saltaría lo de ponerme el condón para asegurarme de que terminaríamos aquí de todos modos. Potatita es lo mejor que me ha pasado. Tú eres lo mejor que me ha pasado.

Se me sube el estómago a la garganta.

—No puedes decirle eso a una mujer embarazada. —Me sorbo los mocos y me enjugo las lágrimas que de repente se me aferran a las pestañas—. Vas a conseguir que me enamore de ti si me dices esas cosas tan bonitas.

—¿Sí? Pues menos mal que lo he dicho.

Siento que tensa los músculos del brazo a mi alrededor. Durante un segundo no puedo respirar, y tiene que ser por la fuerza con la que me está agarrando. No porque me esté imaginando brevemente un mundo en el que lo amo. Por supuesto que no.

Me trago esa extraña sensación.

—Cállate. Créeme, no quieres que me enamore de ti. ¿Te parece que ahora soy exigente y un incordio? No haría más que pedirte la cena, meterte los pies fríos entre las piernas calientes y hacerte ver programas de telerrealidad cutres.

—Ese ya es mi infierno actual, Cass. —Me acaricia el vientre desnudo muy despacio—. ¿Tú cambiarías algo?

—Esta no es precisamente la situación en la que pensaba que me encontraría a los treinta y uno, ya sabes. Pero no, creo que no cambiaría nada.

No lo haría. Ni el embarazo accidental. Ni, para mi sorpresa, al padre de la bebé.

En previsión de que diga algo que traspase la frontera de «amigos-con-derecho-a-roce-barra-amigos-con-una-hija» que insisto en mantener, cambio de tema.

—Antes de que se me olvide, no sabía que íbamos a darnos los regalos de Navidad hoy, así que no está envuelto, pero tengo una cosa para ti.

—La almohada no es un regalo de Navidad. Me dijiste que no te comprara nada porque no estamos juntos. —Me dedica una sonrisa relajada—. Y, sin embargo…, ¿tienes un regalo de Navidad para mí?

—Vale, lo sé. Pero creo que es una necesidad.

Me obligo a levantarme de la cama y me acerco a la cómoda, consciente de que Chase no le quita ojo a mi cuerpo desnudo. Pero, incluso con los kilos de más y la barriga cada vez más grande, siento una comodidad que me resulta inexplicable. Estando con él, tengo una confianza en mí misma que jamás tuve con Derek.

—Cierra los ojos. —Saco el regalo del cajón y vuelvo corriendo al calor de la cama para acurrucarme entre sus fuertes brazos—. Vale, ábrelo. Es una pulsera. Mmm… Te la he hecho porque creo que no deberías coger en brazos a la bebé teniendo un trozo de alambre de púas en la puñetera muñeca. No pienso ponerme a explicar en el hospital por qué una recién nacida necesita una vacuna antitetánica.

Le da la vuelta a la pulsera de cuero hacia uno y otro lado y se detiene para acariciar con el pulgar el labrado que la recorre de un extremo a otro. Tiene forma de alambre de púas.

—¿Esto lo has hecho tú?

—Aprendí a trabajar el cuero por mi cuenta al acabar el instituto, cuando todo el mundo se fue a la universidad y yo me quedé aquí atrapada. Es una afición divertida.

Me encojo de hombros e intento restarle importancia a la expresión con la que me está mirando ahora mismo. Los ojos suaves, las arrugas entre las cejas y una sonrisa genuina. Me está llenando el pecho como si fuera un globo de helio y, si no tengo cuidado, podría alejarme flotando en esa sonrisa.

—Cass, esto es la hostia de guay. No me puedo creer que

hayas hecho… No, claro que me lo creo. ¿Hay algo que no se te dé bien?

—¿Has reprimido los recuerdos de la lasaña que intenté hacer hace un par de días? Cocinar no es mi fuerte.

—Oye, me la comí y sigo vivo. Podría haber sido peor. —Se ríe mientras sustituye la pulsera metálica por la mía—. Menos mal que estoy yo aquí, porque, si no, nuestra bebé sobreviviría a base de Cheetos picantes, cerveza de raíz y patatas fritas. Pero, en serio, esto es increíble.

—Gracias. —Tanteo el broche para cerrársela—. Tendría que buscar las fotos de los zapatos de tacón que le hice a Blair cuando se licenció en la escuela de Enfermería. Eran superchulos.

—Podrías venderlas. ¿Las vendes?

—Qué va. Alguna vez me lo he planteado, pero no sé… —Jugueteo con un mechón de pelo suelto, incapaz de establecer contacto visual—. Hay que dedicarle mucho tiempo y necesitaría tener mucha más práctica antes de… Solo es una afición tonta.

—Y una mierda. No te minusvalores. Yo pagaría por esta pulsera. Si hicieras cinturones, conozco al menos a veinte peones de rancho que te los comprarían. Una vez me dijiste que no habías encontrado «tu cosa», pero quizá sea esto. Con lo inteligente que eres, apuesto a que podrías montar un gran negocio.

—Sí, si dispusiera de tiempo, tal vez. Y ahora que voy a tener una criatura de la que cuidar, me faltará aún más tiempo. Además, he empaquetado todo el material, porque mi estudio tendrá que ser el cuarto infantil. —Que Chase no pare de observarme mientras me toqueteo el pelo con nerviosismo está haciendo que me aturulle más todavía. No soporto mirarlo a los ojos—. Gracias de todos modos. Me alegro de que te guste.

—Me encanta. —Dedica un rato a girársela alrededor de la muñeca—. Y lo de que vendré aquí todos los días va en serio. Vas a estar tan hasta los cojones de mí que apuesto a que te encantará tener una afición que te dé un respiro.

—Eres mejor en dosis pequeñas.

Se inclina hacia mí.

—Pues no es eso lo que dices cuando estoy dentro de ti.

—Vale, ¿ves? Ahora es oficial: ya no eres bienvenido en esta casa.

Le doy un empujón juguetón en el costado y él se envuelve a mi alrededor. Me cubre el estómago con un brazo tatuado y me rodea los tobillos con la pierna. Me tiene atrapada, aunque tampoco es que tuviera intención de moverme, la verdad.

—No te queda más remedio que aguantarme, encanto.

Me roza el pelo con la nariz.

—Genial. ¿Cómo es posible que haya tenido tanta suerte?

Me prometí que no lo haría. Que no me enamoraría de él. Pero, de repente, estamos hablando hasta medianoche y me estoy riendo entre sus brazos. Mi cuerpo se enreda con el suyo como si nuestras extremidades, músculos y ligamentos hubieran sido creados para entrelazarse de este modo. Hacía años que no me sentía así de feliz. Y estoy maravillosa e irrevocablemente jodida.

17
Cassidy

Veintiséis semanas
(la bebé tiene el tamaño de un pretzel grande)

La aguanieve fría, helada y fangosa me salpica los laterales de las botas cuando bajo de un salto de la camioneta de Chase; me empapa los calcetines y me hace soltar una retahíla de improperios. Me arrepiento de no haber hecho caso a su sugerencia de esperarlo dentro mientras compra un par de cosas de última hora para la cena.

—¿Estás bien? —me pregunta a gritos desde el otro lado del vehículo.

—Empapada por completo.

—Joder, Cass. Vale. ¿Nos saltamos la compra o…? —Aparece por la parte de atrás de la camioneta con una sonrisa burlona—. Sabes que esas son mis palabras favoritas, ¿no?

—No me refiero a eso, imbécil. Has aparcado justo encima de un charco enorme y tengo las botas llenas de agua.

Me acerco a él de mala gana, sintiendo a cada paso los chapoteos de los calcetines mojados debajo de los pies.

—Bueno, eso es menos divertido de lo que ya me había imaginado. Aun así, ¿podemos volver a la camioneta y desnudarte?

Señala el vehículo con la cabeza, sin dejar de sonreír con arrogancia en ningún momento.

Con una carcajada, le doy una palmotada en el brazo.

—Buen intento, pero solo se me han empapado los calcetines. Eso es lo máximo que me voy a quitar.

—Tenía que intentarlo. Todo este aparcamiento es como un granizado gigante de cerveza de raíz. ¿Dónde esperabas que aparcara? —Comienza a cruzar el solar atestado en dirección a la tienda—. Vamos, calcetines mojados. ¿Qué te parece si compramos algo de picar? No creo que seas capaz de llegar hasta casa sin comer algo.

Avanzamos como podemos por el granizado de cerveza de raíz, que es una descripción bastante acertada del aparcamiento mugriento. No ha parado de nevar durante todo el trayecto hasta Sheridan para mi visita médica, así que las quitanieves han llenado todas las carreteras de arena para proporcionar tracción. Luego, la temperatura ha subido lo suficiente como para transformar los treinta centímetros de nieve en un lodazal turbio y espeso.

—Nada de cosas para picar, a no ser que sean palitos de zanahoria o algo semejante. Estoy harta de los suspiros criticones del doctor Capullo. Y estoy muy harta de que haga comentarios sobre mi peso cada vez que me ve.

Me agarro del brazo de Chase para saltar por encima del arroyo que fluye por el centro de la carretera. La puerta del supermercado se abre con una ráfaga de aire cálido y seco, y él me coloca una mano en la parte baja de la espalda para que pase delante. Aunque Sheridan no está lejos de Wells Canyon y siempre hay una probabilidad bastante alta de que nos encontremos con gente a la que conocemos, es agradable fingir que aquí somos personas diferentes. Interactuar como solemos hacerlo en la intimidad de mi casa. Esto es desdibujar los límites entre nosotros, pero no soy capaz de ponerle freno.

—Tienes que pasar de hacerle caso a ese tonto de los cojones —dice Chase—. O dejar que le pegue un puñetazo, como te he ofrecido mil veces. Estás embarazada y necesitas comer. No tiene ni puta idea de qué está hablando.

Enarco una ceja.

—Ah, ¿tú fuiste a la facultad de Medicina?

—Cuando tienes hambre te pones fatal, y el estrés no es sano para Potatita; eso lo tengo clarísimo. —Me coge la mano y me la aprieta—. Así que ve al puñetero pasillo de los aperitivos y elige algo que te apetezca de verdad, no zanahorias. Yo iré a por lo de la cena.

«Te ha costado muchísimo convencerme».

—Vale, vale. Pero, la próxima vez que el médico me diga algo, te voy a echar la culpa a ti.

Unos momentos después, estoy sola bajo el zumbido de las luces fluorescentes del techo y profundamente sumida en un intenso debate interno sobre los sabores de las patatas fritas. Sería fácil escoger el que me parezca más atractivo en este instante, pero ¿quién sabe si me seguirá apeteciendo dentro de una hora? Y, si me equivoco al decidir, mi yo del futuro se cabreará. Tener solo patatas fritas con sabor a kétchup y que me entre un antojo de Cheetos picantes es una buena forma de fastidiarme toda la noche.

«Podría coger las dos cosas, ¿no?».

A Chase jamás se le ocurriría hacer ningún comentario al respecto. En todo caso, me animaría a desoír el muy sensato consejo médico del doctor Capullo sobre controlar lo que como.

—¿Te cuesta decidir qué patatas quieres?

Una voz me sobresalta y la bolsa de Cheetos se me cae al suelo con un crujido.

Me agacho para recogerla mientras intento calmar los espasmos que siento en el estómago y la velocidad de los latidos que noto en el pecho. Y, de pronto, ahí está. La mano de Derek choca con la mía y le arranco la bolsa de patatas de entre los dedos para devolverla a la estantería con brusquedad en cuanto me levanto.

—Derek.

Trago saliva.

—Cass, ¿cómo te va? No había vuelto a verte desde…

Me recorre el cuerpo de arriba abajo con la mirada, como hace siempre, me disecciona pieza por pieza. Se ceba en todas y cada una de las inseguridades que cometí el error de contarle. Me hace sentir como si tuviera que taparme. Por mucho que valore que mi cuerpo esté gestando a esta criatura sin problemas, no puedo evitar sentirme acomplejada por los cambios constantes. Las inseguridades que Chase borra con una sola mirada salen rápidamente a la superficie bajo el escrutinio petulante de Derek.

Gracias a Dios que voy envuelta en la sudadera de Chase. No me queda enorme, pero me disimula bien la barriga abultada. Y, además, huele a su jabón, lo cual me alivia la sensación de tener el estómago revuelto.

—La verdad es que estoy genial.

Sonrío para mis adentros cuando me doy cuenta de que estoy siendo sincera: estoy genial.

—Ah, me alegro. Oye, estaba pensando en mandarte un mensaje. Alyssa y yo hemos roto.

—Mi más sentido pésame —digo en tono de sorna y con cara de hastío—. Gracias por avisarme, supongo. Así ya no hará falta que me mandes ningún mensaje.

—Cass, quiero pedirte disculpas por lo que pasó. No pretendía hacerte daño.

Da un paso hacia mí y retrocedo al instante. Si llegara a tocarme, no puedo garantizar que mi reflejo no fuera propinarle un puñetazo en la nariz.

Se me escapa un bufido de risa.

—Disculpas no aceptadas. Por favor, déjame comprar tranquila.

«A tomar por culo», me llevaré los dos tipos de patatas fritas, no pienso quedarme aquí plantada debatiendo mis opciones mientras él me presiona con su mirada.

«¿De verdad crees que lo necesitas? ¿Todo eso es para ti? Vaya, alguien tiene hambre».

Los minúsculos comentarios, que fueron acumulándose hasta convertirse en algo mucho más grande a lo largo del año que estuvimos saliendo, se me agolpan en la cabeza, hacen que se me forme un nudo en la garganta y me ardan las fosas nasales. Cojo las dos bolsas de patatas fritas y él carraspea, un sonido que sé que significa lo mismo que los comentarios. Es lo que hacía cuando estábamos en público y me llenaba el plato en el bufé, pedía una segunda ración o un entrante con la cena.

Antes de que le dé tiempo a abrir la boca, gruño:

—Estoy embarazada, pedazo de mierda. Puedo comer lo que me venga en gana.

—Estás... ¿qué? —Se le pone la cara blanca—. ¿Es...?

—No. No es tuya. Nada de esto... —Me pongo la mano libre bajo la tripa, tenso la sudadera para que me marque la barriga prominente y añado—. Tiene nada que ver contigo.

Como por arte de magia —y con un sentido de la oportunidad impecable—, Chase aparece a mi lado. Sin pensarlo, le meto la mano en el bolsillo trasero para que parezca que somos pareja. Derek capta el movimiento y frunce la nariz. Chase me rodea la cintura con el peso relajado de un brazo fornido y luego me atrae hacia sí. Su gesto me libera de la terrible opresión que sentía en los pulmones, así que dejo escapar una exhalación profunda. Sé que encajamos de maravilla cuando estamos en posición horizontal. Pero, en vertical, me siento como si este hueco estuviera hecho para mi cuerpo y me recuesto sobre él. Desde luego no parece que estemos fingiendo estar juntos.

—¿Algún problema?

La voz ronca de Chase hace que se me erice el vello de los brazos.

A Derek se le inflan las fosas nasales, con la cara contraída.

—¿En serio, Cass? ¿Estás con Red? Por Dios.

—Devin, ¿no? —pregunta Chase, aunque sabe perfectamente que ese no es su nombre.

—Derek.

Mi ex no para de mirarnos por turnos. Es curioso que ahora que hay un hombre a mi lado ya no tenga nada más que decir.

—Cierto. Oye, Cass y yo tenemos un largo camino de vuelta a casa. —Ladea la cabeza para mirarme—. ¿Tienes todo lo que necesitas, encanto?

Lo juro por Dios: qué ganas de besarlo.

—Sí.

—Pues vámonos. Nos vemos, Dexter.

Apenas puedo contener la risa hasta que doblamos la esquina del siguiente pasillo.

—¿Le has visto la cara? ¡No me jodas!

—Claro que voy a joderte, pero dentro de un rato, viciosilla.

Me guiña un ojo y le doy un golpe juguetón en el bíceps. Le engancho un dedo en la trabilla del cinturón y lo sigo hacia la entrada de la tienda. Una oleada de emoción me hincha el pecho cuando, sin decir nada, coge mi chocolatina favorita del expositor que hay junto a la caja registradora.

En el aparcamiento casi vacío, teñido de tonos anaranjados por el sol poniente, no hay forma de evitar la figura alta y delgada de Derek mientras nos dirigimos hacia la camioneta. Y es imposible evitar que nos vea.

Mi ex cierra de golpe el maletero de su coche y se acerca a nosotros dando grandes zancadas.

—Cassidy, ¿puedo hablar contigo un minuto?

Chase se agacha hacia mí, me roza la parte superior de la oreja con los labios y susurra:

—Fíjate, tiene un arañazo de la hostia en el capó. No sé qué cojones le habrá pasado para dejarle la pintura tan destrozada.

Disimulo la risa que me entra convirtiéndola en una tos falsa que me permite taparme la boca con la mano al instante. Sin Chase, ver a Derek habría hecho que me entraran ganas de hacerme un ovillo y morirme. Pero cuando él me aprieta la parte baja de la espalda con la mano y aviva el fuego en lo más profundo de mi ser, siento que soy capaz de conquistar el mundo. Enfrentarme a un exnovio de mierda es pan comido.

Retiro la mano de mis labios y centro mi atención en Derek.

—La verdad es que no me interesa nada lo que tengas que decir. Ya te has disculpado, pasemos página.

—Solo será un minuto.

Me cruzo de brazos sobre el pecho.

—Vale. Tienes un minuto.

Derek mira a Chase con los ojos entornados.

—Sin él.

—Ni de broma. Date prisa, se te está acabando el tiempo. Tictac.

—Cass, venga. Esta situación es muy incómoda.

—Pues, entonces, guárdate la mentira que fueras a soltarme.

Mantener la boca cerrada —y la bragueta subida, evidentemente— nunca ha sido su fuerte.

—Es que... ¿Él? ¿De verdad quieres estar con Red? Con la cantidad de veces que me tocó escucharte despotricar sobre él y sobre los otros tíos del pueblo que iban al bar. ¿Qué coño es esto, Cass?

Chase cambia el peso del cuerpo de un pie a otro y, por el rabillo del ojo, veo que se tensa de modo visible. Claro que me quejé una o dos veces de tener que echarlo del bar. Y, sí, es cierto que no fue hace mucho tiempo. Pero tengo la sensación de que han pasado años desde que Derek y yo rompimos. Sin necesidad de mirar, localizo con la mano el antebrazo de Chase, como si estuviéramos imantados, y enseguida comienzo a trazarle círculos lentos con el pulgar. Una disculpa silenciosa.

—Sé que metí la pata, pero si necesitas que alguien cuide de ti...

—Me tiene a mí —lo interrumpe Chase.

—¿Un vaquero sucio y alcohólico? —Pronuncia las palabras de forma lenta y enfática, con un matiz interrogativo, como si fuera la primera vez que las dice en voz alta y no estuviera muy seguro de cómo se pronuncian—. Vaya. Sí, claro. Ya entiendo por qué iba a elegirte a ti antes que a mí. Menudo partidazo.

Chase da un paso hacia él e intenta zafarse de mi presa, pero lo sujeto con más fuerza. Las uñas se me ponen blancas de la fuerza con la que se las clavo en la carne. Tal vez, si le atravieso la piel, lo distraiga durante el tiempo suficiente para evitar que cometa un asesinato.

—Pégame. A ver si te atreves —dice Derek con malicia—. No te preocupes, yo cuidaré de Cassidy y del bebé mientras tú estás en la cárcel por agresión.

—Chase. —Le tiro de la manga recogida de la camisa de franela—. Que le den. No merece la pena. Por favor, llévame a casa.

Con un segundo tirón más fuerte, deja de concentrarse en la cara engreída de Derek y se vuelve hacia mí. Las líneas endurecidas de su rostro se suavizan cuando nos miramos a los ojos y me hace un gesto de asentimiento con la cabeza.

—Vámonos a casa, encanto. —Entrelaza firmemente sus dedos con los míos y levanta nuestras manos unidas como si fueran un trofeo—. Que te den, Dyson.

—No vuelvas a hablarme —le grito por encima del hombro mientras camino junto a Chase, dejando que mi cadera choque con la suya de vez en cuando.

—¿Dyson? —pregunto en voz baja cuando Chase me abre la puerta del pasajero y me encaramo al asiento con un escalofrío. Todo el calor que se había acumulado en la cabina de la camioneta se ha disipado durante los diez minutos que hemos tardado en hacer la compra—. Eso es una marca de aspiradores.

—No se me ocurrió ningún otro nombre que empezara por de en ese momento —me contesta también en un susurro antes de cerrar la puerta con suavidad.

En cuanto se sienta a mi lado, en el otro asiento de la silenciosa cabina, le digo:

—A mí tampoco se me ocurren palabras que empiecen por de, pero esta te va a gustar: polla. Y esta noche te la voy a chupar, Chase Thompson.

—Ah, ¿sí?

Se le curvan las comisuras de los labios y me mira mientras arranca el motor.

—Lo has hecho sentir muy incómodo y lo he disfrutado hasta el último segundo. —Me paso las manos por la parte superior de los muslos—. Además, eh... Nunca te he dado las gracias por ello, pero al verlo en la tienda me he acordado. Gracias por no ser un gilipollas respecto a... —Hago un gesto con el que pretendo abarcar mi cuerpo—. Esto. A mí. A mi cuerpo. Sé que no es lo que era...

Por suerte, levanta una mano para detenerme antes de que me convierta en un guiñapo lloroso.

—Vamos a dejar clara una cosa: no hay nada respecto a lo que ser un gilipollas, porque tu cuerpo es cojonudamente perfecto. Esta noche, mientras esos preciosos labios rosados me estén rodeando la polla, voy a explicarte con todo detalle lo perfecto que pienso que es, hasta que dejes de cuestionarte si me pareces sexy. Y, si aun así sigues insistiendo en criticarte, te enredaré las manos en ese pelo rubio tan precioso que tienes y te clavaré la polla hasta el fondo de la garganta para que no puedas decir nada más.

—Ojalá lo hicieras —lo provoco, aunque sigo teniendo la voz cargada de una emoción ansiosa.

—Por Dios, eres… tremenda.

Se muerde el labio y un estremecimiento de placer me recorre la espalda. Me encanta ponerlo así de nervioso, puede que incluso más de lo que me gusta que me diga todo lo que tengo que hacer con ese tono dominante y sexy.

Cuando nos incorporamos a la carretera principal, apoya el antebrazo sobre el cuero de la consola central, así que le paso las uñas con suavidad por la piel tatuada.

—Gracias por no pegarle.

—Un caballero no da puñetazos cuando hay damas delante.

Gira el mando de la calefacción en respuesta a mis incesantes, aunque apenas perceptibles, escalofríos.

—¿Vas a decirme que eres un «caballero» justo después de soltar ese comentario sobre clavarme la polla en la garganta? ¿En serio?

—Sí, porque lo soy. Un caballero sabe lo que quiere su dama, y sé de buena tinta que tú quieres que te trate como a una preciosa putita. ¿A que sí, encanto?

«Ahí me ha pillado».

18
Red

Veintinueve semanas
(la bebé tiene el tamaño de una tarrina grande de helado)

Cuando era pequeño, la Navidad representaba una excusa para que mi padre bebiera durante el día sin que la gente lo juzgara. Todo el mundo le añade licor al primer café de la mañana el día de Navidad. Si lo haces, no eres un alcohólico: estás de celebración. Eso significaba que esperábamos hasta media tarde, cuando se desmayaba en el sofá, para abrir los regalos. Siempre se despertaba a tiempo para la cena y para seguir bebiendo. Si durante la sobremesa se tomaba una copa de ron especiado, veíamos películas navideñas y bebíamos chocolate caliente como una familia normal. Si era de whisky, mis hermanos y yo nos retirábamos a nuestros respectivos dormitorios hasta el día siguiente.

Cuando entro en la casa principal, me recibe el ruido de las risas y el aroma a galletas de azúcar. Está caldeada y decorada como si acabaran de sacarla de una película navideña, con guirnaldas, luces e incluso una puta rama de muérdago colgada sobre la puerta del salón. Un enorme árbol vivo —que Jackson, Kate y los niños fueron a cortar montados a caballo— ocupa la mayor parte de la acogedora habitación iluminada por el fuego.

Enfilo el pasillo hacia la ajetreada cocina. Algunos de los peones del rancho viven en el pueblo con su familia, otros se van a pasar las fiestas a su lugar de origen. Los que no tenemos ningún otro sitio al que ir, venimos aquí. Como me he ofrecido a darles de comer a los caballos esta noche, soy el último en llegar, cosa que me va de perlas. Así pasaré menos tiempo sorteando preguntas sobre mi relación con Cass.

Unos bracitos me rodean las caderas y me agacho hasta quedar a la altura de una niña de preescolar. Odessa lleva un vestido rojo abullonado que, para sorpresa de nadie, ya está lleno de misteriosas manchas de comida.

—Hola, peque. ¿Papá Noel te ha consentido mucho este año o qué?

No me considero un tipo muy navideño, pero, por Odessa y Rhett, soy capaz de fingir lo que haga falta.

Me aplasta las mejillas con las palmas de las manos y me sujeta para poder gritarme directamente a la cara.

—¡Papá Noel me ha traído una Barbie con un caballo!

—¿Estás segura de que te mereces todo eso? —Arqueo una ceja y le sonrío—. Me vendría bien un caballo nuevo. A lo mejor necesito que me prestes el tuyo de vez en cuando.

—¡Tío Red! —Odessa se ríe a carcajadas, arrugando la nariz—. Eres demasiado grande para montarlo. Es para Barbie.

—Vaya, qué faena. Pues entonces supongo que mandaremos a Barbie a cuidar las vacas, ¿no? —Despacio, me voy enderezando—. Estoy muerto de hambre. Vamos a ver qué ha cocinado tu mamá.

—¿Has traído a tu novia? —Su pregunta me hace frenar en seco—. Quiero ver a la bebé.

—Bueno, la bebé sigue dentro de la barriga —respondo—. Pero la conocerás en cuanto nazca.

—Es guapa —afirma Odessa.

—¿Mi… novia? —aclaro. A Odessa se le iluminan los ojos al oír la palabra; no me jodas, es Kate en miniatura—. Tienes razón, es la chica más guapa que he visto en mi vida. Aparte de ti, claro.

Le revuelvo el pelo y, cuando se marcha, por fin me tomo un momento para fijarme en el resto de los presentes: los peones del rancho, la familia Wells, los padres de Kate y otra pareja mayor que supongo que son los padres de Cecily. No hay un solo espacio vacío ni en la encimera ni en la mesa de la cocina, que mide más de tres metros y medio; las chicas han debido de pasarse varios días cocinando y horneando para preparar este banquete. Está claro que a las mujeres del Rancho Wells les gusta demostrar su amor con comida. El olor a salchicha ahumada hace que me rujan las tripas y me siento a la enorme isla junto a Jackson.

—Hola —farfulla con la boca llena de comida. Ni siquiera ha terminado de tragar cuando ya está cogiendo más—. ¿Cómo andaban las cosas por ahí?

—Todo bien. Todo el mundo alimentado, excepto yo. Esto tiene una pinta deliciosa.

Cojo un plato y empiezo a llenarlo de comida, me sirvo un poco de cuanto me queda al alcance de la mano. Me muero de ganas de sumirme en la modorra de la comilona dentro de un par de horas.

Jackson me pasa una cerveza por encima del mostrador y dejo el plato para abrirla. Luego me la bebo de un trago. No porque quiera ser el imbécil borracho de la cena de Navidad, sino porque la primera siempre tiene que entrar rápido, como si me arrancara una tirita, porque es la que me da miedo. Soy consciente de que es una tontería, pero tengo la sensación de que la primera tiene el potencial de convertirse en un interruptor que, de alguna manera, decidirá si me convierto en un alcohólico como mi padre o no; si de repente estoy tan lleno de rabia como él o no. Esa primera cerveza que me bebo de un trago se lleva con ella la preocupación. Después ya estoy bien…, más o menos. Por eso me gusta acabar con ella lo antes posible.

—Supongo que Cass no ha podido venir, ¿no? —me pregunta Jackson, que a continuación se lleva su botellín a los labios.

—Está con Dave, así que no.

En un mundo diferente —en el que yo fuera un tío diferente—, estoy seguro de que Cass y Dave habrían venido al rancho. Me ha dicho que, por lo general, solo comen aperitivos precocinados y ven películas, y le vi un dejo de tristeza en los bonitos ojos azules cuando le conté cómo le gusta celebrar las fiestas a la familia Wells. Sé que disfrutaría de cada segundo de todo esto.

—El año que viene.

—El año que viene ¿qué?

Denny aparece de repente en el lado opuesto de la isla. Él no lleva ni plato: intenta mantener en equilibrio un montoncito de salchichas y queso en la palma de la mano. Nos mira primero a uno y luego a otro mientras se mete un trozo de cheddar en la boca.

—Cassidy vendrá a la cena.

El tono de Jackson hace que parezca que tiene la autoridad necesaria para decidir que Cass estará aquí el año que viene, le guste o no.

—¿Vendrá mañana a la gala de las sobras? —pregunta Denny.

Cuando éramos niños, le pusimos el nombre de «gala de las sobras» al 26 de diciembre, el día en el que la familia Wells solía celebrar la Navidad con los peones del rancho. Antes de que Kate decidiera que, ya puestos, podíamos cenar en la casa grande el día 25. El abuelo Wells mantenía encendida una hoguera durante todo el día, el alcohol corría a raudales y los Wells ponían a disposición de todo el mundo la ingente cantidad de comida que les había sobrado el día anterior. Nos dedicábamos a montar en trineo y en motos de nieve y asábamos malvaviscos hasta bien entrada la noche; la única parte de la Navidad que siempre disfrutaba de verdad.

—No, se va a primera hora de la mañana a Vancouver, a visitar a Blair.

Denny parpadea, sorprendido, y la cara se le pone igual de blanca que si hubiera visto un fantasma. «Qué raro».

—Ah —dice al final, tras guardar silencio durante un rato extrañamente largo—. No sabía que seguía teniendo amigos allí. Es… guay.

Echa la cabeza hacia atrás para darle un trago a su cerveza y los músculos del cuello le hacen horas extra mientras traga. Y traga. Y traga.

«Sí. Está rarito de cojones».

Como si quisiera ahorrarme continuar con esta conversación incómoda, el teléfono me vibra en el bolsillo. Me sirvo más comida en el plato ya colmado y me siento al lado de Austin para poder comer y enviarle mensajes a Cass en paz.

Cass
Quiero que me describas en detalle
toda la comida que te estás zampando
Bórrame los palitos de mozzarella con
sabor a cartón del cerebro para siempre

Tienes un fetiche con la comida
o alguna mierda así, no?

Cass
Da igual, se lo pediré a Denny
Él me echará una mano

Levanto la vista hacia Denny, que parece haber recuperado la normalidad: está compitiendo con Odessa para ver a quién le entran más cubitos de queso en la boca.

Arándanos y brie sobre algún tipo de pan casero.
Del tamaño de un bocado, y el pan está
un poco crujiente.

Cass
Que te follen!

Ahora mismo? Voy para allá

Cass
Por qué iba a querer algo así cuando me
estás hablando de arándanos y queso brie?
Contrólate un poco y dime qué más hay

Siempre podrías venir a verlo con
tus propios ojos, ya lo sabes

Cass
Los amigos con derecho a roce
no pasan la Navidad juntos

Tu plato favorito: patatas al gratén
También hay barras de Nanaimo,
tartaletas de mantequilla y algo que Odessa
ha llamado comida para cachorros

Cass
Tu trabajo aquí ha terminado
Gracias

Si te tocas con estos mensajes,
más te vale enviarme un puto vídeo

Anoche comí demasiado para participar como es debido en la gala de las sobras, pero la única opción que me queda, si no, es pasarme el día sin hacer nada y estresándome porque Cassidy tiene que ir en coche hasta Vancouver. Se empeñó en que mi oferta de llevarla hasta allí era absurda, y quizá tuviera razón. Pero habría ido encantado hasta la ciudad, habría pasado unos cuantos días allí solo —odiando con todas mis fuerzas hasta el último segundo— y habría vuelto a casa con ella. Solo para saber que estaba a salvo.

Ella se negó. Así que acerco una silla plegable de las de acampada al fuego y me hundo en ella. Contemplo el crepitar de las brasas anaranjadas, bebo cacao caliente y me deleito en los cálidos rayos del sol en un día que, por lo demás, es fresco. Un poco más allá del fuego, Odessa tira de un pequeño trineo en el que va montado Rhett y corre lo más deprisa que puede de un extremo al otro del sendero desgastado. Es cuestión de tiempo que el pequeño se caiga de bruces en la nieve, pero, por ahora, se ríe a carcajadas con su hermana mayor. La próxima Navidad, esa podría ser Potatita. Suponiendo que Jackson tenga razón y Cassidy esté dispuesta a venir aquí.

—Hola, tío. —Hablando del rey de Roma, Jackson coloca una silla junto a la mía y me tiende una galleta de mantequilla con forma de copo de nieve—. ¿Una galletita?

Niego con la cabeza.

—Ayer comí suficiente para aguantar hasta el año que viene —contesto.

Cass quería descripciones de todo y ¿quién soy yo para decirle que no? Así que comí. Y estuve enviándole los detalles hasta bien pasada la medianoche.

Se ríe entre dientes.

—Normal. Creo que, cuando te conviertes en padre, adquieres la capacidad de comer más que nunca.

—Es porque, además de lo tuyo, te comes todas las sobras de los críos. —Kate se acomoda en una silla contigua a la de Jackson y apoya los pies en una piedra delante del fuego—. El estómago se te ha acostumbrado a recibir un tentempié extra después de cada comida.

Jackson se da unas palmaditas en la barriga.

—Bueno, si tienes una esposa que cocina tan bien como tú...

Ni siquiera me doy cuenta de que Denny se ha sentado a mi otro lado hasta que abre la estúpida bocaza.

—Entonces Red no tiene que preocuparse de que le salga barriga. Él no tiene una mujer que le cocine.

—Bien —le dice Kate mientras lo fulmina con la mirada—, porque no siempre tiene que ser la mujer quien cocine, Denver.

—Madre mía. ¿Por qué no te inventas más lo que he dicho? —Denny levanta las manos en señal de rendición—. No estoy diciendo que las mujeres sean las únicas que tienen que cocinar, estoy diciendo que Red no tiene una mujer, y punto. Está demasiado asustado para hacerlo oficial.

—Cierra el puto pico, Den.

Me encantaría decirle que se equivoca, pero no es así. El discurso postsexo de Cassidy me dejó claro que no está interesada en salir con nadie. Y, a pesar de que es algo que me mata, no puedo decir que discrepe de su lógica. Vamos a tener un bebé juntos, y una ruptura complicada es lo último que necesitamos. Ella está dominada por las hormonas, yo nunca he tenido una relación seria… Las probabilidades de que duremos son escasas.

—Red, tienes que hacerlo de una vez. —Kate se reacomoda en el asiento para acercarse más al calor de las llamas—. Da miedo, pero, si no dices nada, corres el riesgo de perderla para siempre. Pregúntaselo a Jackson, él sabe mucho de eso.

Su marido le lanza una mirada de soslayo; es obvio que no le hace gracia que lo haya metido en este asunto.

—Tuve que decirle que me pidiera que fuese su novia —continúa Kate—. Después de la muerte de su madre, iba a dejar que me marchara de aquí y me volviese a vivir con mis padres.

—¡No iba a dejar que te marcharas! —protesta Jackson.

—Ah, ¿no? Por eso la noche anterior al día en el que tenía pensado irme tuve que enfrentarme a ti y preguntarte por qué narices no me habías pedido que me quedara. A mí me suena a que ibas a dejar que me marchara.

Jackson le agarra la mano y se la besa antes de colocársela, entrelazada con la suya, sobre el regazo.

—No, solo es que sabía que lo de largarte no iba en serio.

—Vale, pero Cassidy no va a irse a ninguna parte.

Bebo un sorbo de cacao caliente, dispuesto a acabar con esta discusión. Parece que todas las conversaciones del rancho giran en torno a nosotros.

—Sí, claro, no va a moverse de Wells Canyon. —Kate se inclina hacia delante para verme desde el otro lado de Jackson y me lanza una mirada que me deja clarísimo que no tiene sentido discutir—. Pero hay más hombres ahí fuera. A ti te gusta, y estoy bastante segura de que ella siente lo mismo por ti. Y, si sigues haciendo el gilipollas, vas a perderla.

19
Cassidy

Me moría de ganas de que llegara esta luna de miel prebebé, escapada, viaje de chicas o como quieras llamarlo. Excepto por los dos días de las fiestas navideñas, Chase lleva semanas durmiendo en mi casa a diario. La verdad, creo que mi vibrador está empezando a sentirse un poco ofendido.

Tenerlo cerca ha sido bueno, peligrosamente bueno. Tan bueno que empieza a costarme recordar que no somos más que amigos. Porque sé que los amigos no se miran como nos miramos nosotros.

Si viniera solo para echar un polvo, cabría la posibilidad de que pudiese mantener mis emociones a raya. El problema es todo lo demás. Hacer la cena juntos, acurrucarnos en el sofá para ver la tele, quedarnos hablando hasta mucho después de la hora en la que deberíamos estar dormidos. Es sentirme cómoda vistiendo ropa holgada y sin llevar una sola gota de maquillaje cuando está conmigo. Estar con Chase es tan fácil como respirar. No tengo que pensar cuando estoy con él. Encajamos, eso es innegable, pero a una parte de mí le aterra que no seamos como las piezas de un puzle. Tal vez seamos más bien como trozos de cristal rotos y pegados con cola; por ahora permanecemos unidos, pero estamos destinados a terminar desmoronándonos.

Necesitábamos como agua de mayo pasar estos días separados para resetearnos, y luego tendremos que establecer límites claros. Porque, en este momento, la única norma es que no nos besamos. Las cenas, los abrazos, el sexo, dormir juntos... Sé que es mala idea. Yo no funciono así. Me gustan las normas. Me gusta sentir que tengo el control. Acostarme con alguien con quien no estoy saliendo, tomarme mi corazón a la ligera..., son dos cosas que no tienen nada que ver con mi personalidad.

Llamo al telefonillo y Blair me abre la puerta del edificio. Avanzo lo más deprisa que me lo permiten mis pies cansados, mi espalda dolorida y mis nueve kilos de más. Ella se pasó un instante por La Herradura cuando fue al pueblo en Navidad, más que nada porque mi padre jamás le perdonaría que no fuera al menos a decirle hola. Pero esta es la primera vez que nos juntamos como es debido y me abalanzo sobre ella en cuanto abre la puerta del apartamento.

—Dios, cómo te echaba de menos. —La estrujo con fuerza—. Por favor, ¿podemos no volver a pasar tanto tiempo sin vernos?

—No se repetirá. —Se desprende del abrazo para acariciarme la barriga—. Has gestado más de media humana desde la última vez que estuvimos juntas.

—Una vez más, me preocupa que trabajes en un hospital. Es una humana completa, solo que... pequeña.

—Ya sabes a qué me refería. —Pone los ojos en blanco y me acaricia el vientre como si fuera una adivina con una bola de cristal—. ¿Cómo está mi futura mejor amiga? Pasa y siéntate.

La sigo hacia el interior del apartamento y dejo caer la bolsa de viaje en el suelo. A pesar de que me he pasado horas sentada en el coche, la columna vertebral me arde: es su forma de pedirme un descanso del peso de la tripa y las tetas. Así que me hundo junto a Blair en el sofá blanco y mullido.

—Quiere que coma a todas horas y luego me provoca unos ardores de estómago matadores. Me hace estar siempre cansada, pero no puedo dormir. Nuestra relación tiene muchos altibajos.

—Las típicas mierdas entre padres e hijos, entonces. Hablando de eso, ¿cómo van las cosas con tu padre? Cuando estuve allí parecíais... tensos.

Se arranca un hilo suelto del dobladillo de la camisa.

—Seguimos tensos. La Navidad ha sido rara. Hemos visto un montón de películas para evitar hablar. Y, cuando le pregunto cómo está, se empeña en contestar que bien, pero es obvio que se siente superdecepcionado. Es como en aquella ocasión en la que saqué un aprobado en matemáticas en el instituto y se pasó dos semanas suspirando cada vez que me miraba.

Subo las piernas al sofá y las entrecruzo para poder frotarme despacio las rodillas doloridas. Sufro de dolor crónico en las articulaciones desde que tengo memoria, pero últimamente todo me duele aún más.

—Al principio no montó tanto drama con lo de que te hubieras quedado embarazada. ¿Es por Red?

La miro de reojo.

—Claro que es por Chase. Mi padre ha intentado convencerme de que establezca unas normas ridículas con él. Por ejemplo, quiere que le imponga visitas supervisadas en las que antes tenga que pasar un control de alcoholemia, y también que le exija ya el pago de la pensión alimentaria por escrito. Durante la cena de Navidad le dije que no iba a hacer ninguna de las dos cosas, y ahora está aún más desencantado.

—¿Chase? —Me clava un dedo en el muslo carnoso y una sonrisa maliciosa le invade la cara—. Me dijiste que teníais un rollo informal, no que te estuvieras enamorando.

—Porque no me estoy enamorando. Somos amigos y le gusta que lo llame Chase. A eso se le llama tener respeto por el padre de tu hija nonata.

Me dijo que le gusta que lo llame Chase, pero no me habría hecho falta que dijera nada. Los ojos se le iluminan de una manera que ya es prueba suficiente de ello. Y ¿cuando lo llamo Chase mientras follamos? Es como clavarle unas espuelas, lo estimula para empujar más fuerte, para darme un poquito más.

—Claro que le gusta. —Blair arquea una ceja—. Porque todo el mundo sabe que, cuando una chica llama a un chico por su verdadero nombre en lugar de por su apodo, significa que está enamorada.

—No todo el mundo sabe eso. En serio, es algo informal.

Podría haber miles de banderas rojas y las estaría pasando todas por alto por culpa de lo cachonda que estoy últimamente. A nivel mental, no me encuentro en una buena situación para empezar una relación ni aunque quisiera hacerlo. Me está ayudando a sobrellevar la calentura, porque se puso en plan posesivo y me dijo que no podía acostarme con nadie más mientras estuviera embarazada de él. En serio, es solo sexo… Ni siquiera nos besamos.

—Uy, sí. Qué Vivian Ward por tu parte. Superlógico que te parezca bien que te meta la lengua en todas partes excepto en la boca. Ese es un buen lugar para establecer un límite claro, idiota.

—Sé que tenemos que dejar de acostarnos antes de que se compliquen las cosas, pero ha estado muy bien. Y no solo el sexo. Está genial tener a alguien con quien cenar, un cuerpo caliente junto al que dormir, ¿sabes?

—No. No lo sé porque estoy solterísima. Pero gracias por restregarme por la cara lo que quiera que sea esa relación de no-novios tan rarita que tienes. —Se apoya la palma de las manos en los muslos y coge impulso para ponerse en pie—. ¿Un zumo espumoso sin alcohol?

Asiento con la cabeza y la miro mientras cruza el amplio apartamento de la undécima planta del edificio. En el instituto pasamos horas hablando de compartir un piso como este, con una pared de ladrillo visto, techos altísimos y un balconcito para poder mirar a la gente mientras bebíamos vino. Dediqué tanto tiempo a soñar despierta con ello que puede que en verdad haya manifestado todo lo que hay aquí.

Pero Blair tenía grandes metas, y yo nunca fui capaz de encontrar una razón lo bastante buena para abandonar nuestro pueblo natal. Me pasé toda la veintena diciéndome que ya llegaría el momento, que encontraría mi vocación. Por supuesto mi vocación no podía ser trabajar en el bar de mi padre, hacerme cargo de él cuando se jubile. Ahora tengo treinta y un años, estoy soltera, estoy embarazada y he venido a visitar a mi mejor amiga en el apartamento de nuestros sueños. Aunque he estado aquí muchas veces, este viaje me está afectando bastante más.

Porque, aunque encontrase algo por lo que mereciera la pena dejar Wells Canyon, ahora ya no puedo escapar de allí. Marcharse por capricho es algo que haría mi madre..., que hizo mi madre.

Mientras intento borrar la negatividad de mi mente como si fuera una de esas pizarras mágicas para niños, me vuelvo y veo a Blair sirviendo zumo espumoso en dos copas de vino. Mi amiga es elegante incluso vestida con un conjunto morado de estar por casa, sin maquillaje y con el pelo largo y castaño recogido con una pinza. Tal vez se deba al apartamento rollo influencer, con una iluminación natural perfecta.

—Basta ya de hablar de mi vida de rara. ¿Qué tal tú? ¿Cómo te han ido las Navidades?

—Pues... —Le cambia la expresión cuando se acerca, me tiende una copa y deja la suya sobre la mesita de cristal con un tintineo—. ¿Te acuerdas de que te dije que había notado a mi madre un poco desorientada cuando fui a visitarlos en verano? Decía muchas cosas incoherentes y nunca sabía dónde tenía la agenda, el dinero, las llaves del coche... Supongo que mis padres me estuvieron mintiendo durante aquellos días. En primavera, mi padre la había llevado al médico y... —Las lágrimas se le acumulan en los ojos y le humedecen las pestañas—. Eh... Resulta que... tiene alzhéimer precoz.

—Joder, Blair. —Suelto la copa y me arrastro por el sofá para abrazar a mi mejor amiga—. ¿Has estado aquí sentada escuchando mis gilipolleces y esperando a contarme todo esto? Mierda. ¿Qué tal estás? ¿Cómo lo llevan tus padres?

«Por el amor de Dios». La madre de Blair, Faye, ni siquiera es mayor. Intento recordar cuánto tiempo hace que celebramos su quincuagésimo cumpleaños... ¿Puede que fuera hace ocho años? Es profesora de primaria, y sé que los padres de Blair estaban deseando jubilarse dentro de unos años y disfrutar viajando durante el invierno.

—No sé qué pensar. —Exhala y se relaja entre mis brazos—. Ninguno de los dos parece demasiado nervioso por ello. Pero también es cierto que ellos lo saben desde hace meses, y supongo que ya lo sospechaban de antes, puesto que decidieron ir al médico a consultarlo. Mi hermana también lo sabía. A mí no me lo habían dicho porque «no querían que me preocupara».

—Lo siento muchísimo, Blair. ¿Está... muy avanzado?

—Ya está mucho peor que la última vez que la vi. En junio eran sobre todo detalles pequeños: perdía las cosas, repetía algunas preguntas, se olvidaba de pagar las facturas, le costaba recordar los nombres de algunas personas. Cuando volví a casa por Navidad, me preguntó cómo me iba en la universidad... Como si se hubiera olvidado por completo de que hace años que acabé los estudios.

—Hostia... —Me aprieto los conductos lagrimales con un dedo al mismo tiempo que le sujeto la mano temblorosa a mi mejor amiga—. Tendré que ir a visitarlos. Es terrible lo poco que veo a tus padres teniendo en cuenta que vivimos en el mismo pueblo diminuto.

—Estaría bien. —Sonríe sin mucho entusiasmo y coge su copa para darle un sorbo lento—. Sé que le encantará achucharte la barriga.

—Blair, valoro tu solidaridad con el zumo sin alcohol. Pero, por favor, ve a servirte un puto vino de verdad en esa copa. Lo necesitas.

Suspira y se le hunden los hombros.

—Gracias a Dios. No tenía pensado beber nada el tiempo que estuvieras aquí, pero esto ni siquiera sabe bien.

Se levanta del sofá y vuelve a la cocina. Luego tira el zumo por el desagüe y descorcha una botella de vino blanco de la que empieza a beber a morro mientras se acurruca a mi lado.

Al día siguiente, bostezo delante de la taza de café antes de beber un trago largo y rezo para que la cafeína obre un milagro. Como era de esperar, me costó conciliar el sueño sin Chase, aunque quizá fuera solo porque no tuve un orgasmo. El caso es que me he pasado toda la noche dando vueltas en la cama. Medio adormilada, he notado que Blair se levantaba para ir al gimnasio poco después de las seis de la mañana y, tras oír que cerraba la puerta del apartamento, me he arrastrado hasta la cocina. Reina el silencio, todo está en calma y es demasiado fácil fingir que esta es mi vida. Que este es mi apartamento: mi precioso sofá blanco, mi elegante decoración vintage, mis vistas a... Bueno, las vistas no son espectaculares, eso hay que reconocerlo. Una calle roñosa —transitada por gente triste que va camino del trabajo— y edificios aburridos y más altos que este que bloquean la vista real.

«Me gustaría saber dónde vivió Chase cuando se trasladó a Vancouver con su familia».

Casi se me sale el café por la nariz al imaginármelo en cualquier rincón de esta ciudad. Aseado, con sus pantalones vaqueros azul oscuro y una camisa de cuadros escoceses, seguro que podría pasar por un hípster. En Vancouver nadie se inmutaría. Pero, para mí, estaría desternillantemente fuera de lugar. Me meto los pies debajo del cuerpo, me tapo las piernas con una manta y miro hacia la calle.

Vestías como un vaquero incluso
cuando estabas en la ciudad?
O intentabas encajar?

Red
No iba por ahí con unos zahones puestos, si te refieres a eso
Vestía igual que ahora, por qué?

Estaba intentando imaginarte aquí

Red
Es que eres incapaz de dejar de pensar en mí, eh?

No, no. Me estaba riendo de la imagen
No te hagas líos

Oigo el crujido de una puerta mucho después de haberme terminado la segunda taza de café, y Max, la compañera de piso de Blair, se acerca por el pasillo vestida solo con una camiseta enorme de Van Halen. Tiene el pelo rojo carmesí y cortado a lo bob tan alborotado que deduzco que acaba de salir de la cama. Aunque el tono no es el mismo, odio que ver a una pelirroja me haga pensar inmediatamente en Chase. Ya son casi las ocho de la mañana y hay suficiente luz solar como para que pueda estar segura de que ya está montando a caballo en algún sitio, vestido con ropa de invierno y un grueso abrigo de trabajo, tal vez el mismo que usé a modo de manta en su camioneta.

—¡Ay, Dios mío! ¡Buenos días, mami! —grita Max, que se desvía al instante de su camino hacia la cafetera para envolverme en un abrazo—. Mírate. No me jodas, tienes una tripita preciosa.

—Gracias. Por fin parece que estoy embarazada, en vez de hinchada por el síndrome de ovario poliquístico —digo mientras le devuelvo el abrazo—. ¿Dónde estuviste anoche?

Con una sonrisa evasiva, se coloca un mechón despeinado detrás de la oreja.

—Bueno, ya sabes. Salí a tomar algo con una chica guapa de Tinder y luego nos fuimos a su casa a «pasar el rato».

—Entonces es una excusa válida para dejarnos tiradas a Blair y a mí. El embarazo me hace estar tan cachonda que soy capaz de saltarme cualquier puto plan si creo que puedo sacar un orgasmo de ello.

—Pues es una lástima que no me hagas caso y te cambies de acera. Nos lo podríamos haber pasado muy bien aquí ayer por la noche. Pero supongo que ahora estás un tanto comprometida con los hombres heterosexuales. —Finge tener una arcada al pronunciar las últimas palabras—. Háblame de él.

—No estamos juntos ni nada por el estilo. Solo somos amigos.

—Ya me lo ha dicho Blair. También me ha dicho que es un vaquero buenorro, que lo del «solo amigos» va acompañado de una cantidad de «roce» importante y que, cuando eras más joven, estabas colgadísima de él.

Escupo el café y unas gotas me resbalan por la barbilla.

—Me cago en todo. Como ya le dije a ella, también estaba colada por Max, el de *Goofy e hijo*. No tenía un gusto precisamente refinado.

—El personaje de Roxanne, en cambio… —Se muerde el labio inferior para hacerme reír—. Me alegro por ti, cariño. Vas a ser una mamá estupenda y, aunque él no sea apto para salir en una película de Goofy, estoy segura de que lo has elegido bien.

—La verdad es que está resultando ser mejor de lo que esperaba.

Tanto que me da miedo. Antes del rodeo, antes de la prueba de embarazo positiva, antes de la ecografía de la bebé, creía que lo tenía calado. Red era un vaquero sucio, rudo y arrogante con problemas de alcoholismo y demasiadas muescas en la pata de la cama. Era fácil meterlo en ese saco, hay muchos chicos del pueblo que viven en ese saco. El problema es que no para de hacer cosas que me hacen cuestionarme si no habré estado equivocada durante todo este tiempo. Y, con él vagando a sus anchas por mi cerebro y haciendo acto de presencia en mis pensamientos cada dos por tres, me parece que estoy metida en un buen lío.

A pesar de que me he echado una siesta de dos horas, para cuando nos arreglamos, cenamos y llegamos al centro, ya estoy agotada. Lo único que quiero es coger el tren de vuelta al apartamento de Blair y meterme en la cama, pero no he venido a visitar a mi mejor amiga para pasarme todo el viaje dormida. Y, menos aún, sabiendo la cantidad de cosas terribles con las que ha tenido que lidiar sola durante los últimos tiempos. Se merece unas horas de diversión para dejar de pensar en su madre, y por eso estoy aquí, tiritando mientras hago cola junto a la puerta de una discoteca, con dolor de espalda y una sonrisa falsa pegada en la cara.

Estoy oficialmente demasiado vieja, embarazada y sobria para esto. Al menos voy mona: bien peinada y maquillada, y con un vestido babydoll rojo lo bastante vaporoso como para que me disimule la barriga. Lo último que quiero es que todo el mundo se me quede mirando y se ponga a cuchichear sobre la chica embarazada de la discoteca.

Cuando por fin entramos, el olor a alcohol, perfume y sudor me golpea como una bofetada. Aferrándome al contenido de mi estómago con la misma fuerza asesina con la que me agarro al brazo de Blair, serpenteamos entre los cuerpos. Me pido un zumo de arándanos —si hay algo bueno de estar sobrio en una discoteca, es que el zumo y los refrescos son gratis—, y nos adentramos entre la multitud.

¿Lo que más odio de las discotecas? Las pollas. Y no estoy hablando en sentido figurado. Como no podía ser de otra forma, el vestido holgado y la iluminación de la discoteca han hecho que mi barriga se vuelva invisible como por arte de magia. Hay erecciones ineludibles que me rozan el culo cuando lo único que intento es bailar con Blair y con Max. No me apetece nada que un tío desconocido me toque de ninguna manera y, si me ponen un solo dedo en la tripa, puede que tenga que darles una paliza. Lo peor es que la atención de otros hombres me está haciendo pensar, incluso más de lo que me gustaría reconocer, que ojalá estuviera en casa con Chase. Mataría por sentir sus manos cálidas y ásperas ahora mismo.

«Me cago en la leche. Deja de pensar en él, aunque solo sea un segundo».

—Oye, veo que tienes la copa casi vacía. Deja que te lo solucione —me canturrea una voz al oído, y eso me arranca de mis pensamientos sobre Chase. Cuando vuelvo la cabeza, veo a un hombre alto, con los hombros anchos y bien afeitado. A un hombre sexy. A un hombre del que, en circunstancias normales, me encantaría aceptar una copa. Una sonrisa le ilumina el rostro cuando nos miramos a los ojos y señala la barra con la cabeza—. ¿Qué tomas?

—Esta noche, zumo de arándanos a palo seco.

Tengo que acercarme tanto para que me oiga por encima

del estruendo de la música que huelo su loción para después del afeitado.

—Esta noche estás siendo responsable, ¿eh? Aunque, con un poco de suerte, espero que no demasiado.

Me guiña un ojo y, antes de que me dé tiempo a rechazarlo, me pone una mano en la parte baja de la espalda para guiarme por el pegajoso suelo de la discoteca.

Con un zumo nuevo en la mano, frunzo la nariz y digo algo que no es ni verdad ni un dato que tuviera que compartir necesariamente en este momento:

—Tengo novio.

—¿Y?

Sonríe con arrogancia, como si le importara una mierda si es verdad o no.

—Y estoy embarazada.

Golpeo con la uña el vaso que contiene mi bebida sin alcohol y me paso la mano libre por la barriga para tensar el vestido.

—Ah, joder. Muy bien. Guay —dice en un tono que indica que ni está «muy bien» ni es «guay»—. Oye..., que te lo pases muy bien esta noche y… eh… buena suerte.

«Novio». En el momento de decirlo, no me he parado a pensar qué sentía. Desde luego, no he sentido que estuviera mintiendo: nada de movimientos nerviosos, nada de cambios en la voz ni de latidos acelerados.

Vuelvo a colocarme entre Blair y Max.

—Consejo profesional: si queréis que los chicos os dejen en paz, decidles que estáis embarazada.

—O… —Max se pasa la yema de los dedos por el torso— vestíos como una lesbiana masc.

—A mí me gusta el truco de que estás prometida. —Blair nos enseña su anillo de compromiso, que es aún más falso que grande—. Me costó diez dólares en Claire's. Mark, mi prometido, es un cirujano plástico adinerado. Dice que a mí no tiene que operarme de nada porque ya soy perfecta.

—Me cae bien Mark —digo entre risas—. ¿Tiene algún hermano?

—Tía, tú ya tienes un novio de verdad que está bueno y te trata bien. Déjanos los ficticios a las demás.

—No es mi…

Blair me pellizca los labios con los dedos.

—Deja de mentirte a ti misma. Pasáis muchísimo tiempo juntos, folláis, se queda a dormir contigo, ¡vais a tener una niña juntos! Me apuesto lo que quieras a que él se considera tu novio. Si lo de que no quieres una relación va en serio, no puedes seguir dándole falsas esperanzas.

Me bebo todo el vaso de zumo de arándanos de un trago mientras sueño con un vodka doble. Blair tiene razón y lo odio. No puedo seguir haciendo esto.

Teniendo en cuenta lo cansada que me he sentido durante toda la noche, es bastante ofensivo por parte de mi cuerpo que, estando tumbada en la cama junto a Blair a las cuatro menos cuarto de la madrugada, siga completamente despierta. Cuando llegue a casa, le diré a Chase que tenemos que parar. Ya se ha complicado demasiado y, si seguimos, será inevitable que acabemos haciéndonos daño. Así que no podemos continuar. Pero, ahora mismo, voy a hacer caso omiso del lío en el que me he metido solo por poder oír su voz.

—Eh, hola —me responde su voz somnolienta a la segunda señal.

Salgo sin hacer ruido del dormitorio y cierro la puerta con mucho cuidado para no despertar a Blair. Me acurruco en el sofá y le digo:

—Hola, no podía dormir.

—Ah, ¿no? Creo que los dos sabemos qué tienes que hacer para solucionarlo.

—Comparto la cama con Blair. Y, además, no me he traído ningún vibrador.

Fui tan ingenua como para pensar que, dada la cantidad de

orgasmos que he tenido a lo largo de las últimas semanas, no me pasaría nada por estar un par de días sin nada dentro o alrededor de la vagina.

—¿Dónde estás ahora?

—En el sofá.

Me tapo con la manta de color verde bosque hasta la barbilla y miro hacia la calle oscura.

—Deduzco que, si has podido llamarme, es porque los dedos te funcionan bien. Así que, ¿por qué me has llamado, Cass? ¿Es porque necesitas que te ayude a quedarte dormida? ¿Ya no eres capaz de correrte sin oír mi voz?

—Vete a la mierda, no te he llamado por eso.

«¿Por qué lo he llamado?».

—No pasa nada por reconocer que ahora ya no disfrutas con nadie más, encanto.

—Eres imbécil. —Pongo los ojos en blanco. Menudo caradura, ¿cómo se le ocurre a este tío sugerir que es tan increíble en la cama que ahora ya nunca querré estar con otro? No me malinterpretes: es increíble. Nunca me había tirado a nadie que lo hiciera tan bien, la verdad. Pero lo último que necesita es que se le suba a la cabeza—. Puedo disfrutar con quien me dé la gana y, por supuesto, eso no tiene nada que ver contigo.

—Aunque me encanta lo sexy que te pones cuando me insultas, tengo que vestirme para ir a trabajar. A menos... que necesites algo.

—Bueno...

—Ya me parecía a mí. —Lo dice en tono arrogante, y me debato entre sentirme increíblemente excitada y querer colgar—. Vale, te ayudaré.

—Dime qué quieres que haga —susurro.

—Joder, Cass. Eres increíble. Vale, quiero que te acaricies con suavidad la piel del pliegue del muslo, justo ahí, donde acaban las bragas. Es el lugar que más me gusta besarte. Lo que daría por estar besándotelo ahora mismo.

Echo un vistazo en torno a la habitación para confirmar lo que ya sabía —que estoy sola— y luego me meto la mano libre por debajo de la cinturilla del pantalón del pijama. Oírle decir que quiere ponerme los labios sobre la piel hace que cierta calidez me invada todo el cuerpo.

—De acuerdo.

Trago saliva y espero la siguiente orden con la respiración contenida.

—Rózate el clítoris. Muy poco. Con un solo dedo, cariño. Dime lo sensible que está.

Lo noto ansioso y me lo imagino con la polla apretada contra los bóxer. Sigo sus indicaciones, me acaricio el clítoris con un solo dedo y suelto un gemido suave.

—Sensible de la hostia. ¿Se te ha puesto dura?

—Como una puta piedra. Ojalá pudiera apartarte el dedo y acariciarte con la punta de la polla. Me estarías suplicando que te llenara con ella. —Lo oigo moverse, debe de estar sacándose la polla y frotándosela despacio. Se me tensan los muslos solo de pensarlo—. Cuéntame cómo te sientes al juguetear con tu clítoris, Cass.

—Bastante bien.

—¿Bastante bien? Eso no es suficiente, encanto. Te mereces sentirte increíble. Si estuviera contigo, te separaría los muslos y te los lamería desde abajo hacia arriba. Comprobaría que estuvieras bien mojada para mí. Conociéndote, bastaría con que te diera unos cuantos lametazos suaves para que te empaparas.

Comienzo a mover el dedo con más rapidez y me bajo los pantalones del pijama hasta las rodillas para que me resulte más fácil. Cierro los ojos, me hundo más en el sofá y finjo que es su mano áspera la que tengo entre las piernas.

—Serías una zorra tan buena, tan ansiosa por dejar que me la follara con los dedos donde cualquiera pudiera pillarnos. Tendría los dedos muy dentro de ti y te frotaría el clítoris con el pulgar hasta que te retorcieras por todo el sofá. Con tu coño prieto agarrándome los dedos, la humedad chorreándome por toda la puta mano. Me aseguraría de que le estropeáramos el precioso sofá a tu amiga.

Gime al otro lado del teléfono y estoy a punto de derrumbarme. Me restriego el clítoris con más fuerza con el dedo, hasta que estoy tan cerca de correrme que me resulta doloroso.

—Te gustaría, ¿verdad, encanto?

—Joder, muchísimo. Lo deseo con todas mis ganas. —La verdad se me escapa con un gemido grave—. Chase, me voy a correr.

—No se te ocurra, joder. No hasta que yo te lo diga.

Incapaz de encontrar las palabras, asiento instintivamente, aunque sé que no puede verme.

—Baja el ritmo, cariño. Respira. No he terminado de contarte lo que me estoy imaginando que te hago. Todas las formas en las que quiero reventarte ese coño tan bonito que tienes.

Jadeo.

—Cuéntamelo.

—Te doblaría sobre el respaldo del sofá y te pasaría la polla entre tu dulce coño. Te la metería poco a poco, centímetro a centímetro, hasta que me suplicaras que te la clavara hasta el fondo. Sé que te encanta que mi polla te llene por completo, que te embista con tanta fuerza que aún lo notes al día siguiente. Ahí mismo, en el salón de tu mejor amiga, te haría despertarla con tus gritos. Para que se enterara de lo zorra que eres, aunque lo escondas. Y, Cass…, haría que no pudieras volver a disfrutar con ninguna otra persona. Igual que tú has hecho conmigo.

—Joder, Chase.

—Métete los dedos en ese precioso coño y dime lo mojada que estás. Humedécetelos y vuelve a tocarte el clítoris.

—Estoy empapada. Me empapo cuando pienso en tener tu polla dentro. —Trago, aunque tengo la boca seca—. Ojalá estuvieras aquí.

«Mierda». No me puedo creer que acabe de reconocer eso.

—Yo también querría estar ahí. Volverás a correrte en mi polla dentro de unos días, encanto.

«Vale, cree que lo he dicho solo en un sentido sexual».

—No puedo correrme en el sofá. Mierda. No podré limpiarlo.

—Baja ese culo hasta el suelo. Quiero que lo pongas todo perdido. Que no te contengas.

Se queda callado mientras hago justo lo que me pide y me

deslizo desde el sofá hasta el suelo de madera. Bañada por el resplandor de las luces de la ciudad, separo bien las rodillas y continúo explorándome el coño con los dedos.

—Abre las piernas de par en par. ¿Qué sientes ahora?

Gimo cuando, a través del teléfono, oigo la fricción húmeda de su paja.

—Mucho placer. Joder…

—Saboréate, Cass. Cuéntame lo que me estoy perdiendo.

—Pues… eh… —Dudo. Luego, despacio, me llevo la mano a los labios y me paso la lengua por un dedo. Es asombroso el poder que ejerce sobre mí, la forma en la que me obliga a hacer cosas que jamás haría—. Está dulce y… ¿puede que un poco ácido?

—Sabe a que eres mía, ¿verdad?

—Ajá —gimoteo.

—Buena chica —dice con la voz áspera—. Fóllate los dedos hasta que te corras. Y, cuando pase, quiero oírte decir mi puto nombre.

Sigo restregándome el clítoris con la mano; la presión se vuelve más firme; el ritmo, frenético. Hasta que estoy tan a punto de reventar que empiezo a ver negro por los lados y los arcos de los pies se me acalambran mientras lucho por no convertirme en gelatina.

—Joder —dice con cada uno de los jadeos y gemidos que suelto.

Estoy intentando —y fracasando magníficamente— no romper el silencio. Si despierto a Blair y Max, que así sea.

—Ojalá estuviera ahí viendo cómo te corres. Seguro que estás la hostia de sexy empapándote todos los dedos.

—¡Chase!

Apenas consigo decir su nombre antes de perder el control por completo. Una convulsión que me sacude de pies a cabeza me hace estirar las rodillas. Cierro los ojos con fuerza y me permito fingir que su respiración agitada está justo al lado de mi oído y no al otro lado del teléfono.

—Joder, Cass. Quiero correrme dentro de ti. Dime, ¿lo has puesto todo perdido, encanto?

Cuando toco el suelo de madera que tengo debajo, me arde la piel desde el cuello hasta las mejillas.

—Madre mía. Sí.

Suelta un resoplido.

—Me encantaría estar ahí para limpiarte bien y llevarte a la cama.

—A mí también me encantaría.

Cierro los ojos, apoyo la cabeza en el sofá y me pierdo en la ensoñación de acurrucarme junto a su cuerpo desnudo. Todo está en silencio, salvo por el ruido de nuestros jadeos lentos y del tráfico de la ciudad. Me llevo una mano al pecho y siento el tamborileo constante de mi corazón. Si me esfuerzo lo suficiente, a lo mejor soy capaz de fingir que lo que noto en la palma es su pulso atronador. Qué no daría por estar hecha un ovillo a su lado ahora mismo. El calor de su piel tersa contra la mía, su mano áspera acariciándome el pelo y su respiración cada vez más pausada cuando se va quedando dormido.

—¿Qué tal va el viaje? —pregunta tras unos instantes de silencio.

—Ha estado bien. Salir de fiesta es mucho menos divertido sin beber, pero los ratos que he pasado con Blair y con Max han sido geniales. Mañana, Blair y yo iremos a comprar cositas para la bebé.

—¿Max?

Juro que oigo cómo se le tensa la columna vertebral a través del teléfono.

—Es la abreviatura de Maxine. Cálmate. ¿Crees que te llamaría si estuviera con otro tío?

—Los otros tíos están prohibidos, ese es el trato, ¿te acuerdas?

Si hubiera puesto los ojos más en blanco, se me habrían salido de las órbitas y estarían dando saltitos por el pasillo.

—No, el trato es que no puedo tirarme a nadie más. Déjate de mierdas posesivas. No somos pareja, puedo quedar con chicos.

No es el momento ni el lugar para confesarle que esta noche he rechazado a uno diciéndole que tenía novio porque, en realidad, no me interesa nadie más. El problema es que tampoco sé si estoy realmente interesada en Chase.

—Podríamos serlo… Podríamos ser pareja.

Me incorporo de golpe y un revoltijo de las palabras de Blair acerca de estar dándole falsas esperanzas me atraviesa el cerebro aturdido por el orgasmo. ¿Pareja? Mierda. Mierda. ¡Mierda! Tendría que haberle puesto fin a todo esto hace semanas, no haberlo llevado a formarse una idea equivocada. Sabía que este acuerdo de amigos con derecho a roce era absurdo. Me he dejado llevar por las puñeteras hormonas y ahora estoy metida hasta el cuello en un buen lío.

—Chase, te dije que no quería arriesgarme a joder las cosas entre nosotros. La verdad, creo que ya se ha complicado todo demasiado y no era mi intención hacerte pensar que esto podría convertirse en algo más. Siento haberte llevado a creer que podíamos… No estoy en un buen momento para mantener una relación con nadie. Necesito concentrarme en el hecho de que voy a tener una niña dentro de unos meses. Sé que siempre decimos que es la última vez, pero ahora va en serio. Creo que lo mejor para Potatita sería que solo fuéramos amigos… Nada más. Sin derecho a roce.

—De acuerdo —murmura. Está mintiendo. Lo conozco lo bastante bien como para saber que el tono de su voz significa que no está de acuerdo, y eso me destroza por dentro—. Pero, si alguna vez decides que quieres salir con alguien, plantéate darme una oportunidad. Vete a dormir, Cass. Dulces sueños.

Empiezo a llorar incluso antes de que cuelgue. Sé que tenemos que marcar límites para que la crianza compartida funcione. Me niego a utilizar a la niña para atraparlo, a forzar una relación que ninguno de los dos habría querido si no fuera por Potatita. A la larga, estar juntos solo porque estoy embarazada nos traería resentimiento, desapego y un futuro hogar roto.

Así que, por mucho que duela, lo mejor es alejarlo de mí. Ambos sufriremos durante un tiempo, pero un día nos daremos cuenta de que ser solo amigos valió la pena. Es lo que más le conviene a Potatita. Sé que no puedo seguir dándole falsas esperanzas a Chase y sé que no podemos estar juntos. Esas palabras se repiten una y otra vez en mi cabeza, el mantra silencioso tras las lágrimas.

20
Red

Treinta semanas
(la bebé tiene el tamaño de una hogaza de pan)

Cassidy me envió un mensaje para avisarme de que había llegado bien a casa y para decirme que, después de las vacaciones, deberíamos tener una charla sobre los límites. Luego, silencio. Sé que, por lo visto, lo de acostarnos juntos se ha acabado, pero la verdad es que esperaba que, tras cuatro días sin vernos, cediera. Aunque no ceda, se supone que seguimos siendo amigos, pero me siento como si ni siquiera me considerase una persona con la que se pararía a tener una conversación educada en el puñetero supermercado.

Tendría que haber mantenido la puta bocaza cerrada en lugar de reconocer que no quería ser solo lo que fuera que fuésemos. «No me puedo creer que le propusiera que estuviéramos juntos». Las ranas criarían pelo antes de que Cassidy sintiera algún interés por salir conmigo. Su padre me odia. Sus amigas deben de mostrarse indiferentes, en el mejor de los casos. Y, aunque ahora me llame Chase, en el fondo sigo siendo Red. Sigo siendo un puto niño problemático porque vengo de una puta familia problemática; una oleada de devastación, capaz de destruir el futuro que ella se merece; indigno de una mujer tan increíble, tan brillante, tan hermosa.

Denny arroja un tronco a la hoguera, nuestra improvisada celebración de Nochevieja, ya que ir a la gran fiesta de La Herradura no es una opción.

—¿Quién quiere batirse contra el campeón reinante?

—Yo mismo.

Bebo un largo trago de whisky para no quedarme helado y le paso la botella a Kate. Jackson se sube a la moto de nieve con una mirada diabólica y sé que no nos lo va a poner fácil. Los niños están en la cama y puede pasar de todo.

Denny y yo nos subimos cada uno a un trineo de la marca GT, de esos que están pensados para niños pequeños y tienen un diminuto asiento de plástico unido a tres palas de esquí. Estamos poniendo a prueba los límites de peso, y las rodillas me llegan al pecho cuando me siento. Debemos de tener una pinta ridícula. Pero, remolcados a toda velocidad detrás de una moto de nieve, son la hostia de divertidos. Como mínimo, es una gran distracción temporal.

Apenas me da tiempo a asentir con la cabeza para indicar que ya estoy listo antes de que Jackson arranque y, con un fuerte tirón de las cuerdas de remolque, nos haga ponernos en marcha de un salto. Flotamos por el campo de heno nevado, guiados por los faros de la moto de nieve. En el otro extremo del campo, la hoguera es un tenue resplandor naranja y me cuesta distinguir a Denny en el otro trineo. Hasta que gira el diminuto volante apenas funcional y se encamina directo hacia mí.

«Cabronazo».

El objetivo del juego es derribar a tu oponente. Denny es el campeón desde hace tres inviernos porque, al parecer, su experiencia como jinete de caballos broncos sirve para algo. Tiene un equilibrio sorprendentemente bueno.

Justo antes de que el esquí delantero de su trineo choque contra el mío, levanto el pie y le pego un buen empujón. Sale disparado hacia el otro lado con una risa tonta y resonante, y lo persigo accionando la pequeña rueda de plástico. Jackson hace girar la moto de nieve, lo cual me ayuda a coger ventaja mientras me deslizo sobre la nieve fresca.

Ninguno de los dos está preparado para el brusco acelerón que se produce cuando los trineos entran en contacto. Salgo despedido hacia atrás y, al agarrarme por instinto al brazo de Denny, lo arrastro conmigo. Caemos dando tumbos sobre el suelo convertido en una nube gigante de nieve en polvo.

Denny se levanta de un salto con una sonrisa.

—Te he ganado el asalto, capullo. Has golpeado el suelo primero.

Jackson vuelve con la moto de nieve para recogernos.

—No, ha sido un empate. Habéis caído al mismo tiempo. ¿Vamos a por el desempate?

Niego con la cabeza y me sacudo la nieve del mono.

—Primero necesito un poco más de alcohol. Mierda, caerse duele más con cada año que pasa.

De nuevo en la hoguera, los peones del rancho están jugando a encestar una pelotita en los vasos de cerveza colocados en la caja de la camioneta de Colt. Alguien ha puesto la radio tan alta que los graves retumban con un crujido. Le arranco la botella de whisky a Austin de las manos para beber otro trago largo.

—¿Nos estamos haciendo demasiado viejos para esta mierda?

—Sin duda.

Austin niega con la cabeza mientras abraza con fuerza a Cecily, a la que tiene sentada en el regazo. Se besan y me siento como si un toro me hubiera clavado un cuerno en el esternón.

«Cass ni siquiera llegó a ser mía». Incluso cuando follábamos y dormíamos en la misma cama todas las noches, siempre me dejó claro que no éramos más que amigos con derecho a roce. Y, por lo que se ve, los amigos con derecho a roce no se besan en ninguna circunstancia. ¿Y quién coño soy yo para discutírselo? Seguiría cualquier norma de mierda que se inventara si eso significase formar parte de su vida.

A medianoche, veo a las parejas besarse y le envío un mensaje a Cass para desearle feliz Año Nuevo, aunque sé que lo más seguro es que no me conteste. No sé qué más hacer. Nunca me había interesado tanto por una persona como para encontrarme en la situación de tener que luchar por ella. Y perder a esta chica no es una opción.

El resto de la noche transcurre en un caos de alcohol y canciones country cantadas a pleno pulmón. No consigo pasar más de dos minutos sin pensar en ella, parece que no hay licor suficiente para hacerme olvidar que la echo de menos a todas horas. Beber no me alivia el dolor sordo del pecho ni el cansancio de los huesos. Pero, qué leches, eso no me impide intentarlo.

Denny sale vencedor a pesar de que todos los vaqueros nos unimos para destronarlo. Vuelve a ser campeón, por cuarto año consecutivo, y no quiere que lo olvidemos. Kate le pone una corona lila y dorada que ha sacado de la caja de disfraces de Odessa y, cuando se desmaya en el sofá del dormitorio de los peones a las tres de la madrugada, todavía la lleva puesta en la cabeza.

21
Cassidy

Cierro la puerta delantera de La Herradura a mi espalda, echo el cerrojo y paso por delante de la barra en dirección al despacho de mi padre, que está en la parte de atrás. Ha venido pronto para encargarse de las nóminas, y eso significa que esta es la mejor hora para pillarlo a solas, antes de que llegue el personal de cocina y después de que se hayan marchado los repartidores de comestibles y licores.

Según mi padre, debería criar a la bebé yo sola. Y, aunque no tengo nada claro qué somos Chase y yo el uno para el otro, sé que va a formar parte de mi vida. No puede haber ningún conflicto entre los dos cuando llegue la niña. Aún no he encontrado las palabras que quiero decirle, pero, mientras tanto, puedo empezar por mi padre.

Golpeo la puerta con los nudillos dos veces antes de que su voz me invite a entrar.

—Hola, cariño. ¿Qué haces aquí tan temprano?

Lanzo el bolso hacia el sillón de color naranja desvaído con un desgastado estampado de flores llegado directamente de 1975. Luego me dejo caer sobre él, deseosa de aliviar un poco la presión que siento en la zona lumbar, y echo un vistazo al deprimente espacio sin decorar. Teniendo en cuenta que hace casi treinta años que es el dueño del bar, cualquiera pensaría que habría añadido algún toque personal a este despacho en el que pasa horas todos los días. En cambio, no hay más que paredes blancas y sucias, un escritorio repleto de documentos sin ordenar, un armario archivador y este viejo sillón.

Respiro hondo.

—Tengo que hablar contigo de una cosa.

Me llevo una mano a la barriga, que parece estar creciendo de manera exponencial después de un arranque lento. Siempre había pensado que las personas embarazadas se frotaban la barriga para llamar la atención, pero ahora entiendo que es un hábito inconsciente. Si no tengo las manos ocupadas, lo más seguro es que las tenga en la tripa.

—Vale. —Suelta el lápiz y se quita las gafas de leer para posarlas sobre una pila de papeles que se tambalea—. ¿Qué pasa, cielo?

—Papá, tenemos que hablar de Chase. De Red. Sé que has decidido fingir que no tiene nada que ver con esto, pero no es cierto. Siento no haberte hablado antes de él. No quería mentirte, de verdad. Lo que pasa es que diste por hecho que era de Derek y mentí por omisión. —Trago saliva mientras observo cómo se le arruga más la frente con cada palabra que digo—. Ya estabas muy decepcionado conmigo, no quería empeorarlo. Tampoco se me pasó jamás por la cabeza que fueras a enterarte de la forma en que lo hiciste… Aquella fue la primera vez que se quedó a dormir, y te prometo que fue por la tormenta.

—La primera vez, no la única. ¿Se ha quedado a dormir más veces? ¿En una casa que es de mi propiedad?

«Mierda».

—Sí. —Me aprieto las sienes con fuerza. Esta conversación ya no está yendo como yo la había ensayado mentalmente una decena de veces durante las últimas veinticuatro horas—. Pero necesito que me escuches. Tienes razones válidas para desconfiar de él, lo entiendo. Sin embargo se ha volcado de lleno con este embarazo desde el día en el que se enteró. Se preocupa por mí a todas horas y hace todo lo que le pido. Cuando no paraba de vomitar, se aseguraba de que comiera todos los días. Me ha llevado a casa cuando Shelby estaba demasiado ocupada con algún chico para que le importara que estuviese cansada. Me ha acompañado a las visitas médicas y me ha hecho sentir mejor cuando el médico se ha comportado como un imbécil. ¿Es perfecto? No. Pero su amor hacia esta criatura es incuestionable. No puedo pedir nada más.

Apretándose la mejilla con la lengua, mi padre se acerca a mí arrastrando la silla de escritorio.

—Eras demasiado pequeña para darte cuenta de qué clase de hombre era Joe Thompson cuando todavía vivía aquí. Y veo que Red ha heredado los mismos problemas que él. No quiero que tengas que lidiar con esa mierda.

—Entonces, ¿crees que yo soy igual que mamá? Piensas que voy a deshacerme de esta niña cuando decida que me he cansado de las ataduras, ¿no? Porque, cuando criticas a Chase y a su padre, en mi cabeza hay una vocecita que me dice… —Me enjugo las lágrimas que se me aferran a las pestañas antes de que me estropeen el maquillaje para mi turno de trabajo de esta noche— que debes de tener las mismas dudas respecto a mí. Solo que te da miedo decirlo. Me crie con una madre de mierda. Él se crio con un padre de mierda. No creo… Joder, espero que eso no signifique que estemos destinados a cagarla con esta niña.

—Cassie, no te pareces en nada a tu madre.

—Aparte de porque la mitad de mi ADN es suyo.

Se entrelaza los dedos detrás del cuello y clava la mirada en el techo.

—Entiendo que ya eres una mujer adulta y que no puedo decirte lo que tienes que hacer. Ahora bien, no creo que implicar a Red sea buena idea.

—Mi hija va a tener la suerte de contar con dos padres que la quieren, eso no se lo negaría jamás. No creo que entiendas muy bien lo difícil que fue para mí no teneros a los dos cuando era pequeña. Sé que te esforzaste mucho y te estoy muy agradecida, papá. Pero, sinceramente, ¿no te habría gustado que, incluso con sus problemas, mamá hubiera estado más presente? Sé que a ti también te hacía polvo cuando aparecía y desaparecía.

Suspira y se balancea hacia delante y hacia atrás. Durante un minuto no se oye nada salvo el chirrido incesante del muelle de su viejísima silla de escritorio.

—Si insistes en implicarlo, sigo pensando que tienes que pedirle que...

—Joder, papá. No voy a hacerle firmar los papeles de la manutención o un acuerdo de custodia ahora mismo. Confío en él. Si eso cambia, ya lo solucionaré a su debido tiempo. Siéntete todo lo decepcionado que quieras conmigo, pero, por favor, deja de intentar convencerme de que lo haga todo como tú quieres.

Saca la lengua para mojarse los labios; después se recuesta contra el respaldo de la silla, se cruza los brazos sobre el pecho y me mira. No paro de limpiarme las lágrimas antes de que se me escapen, pero, a juzgar por las manchas de rímel que tengo en los dedos, mi maquillaje ya no tiene salvación. Con la vista borrosa, intento leer los diminutos números del reloj que hay en el escritorio. Al menos tengo tiempo de volver a casa corriendo y retocarme antes de que empiece mi turno.

—Entonces ¿estáis juntos?

Mi padre por fin rompe el silencio, justo cuando empiezo a quedarme sin cosas que mirar en su minúsculo y desordenado despacho.

—Ahora no. No estamos en la década de 1950, así que no pienso salir corriendo al altar. Solo... me estoy tomando un tiempo para conocerlo antes de juzgarlo. Significaría mucho para mí que tú hicieras lo mismo. Te guste o no, en estos momentos Chase y tú sois los hombres más importantes de mi vida. Y, cuando nazca la niña, me niego a hacer de mediadora entre ambos. Tendréis que comportaros como adultos y apañároslas.

Oírme decir que Chase ocupa el mismo puesto que él en la lista de personas importantes de mi vida lo hace estremecerse de dolor, como si lo hubiera apuñalado con una navaja de tallar cuero.

—Puedo comportarme como una persona civilizada. Eso es lo único que te puedo prometer. Te quiero, Cassie, y no estoy decepcionado contigo, eso es algo que no podría ocurrir jamás. Aunque no esté necesariamente de acuerdo con tu elección.
—Se pone otra vez las gafas de lectura y vuelve a concentrarse en las nóminas. Tiene que repasar una pila de tarjetas de ficha-

je porque se niega a actualizarse e instalar un sistema de contabilidad informatizado—. Tengo que acabar esto antes de que abramos. Cierra la puerta al salir.

—Gracias, papá. Te quiero.

A pesar de no haber conseguido el resultado soñado, salgo del despacho inundada de alivio. Haber compartido mis sentimientos, haber logrado que por fin me escuche y que acepte comportarse con educación son hitos que siguen pareciéndome una victoria.

Ojalá hubiera esperado para hablar con mi padre, porque, cuando llego a casa para retocarme el maquillaje antes de ir a trabajar, se me encoge el corazón al ver una bolsa de papel en el escalón de la entrada.

«Chase ha estado aquí». Estoy convencida de que es de él incluso antes de examinar el contenido. No hay ninguna nota, pero encontrarme mis aperitivos favoritos y un táper con la cena dentro es la única confirmación que necesito.

> Gracias. Sabes que podrías haberlo dejado
> dentro para que nadie lo robara

Red
No me parecía bien entrar en tu casa por las buenas

> Siento no haber estado para hablar contigo

Red
Es que no quiero que te alimentes de
lo primero que encuentres en la gasolinera

> Me gusta ser un mapache que rebusca
> en la basura, que lo sepas

Dejo caer la bolsa sobre la mesita de centro con un ¡paf! y me pongo a caminar de un lado a otro con nerviosismo por la alfombra de color gris antracita. Podría llamarlo. Preguntarle si sigue en el pueblo y si quiere hablar sobre los límites antes de que tenga que volver al bar. O sobre dejar de tenerlos. Porque, joder, estoy totalmente dividida entre lo que sé que debería hacer y lo que me muero de ganas de hacer.

Camino por toda la casa. Me paro en el cuarto de la bebé, que está a medio decorar. Con el cerebro inundado de pensamientos sobre esta preciosa niñita. Sobre Potatita. Ella no puede ser la única razón de que Chase y yo estemos juntos. Tanto mi corazón como mi vagina y mi cerebro tienen que estar de acuerdo con que esto es algo más que dos personas intentando sacarle el mayor partido posible a una situación extraña.

«Razón de más para mantener las distancias durante otra temporadita».

Unos cuantos días más para pensar, para decidir lo que quiero de verdad. Para no dejarme llevar por la comida, los orgasmos o cualquier otro gesto tierno que tenga guardado bajo la manga. Si lo veo, lo huelo o lo toco, estoy jodida. Me resultaría imposible mantenerme firme si me mirase con esa expresión que revela la facilidad con la que es capaz de ver quién soy en realidad. Igual que el día antes de mi viaje, mandaría a la mierda cualquier debate sobre límites y le pediría que me follara.

Nada de hablar. Todavía no. No hasta que consiga aclararme las ideas.

22
Red

Treinta y una semanas
(la bebé tiene el tamaño de un cubo de palomitas del cine)

Suena el teléfono y el pecho se me agrieta al oírlo. Todas y cada una de las personas que podrían llamarme están sentadas en torno a la enorme mesa de la cocina de la casa principal. Excepto una. Y ya no me llama solo para charlar. Me cuesta creer que hace dos semanas estuviera prácticamente viviendo en su casa, durmiendo en su cama, guiándola por teléfono para que se masturbara.

Si está al otro lado de la línea, lo más probable es que no esté pasando nada bueno.

—¿Hola? —respondo sin siquiera mirar el nombre de la pantalla y tras cerrar la puerta trasera de golpe a mi espalda.

—Hola, Chasey.

La voz de la mujer me resulta reconocible al instante, a pesar del tiempo que ha pasado. Dios, ¿cuánto hace? ¿Cinco años, tal vez?

«Tendría que haber dedicado medio segundo a echarle un vistazo a la pantalla antes de contestar».

—Mamá. —Intento tragarme el nudo que se me ha formado en la garganta, pero no lo consigo. Me tiemblan las piernas. Están demasiado inestables como para confiar en que me mantengan erguido, así que me dejo caer de culo sobre el columpio del porche—. ¿Qué necesitas?

—Caray, ¿es que tu madre no puede llamar para decirte que te echa de menos?

Si tuviéramos algún tipo de relación, claro. ¿Tal como están las cosas? Es imposible que me esté llamando por eso.

—Claro. ¿Qué pasa?

—Bueno… —La voz quejumbrosa y llorosa se ve interrumpida por unos sollozos descontrolados ante los que solo puedo negar con la cabeza. Si cualquier otra mujer de mi vida me llamara en este estado, lo dejaría todo por ella. Pero ya he sido víctima de estas lágrimas de cocodrilo alguna que otra vez—. Es tu padre.

Suelto una risa desdeñosa.

—Pues claro. ¿Qué ha hecho ese cabrón esta vez?

Cuando no lo han pillado conduciendo borracho, se ha peleado con alguien en un bar, lo ha perdido todo apostando o se ha metido en problemas con la gente equivocada… Siempre hay algo. Y, si esta vez el tema justifica una llamada de mi madre, debe de ser porque la solución requiere dinero para la fianza o alguna mierda así.

—Se está muriendo… Es el hígado. El médico nos ha dicho que lo más probable es que le queden menos de seis meses. Sobre todo porque se niega a dejar de beber. Pensé que a lo mejor querías venir a visitarlo. Sé que ambos tuvisteis algún problemilla cuando eras más joven, pero significaría mucho para él.

Lo dice como si discutiéramos por tonterías como las notas o por salir hasta más tarde de lo que tenía permitido. Pasando por alto, muy oportunamente, las veces que me abofeteó cuando era demasiado pequeño para defenderme. Demasiado pequeño para haber hecho siquiera algo por lo que mereciese que me abofetearan.

—Vale. Gracias por avisarme. La verdad, no tengo ningún interés en verlo. Además, mi novia va a tener un bebé dentro de unos meses, así que no puedo moverme de aquí.

No sé por qué añado el comentario sobre Cass, que, teniendo en cuenta que hace semanas que ni siquiera la veo, no podría estar más lejos de ser mi novia. Pero debo reconocer que me sienta bien decir algo que quizá le haga daño a mi madre. Por mezquino que sea.

—¿Voy a tener un nieto?

Se le alegra la voz, como si Potatita fuera a tener algún tipo de efecto en su vida. Supongo que podrá presumir de ella ante sus amigas. Tal vez mi madre fuera la mejor de los dos, pero es que el listón estaba la hostia de bajo. Aun así, nunca he dudado de que nos quiere a mis cuatro hermanos y a mí. Lo que pasa es que quiere más al mierda de nuestro padre.

—Sí, una niña. Quizá, cuando Joe se muera, puedas venir a visitarla alguna vez. Bueno, tengo que colgar, mamá.

Lo hago antes de que tenga la oportunidad de regañarme por llamarlo Joe en lugar de papá.

Cuando vuelvo a entrar, el chirrido de la puerta trasera se oye más de lo normal debido al silencio que reina en la ajetreada cocina.

—¿Qué narices miráis todos?

Carraspeo y vuelvo a sentarme en mi sitio habitual.

—¿Quién era? —pregunta Denny.

—Mi madre. Por lo que se ve, mi padre se está muriendo. —Me encojo de hombros y empiezo a servirme cucharadas y más cucharadas de arroz en el plato, hasta que Cecily tiende una mano para detenerme y me doy cuenta de que he perdido la noción de lo que estaba haciendo. Tengo el plato lleno a rebosar—. Bueno, ¿quién quiere salir a tomar algo esta noche?

Nadie responde y todos siguen mirándome. Joder, hasta Rhett está callado, algo inaudito en un niño de un año.

Al final, es Cecily la que rompe el silencio. Siempre es la que arregla las cosas. Nunca se acobarda ante las conversaciones difíciles… Al menos no desde que sus propios secretos oscuros salieron a la luz.

—¿Estás seguro de que es buena idea? A lo mejor deberías pasar una noche tranquila en vez de beber para ahogar la pena.

—No es beber para ahogar la pena. Quiero celebrarlo. Que le den a ese cabrón.

Kate suelta un resoplido estruendoso. Agradezco un poco que sientan tanta compasión, porque, de lo contrario, esta mujer estaría poniéndome a caer de un puto burro por decir palabrotas delante de los niños.

—Perdón, esa palabra es mala.

Le dedico una sonrisa débil a Odessa, que ni se ha inmutado. Si Kate oyera cómo habla todo el mundo, incluido Jackson, cuando ella no está presente, nos colgaría a todos. Odessa también suelta sus buenos tacos de vez en cuando.

—Hay un problema, Red. ¿Dónde vamos a ir? —pregunta Denny—. No podemos ir al pueblo... En el barracón de los peones hay algo de alcohol, pero no tanto como para cogernos un pedo.

—No pasa nada, podemos ir al pueblo —le digo.

—Vale. ¿Quién quiere ir haciendo aportaciones para pagar la fianza?

Denny coge el sombrero del respaldo de la silla y lo tiende hacia delante como si aceptara donaciones.

—Red, ¿no crees que esto podría empeorar las cosas con Dave... y disgustar a Cassidy? —Cecily frunce la nariz—. Solo es un comentario. Tal vez te convenga pensártelo un poco.

—Tiene razón. —Kate señala a Cecily con el tenedor mientras me lanza una mirada lastimera—. Meterte en un altercado con su padre no es la forma de ganarte a Cass.

Si Dave se empeña en matarme, me va a matar. Ahora que sabe la verdad, no puede decirse que mantenerme alejado del bar vaya a protegerme de ningún modo. Podría presentarse aquí si le diera la gana. Luego está lo de Cass..., joder. Ya me ha dejado claro que no puedo hacer nada para ganármela. Da igual que me lo currara como nunca, que siguiese todas sus estúpidas normas, que la ame. Nada de eso ha servido de nada.

—Me importa una mierda. Ya es demasiado tarde.

Todos me miran, sumidos en un silencio inquietante. Desde su asiento contiguo al mío, Jackson me coloca la palma de una mano firme entre los omóplatos.

—¿No crees que deberías contenerte esta noche?

—Quiero salir a tomar algo con mis amigos y ese es el único bar del pueblo. Sois vosotros los que estáis haciendo una montaña de un grano de arena.

Iré al bar, me tomaré un par de cervezas, me comeré a Cassidy con los ojos desde el otro lado de la sala y haré como que no pasa nada. «Pan comido».

—Bueno, ¿y si entro yo primero y hablo con Dave? Para tantear el terreno antes de que llegues y montes alguna —propone Denny.

—Vale, lo hacemos así.

Asiento con la cabeza y me meto una cucharada enorme de arroz en la boca, porque, al parecer, es lo único que voy a cenar esta noche. Al menos absorberá bien el alcohol.

El aparcamiento del bar está más lleno de lo que me esperaba para tratarse de un jueves a las ocho, y saber que hay tanta gente dentro está a punto de hacerme cambiar de opinión. Solo quiero escuchar música y tomarme unas cervezas con mis amigos. Por supuesto, tanto la camioneta de Dave como el coche de Cassidy están allí aparcados. Saber que ella está en el bar me pone más nervioso que pensar en ver a Dave por primera vez desde que prácticamente me pilló follándome a su hija.

Colt, Reloj de Sol, Levi y Rob están sentados conmigo en la caja de la camioneta de Colt, esperando el veredicto de Denny. El aire es frío y húmedo y hace un viento brutal, pero estoy sudando, incapaz de concentrarme en la conversación de los chicos.

Denny sale por la puerta delantera del bar con una sonrisa enorme en la cara y le falta poco para ponerse a dar saltitos.

—Podemos entrar, pero tú… —Me clava un dedo en el pecho—. Tienes que portarte como un ángel.

—Genial. Estamos jodidos.

Colt levanta las manos en un gesto de desesperación.

—Cierra la puta boca.

Mientras caminamos hacia la puerta de doble hoja, le echo la zancadilla estirando una bota. Gracias a la cantidad de latas de cerveza que se ha bebido por el camino, Colt apenas consigue evitar caerse de bruces sobre un montón de nieve sucia. Muerto de risa, se endereza y continúa.

Pongo la mano en el pomo de la puerta y se me corta la respiración. Como si se hubiera activado un interruptor imaginario, mi cuerpo realiza los movimientos rutinarios sin siquiera pensarlos: entro en la sala calurosa y cruzo las desgastadas tablas del suelo dejándome guiar por la memoria muscular. A pesar de que se me nublan los contornos de la vista, mantengo la mirada clavada en la mesa de la pared del fondo. Nuestro sitio de siempre. Cuando me siento junto a Denny, estudio los nudos y las marcas de la brillante mesa de madera. Si levanto la cabeza, es posible que vea a Cass. Y, a pesar de que me muero de ganas de verla, me aterra descubrir cómo me sentiré cuando sea evidente que ella no quiere verme a mí.

No tengo mucho tiempo para dejarme llevar por el pánico antes de que Cassidy aparezca. Se planta justo al lado de nuestra puta mesa. Con el pelo recogido en una coleta alta, los ojos brillantes y… Mierda, las tetas deben de habérsele puesto el doble de grandes desde la última vez que se las agarré. O eso, o lleva un sujetador con un relleno muy exagerado. Lo único que sé es que, un instante después, empiezo a imaginármelas rebosándome de las manos mientras la tengo encima de mí. Y ya no hay forma de negar que está embarazada.

¿Cómo es posible que hayan cambiado tantas cosas en solo dos semanas? Dos semanas en las que debería haber estado presente.

—Hola —dice ella con suavidad.

—Hola —respondo. Es como si los demás ni siquiera estuvieran aquí—. Estás preciosa.

—Mentiroso. —Se tira del dobladillo de la camisa de manga larga verde oscuro y ladea la cabeza para ocultar una sonrisilla. Cuando vuelve a levantar la vista, nos miramos a los ojos durante solo un segundo antes de que la desvíe hacia el resto de los chicos—. ¿Os apetece una ronda de cervezas?

—Sí, gracias —contesta Denny—. Y, a todo esto, es cierto que estás muy guapa.

—Gracias. Vuelvo enseguida con las bebidas.

La veo atravesar la pista de baile vacía, detenerse para recoger unas cuantas jarras sucias en otra mesa y luego hacerle nuestro pedido a Dave. Él ni siquiera la mira, está demasiado ocupado fulminándome con la mirada mientras sirve una pinta tras otra. Estoy más que preparado para que salte la barra en cualquier momento y cargue contra mí. A lo mejor saca una pistola de debajo de la barra y me pega un tiro rápido en la cabeza.

Pero se limita a llenar las jarras y luego se da la vuelta para hacer otra cosa. No sé qué habrá hecho o dicho Denny para convencerlo de que nos deje entrar, pero estoy impresionado.

Gracias a Dios, Cass no tarda en volver con una ronda de cervezas. Y después con una segunda. Y una tercera. Los chicos están bebiendo a saco para recuperar el tiempo perdido, ya que la mayoría de ellos ha evitado este lugar durante el mismo tiempo que yo. Cassidy revolotea por el local como un colibrí, sin detenerse nunca más de lo necesario. No me extraña que le duela la espalda y que siempre esté tan cansada. Esta noche debería poder irme a casa con ella para masajearle los músculos doloridos.

Tras servirnos la cuarta ronda, se queda quieta un segundo y bosteza. Se coloca las manos debajo de la barriga, como para sostenérsela mientras se apoya en la mesa.

—Más os vale que me dejéis una buena propina. Es de mala educación tener a la chica embarazada toda la noche yendo y viniendo porque os empeñáis en sentaros a la mesa más alejada de la barra.

—Podemos cambiarnos de sitio —le ofrezco. Pero, cuando miro a nuestro alrededor, no hay ningún otro en el que podamos sentarnos los seis—. O no...

Denny le dedica una sonrisa radiante.

—Te queremos, Cass. Estoy seguro de que Red estaría más que encantado de demostrarte nuestro agradecimiento de otras maneras.

—Vaya, ¿eso es lo único que valen mi tiempo y mi energía? Pues sí que es verdad que ser camarera es un trabajo muy desagradecido.

Apoya una mano en el respaldo de mi silla para poder agacharse entre Denny y yo a recoger un par de vasos de cerveza vacíos sin desestabilizarse. Me pone las tetas tan cerca de la cabeza que me duele la polla. Luego me roza la espalda con la yema de los dedos y me provoca un escalofrío. Seguro que es cosa de mi imaginación, pero juraría que deja los dedos en esa posición durante más tiempo del necesario. Ese mero contacto me recorre de arriba abajo con un zumbido y, cuando se aparta, no puedo respirar.

—Yo te ofrecería mi propio agradecimiento, pero creo que el grandullón me mataría.

Denny le guiña un ojo antes de darme una palmada en la espalda que por fin me reinicia el corazón. Si algún otro tío hiciera un comentario parecido, le cortaría los testículos con la navaja de trabajo sucia que llevo en el bolsillo.

Cass se ríe; la versión educada, no su risa de verdad. Odio saber cómo suena su risa y no poder oírla todos los días.

—Es la proposición menos atractiva que he recibido en toda la noche. Y eso que George el Desdentado me ha dicho que tenía un fetiche con las embarazadas mientras un pegote de kétchup le colgaba de esa barba de ZZ Top.

George el Desdentado. Está viejo, desdentado y permanentemente borracho desde que yo era pequeño. Debe de tener al menos diez años más que mi padre. ¿Cómo es que Joe va a morirse de insuficiencia hepática en cualquier momento y, sin embargo, lo más probable es que ese cabrón se pase los próximos veinte años desplomado sobre esa barra? No es que mi padre no se merezca que le falle el hígado, pero, aun así… Es una mierda que el mundo funcione de este modo.

—¿Estás bien, colega? —Denny me da un codazo—. Te has quedado empanado.

—Sí, sí. Solo pensaba en George el Desdentado.

—¿Te da miedo que te robe a tu chica? Tengo entendido que está forrado. No se lo reprocharía a Cass si tuviera que elegir entre ambos.

—Vete a tomar por el puto culo. Estoy pensando en por qué sigue vivo.

—Oye, tío, formar parte del club de los padres enfermos es una puta mierda. Ya he pasado por eso... Pero, te aviso: el club de los padres muertos tampoco mola mucho.

Me da un apretón en el hombro antes de coger su jarra de cerveza y bebérsela de un trago.

Cuando murió su madre, también me afectó mucho. Por supuesto, jamás intentaría comparar mi dolor con el de Denny, Jackson y Austin, pero, para mí, Lucy Wells fue lo más cercano a una madre que había tenido nunca. Me enseñó a cocinar un buen filete, a montar a caballo y a sumar fracciones. Mi madre me enseñó que, por lo visto, los hombres de ficción siempre son mejores que los reales, también me enseñó a liar cigarrillos y la letra de todas y cada una de las canciones de Fleetwood Mac. Y no estoy diciendo que esas habilidades vitales no resulten sorprendentemente útiles.

Saber que mi padre se está muriendo no me hace sentir lo mismo que cuando supimos que la madre de Denny se estaba muriendo. Con ella, no tuve sentimientos encontrados respecto a perderla. Fue pura pena para todos los que tuvimos la enorme bendición de conocerla: todo el pueblo se quedó destrozado. Con mi padre, me debato entre el alivio de saber que el karma por fin le está pegando una paliza a ese hijo de puta, la rabia de que ni siquiera se haya tomado la molestia de decírmelo él mismo y la decepción por que nunca vaya a tener la oportunidad de darle un giro a su vida. A pesar de todo lo que ha hecho, siempre ha habido una minúscula parte de mí que esperaba que las cosas cambiaran.

Me paso la mano por el brazo desnudo para sentir bajo la palma las cicatrices que me marcan la piel e imito a Denny con mi jarra de cerveza. Como mínimo, el hecho de que los dos estemos aquí sentados con las jarras vacías hará que Cass vuelva antes a nuestra mesa.

Como si tuviera un sexto sentido para detectar a los hombres que necesitan una cerveza, aparece casi de inmediato a mi lado y se deja caer en la silla vacía.

—Perdón, necesito sentarme medio minuto.

—¿Estás bien?

—Tengo la sensación de que la espalda está a punto de entrarme en combustión espontánea y, si mis pies pudieran hablar, estarían poniendo el grito en el cielo. Ah, y creo que la tengo aparcada justo encima de la vejiga. —Se señala el estómago con el dedo, furiosa, como si así fuera a intimidar a la bebé para que se cambie de sitio—. Pero, sí, todo estupendo. Estoy de puta madre.

—Dame los pies.

—Tengo que trabajar y, además…, no. Qué asco. Llevo toda la noche corriendo de un lado a otro. Los tengo sudados.

—Dame los putos pies, Cass.

Sin pestañear, la amenazo con la mirada. Ella no se mueve y entorna los ojos para devolverme la mirada. Así que meto una mano bajo la mesa para cogérselos yo mismo. Me dejo caer sus talones sobre el regazo y le desato las zapatillas antes de quitárselas.

—En serio, no deberías… —protesta antes de hundirse en la silla con un gemido relajado cuando le presiono la planta del pie con el pulgar—. Joooder, vale. ¿Puedes masajearme la espalda después?

—Lo haría. Sabes que sí.

Si me invitara a su casa, haría cualquier cosa. Cualquier puta cosa con tal de que me permitiese volver a su mundo durante una sola noche.

—Pero tengo que regresar al trabajo. —Intenta doblar la pierna y le agarro el pie con más fuerza—. Vuestras jarras no van a rellenarse solas, ¿verdad?

—No. Pero tengo dos pies y dos manos. Tómate un descanso, ¿vale? Yo me encargo.

Me levanto, la obligo a posar los pies sobre mi silla vacía y recojo los vasos sucios de la mesa.

Por lo que se ve, estoy a punto de mantener mi primera interacción con Dave desde aquella mañana en casa de Cassidy. Dejo escapar una exhalación lenta y cruzo el bar en dirección a la barra. Mientras siento el peso de la mirada que Cass me clava en la espalda y el miedo aplastante de la inminente presencia de Dave en el pecho.

—Hola, Cass necesitaba un descanso. ¿Dónde los pongo?

«Vale, ahora esperamos a que nos asesinen».

Hago una mueca de dolor cuando abre la boca.

—Por esa puerta, métetos en la bandeja.

Qué mierda es esta. Qué mierda es esta. Qué mierda es esta.

Es imposible que se haya mostrado tan tranquilo. Agradable, incluso. Sigo sus instrucciones y decido tentar a la suerte pidiendo otra ronda. De nuevo, nada.

—¿Está bien? —me pregunta Dave, que levanta la mirada de la jarra de pinta que está llenando y la desvía hacia nuestra mesa, donde Cassidy sigue sentada charlando con Denny y enroscándose un mechón de pelo suelto en el dedo.

—Ah, sí. Solo me ha dicho que le duelen los pies y la espalda.

—Bien. Le dije que me comportaría como una persona civilizada y eso haré. —Me tiende una bandeja negra redonda y empieza a colocar las jarras de pinta llenas encima. Con una voz monótona y sin ningún tipo de expresión en el rostro. Negándose a mirarme mientras habla—. Hasta que le hagas daño. Si la tratas con menos respeto del que se merece, si le rompes el corazón…, te mataré.

—Con el debido respeto, si hay alguien que vaya a acabar herido, ese soy yo. Es Cass la que tiene todo el control de la situación.

Intento equilibrar la bandeja cuando coloca sobre ella la última jarra de nuestra mesa.

«Por Dios, ¿cómo se las arregla Cass para hacer esto todos los días?».

—¿Qué más necesitas que haga para que pueda seguir otro rato sentada?

Me mira con desconfianza.

—Limpia esa mesa de ahí. Y mira a ver si hay alguien que quiera otra ronda.

Avanzo caminando de lado hacia nuestra mesa y empiezo a repartir cervezas, para enorme regocijo de todos los chicos. Ni uno solo de ellos deja pasar la oportunidad de meterse conmigo.

—Joder, menudo bajón en la calidad de los empleados de este sitio.

Reloj de Sol, el peor vaquero que tenemos en el rancho, se mete un puñado de cacahuetes en la boca y luego se ajusta la gorra de béisbol que lleva puesta al revés sobre el pelo largo. Solo por eso, le doy un buen trago a su cerveza antes de pasársela.

—Cállate. Tiene que comprar pañales, así que deja que se gane un dinerito extra. —Su hermano, Colt, que es un vaquero infinitamente mejor y puede que la única razón de que Reloj de Sol siga teniendo un trabajo, le da un golpe en el brazo—. Oye, Red, si me enseñas las tetas, te daré una propina extra.

—Colt, a la única persona a la que voy a enseñarle las tetas esta noche es a tu madre cuando salga de aquí. Que te jodan.

Le doy una colleja y continúo.

Denny no se anda con gilipolleces: me mete un billete de cinco dólares en la cintura de los pantalones vaqueros antes de que me dé tiempo a soltar la bandeja para impedírselo.

—No te ofendas, Cass, pero puede que me guste que Red sea nuestro camarero, incluso más de lo que me gusta que lo seas tú.

Cassidy se echa a reír. Una carcajada de las de verdad.

—No me ofendo. A mí también me gusta más. —Se mete la mano en la riñonera negra que lleva alrededor de las caderas, saca un billete y lo agita delante de mí como si estuviéramos en un puñetero club de estriptis—. ¿Me enseñas las tetas o esta noche están reservadas en exclusiva para la madre de Colt?

—Encanto, sabes que eres la única MILF que quiero que me vea las tetas. Hasta te ofreceré el tratamiento VIP.

Denny pone cara de asco.

—Relaja, Romeo. Ya sé demasiado sobre vuestra vida sexual. Déjate las guarradas para más tarde, que dan vergüenza ajena.

—¿Preferirías oír las que no dan vergüenza ajena?

Cass me mira con una sonrisa tan grande que estoy seguro de que se puede ver desde el espacio. Se acaricia la barriga distraídamente con las manos.

Antes de decir alguna tontería —una de las muchas reglas que puso y que todavía me sorprendo intentando seguir—, me voy a hacer el trabajo de Cassidy para que Dave no pierda los papeles. ¿Le digo a todas las mesas por las que paso que vayan a la barra a hacer sus puñeteros pedidos? Por supuesto. En cualquier caso, a la mayoría de ellos no le iría nada mal un poco de ejercicio.

Las cosas van bien. Dave parece menos propenso a matarme con cada viaje a la barra. A pesar de lo mucho que me odia, no va a obligar a su hija embarazada a ponerse de nuevo en pie cuando yo soy capaz de hacer su trabajo y estoy dispuesto a hacerlo. Ambos queremos lo mejor para Cass y, ahora mismo, eso es tomarse una cerveza de raíz y hablar con Denny.

—¿Vas a ser su zorrita toda la noche? —me dice un tipo cuya mejor descripción sería compararlo con el calcetín lleno de semen costroso de debajo de la cama de un adolescente.

Landon Wiebe. Veintiocho años e intentando desesperadamente convertirse en rapero. Por alguna razón, no se ha dado cuenta de que a nadie le importan una mierda las letras de rap de un desgraciado que nunca ha salido del sótano de su madre en un pueblo de Canadá.

—¿Qué te apetece tomar, Wiebe?

Me meto las manos en los bolsillos delanteros de los pantalones vaqueros porque eso me dará unos segundos para pensar en mis actos si las siguientes palabras que suelta por esa bocaza son merecedoras de un puñetazo.

—Bro, yo solo te digo que me han contado que Cassidy se folló a unos cuantos tíos en el rodeo. Y ahora te tiene pillado con un bebé que seguro que ni siquiera es tuyo.

Me crujo el cuello, aprieto los puños en los bolsillos y pienso que ojalá Cass estuviera aquí para calmar mis demonios internos. Como hizo cuando quise machacar al arrogante de su ex en el aparcamiento del supermercado.

—No se te ocurra volver a pronunciar su nombre con esa boca de baboso que tienes, puto cerdo.

La miro un instante. Despreocupada, relajada. Debería alejarme, irme con ella, rodearla con los brazos, inhalar su dulce aroma y pasar de las mierdas que dice este puto perdedor. Pero tengo la sensación de que los pies se me han quedado pegados al suelo y de que no me movería de aquí por muchas descargas eléctricas que me dieran con la picana para el ganado.

—Bro, yo solo te digo lo que me han contado. —Se encoge de hombros y mira a sus amigos aspirantes a raperos, que son igual de tontos y feos que él. Luego se ríe—. He oído que es una puta y que se ha follado a un montón de tíos, en plan muy bestia. Pero, bueno, supongo que si el bebé sale pelirrojo lo sabrás con seguridad.

Quiero darle una última advertencia. De verdad que sí. Porque todas y cada una de las partes racionales de mi cerebro saben que no debería hacer nada que cabree a Cass o a Dave. Pero no puedo darle una última advertencia porque el alcohol y la rabia se me mezclan en el estómago y me queman por dentro. Así que estallo. Con la sangre caliente, los bolsillos no sirven de nada para impedir que lo agarre por el pecho de la sudadera con capucha y tire de su cuerpo de alfiler hacia el mío.

—¿Quieres hablar de la madre de mi hijo? Me aseguraré de que ni siquiera llegues al hospital, bro.

Mis palabras aterrizan entre gotas de saliva contra su fea cara. Entonces le estampo el puño en la mandíbula justo cuando sus amigos atacan por todos lados.

Mi visión de túnel se hace cada vez más pequeña. Si el tiempo avanza, no soy consciente de ello. De repente, lo único que veo es un puño —supongo que el mío— golpeando la estrecha nariz de Landon Wiebe. Y no siento nada hasta que hay una mano en la espalda de mi camisa que tira de mí hacia atrás y me aparta de la pelea. Me caigo de culo sobre el suelo pegajoso del bar.

Puede que hayan pasado diez segundos, puede que hayan pasado diez minutos. A lo mejor solo lo he golpeado dos veces, a lo mejor los dos somos un guiñapo sanguinolento. No tengo ni la menor idea.

Cuando parpadeo para aclararme la vista, veo a mis amigos peleando contra esos cerdos. Y la persona que me ha sacado de allí sigue agarrándome con firmeza por la camisa… Dave.

«Joder».

Prefiero volver al centro de la trifulca, aunque esté llena de puños voladores, sillas derribadas y bebidas derramadas. Prefiero eso a cualquiera que sea la forma que adopte la furia que Dave va a descargar sobre mí.

—A mi despacho. Ya.

Señala la puerta de doble hoja que lleva a la parte de atrás y después se acerca al grupo para separarlos.

El corazón me martillea dentro del pecho y del cráneo al mismo tiempo, amenaza con seguir aumentando la fuerza de los latidos hasta que se me paralice por completo. Con Dave de espaldas, podría escabullirme hacia el aparcamiento o volver a meterme en la pelea. Ninguna de las dos cosas me serviría de mucho, teniendo en cuenta que, durante el resto de mi vida, voy a tener que aguantar a Dave tanto como él va a tener que aguantarme a mí. Nuestros respectivos mundos giran —y chocan— alrededor del sol que es Cassidy.

Me levanto despacio, demasiado asustado para buscar a Cass con la mirada y ver lo que esté sintiendo ahora mismo. Decepción, ira, miedo, preocupación. No puedo gestionar nada de eso. No recuerdo la última vez que me preocupé de algo que no fuera ganar la pelea. Hace tiempo que mi reputación está destrozada, así que impresionar a la gente no era una de mis prioridades. Antes de que ella llegara y me proporcionase una razón para querer ser un tipo decente. Aunque el buen comportamiento al que me ha empujado Cassidy no ha cambiado nada: sigo aquí, suspirando por una chica a la que no le importo una mierda y peleándome con los tíos que hablan mal de ella. No ha cambiado nada.

Con la mirada clavada en el suelo sucio y desgastado, empujo la puerta y localizo el pequeño despacho de Dave. En total oposición a los espacios de Cassidy, que siempre lo tiene todo ordenado y limpio, aquí dentro parece que alguien haya dejado suelto a un animal salvaje. Quito una montaña de papeles del sillón raído y la dejo en una zona vacía del suelo antes de sentarme.

Los segundos se alargan y me recuerdan a la interminable

retahíla de días en los que me tocó esperar así, sentado en el despacho del director del instituto, a que me dijeran si pagaría por mi estupidez con un castigo o con una expulsión. Al menos en aquella época estaba bastante convencido de que el director Thiessen no entraría y me apuñalaría, dispararía o golpearía. Sin embargo, no puedo decir lo mismo de Dave Bowman.

Estoy caminando de un lado a otro, arrastrando las botas por el suelo polvoriento cuando Dave irrumpe en el despacho un rato más tarde. Me yergo al instante y me meto las manos hasta el fondo de los bolsillos, dispuesto a afrontar el castigo como un hombre, cualquier cosa que él considere una consecuencia justa.

—¿A qué cojones ha venido eso? —Se desploma sobre la silla con ruedas del escritorio y se pasa una mano por la cara—. Deja que te aclare una cosa, Red. Conocí bastante bien a tu padre en su momento. Y me niego a quedarme de brazos cruzados y a permitir que arrastres a mi hija hacia esa vida de mierda. Cassidy no va a pagar la fianza para sacarte de la cárcel ni a llevarte a rastras a casa después de una noche complicada, y mucho menos a cuidar de tu hija mientras tú tienes el culo plantado en un taburete del bar tan a menudo que debería cobrarte alquiler.

Asiento con la cabeza, aunque me niego a mirarlo a los ojos. Más bien me dedico a contar los bolígrafos que tiene dentro de un tarro de cristal sobre la mesa. Cinco azules, tres negros y uno rojo. Y un lápiz gastado, con restos de corazones morados, que tiene toda la pinta de haber sido de Cass antes de terminar aquí.

—Denver me ha contado lo de tu padre. Sinceramente, esa es la única razón por la que estoy hablando contigo en lugar de llamar a la policía, ¿lo entiendes? Tómatelo como una victoria y cambia de actitud. Compórtate como un puñetero hombre. No vayas por ahí empezando peleas de bar delante de la madre de tu hija. —Me da una patada fuerte en la bota para que lo mire. Tiene las cejas juntas, la frente fruncida y los ojos entornados mientras me evalúa—. Cassie no para de intentar convencerme de que puedes ser un tipo decente. Y no creo que lo diga sin motivo, así que sé ese hombre. Si no es por ti, hazlo por la niña. No tienes por qué convertirte en tu padre, Red. Pero, si no resuelves tus mierdas, está claro que acabará siendo así.

Me aclaro la garganta y digo:

—Gracias por no llamar a la policía. ¿Has concluido?

—Sí.

Me levanto de la silla, a pesar de que siento todo el cuerpo entumecido, un hormigueo como de electricidad estática. Y el paseo de la vergüenza que tengo que hacer a través del bar para salir al aparcamiento, pasando por delante de Cassidy, hace que me sienta peor que el puñado de veces que me han sacado de aquí esposado. Soy como un perro apaleado, con el rabo entre las piernas, huyendo lo más deprisa posible por el aparcamiento helado, desesperado por alejarme de este lugar.

Diría que toda esta noche ha sido mala idea, pero la verdad es que no lo ha sido. He podido ver a Cass, hablar con ella, sentir el roce de sus dedos en el cuerpo. Oírla reír y coquetear.

Y luego he abierto los ojos de golpe.

No puedo seguir con esto.

23
Cassidy

¿A qué coño ha venido eso?

Le paso a Denny un montón de hielo envuelto en un paño para que se lo ponga en el labio roto. El bar se ha quedado prácticamente vacío en cuanto hemos conseguido disolver la descomunal pelea. En parte porque ya era casi la hora de cerrar, pero sobre todo porque nadie quería sentirse obligado a ayudarnos a limpiar.

Por suerte, el resto de los peones del Rancho Wells están barriendo los cristales rotos, fregando la cerveza derramada y levantando las mesas volcadas. He presenciado una buena cantidad de peleas de bar, pero esta noche noto un zumbido ansioso bajo la piel y las manos no han dejado de temblarme desde que vi que el puño de Chase impactaba contra la cara de Landon.

—¿Cómo quieres que lo sepa? Estaba a punto de convertirse en una pelea de cinco contra uno, así que hemos tenido que intervenir para ayudar a Red. —Denny se pasa el paño frío por la cara—. Lo único que sé es que una bola de grasa me ha estampado una botella de cerveza en esta carita de ángel.

—Seguro que le han dicho algo, ¿no? ¿Crees que le ha pegado un puñetazo en la cara a Landon solo porque sí?

«Él no haría eso, ¿verdad?».

Me asusta no saber la respuesta al instante. Cuando se ha metido en otras peleas en el bar durante mis turnos de trabajo, siempre he estado demasiado alejada de la situación como para enterarme de cuál era el detonante, o como para que me importara. Lo que más me preocupaba era que, a pesar de todo, los clientes pagasen la cuenta y que echaran a los infractores. Muy a menudo, eso significaba echar a Red… Chase… Red.

Aunque esta noche tuviera una razón legítima, ¿qué pasa con todas esas otras peleas? Me había convencido de que ese no era él. De que él era Chase, no Red.

«Es las dos cosas».

Siempre ha sido las dos cosas. Y creo que me he enamorado de Chase…, pero con Red no lo tengo tan claro.

Antes de que Denny pueda responderme, la puerta de doble hoja que hay detrás de mí se abre y, cuando me vuelvo, veo a Chase salir por ella. Se encamina hacia la puerta delantera sin molestarse en echar un vistazo a los daños que ha causado, a sus amigos o a mí. Mantiene la mirada firmemente clavada en el suelo mientras se aleja a toda velocidad.

—Chase —digo, y me estiro para intentar agarrarle el brazo por encima de la barra.

Estoy segura de que me ha oído, pero no afloja el paso y sale al aparcamiento hecho una furia. La ráfaga de frío aire invernal que deja entrar me hiela hasta los huesos. Por primera vez desde que estalló la pelea, me doy cuenta de que hay una canción country muy triste sonando por los altavoces. «Muy apropiada, la verdad».

Sin decir una sola palabra, paso junto a Denny y cruzo la puerta delantera. Se me eriza el vello de los brazos y me cubro la barriga con ellos en un intento desesperado por conservar el calor corporal. Chase está apoyado en el portón trasero de una camioneta, con la cabeza gacha. Con una mano sujeta el sombrero de vaquero que tiene a un costado; el talón de la otra lo tiene clavado en la frente. Cuando oye el crujido de mis zapatillas sobre la costra de nieve, abre los párpados de golpe.

—¿Qué cojones ha sido eso?

Estoy temblando, pero ya no tengo frío. Al contrario, la sangre me hierve mientras me recorre los vasos sanguíneos a la velocidad del rayo. Avanzo con ademán agresivo por el suelo blanco hasta que estoy a menos de medio metro de él. Deja caer las manos a los lados y me mira.

—Joder, no me puedo creer que te hayas presentado aquí esta noche para hacer esto. Después de todo lo que he tenido que pasar para intentar convencer a mi padre de que no eres un puto mierda, apareces y te comportas como un puto mierda.

—No quería que pasara.

—Pues dime que tenías una buena razón para pegarle. Dime que tus acciones están justificadas y que no tendría que estar enfadada contigo.

Se encoge de hombros. ¡Encoge los putos hombros!

—Genial. ¡Genial! —Me quedo mirando una farola solitaria que hay a lo lejos para controlar las lágrimas de rabia que se me acumulan en los ojos. La nieve revolotea por el cálido resplandor antes de posarse sobre la calle vacía—. Te dije que necesitábamos límites y desearía que me hubieras respetado lo suficiente para no venir al bar. Sobre todo teniendo en cuenta que lo has hecho solo para comportarte así. ¿Qué leches ha pasado? ¿Cómo puedes pasar de ser tan tierno y servicial a darle una paliza a alguien? Es que… Mierda. Si Landon no presenta cargos, me llevaré una sorpresa, porque estaba hecho una puta mierda cuando se fue.

Aprieto la mandíbula y me fijo en que los músculos de la garganta le suben y le bajan varias veces mientras intenta tragar y mirar a cualquier parte menos a mí.

—Hace unos minutos he sentido que no sabía quién eras, y ha sido lo puto peor. Sí, ya te había visto meterte en peleas otras veces, pero ahora es distinto. Ahora tú eres distinto para mí. Esto no me gusta, y tú no me has gustado ahí dentro.

—Cass.

Exhala mi nombre y ya no hay manera de contener las lágrimas. Me cubro los dedos con la manga de la camisa y me llevo la tela fina y suave a la comisura interior de cada ojo.

—No sé qué demonios quieres que te diga —susurra.

Si no fuera por el inquietante silencio que reina en este aparcamiento vacío y helado, ni siquiera me habría dado cuenta de que ha hablado.

—Quiero que me digas si me he equivocado al pensar que eres un buen tío. Al pensar que no eres de los que van por ahí pegándole puñetazos a la gente sin ningún motivo y luego pasan por delante de mí sin ni siquiera mirarme, como si no importara una mierda. Si eres esa persona, hemos terminado. Así que dime que no lo eres.

—Sí soy esa persona. No hagas como que no lo sabías. Ya me conoces. No ha cambiado nada.

—Creía...

—Creías mal. Soy el mismo mierda que siempre he sido.

Reprimiendo las lágrimas, me doy la vuelta hacia la puerta del bar.

—Vete a casa, Red.

Cuando termino de limpiar el bar para canalizar la rabia, asomo la cabeza hacia el despacho de mi padre.

—Ahí fuera ya está todo limpio. Me voy a casa.

—Siéntate.

«Mierda». Parece que tendría que haberme marchado sin decirle nada. Estoy agotada, deseando meterme en la cama a llorar por Chase, y lo último que necesito es que me suelte un sermón. Aun así, me hundo en el sillón; cuanto antes se desahogue, antes podré irme a casa.

—Cassie, en serio, todo esto no me gusta nada.

Se masajea las sienes.

—Sí, ya lo sé.

—Esta noche ha empezado una pelea en el bar sin razón alguna. ¿Es ese el tipo de hombre que quieres en tu vida? Pensaba que te había educado mejor, que había hecho un buen trabajo enseñándote cómo deben comportarse los hombres.

—Y así es. De verdad, siempre has sido un gran ejemplo, papá. No digo que vaya a ser tan buen padre como tú ni de lejos, pero quiero que mi niña tenga a sus dos progenitores cerca. Fuera de este bar es una persona diferente, y me encantaría que pudieras ver ese lado suyo.

—¿No te preocupa que tenga «lados»? —Mi padre arquea una ceja y me mira de hito en hito mientras me encojo de hombros casi sin fuerzas—. O sea que, cuando está aquí, pega a la gente sin motivo, pero se supone que, cuando me dices que es capaz de tratarte con respeto en los demás sitios, ¿tengo que creérmelo? Podrías haber salido herida esta noche cuando la pelea que ha iniciado se ha convertido en una batalla campal. ¿Crees que le habría importado? ¿Que se habría dado cuenta? Parecía que eras lo último en lo que pensaba cuando tendrías que haber sido lo primero.

—No estoy diciendo que lo que ha pasado esta noche esté bien. Y no sé cómo voy a gestionarlo, pero lo último que necesito ahora mismo es discutir contigo también.

A mi padre se le tensa la mandíbula.

—¿Has discutido con él? ¿Qué te ha dicho?

—Nada. Ese es el puto problema. —Me froto los ojos llorosos y agotados—. He intentado que me contara lo que ha pasado. Quizá sea culpa mía, soy yo la que quiso poner límites. Que lo nuestro fuera una relación estrictamente profesional de padres corresponsables.

—Y eso no le gusta.

No, no le gusta. Pero porque me pidió que saliera con él y lo rechacé sin rodeos. Y, antes de la pelea, me había pasado toda la noche arrepintiéndome de ello.

—No es el tío horrible que haces que parezca, papá. No creo que siempre tome las decisiones más adecuadas en el calor del momento. Pero… está claro que yo tampoco. —Me miro la barriga prominente—. Cuando estamos juntos, es un hombre distinto por completo. Chase hace todo lo que le pido y, por lo general, ni siquiera tengo que pedírselo, porque él ya se ha encargado de ello por mí. Es muy bueno conmigo, papá. Demasiado bueno. Como alguien a quien quizá pueda llegar a amar, y eso me tiene cagada de miedo. Por eso le dije que necesitábamos límites. Me asustaba lo que pudiera pasar si empezaba una relación con él e implosionaba. Que… supongo que es lo que ha sucedido esta noche.

Me pongo una mano en la rodilla, que no paro de mover arriba y abajo con nerviosismo, y dejo que las lágrimas me corran libremente por las mejillas. Me ruedan por la barbilla y me dejan manchas húmedas en la camisa verde oscuro que a duras penas me contiene la barriga. Al cabo de un minuto o así, me limpio la nariz y lo miro a través de la neblina de las lágrimas, a la espera de que continúe con el sermón.

—Sé que no puedo decirte lo que tienes que hacer, pero debes tomar una decisión respecto a si esta es la situación en la que quieres estar. Tengo la corazonada de que no será la última vez que Red te haga llorar en mi bar si intentas mantener cualquier tipo de relación con él.

—Quizá lleves razón. Pero… yo tengo la corazonada de que ha ocurrido algo más cuando le ha dado el puñetazo a Landon. Para empezar, ese tipo es un imbécil. Y luego todo lo que ha pasado entre nosotros… No sé. Necesito pensar.

Él asiente despacio.

—Bien. Piensa en todo esto, Cassie. Y recuerda que ahora también tomas las decisiones por tu hija.

—Ya, ya lo sé. Esta mierda no sería tan complicada si no estuviera pensando en ella.

24
Cassidy

Si después de romper con Derek creía que estaba en mi peor momento, es que era imbécil. Perder a Chase me ha dejado jodidísima, y eso que ni siquiera era mío.

«Podría haberlo sido. Casi lo fue».

Tendría que aceptar que es un hombre con problemas y lleno de ira y que no es responsabilidad mía arreglarlo. Siempre ha sido así, desde que lo conozco, y resulta absurdo pensar que cambiará de repente solo por mí. El sexo es increíble, pero tampoco creo que tenga una vagina mágica capaz de resolver décadas de traumas emocionales. De hecho, no puedo evitar tener la sensación de que, en parte, he contribuido a agravar su estado.

—¿Esto es una intervención?

Miro a Shelby, luego a Blair.

A lo largo de los dos últimos días, he visto unos cuatrocientos episodios del programa de telerrealidad *Intervention*, así que reconozco una cuando la veo. Shelby suelta un montón de aperitivos delante de nosotras y se sienta en el sofá. Va muy mona, vestida con unos leggings y una camiseta con agujeros de un grupo de música, con el pelo recogido con un coletero rosa chillón. Yo, en cambio, soy el trol del pueblo. La mayoría de mi ropa normal ya no me vale, así que llevo un pantalón de chándal extragrande, una camiseta XXL de hombre que me regalaron con una caja de cervezas y la sudadera con capucha de Chase. Me he recogido el pelo en un moño despeinado, pero no de los bonitos.

—Si en eso es en lo que te hace pensar tu mente cuando tus dos mejores amigas quieren disfrutar de una noche de chicas, lo más probable es que la necesites.

Blair sonríe en la pantalla de mi teléfono, que está apoyado en la mesita de centro, mirando hacia Shelby y hacia mí.

—Queríamos pasar un rato contigo antes de que recuperes la cordura y empieces a dejarnos tiradas otra vez por el padre de tu bebé —dice Shelby mientras sirve dos espumosos vasos de cerveza de raíz—. Cosa que apoyamos totalmente, por cierto. Hacéis buena pareja.

—Ni siquiera sé si volveremos a ser amigos. Si no me hubiera quedado preñada por accidente, él y yo no habríamos acabado juntos por nada del mundo. Y creía que había cambiado, pero puede que no fuese más que una fachada.

—Escúchame.

Blair se mete una patata frita en la boca y la mastica con aire pensativo.

«Está claro que esto es una intervención».

—¿Y si es un buen tipo que ha cometido un error? O, aún más loco, ¿y si le pegó un puñetazo a Landon Wiebe porque se lo merecía? A ver, ¿por qué te pones de parte de un trozo de queso mohoso antes que de parte del chico del que estás enamorada?

—No me estoy poniendo de parte del queso mohoso. No puede decirse que tenga el mejor historial a la hora de elegir a hombres decentes con los que salir. Y ahora, con lo de las hormonas y que él andaba por aquí a todas horas…, quizá esas sean las únicas razones por las que me gusta Chase.

Blair se encoge de hombros.

—Sí, puede ser. Pero ¿y si no es así y te estás autosaboteando porque tienes miedo de que te vuelvan a hacer daño?

—Uuuf, ahí te ha pillado —interviene Shelby, que me agarra por el hombro para darme una pequeña sacudida—. Algunos tíos son unos cabrones infieles, eso es así. Pero no renuncies a todos los hombres por miedo.

—No me da miedo que me ponga los cuernos. Es que… No quiero estar con alguien si creo que no puedo confiar en él al cien por cien.

—Lo entiendo, pero, por otro lado… A veces la gente mete la pata. No creo que un error grave signifique que debas pasar por completo del hombre con el que vas a tener una hija.

Shelby hace una mueca y me mira con los ojos entornados mientras me arrebujo más las piernas con la manta.

—Tener un bebé con alguien no es razón suficiente para salir con esa persona. Dudo que ninguno de los dos nos sintiéramos así si no hubiese una criatura de por medio.

Shelby se aclara la garganta como si se estuviera preparando para atacarme.

—Creo que no me equivoco al decir que tus sentimientos son mucho más profundos de lo que eres capaz de reconocer. Sin él estás depre, y odiamos verte así. Tienes que recuperarlo.

—No estoy «depre». Estoy embarazada y gorda, y me duele la espalda a todas horas y es invierno. Es perfectamente aceptable sentarse en el sofá y darse atracones de telerrealidad todo el día.

Tras una exhalación frustrada, Blair suelta:

—Cass, te lo digo con todo el respeto y el cariño del mundo: cierra la puta boca. Puede que tú estés lo bastante trastornada como para creerte tus propias gilipolleces, pero a nosotras no nos engañas. Eras mucho más feliz cuando lo tenías cerca. Y tú serías la primera en llamarnos la atención si nos estuviéramos comportando de una forma tan patética.

—No podíamos tener ni una sola conversación, y lo digo de manera literal, sin que nos hablaras de él y de todas esas mierdas tan bonitas que hacía por ti. Hay chicas que matarían por eso. Qué leches, yo mataría por lo que tenéis —dice Shelby.

Con los ojos cerrados, bebo un sorbo de cerveza de raíz y paso de las dos mientras siguen enumerando las razones por las que soy una idiota por no aprovechar la oportunidad de salir con Chase. Lo cual es una puta locura. No hace mucho, me habrían organizado una intervención para convencerme de lo contrario si les hubiera comentado que me apetecía salir con él.

A pesar de mí misma, me gusta Chase. Si me lo permito, también me imagino queriéndolo. Es total y devastadoramente aterrador. Se suponía que iba a terminar con un buen chico de fuera del pueblo, un tío con una casa propia, un trabajo que no hiciera que oliese a sudor y a animales con pezuñas, y cero ganas de meterse en una pelea de bar. Un chico que no me obligara a tener que convencer a mi padre de que lo tolerase.

Vuelvo a centrarme en la voz de Blair.

—En teoría, tampoco incumple tus tres reglas. No se ha acostado con ninguna de nosotras, lo conoces desde la escuela primaria y no va a La Herradura.

Pongo los ojos en blanco.

—No cuenta, y lo sabes. A la escuela primaria se va casi en pañales. Y era un habitual del bar hasta que nos acostamos.

—Eso, en todo caso, debería contar más. Solo hay un bar en el pueblo y Red dejó de ir para tenerte contenta.

Shelby frunce la nariz y me mira para ver si sus tácticas están funcionando. Aprieto los labios.

—Hasta la otra noche, y se comportó como un gilipollas.

25
Red

*Treinta y dos semanas
(la bebé tiene el tamaño de una caja de dónuts)*

Casi todo lo que hacemos en el rancho, lo hacemos a caballo. En parte porque ayuda a proteger el suelo, los delicados pastos autóctonos y los numerosos arroyos que cruzamos a diario. Pero, sobre todo, porque el abuelo Wells nos daría una paliza tremenda si descubriera que sus vaqueros no están siendo vaqueros de verdad.

La época de parición supone la única excepción. Cuando estamos a treinta grados bajo cero, doy gracias por la camioneta cutre del rancho, que tiene los asientos de cuero rotos, la radio estropeada y un trozo de cartón sujeto con una brida al radiador para ayudarla a calentarse. Sentado en el asiento del pasajero, Denny intenta evitar que se le derrame el café mientras la vieja tartana traquetea por el camino de tierra.

—¿Es que nadie te ha enseñado a conducir?

Sostiene la taza delante de él y, a la tenue luz de nuestros faros de mierda, trata de adivinar dónde podríamos encontrarnos el siguiente bache.

—Has sido tú el que ha querido ir ahí sentado como una princesita. Te cambio el sitio cuando quieras, a ver si así puedo dormir cinco putos minutos más. Últimamente, si duermo tres horas por noche, es que he tenido suerte.

La camioneta pasa por encima de una piedra grande y el café caliente le salpica el brazo a Denny. Puede que haya sido solo un poquito a propósito. Mete la taza a lo bruto en el portavasos y me lanza una mirada asesina que es imposible tomarse en serio con la sonrisa que le asoma a los labios.

—Sigo sin entender por qué le estás dedicando tanto tiempo a un regalo de Navidad… y casi un mes después de que haya pasado la Navidad, a todo esto. Creía que no habíais vuelto a hablar desde la pelea con Landon Wiebe.

—No hemos hablado. Pero, aun así, es algo que quiero hacer por ella. Está convencidísima de que tendrá que renunciar a todo por la bebé, y yo no quiero eso. Se merece tener las cosas que la hacen feliz. Aunque no quiera volver a hablarme, deseo hacer cosas bonitas por ella. Está claro que construirle esta cosa desde cero es un trabajo de la hostia, pero ella se lo merece, tío.

Frunce tanto el ceño que me resulta obvio a pesar de la oscuridad.

—Ten cuidado. Si intentas volver a besarte el culo así, lo mismo te rompes la espalda. A mí sí puedes contarme que quieres hacerle ese regalo tan exagerado para recuperarla. No me chivaré.

—Perfecto. Pues digamos que lo estoy haciendo por eso.

Unos kilómetros más arriba de la entrada principal del rancho, Denny está a punto de volver a derramar el café cuando la camioneta pasa por encima de una zanja cubierta con una reja, de las que impiden que el ganado cruce, cerca del establo de parición.

—Entonces ¿quieres estar con ella? ¿Ser su pareja? ¿Hacerlo oficial? ¿No tontear con otras personas?

Cuando salgo al frío brutal, cierro la puerta de la camioneta a mi espalda con un escalofrío. Una inhalación profunda me congela las fosas nasales durante un segundo.

—Joder, ¿de cuántas maneras eres capaz de hacer la misma pregunta?

—Uy, y puedo seguir. —Abre la pesada puerta del granero y, aunque dentro del viejo edificio la temperatura no es mucho más alta, al menos las paredes nos protegen del viento helado—. No me había visto venir esta mierda. Lo tuyo con Cass. Lo tuyo con nadie. Ahora me toca ligarme a las locas de los rodeos con Colt como único compinche.

—Esa es la verdadera razón de que te interese mi vida amorosa.

—¿Vida amorosa? ¿Tan colado estás por ella?

Me mira de soslayo mientras pasamos por delante de las parideras llenas de vacas y terneros recién nacidos.

Asiento con la cabeza. Ya no tengo remedio.

—Lo es todo para mí.

Cuando Colt grita nuestros nombres desde el final del pasillo, interrumpe la conversación y capta nuestra atención.

—Buenos días. Me parece que a esta va a haber que ayudarla. Cuando me acerqué a medianoche, acababa de empezar, pero aún no ha parido, así que la he metido dentro.

Por lo general, dejamos que la naturaleza siga su curso. Cuando las cosas van bien, no intervenir en el parto es lo mejor para todos los implicados: las madres lo hacen solas e intentamos no entrometernos para ayudarlas a menos que sea absolutamente necesario.

—Genial. Red tiene que practicar lo de traer bebés al mundo, por si acaso.

Denny se escabulle antes de que me dé tiempo a procesar lo que ha dicho. Por lo que sea, si no me voy a dormir hasta bien pasada la medianoche, a mi cerebro le cuesta funcionar a las cinco de la mañana.

—Eres gilipollas. —Levanto el brazo hacia él con aire perezoso—. Ve a coger las cadenas, Colt. A esta le gusta tener terneros grandes, seguro que necesita que le demos un buen tirón a la cría desde esta parte.

—Espero que no hables así de Cass cuando llegue el momento —dice Denny, que se escabulle enseguida para que no pueda alcanzarlo.

Colt se encoge de hombros.

—Con un poco de suerte, es una buena hembra paridora.

—Colt. —Levanto la voz—. Coge las putas cadenas como te he dicho. Los dos sois idiotas; si os vais a pasar toda la mañana tocándome los cojones, me vuelvo a la cama.

Cuando me acomodo en el sofá del dormitorio de los peones poco después de las cinco de la tarde, noto que ya me pesan los párpados. Estoy a punto de terminar el regalo de Cassidy y, como sigue sin querer hablar conmigo, puedo permitirme tomarme una noche libre. Dormir decentemente, por una vez. Bueno…, no sé si «decentemente» es la palabra. No he vuelto a descansar bien por la noche desde la última vez que dormí abrazado a ella.

Rob, el odioso viejo hijo de puta, se sienta en el sillón reclinable y se echa hacia atrás mientras le da un trago a una botella de color ámbar. Segundos después, Colt se deja caer a mi lado y me pone una cerveza abierta delante de la cara.

—No, no voy a beber. —Le aparto la mano—. Ya te lo he dicho, he dejado esa mierda.

—Lo siento, tío. Se me había olvidado. —Sonríe—. Más para mí.

Rob se ríe con desdén.

—Que no vas a beber. Como si eso fuera a durarte mucho.

Podría bebérmela. Total, tampoco es que importe una puta mierda. Hace una semana desde que me tomé la última cerveza en La Herradura y no ha cambiado nada. No me he convertido de pronto en una persona nueva. Cass no se ha puesto en contacto conmigo. Al menos, tomarme unos tragos me ayudaría a olvidar durante unas horas lo desgraciado que soy.

No debería bebérmela. Porque, en caso de que Cassidy decida volver a hablar conmigo en algún momento, quiero decirle que lo estoy intentando. Y que va en serio.

Me retiro a mi habitación, como un niño que vuelve a esconderse de su padre alcohólico, y cojo el móvil por pura costumbre. Espero que Cass pase de mí, porque así es como han ido todos mis demás intentos de contactar con ella a lo largo de los últimos días.

Hoy tenías visita con el médico, no?

Cómo ha ido?

264

Cass
La niña está bien
Yo también

Tendría que haber estado contigo

Cass
Sí

Lo siento
Lo siento de verdad, joder

Cass
Lo sé
Pero ahora mismo no sé qué hacer con eso

Hablar conmigo?

Cass
El domingo?
Tengo el día libre

El domingo
Yo llevo la cena

«El domingo». Hoy es viernes y, de alguna manera, tengo que conseguir aguantar hasta el domingo. Entonces podré intentar arreglarlo. Ni puta idea de cómo, pero tengo que arreglarlo. No hay otra opción.

Lanzo el teléfono sobre la cama y me pongo a caminar de un lado a otro de la habitación con la cabeza dándome vueltas a mil por hora, intentando averiguar qué podría decirle para mejorar las cosas. Camino por el dormitorio. Camino por el pasillo hasta el baño compartido. Camino hasta la cocina después de bajar las escaleras. Vuelvo a subir. Camino en círculos por la habitación.

—¿Estás bien? —me pregunta Denny desde el sofá cuando paso por allí por tercera vez.

—Quizá. No. No lo sé, joder. Necesito aire.

Me cuesta pronunciar las palabras por culpa del nudo que tengo en la garganta y de una agónica incapacidad para llenarme los pulmones al respirar. Me siento como si una roca me estuviera aplastando el esternón. El miedo a desperdiciar mi única oportunidad de recuperar a Cassidy me asfixia.

De repente me pongo un abrigo y enfilo el camino iluminado por la luna que lleva a los establos. La nieve compacta cruje bajo mis botas y es el único ruido que se oye en todo el rancho, que por lo demás está sumido en el silencio. Cuando abro la puerta del establo, veo el suave resplandor rojo de las lámparas de calor. Con solo pulsar un interruptor, las luces del techo comienzan a zumbar y a calentarse gradualmente hasta que bañan todo el lugar con una luz de pleno día. Algunos caballos me miran con aire cansado desde las cuadras, pero me dirijo de inmediato hacia Bárbara, mi yegua favorita.

Es una incomprendida, porque tiene mal genio y toma decisiones precipitadas. No duda en tirarme al suelo si la pongo nerviosa. Y duda aún menos en disculparse cuando ha pasado el momento. Chocamos mucho y todos los días la amenazo con mandarla al matadero. Pero, cuando necesito aclararme las ideas, acudo a ella, no a ninguna de las otras nueve monturas de trabajo por las que roto.

—Hola, bonita. —Me saco un caramelo de menta del bolsillo de la chaqueta, una ofrenda de paz por ser el gilipollas que la ha despertado. Ella lo acepta encantada y luego me olisquea los bolsillos en busca de más—. No sé si estoy hecho para esta mierda. Para ser padre. Y novio. Son las dos cosas que más deseo ser en este puto mundo, pero sé que la voy a cagar. Ya la he cagado. Y ahora tal vez tenga la oportunidad de arreglarlo y ni la menor idea de por dónde empezar. Se merecen algo mucho mejor que yo.

Bárbara me mira fijamente, sin pestañear y todavía mordisqueando el caramelo, como si lo entendiera cuando a nadie le importa hacerlo.

26
Cassidy

Me meto el móvil en el bolsillo de atrás, me apoyo en la barra y espero a que mi padre termine de cerrar la caja del bar. Como Freddy ya se ha marchado, solo queda George el Desdentado, que ocupa su puesto habitual al final de la barra.

—Papá, esto está muerto, ¿te importa que me vaya antes?

Recorre de un vistazo el local vacío y asiente.

—Claro que no, cariño. Ve a descansar.

El viento helado sopla con fuerza y se me mete por el cuello y la espalda a pesar de llevar puesto un abrigo de invierno. Me subo el plumífero acolchado hasta las orejas y la nariz, y camino arrastrando los pies por el hielo hasta el coche. El motor y yo nos estremecemos al unísono cuando arranca, y me saco el móvil del bolsillo para releer los mensajes de texto que me han llevado a querer salir antes del trabajo.

Denver
No sé qué estará pasando entre Red y tú,
pero puedes arreglarlo, por favor?

Empiezo a preocuparme un poco, la verdad

Primero se entera de que su padre se está
muriendo. Ahora tiene problemas contigo
Apenas duerme. Y lleva horas él solo dentro del establo

Se ha enterado de que su padre se está muriendo y no me lo ha dicho. El golpeteo sordo que siento en el pecho se convierte en una ausencia completa y desesperada cuando el corazón se me hunde en la boca del estómago.

Antes de que yo levantara las murallas y lo dejase fuera de ellas, hablábamos de todo. A altas horas de la noche, en la euforia brumosa de mi cama —justo después del sexo y justo antes de quedarnos dormidos—, compartíamos nuestros secretos.

Él conoce todos mis miedos acerca de convertirme en madre y sobre no llegar a ser nunca nada. Yo conozco el origen de todas las cicatrices de su cuerpo. Veinte. Veinte cicatrices visibles son consecuencia directa de su padre. No hay manera de saber cuántas lleva en el alma.

Sé todo eso, pero ahora ni siquiera me cuenta algo tan importante como que va a perder a su padre. Aunque ¿por qué iba a contármelo? Lo aparté de mí a la fuerza en cuanto las cosas comenzaron a ponerse demasiado serias.

Me quedo mirando el móvil durante menos de un segundo antes de empezar a toquetear la pantalla con los dedos congelados.

Sin pensármelo dos veces, me detengo ante la única señal de stop del pueblo y giro hacia la carretera del Rancho Wells. Treinta kilómetros de una calzada llena de baches y nieve que rezo para que mi coche sea capaz de aguantar. Nada de música, tengo que concentrarme. Los neumáticos de invierno con clavos crujen y rechinan sobre la nieve espesa mientras subo la colina para salir del pueblo y persigo la luna lejana. Los faros rebotan sobre las mantas nevadas que cubren los árboles del arcén, que serpentea por la ladera de la montaña.

Chase hacía este trayecto casi todos los días. Por mí. Por la bebé. Se partía el lomo desempeñando un trabajo manual y montando a caballo desde la salida hasta la puesta del sol. Conducía por esta carretera irregular, llena de baches y ventosa para llegar a mi casa. Hacía la cena. Ayudaba a limpiar. Me daba los mejores orgasmos de mi vida. Luego se despertaba antes del amanecer para volver al rancho. Y volvía a repetirlo todo. Estuvo así durante semanas. Nunca se quejó ni me pidió que fuese yo la que se moviera.

—Soy una gilipollas.

Le doy un manotazo al volante. Enrosco los dedos en torno al cuero y aprieto hasta que los nudillos se me ponen blancos.

Me sentía agradecida. Sabía que lo que estaba haciendo por mí era importante y no pretendía dar nada de eso por seguro. Pero al seguir su estela —al conducir esta distancia para verlo después de un largo día de trabajo y con toda la intención de atender hasta la última de sus necesidades cuando llegue—, me he dado cuenta de que soy una persona horrible por haberlo apartado.

Nunca he estado en el Rancho Wells, a pesar de que me he criado en Wells Canyon, que, como es obvio, comparte nombre con la familia que levantó tanto el rancho como el pueblo. El alcance de los Wells se extiende mucho más allá del enorme rancho ganadero que gestionan Austin, Jackson y Denny. Siempre hay miembros de la familia ampliada involucrados en casi todas y cada una de las facetas de Wells Canyon, y en todo momento hay al menos un niño Wells tanto en la escuela primaria como en el instituto.

Corono la cima de una loma con el coche y el rancho aparece ante mi vista. Un cartel de madera se balancea, suspendido al menos a seis metros de altura, y cubre todo el ancho del camino de entrada. Tiene tallados el nombre y la marca del Rancho Wells, la misma marca que Chase tiene grabada a fuego en el pecho. La he recorrido tantas veces con la yema de los dedos que soy capaz de imaginarme a la perfección el tacto de su piel suave sobre la mía.

El camino de entrada pasa zigzagueando junto a una enorme casa blanca sin una sola luz encendida. Con la decoración de Navidad aún puesta, todos los balaustres de la barandilla del porche están envueltos en guirnaldas y luces centelleantes. Continúo avanzando y dejo atrás una construcción de dos plantas, parcialmente terminada, que debe de ser la nueva casa de Austin y Cecily. Las luces de todos los edificios están apagadas, cosa que no es de extrañar, teniendo en cuenta que es más de medianoche. Estoy a punto de darme la vuelta e irme a casa, de fingir que no se me ha ocurrido venir hasta aquí sin que nadie me invite, como si estuviera loca, cuando veo un resplandor naranja alrededor de los bordes de la puerta doble de un establo. Aparco el coche junto a la camioneta de Chase y salgo a la noche fría.

En Wells Canyon, donde hay menos de una decena de farolas, tenemos una vista maravillosa del cielo estrellado. Desde luego, mejor de la que he visto en Vancouver cualquiera de las veces que he ido a visitar a Blair. Pero ¿aquí en medio? Inigualable. Como si Dios se hubiera venido arriba mientras pintaba las estrellas: destellos de blanco que apenas dejan negrura en el cielo. La luna está tan baja que besa las copas nevadas de los árboles y me ilumina el camino hacia el establo.

Me arrebujo bien en el abrigo y sigo un sendero muy trillado. No estoy segura de si daré con Chase y tampoco sé qué voy a decirle si lo encuentro, pero tengo que intentarlo. Cuando tiro de ella, la manilla metálica de la puerta se me pega a la mano sudorosa. Se abre solo un poco, así que tiro con más fuerza. El abrumador olor a caballo está a punto de echarme para atrás cuando la puerta se desliza por la guía superior.

Aunque está de espaldas a mí, el pelo de color caoba y la forma en la que está apoyado contra la entrada de la cuadra me dicen que es él. Es la misma postura que adopta cuando se apoya en el marco de la puerta de mi habitación. La cadera hacia un lado, la mano en el bolsillo y todo el peso volcado en la pared. En mi casa suele lucir una sonrisa arrogante mientras me mira vestirme… o desvestirme, según la hora del día. Pero esta noche dudo que esté sonriendo, y apenas oigo su voz cuando habla con un caballo.

—Chase.

Cierro la puerta detrás de mí. Se vuelve para mirarme con una sonrisa tibia y vacilante.

—Eh, hola.

No hace ningún movimiento para acercarse a mí, se mantiene reclinado contra la pared como si eso fuera lo único que lo mantiene en pie. Corro hacia él por el pasillo de cemento del establo y le meto los brazos por dentro del abrigo de trabajo sin abrochar para rodearle la cintura. Me acaricia el pelo con una mano y luego me la coloca en la nuca y me atrae hacia él. Un movimiento que ya ha hecho muchísimas veces. Le entierro la cara en el cuello y me permito inhalar profundamente. El olor de su piel me tranquiliza tanto como volver a casa, me estabiliza el ritmo cardiaco y me quita de encima todo el peso del día. Si alguien me hubiera dicho que un día conduciría nada menos que hasta el Rancho Wells solo para olerlo, que un día este hombre sería el responsable de que esté experimentando unos sentimientos tan grandes, le diría a esa persona que está loca y le daría una patada en la espinilla, por si acaso.

—Has venido —me dice—. Creía que no librabas hasta el domingo.

—Claro que he venido. Denny me ha contado lo de tu padre. —Apoyo una mejilla en su clavícula—. Lo siento. Siento que hayas tenido que lidiar con esto solo. ¿Estás bien?

—Sí, muy bien.

«Mentira».

—¿Estás bien? —repito tras levantar la cabeza para mirarlo—. En serio.

Baja la mirada hacia el suelo y coge una gran bocanada de aire antes de hablar.

—No lo sé. Y cómo odio no saberlo, joder.

—Es normal que no estés bien. Aunque tu padre no fuera quien tú merecías que fuese… —Saco una mano de la calidez de debajo de su abrigo y le acaricio la áspera barba incipiente de la mandíbula, como rogándole que me mire—. Puedes estar enfadado con él y, aun así, sentirte triste porque vaya a morirse. No todo tiene que ser blanco o negro.

—Sí, está claro que en este caso no hay ni blancos ni negros.

Saca la lengua para lamerse los labios, y el inferior le queda reluciente.

—No suele haberlos nunca.

Me recuesto sobre él, me deleito en los movimientos de subida y bajada del anchísimo pecho, en la sensación de la mano que me sujeta la cabeza contra él.

—¿Crees que soy como él? —susurra las palabras contra mi pelo y el calor de su aliento me recorre el cuello con un estremecimiento.

—No. —La respuesta me sale rápido porque no, no creo que sea como él. Ni un solo resquicio de mi corazón cree que sea como su padre. Me enrollo la tela de su camiseta alrededor de los dedos, lo quiero más cerca—. ¿Y tú?

Traga saliva y noto el movimiento de su nuez en mi sien. Habla con la voz pesada y entrecortada.

—No lo sé. Quizá. No es ni blanco ni negro.

—¿Por qué pegaste a Landon Wiebe?

Guarda silencio. Lo único que se oye a nuestro alrededor es el lento ronquido de los caballos dormidos.

—Chase, dímelo. Me niego a creer que lo hicieras solo por buscar la emoción de una pelea. Pero necesito saber la razón. Después de la que montaste, merezco saberla. Me ha costado concederte el beneficio de la duda porque aquella noche me apartaste de ti enseguida. Por favor, dime la verdad.

—Dijo unas cuantas mierdas repugnantes sobre ti, sobre nosotros, sobre Potatita. Se lo advertí, pero… —Le tiembla la voz, la respiración se le agita de repente, como si estuviera reviviendo aquel terrible episodio—. En cualquier caso, lo siento. No me arrepiento de haberle pegado porque es un hijo de puta y se lo merecía. Pero sí me arrepiento de haber empezado una pelea en el bar, de haber cabreado a tu padre y de haberte dejado tirada con las consecuencias de mis gilipolleces. Debería haber sacado a ese imbécil del bar. No tendría que haberme marchado después. Me comporté como un gilipollas y un puñetero cobarde.

Me rodea los antebrazos con las manos y me los coloca a

los costados. Después da unos pasos atrás y me deja sola, fría y preocupada de que venir hasta aquí haya sido un gran error. Quizá haya esperado demasiado para hablar con él.

—Dave me dijo algunas mierdas que quizá no fueran del todo ciertas, pero me rayé y me afectaron. Y no… No podía enfrentarme a ti en esas circunstancias. Puede que no sea tan malo como mi padre, al menos de momento, pero no soy perfecto. —Se encoge de hombros, casi sin fuerzas, y después deja que se le hundan aún más que antes. Parece a punto de fundirse con el suelo de cemento, como si tuviera el cuerpo demasiado agotado como para molestarse en seguir manteniéndose en pie. Quiero que me deje sostenerlo—. Si no estuvieras embarazada, ni siquiera me mirarías dos veces. Joder, incluso ahora, podrías pasar de mí y encontrar a un chico que fuera perfecto para ti. Alguien que pueda darte todo lo que quieres. Alguien sin una infancia jodida y una reputación de mierda. Eso es lo que la niña y tú os merecéis. A cualquiera menos a mí.

Trago la saliva que se me ha ido acumulando en la garganta durante todo el rato que ha estado hablando. Tiene los ojos tan grandes, anhelantes y llenos de amor… Se pasa una mano por el pelo y luego se la deja posada en la nuca, sin romper el contacto visual conmigo en ningún momento. No me acuerdo del aspecto de Joe Thompson, pero estoy segura de que él nunca ha mirado con tanta pasión a nada que no sea el alcohol.

Doy un paso hacia él y abro la boca.

—Estás…

—Cass, por favor. No he terminado. Solo…

Asiento despacio, pero no retrocedo. El espacio que nos separa está caldeado, cargado de emoción. Si me tropiezo ligeramente hacia delante, chocaré con él. Si balanceo el brazo por los nervios, nuestras manos se rozarán.

—Vale. Tómate todo el tiempo que necesites, ya hablaré cuando digas que has terminado.

—Ya no bebo. La noche de La Herradura fue la gota que colmó el puto vaso; no he vuelto a probar el alcohol desde entonces. Sé que todavía no ha pasado mucho tiempo, pero juro que es para siempre. No porque crea que soy adicto, como mi padre, sino porque no me gusta lo mucho que me parezco a él cuando he bebido o cuando estoy en el bar de tu padre. Sé que tengo mal genio en el mejor de los días, y hay algo en ese ambiente que… Soy incapaz de contenerme. Es como que… me desconecto. Y cada vez que bebo, oigo una vocecita en la cabeza que se plantea si ha llegado la hora. Si esa es la cerveza que me hace superar el límite y me transforma en él. Si una cerveza más me convertirá en un alcohólico como él o si me emborrachará lo suficiente como para hacerle daño a alguien a quien quiero. Y… —Los músculos tensos del cuello se le estiran y encogen cuando traga con dificultad—. Ya no puedo vivir con ese miedo. No quiero que Potatita se avergüence de mí. Y, por supuesto, no quiero que tú te avergüences de mí ni que tengas que cargar con mis mierdas. Antes no me preocupaba nada de todo esto. Me daba igual lo que pensaran de mí. No me importaba ser una decepción… Un tío que solo valía para cagarla… Un perdedor.

—Eso no es… —empiezo, pero su mirada de ojos entornados me interrumpe.

Hago el gesto de cerrarme los labios con una cremallera y asiento con un gesto para que continúe.

—Perdona. Llevo toda la puta vida dándole vueltas a esta mierda en la cabeza y quiero decírselo en voz alta a alguien que no sea Bárbara. —Señala a la yegua que hay en la cuadra de al lado. Tras una exhalación larga y temblorosa, continúa—: Era mi personalidad, aunque no siempre me gustara. No me importaba tanto como para tomarme la molestia de cambiar. Pero entonces me dijiste que estabas embarazada y ahora ya no quiero ser esas cosas… Lo que más deseo en el mundo es no hacer nada de lo que haría mi padre. Por cierto, no te estoy contando todo esto para recuperarte ni para hacerte sentir mal por mí. Solo quiero que sepas que lo lamento y que estoy intentando mejorar.

Me restriego los ojos y contengo el sollozo que me sube por la garganta. Me muerdo el labio inferior para evitar que me tiemble y lo miro fijamente a través de las pestañas. Espero a que asienta con suavidad para indicarme que ha terminado.

—No he venido porque quisiera una disculpa. He venido por ti. Para asegurarme de que estás bien. Puede que tú pienses esas cosas sobre ti, pero yo no. Sé que después de la noche del bar, no parecía convencida. Bueno, sinceramente, no estaba convencida. Y eso fue una cagada por mi parte, porque te conozco. Conozco la parte de ti que la mayoría de la gente no se molesta en conocer. Tendría que haber confiado en que no harías algo así sin una buena razón.

—No te dije la razón porque daba igual. No hay excusa que justifique que te ponga en una situación así. Me pareció que tu odio era una consecuencia merecida después de haberte avergonzado, después de haberte hecho daño y haberme largado.

—Ojalá me lo hubieras dicho. No porque crea que así me habría enfadado menos. Pero merecía saberlo, merecía que hablaras conmigo.

Un escalofrío me recorre la piel.

—¿En serio? Porque tú tampoco me hablabas. —Tiene los ojos enrojecidos y vidriosos cuando los levanta hacia los míos—. ¿Dónde estabas?

—¿Qué?

—Antes del numerito del bar, no querías saber nada de mí. Así que, sí, supongo que podría haber hablado contigo de estas mierdas cuando me acorralaste en el aparcamiento, pero me habías dejado bien claro que ya no teníamos ese tipo de relación. Te fuiste de viaje y, básicamente, desapareciste como por puto arte de magia. Lo entiendo, no quieres salir conmigo. Tu rechazo no me pilló por sorpresa, aunque no me sentase muy bien. —Se le contrae la cara como si acabara de abrirse una herida reciente—. Joder, ni siquiera querías que la gente se enterara de que nos habíamos acostado hasta que se hizo casi imposible continuar guardando el secreto. Pero no te lo reprocho, porque sé que no soy tu primera opción.

Chase deja caer las manos a los costados con un golpe brusco.

Me enjugo una lágrima de la mandíbula y sigo subiendo la mano para masajearme la sien con lentitud. Si no me hubiera dejado llevar por el pánico y no lo hubiera echado por completo de mi vida, las cosas seguirían estando bien. Seguiríamos siendo amigos. Seguiríamos disfrutando de un sexo increíble. Y yo seguiría empeñada en fingir que no me estoy enamorando de él.

—Que antes no quisiese que la gente se enterara no significa que ahora piense lo mismo. Sé que debería haber sido sincera sobre lo nuestro mucho antes, en lugar de hacerte creer que estaba avergonzada. Porque no lo estoy.

—¿Puedo serte franco? —Saca la lengua un instante para lamerse los labios y me abrasa con la mirada—. Nunca quise ser tu puto amigo, ni tu amigo con derecho a roce, ni tu puñetero padre corresponsable. Pero me conformaría con cualquiera de esos títulos si eso significara volver a prepararte la cena, ver programas de telerrealidad de mierda en tu sofá y quedarme dormido a tu lado. Estar presente en tus citas con el médico y fulminar con la mirada al doctor Capullo, no recibir un mensaje después. Quiero cogerte de la mano mientras tienes a nuestra bebé y ver cómo se te iluminan los ojos cuando la cojas por primera vez. Quiero cuidar de ti para que tú puedas cuidar de ella. Joder, hasta quiero cambiar un pañal cagado a las dos de la mañana.

Bajo la mirada y dejo que las lágrimas salpiquen el suelo polvoriento.

—Y es una putada saber que tal vez tuviera todo eso antes de abrir la bocaza y sugerir algo tan risible como…

Se le entrecorta la voz y coge una bocanada de aire agitada y nerviosa. Se tapa la boca con el puño y exhala con fuerza por la nariz.

—No pretendía hacerte daño. Intentaba no complicar las cosas más de lo que ya lo estaban. Quería volver a lo que éramos antes de empezar a acostarnos.

—Si eso fuera cierto, podría haberme conformado con que las cosas no hubiesen salido como yo quería. Como ya te he dicho, ni siquiera esperaba que aceptaras que fuéramos algo más cuando te lo pedí. Pero no hemos sido amigos. Ni siquiera hemos sido putos padres corresponsables, la verdad. Me mandaste un mensaje de «todo va bien» después de la visita médica y se acabó, nada más.

Me estoy destrozando el interior de la mejilla a mordiscos,

peleándome conmigo misma porque no sé qué decirle. Teniendo en cuenta que he pasado varios días sola para pensarlo —aparte de un trayecto de una hora en coche hasta el rancho—, debería tener una vaga idea de lo que quiero contestarle.

Sin embargo, sigo sentada en una valla endeble, astillada y tambaleante. Es imposible saber hacia dónde saltaré o caeré. Si Chase me cogerá o si me abriré la cabeza contra el cemento como si fuera un huevo cocido.

—Perdóname —digo al fin con la voz ronca justo antes de que se me salten las lágrimas.

Me froto los ojos con fuerza y me embadurno las manos, y supongo que la cara, de rímel negro.

Antes de que la valla se derrumbe bajo mi peso, salto hacia el lado que me parece correcto, en el que hay una probabilidad razonable de aterrizar con seguridad, cómodamente. Y en sus brazos.

—No quiero que seamos amigos. Quiero… —una respiración agitada me traquetea en el pecho— las mismas cosas que tú. Te dije que necesitaba límites porque me gustas y me asusté. Cuando me propusiste lo de estar juntos, me entró el pánico. En realidad tendría que haber hablado contigo, pero me preocupaba mucho que me gustaras solo por las hormonas del embarazo, o que te estuvieras portando tan bien conmigo solo porque llevo a tu bebé dentro. O que nos forzáramos a estar juntos por las circunstancias y nos atrajéramos porque no nos quedaba más remedio. No quería que Potatita fuese la única razón de que fuéramos pareja. Después de la pelea en el bar tuve miedo… y no de ti. Miedo de tener que mantener esos límites para siempre porque, Dios, no quería hacerlo. Solo necesitaba tiempo para poner en orden todos mis sentimientos y determinar si mis temores eran infundados. Y lo son, ¿verdad?

Los segundos que transcurren entre que termino la frase y él abre la boca son una caída libre. Nunca he hecho paracaidismo, pero imagino que el estómago en la garganta, el torbellino en el cráneo y el pánico en el pecho es lo que sientes mientras caes en picado hacia la tierra.

Chasquea la lengua.

—Dímelo tú.

—Creo que no habríamos acabado aquí de no haber sido por Potatita, pero que esa ya no es la razón de que sienta algo por ti. Funcionamos como pareja, tenemos sentido y encajamos de una manera que nunca he experimentado. Eres mi primera opción. Eres lo bastante bueno, Chase.

Aparto la mirada de sus ojos durante una milésima de segundo. Y entonces me pone la mano en la mandíbula y me tira de la barbilla hacia arriba con un movimiento brusco, suplicándome que lo mire.

—Puede que sí que estés poseída por las hormonas, porque creo que cualquiera de las personas a las que conocemos estaría de acuerdo en que no soy lo bastante bueno para ti.

—¿Y qué importa lo que piense cualquiera que no seamos tú y yo? Ojalá hubiera sabido mucho antes quién eres en realidad. Te pido perdón por eso.

Niega con la cabeza en un gesto de escepticismo.

—Ni siquiera sé si soy capaz de ser un buen hombre. Jamás me han importado una mierda las cosas… hasta que llegaste tú. Pero quiero mejorar para mis chicas. Quiero llegar a mereceros algún día.

Sus palabras me aceleran el corazón de tal forma que ya no puedo impedir que mi cuerpo se abalance sobre el suyo. La barriga es lo primero que impacta y hago una mueca, preparada para que se fastidie ese instante. Con un suspiro satisfecho, Chase se reclina sobre ella y me pone una mano en la parte baja de la espalda para que no me aleje.

Cierra los ojos y contiene cualesquiera que sean los pensamientos que se le están pasando por la cabeza. El vapor de nuestros respectivos alientos llena el espacio que se estrecha rápidamente entre ambos y, a pesar de ello, no tengo nada de frío. Unas brasas ardientes se me extienden bajo la piel, prendidas por el tacto de Chase y cada vez más vivas. Cuando se agacha, le rodeo el cuello con los brazos obedeciendo a un instinto y tiro de él hacia mí.

Su boca se cierne sobre la mía y se detiene a menos de un centímetro de distancia.

—Hay que levantar la prohibición de los besos.

—Mmm.

Puede que mi cerebro me esté gritando «¡Bésalo!», pero mi cuerpo se mueve a cámara lenta. Su proximidad me tiene paralizada, presa de una emoción y una necesidad abrumadoras.

—Siempre ha sido una norma absurda de cojones.

Despacio y prestando atención al detalle, me roza los labios con los suyos, como si fueran acuarelas que difuminan aún más las líneas duras, los límites que estaba convencida de que necesitábamos.

—De acu...

Antes de que pueda acabarla, se traga la palabra con un beso apasionado que hace que me tiemblen las rodillas. Se me escapa un suave gemido gutural y me aprieta los dedos contra la espalda. No se parece en nada al incómodo beso que nos dimos en la pista de baile del rodeo. Ni al beso tórrido y brusco del capó del coche. Esta vez está lleno de devoción: es un beso que llevamos demasiado tiempo imaginando, esperando. Esta noche, ambos estamos decididos a sacar lo mejor de este momento.

27
Cassidy

Me desliza la mano que le queda libre por encima de la oreja y me la enreda entre las ondas despeinadas. Después me agarra por la nuca y me aprieta con tanta fuerza contra él que no hay espacio ni para respirar. Me besa como si yo fuera su única fuente de oxígeno.

Noto la suavidad del vello de la nuca de Chase bajo la yema de los dedos. Y la de la piel de debajo de su camisa cuando le meto las manos por dentro para acariciarle el vientre. Un gemido le ocluye la garganta y me empuja con las caderas. Me pone las dos manos fuertes en el culo y me acerca hasta que su muslo queda atrapado entre los míos. Me roza cada vez que me contoneo con suavidad, pero no me proporciona la fricción suficiente como para satisfacer mi deseo.

Para cuando nos separamos, tengo los dedos del color de una remolacha por culpa del frío y me hormiguean los labios. A pesar del zumbido que emite, el calefactor que tienen instalado en el techo no es ni por asomo suficiente para evitar que las extremidades se me conviertan en polos. Y estoy entumecida hasta la médula, salvo por el fuego que siento en lo más profundo de mi ser, que me está diciendo que me folle a Chase en el establo y que me preocupe de los dedos congelados más tarde.

—Encanto, tenemos que marcharnos de aquí. Estás temblando como una hoja y te castañetean los dientes.

Me frota los brazos y los hombros vigorosamente con las manos, me posa los labios con delicadeza en la frente.

No quiero irme a casa. Deseo quedarme aquí más que nada en el mundo. Qué coño, incluso dormiría en su barracón del Campamento de Boy Scouts si eso significara no separarme de él.

—¿Pu… puedo quedarme contigo? Estoy cansada, el viaje es largo y las carreteras están…

—Es obvio que vas a quedarte aquí. —Sonríe y me besa la punta helada de la nariz—. Aunque las cosas no hubieran salido como acaban de salir, jamás habría permitido que volvieras conduciendo a casa esta noche.

—Ya, claro. ¿Dónde dormiría? No tengo valor para echar a Denny de la litera de arriba; me da pena.

Chase se echa a reír y no deja de agarrarme por la cintura mientras nos dirigimos hacia la puerta del establo, tan pegados como si fuéramos la uña y la carne.

—Sabes que cada uno tiene una habitación propia con una cama normal, ¿no?

—Ostras, qué aburrido. —Esbozo una sonrisa pícara, con la punta de la lengua metida entre los dientes delanteros—. Lo de que un montón de tíos buenos compartieran la misma habitación me parecía más divertido, más erótico. Yo pagaría por verlo. De hecho, ¿crees que podríamos convencer a los chicos para grabar unos cuantos vídeos y subirlos a internet? Esto es una mina de oro.

—Por Dios, chica, ¿un mes sin un buen pollazo y ya has empezado a pensar en perversiones de ese nivel?

—Lo de un «buen» pollazo es mucho decir.

Me encojo de hombros con malicia y, luego, grito cuando me agarra por los hombros y me estampa contra la puerta del establo. Incluso a través del abrigo de invierno, el frío de la madera me hiela hasta los huesos. Me pone una mano a cada lado de la cabeza para acorralarme. Su expresión de depredador me inmoviliza. Y eso solo hace que me entren ganas de provocarlo aún más. Le preocupa que lo considere violento, cruel o agresivo. Pero deseo el fuego que le veo en los ojos y el tic que le crispa la mandíbula. Si no estuviera embarazada, echaría a correr solo para ver si me perseguía. Y para averiguar qué pasaba una vez que me atrapara.

Una brisa gélida se cuela a través de la rendija de la puerta y hace que incluso Chase tense el cuerpo.

—Hay que llevarte a un sitio donde haga calor.

—Creo que prefiero quedarme aquí, congelada y oliendo a mierda de caballo, a descubrir cómo es y cómo huele tu barracón.

—Las chicas lo limpian a diario, en realidad. Pero, de todos modos, esta noche te quiero solo para mí. La vieja cabaña de Cecily está vacía. Puede que no haga mucho más calor que aquí, pero encenderé el fuego.

Me agarra de la mano, apaga las luces del establo y me tapa la cabeza con la capucha antes de tirar de mí hacia la noche nevada.

Hace tanto frío que el aire ni siquiera se mueve, es como si estuviera congelado. La quietud que reina en el rancho hace que el estruendoso crujir de nuestros pies sobre el sendero compacto sea el único ruido que se oye. Creía que mi mundo era el único que estaba patas arriba esta noche, pero la ligera nevada que cae me hace pensar que el universo le ha dado la vuelta a la Tierra como si fuera un globo de nieve. Los copos se arremolinan, bailan y serpentean mientras flotan en el aire como motas de purpurina, y luego se nos posan en la cabeza y el abrigo o se unen hasta acumulárseme en las puntas heladas del pelo.

—Voy a coger un poco de leña —me dice cuando nos acercamos a un enorme montón de madera cortada.

Me suelta la mano con aire vacilante y empieza a cargarse los brazos de troncos.

—Deja que te ayude.

Lo imito antes de que pueda protestar y cojo toda la madera que puedo, aunque temo que se me caiga porque no siento nada. No sé si el entumecimiento se debe al frío o a las emociones que me corren por dentro.

Con los brazos cargados, nuestros pasos se sincronizan a la perfección mientras dejamos atrás nuestros respectivos coches y los barracones y llegamos a una pequeña cabaña de troncos.

Chase se adelanta para quitar la nieve de los escalones del porche con el pie. Después abre la puerta y me conduce al interior.

Tenía razón, no hace mucho más calor que en el establo. Aunque tampoco supondría una gran diferencia, porque estoy congelada por dentro y por fuera. Se acabó el juego para mí. Me descongelaré cuando llegue la primavera. Aunque no es cálida, la pequeña cabaña de una sola habitación tiene el potencial de ser acogedora.

—Ponte cómoda.

Chase me agarra con fuerza por los hombros y me sienta en un sofá antiguo y confortable. A todas luces consciente de que tengo demasiado frío para hacerlo yo misma, saca una manta de lana gruesa de una cesta que hay en el suelo y me envuelve en ella.

—Voy a encender el fuego y dentro de nada estaremos calentitos.

Al cabo de unos minutos, en la chimenea de piedra danzan unas llamas vibrantes que proyectan un resplandor anaranjado sobre la pequeña habitación. Se vuelve hacia mí con una sonrisa de orgullo y veo que ya no tiene los hombros tan hundidos como en el establo.

—Con un poco de suerte, el aislamiento térmico de las tuberías funciona y eso significa que hay agua caliente. ¿Nos damos un baño para entrar en calor?

Calentarme y aliviar el dolor que siento en las articulaciones con un baño caliente me parece un sueño. Estar desnuda delante de Chase no. Por mucho que desee que me bese, que me toque, que me persiga por un bosque y luego me folle contra un árbol…, hace un mes que no me ve el cuerpo. En la vida normal, eso no significaría absolutamente nada. Durante el embarazo, un mes —sobre todo en el tercer trimestre— es harina de otro costal.

—Uy, no. No puedo darme baños calientes.

«Buena tapadera».

—Ya lo sé. No pretendo cocer a Potatita. La pondremos templada. Es más agradable que quedarnos aquí sentados mientras esperamos a que se caldee la habitación. Además, te irá bien para la espalda y los pies.

—De verdad, estoy bien aquí.

Le sonrío con los labios apretados y me arrebujo más en la manta. Se me estremece todo el cuerpo cuando un escalofrío me recorre la columna vertebral y Chase arquea una ceja.

—No me mientas. Sé que te gusta bañarte. Si no quieres que te acompañe, puedes ir sola…

—No es que no quiera que me acompañes.

«Por supuesto que es que no quiero que me acompañe».

—Pues, entonces, vamos.

Me agarra por la muñeca y tira hasta que me obliga a levantarme con un gruñido.

—Es que… —Me dibujo unos círculos amplios alrededor de la barriga con las manos para llamar la atención sobre ella—. Estoy embarazada.

—Mierda, ¿en serio? ¿Quién es el padre? ¿Lo conozco? —Resopla, y una nube de vapor se le escapa entre los labios entreabiertos—. Por Dios, Cass. Ya sé que estás embarazada. ¿A qué viene eso?

Me siento tonta y muy vulnerable, así que cierro los ojos con fuerza y dejo caer la pregunta.

—¿Todavía… te…? Eh… ¿Todavía te sientes físicamente atraído por mí? Ya sabes, por eso de que ahora ya se nota que estoy superembarazada.

—Cassidy. —Chase me coge de las manos, entrelaza los dedos con los míos y se acerca hasta que me roza la barriga con la suya. Intento concentrarme en él en lugar de en el hecho de que ahora la barriga me sobresale más que las tetas, pero fracaso enseguida—. Me atraes muchísimo, joder. Cuando has entrado esta noche en el establo, me ha costado la vida no empezar a besarte y a acariciar hasta el último centímetro de tu cuerpo. Cada vez que te veo, pienso que es imposible que te pongas más guapa. Pero, de alguna manera, sigues demostrándome que me equivoco… Ya te he dicho otras veces que esto… —me acaricia el vientre con las manos— siempre me parecerá precioso. Y lo decía en serio. Para mí, tu cuerpo es perfecto. Embarazada y no embarazada. Así que, por favor, ven conmigo. Sé que quieres darte un puto baño.

A regañadientes, dejo que me lleve hasta el aseo, donde hay una vieja bañera de garras bajo una ventana pequeña. La escarcha del exterior ha labrado intrincados patrones en el cristal. Y Chase insiste en que crucemos los dedos mientras gira el grifo del agua caliente.

—¡Gracias a Dios! —Exhala con aire teatral cuando el agua empieza a salir a borbollones y enseguida crea volutas de vapor en el aire gélido—. Me habría cabreado muchísimo si te hubiera convencido de que te bañaras y las tuberías del agua hubiesen estado congeladas.

—¿Te importa que dejemos apagada la luz del techo?

Frunzo la nariz. Si de verdad insiste en que me desnude delante de él, la iluminación y el ambiente tienen que ser al menos un poquito favorecedores. Preferiblemente engañosos.

Sin contestarme, desaparece un momento y vuelve con las manos vacías.

—Joder, si hubiera sabido que venías habría comprado unas velas o algo. En los armarios no hay nada. —Se saca el móvil del bolsillo, enciende la linterna y lo deja sobre la encimera—. Esto es lo mejor que puedo hacer.

—Es perfecto.

Lo atraigo hacia mí para darle un beso lento, exploratorio. Ahora que tengo sus labios sobre los míos, odio saber que podría haberlos tenido desde el principio y decidí obviarlo.

Sin perder ni un segundo, Chase me desabrocha el abrigo, me baja los pantalones; con cuidado, me quita la camisa por encima de la cabeza; me desabrocha el sujetador, hasta que no llevo puesto nada salvo una sombra proyectada en la pared.

Trago saliva y lo observo con atención en busca de cualquier atisbo de asco o decepción. Del más mínimo indicio de arrepentimiento. Cualquier cosa que confirme lo que me está diciendo el monstruo que tengo en la cabeza: que ya no volverá a desearme, que lo aparté de mí y ahora, al verme desnuda por primera vez desde hace un mes, se dará cuenta de que eso era lo mejor para él.

—Eres un puto sueño —dice con una lascivia ronca mientras me devora con la mirada.

Me ayuda a acomodarme en la bañera, que está llena hasta el borde. El agua tiene la temperatura perfecta para aliviarme los músculos y calentarme los huesos. Estamos un poco justos de espacio, pero a él no parece importarle que me coloque entre sus piernas y le apoye la cabeza en el pecho. Y, durante un buen rato, permanecemos sumidos en un silencio perfectamente cómodo.

Una sensación a la que estoy segura de que no terminaré de acostumbrarme nunca me dibuja una sonrisa en la cara. Le agarro la mano a Chase y se la poso con firmeza sobre mi piel. Se la aprieto contra la parte fría de mi barriga, la que queda justo por encima del agua. A los pocos segundos, la niña vuelve a darme una patada.

—Hostia puta, Cass. ¡Hostia puta! ¿Eso ha sido…?

Estira los dedos de forma automática, intentando abarcar todo el espacio que puede.

—Potatita. Has sido el primero en sentirla, como te prometí. Me ha costado bastante esquivar las manos que querían tocarme la tripa, pero merecías notarla antes que nadie. Se vuelve loca cada vez que me baño, así que esperaba que este fuera el momento.

Me besa en la coronilla. Una y otra vez. Me colma de besos suaves sin dejar de sujetarme la barriga con la mano.

—¿Te acuerdas de cuando me pediste que no te dijera cosas bonitas porque si no ibas a enamorarte?

—Ajá.

Le acaricio el dorso de la mano con la yema de los dedos.

—Nunca hemos hablado de lo que pasará cuando yo me enamore de ti.

28
Red

No tendría que haber dicho eso. El corazón de Cass late tan fuerte y rápido que juraría que está provocando olas en el agua. Tengo la boca seca. Es demasiado tarde, claro. Ya estoy totalmente enamorado de ella. Lo de ofrecerle un escenario hipotético no ha sido más que una simple prueba para ver cómo reaccionaba.

No me avergüenza decir que hace tiempo que me tiene comiendo de su preciosa manita. Si me lo pidiera, dejaría de ser vaquero para montar una puta granja de patatas y que pudiera comerlas hasta el fin de los tiempos. Le construiría la casa de sus sueños con mis propias manos. Joder, hasta me mudaría a la puñetera ciudad si lo deseara de verdad.

«Sí, encanto. Lo que tú quieras, encanto».

Pero el atronador ritmo cardiaco de Cass me hace pensar que no es la noche adecuada para decirle la verdad. No es el momento de confesarle que no hay palabras para expresar lo mucho que la amo.

—No quiero decir...

Me interrumpe y vuelve la cabeza para mirarme.

—Sé lo que quieres decir.

Me pasa una mano húmeda por la mejilla y me besa. Un beso suave, lento, a la tenue luz de la linterna de mi móvil. Llevo un mes anhelando sentir el tacto de sus manos sobre mi piel. Y hacía mucho más que ansiaba con desesperación que me besara. Así que no tardo en tener la polla dura como una piedra y apretada contra su espalda.

Noto en los labios la sonrisa que le curva los suyos.

—¿No aguantas ni que nos besemos un poquito?

—Si estoy besando a la chica más guapa del mundo, ni de puta coña.

—¿Salimos ya de la bañera?

Me planta un beso entre cada palabra, incapaz de tomarse un descanso lo bastante largo como para formar una frase entera.

—¿Qué prisa tienes? —Le acaricio el pelo, le paso los nudillos por la mandíbula con suavidad y luego le bajo la mano por la piel húmeda hasta rodearle una teta. Le trazo círculos en el pezón duro con el pulgar—. Tenemos toda la noche y, si la suerte está de mi lado, puede que la nieve te deje aquí atrapada unos cuantos días.

Continúo bajando la mano hasta metérsela entre las piernas y su gemido se me pierde en la garganta. Le rozo el clítoris sensible con los dedos y, cuando empieza a sacudir las caderas, el agua se derrama por el borde de la bañera. Se retuerce entre mis brazos, forcejea para apretar más los muslos y aumentar la fricción. No se lo permito: con la mano libre le sujeto la rodilla con firmeza contra la porcelana.

—Te he echado de menos —susurra casi sin aliento.

Espero que los orgasmos no sean lo único que ha echado de menos. En silencio, egoístamente, rezo para que lo haya pasado tan mal como yo mientras estaba separada de mí.

—No te haces una idea de cuánto te he echado yo de menos a ti. —Le agarro el labio inferior con los dientes, se lo succiono para metérmelo en la boca y se lo suelto despacio—. Te he echado la hostia de menos, Cass.

Rodea el borde de la bañera con los dedos y se sujeta mientras levanta las caderas de golpe. A pesar del agua, es innegable lo excitada que está. Podría levantarle las caderas unos centímetros más y meterle la polla hasta el fondo. No me cabe duda de que, si la tuviera rebotando sobre mi regazo en el agua caliente de la bañera, nos correríamos en cuestión de minutos.

Pero quiero tomarme mi tiempo, dejar que disfrute, saborearla y demostrarle lo que siento por ella. Cass llena el aire con un gimoteo suave. Sigo apretándole la espalda con la polla dura y juro que podría correrme solo con los ruidos que hace.

Le presiono el clítoris con un solo dedo y me clava las uñas en el antebrazo.

—¿Era esto lo que echabas de menos, encanto?

—Chase, te echaba de menos a ti.

Durante una milésima de segundo me mira con los ojos entornados, justo antes de que los movimientos acelerados de mi mano sobre su coño la obliguen a cerrarlos. La oleada de un orgasmo la recorre de arriba abajo y se suelta de la bañera mientras se deshace entre mis brazos. Emite el más dulce y relajado de los suspiros, que permite que se le aflojen todos los músculos.

Cuando por fin salimos del agua fría, nos quedamos plantados en medio del pequeño cuarto de baño, empapados y sin toalla. Se le pone la piel de gallina.

—Mierda. Perdona. Supongo que tendríamos que haber parado a coger unas toallas.

Le peino el pelo húmedo con los dedos y le doy un tirón justo en el momento en el que sus labios se estampan de nuevo contra los míos.

—Mmm. Estoy demasiado relajada para que me importe —murmura contra mi boca.

Cuando abro los ojos, veo la curva de su espalda y de su culo generoso y redondo en el espejo empañado que hay sobre el lavabo.

—Cassidy, date la vuelta un segundo. Mírate. —Levanta la vista hacia mí y luego, despacio, con recelo, obedece. Frunce la nariz al ver su reflejo, pero yo me agarro la erección con la mano y espero a que me vea en el reflejo antes de volver a hablar—. Eres la cosa más sexy que he visto en mi puta vida. La próxima vez que empieces a dudar de si me atraes, quiero que recuerdes lo que me haces. Me paso el puñetero día excitado por ti. Durante el tiempo que hemos estado sin vernos no podía ni pensar en ti sin tener que follarme la mano. Me matas. Y sé que te cuesta ver cómo va cambiando tu cuerpo, pero, en los días en los que lo odies, yo lo amaré por los dos. Eres increíble, encanto. Y estoy obsesionado contigo, con este cuerpo tan perfecto que tienes.

Me suelto la polla y le acaricio la piel sonrojada y húmeda con las manos. Le beso el hombro mientras le agarro las tetas. Están abultadas y suaves. Como esperaba, ya ni siquiera me entran en las manos.

—Estas pedazo de tetas. ¿Estás de coña? No me jodas. —Le paso los pulgares por los pezones. Los tiene mucho más oscuros que antes y me muero de ganas de metérmelos en la boca cuando le dé de nuevo la vuelta—. Si no te andas con ojo, no pararé de hacerte críos para no tener que renunciar nunca a ellas.

—Joder, ni se te ocurra. —Su mirada dura se cruza con la mía en el espejo—. Te castraré yo misma.

Con el pecho pegado a su espalda, la aprieto contra mí con una risa apacible.

—Vale, vale. Pero uno más sí, desde luego.

Pone los ojos en blanco, aunque no puede contener una media sonrisa.

—Eres mejor que cualquier fantasía que haya tenido contigo.

Le trazo la curva del vientre, la acaricio la zona sensible que tiene sobre el hueso de la cadera y le meto la mano entre las piernas. No puedo dejar de mirarle la cara: los ojos que siguen mis movimientos mientras le recorro el cuerpo, las pecas de las mejillas, los labios comestibles.

—Encanto, tienes el coño más bonito que he visto en mi vida.

Masculla una protesta a medias a la vez que le deslizo la lengua desde el hombro hasta el cuello.

—Lo juro por Dios, podría correrme solo pensando en él. En lo mojada que estás siempre para mí, en esos labios que me abrazan la polla, en el hambre con la que me aprietas cuando te corres. Es el puto paraíso.

Le muerdo el lóbulo de la oreja y ella dobla el cuello por instinto para darme más.

—¿Y esto? Joder.

Le acaricio la piel suave justo donde el muslo se le une con el culo. Un jadeo áspero le separa aún más los labios entreabiertos cuando le paso la punta de la polla rígida entre las nalgas y le marco la piel con las gotas que me la mojan.

—Mira lo que me haces. Eres mi dueña. —Le cojo una mano y la cierro alrededor de mi polla—. Eres todo lo que necesito, Cassidy. Quiero pasar el resto de mi vida diciéndote lo perfecta que me pareces. Tenerte toda para mí, venerarte cada día hasta que dejes de cuestionarte todos los cumplidos que te hago.

—Yo también quiero eso.

Me la acaricia despacio, desde la base hasta la punta, y luego se acerca la cabeza a la entrada y se agarra al lavabo con la mano libre para que pueda clavarme en ella con un gemido.

—Joder, encanto. Míranos… Mira lo perfectos que somos. —Mientras nos miramos en el espejo, la penetro más profundamente desde atrás. Cuando se la meto hasta el fondo, oímos el choque de mi piel húmeda contra la suya—. Qué bien encajo dentro de ti. No me jodas, estoy hecho para ti.

Ella gime y me mira a los ojos a través del reflejo.

—Me haces sentir muy bien.

—Vamos. Ahora hará calorcito ahí fuera. Podrás ponerte cómoda para que siga haciéndote sentir bien.

Aunque me cueste salirme de ella, sé que, por muy excitante que sea vernos follar en el espejo empañado del baño, no aguantará mucho más tiempo de pie. Sin quitarle las manos del cuerpo en ningún momento, la guio hacia la puerta del baño y hacia el pequeño salón. Tal como esperaba, aquí fuera hace una temperatura casi tropical.

Nos dejamos caer juntos sobre la colcha guateada de color verde oscuro y le acaricio el muslo con una mano, se lo aprieto y me lo paso por encima de la cintura. Un suspiro ansioso se le escapa de entre los labios mientras me roza arriba y abajo con las caderas. Me desliza la palma de la mano hasta la base de la polla y empieza a meneármela con un puño implacable.

—Tranquila —gimo. Le rodeo la muñeca con los dedos

para detener el movimiento de fricción—. Como ya te he dicho, quiero que te sientas bien. Relájate y déjame hacer.

Por lo general, follamos. Echamos polvos duros, ruidosos, húmedos, siempre bajo la amenaza constante de que ese sea el último. Y, aunque son geniales —el mejor sexo de mi vida, sin duda—, no es lo que quiero esta noche.

A pesar de que hasta el último átomo de mi cuerpo desea que Cass no me quite las manos de encima, le aparto los dedos de mi erección y, con mucha delicadeza, la obligo a colocar un brazo a cada lado del cuerpo.

—No me toques más, ¿entendido? Esto va de ti.

Frunce los labios, molesta, pero asiente despacio. Sin vacilar, le pongo las manos sobre las tetas. Después de tanto tiempo sin ella, sentir cómo se me desbordan de las manos hace que la polla se me crispe junto a su muslo. Le trazo la curva de cada uno de los pechos con la lengua y luego le lamo y le succiono los pezones. Le arrastro los labios por el vientre y le poso un beso suave donde hace poco que he sentido las patadas de Potatita por primera vez. Cuando llego a la parte superior de los muslos, levanta las caderas de la cama y se agarra con fuerza a la colcha que tenemos debajo.

—Deja de torturarme —se queja.

—Respira, cariño. —Me echo hacia delante para besarla antes de volver a bajar hasta el calor que se le acumula entre los muslos cremosos—. Sé que te encanta que te trate como a una zorra, pero, esta noche... —Le paso la lengua por la piel suave de la cara interna del muslo y eso la obliga a arquear la espalda—. Eres mi reina. Puede que no sea lo bastante bueno para ti en muchos aspectos, pero este no es uno de ellos. Sé que te follo mejor que nadie. Algún día entrarás en razón y encontrarás a un hombre mejor que yo, pero pensarás en mí cada puta vez que te acuestes con él.

Le beso el clítoris con suavidad para distraerme de la idea de que esté con otra persona. Es un peso terrible y asfixiante que siento en el pecho: un futuro aparentemente inevitable en el que alguien que no sea yo se encargue de cuidar de Cassidy y de nuestra bebé. Un futuro en el que estoy condenado a una vida de ver cómo otro hombre le da a Cass todo lo que se merece. Si pienso demasiado en ello, no puedo respirar.

—Chase. —Me agarra del pelo, pero no para obligarme a meterle la cara en el coño. Al contrario, tira de mí hacia arriba para hacerme mirarla a los ojos—. No quiero a otro hombre. Te quiero a ti, solo a ti. Durante las últimas semanas me he portado como el culo contigo, pero no ha tenido nada que ver con quién eres como persona. Da igual lo que pase y lo complicadas que se pongan las cosas: seguiré queriéndote a ti.

—Entonces suéltame el pelo y deja que esta noche finja que soy digno de ti.

Le meto un dedo dentro de la entrada mojada mientras le beso la piel desnuda con un gemido.

—Joder —jadea cuando lo saco.

—Ponte cómoda, encanto. Vamos a tardar un buen rato.

Su humedad me empapa la lengua al primer lametazo y siento que mi autocontrol empieza a desvanecerse rápidamente. No paro de alardear de que esto va a durar mucho, de que quiero hacer el amor en lugar de follar, pero los gemidos suaves, la forma en la que retuerce el cuerpo y su delicado sabor me tienen ya a punto de correrme.

Alterno lametones delicados y besos suaves y no paro hasta que me tira del pelo con tanta fuerza que creo que, para cuando acabemos, podría estar calvo. Corcovea con las caderas contra mi cara cuando me centro en el clítoris hinchado y brillante. Se lo succiono. Se lo rozo con los dientes. Con los dedos dentro de ella como si fueran un gancho, la animo a ponerme hecho una sopa. Se lo lamo formando círculos rápidos y apretados hasta que se me corre en toda la cara; la cascada más espectacular en la que he tenido el placer de bañarme.

—Esa es mi chica —digo cuando por fin salgo a coger oxígeno con una sonrisa tonta y ebria en el rostro—. No vuelvas a obligarme a pasar un mes sin ti.

—Trato hecho. Incluso cuando conozca a mi futuro marido, te mantendré como amante.

Me mira con una sonrisa diabólica. El titilar anaranjado del fuego le baila sobre la piel al compás de mis manos.

—Dios, eres una puta niñata.

«Y te quiero, joder».

—Te encanta.

Esbozo una sonrisilla.

—Cierto.

«Y a ti. A ti también te amo».

Para callarme, le beso la barriga, un recordatorio de por qué no puedo precipitarme a confesárselo y correr el riesgo de perderla de nuevo. «Puede que esta vez para siempre». Me pasa las uñas por los hombros y las baja por los brazos. Por encima de las cicatrices, los bultos, las imperfecciones de mi carne. Me ve. Me conoce. Y, por alguna razón, sigue aquí, a pesar de todo.

—¿Estás cómoda? —le pregunto.

La aferro por el culo y tiro de ella para que se arrime a mí. Veo la expresión de satisfacción que adopta y me paso sus piernas cremosas y suaves alrededor de la cintura.

Le deslizo la cabeza de la polla por la raja con facilidad y, con cada pasada lenta, le presiono el clítoris para dejarle caer encima gotas de líquido seminal.

—Extiéndetelas bien, cariño.

Se lleva los dedos delicados al clítoris y se masajea la piel con mi fluido. Le meto la punta dentro y después me quedo quieto. Me palpita entera de anticipación, estoy desesperado por sentirla por todo el tronco. Joder, qué apretado lo tiene. Me oprime la cabeza mientras se trabaja el coño con los dedos. Mi chica está toda mojada.

—Deja de hacerte de rogar.

Menea las caderas para forzarme a metérsela un poco más dentro.

—Solo estoy mirando. Me encanta verte jugar con tu coño.

La toco con la mano, recojo su humedad y me la extiendo por todo el miembro con un movimiento lento. Luego me llevo los dedos a la boca para lamérmelos. Uno a uno. Me deleito con el dulce sabor de su flujo, con la expresión ansiosa de su cara y con el rubor rosado que le viaja de las mejillas hacia el pecho.

—Ah, ¿sí?

Acelera el ritmo, se castiga con los dedos y arquea la espalda. Y mi polla se le hunde aún más. Ya no es solo la punta, tengo la mitad dentro de ella y está haciendo fuerza con los músculos para tragarme hasta el fondo. Gruño mientras lucho por no follármela hasta que pierda el sentido.

—¿Cómo puedes cuestionarte si me atraes cuando me haces estas cosas? Eres la mujer más guapa…, más sexy…, más increíble que he visto nunca.

Impulso las caderas hacia delante e igualo su intenso gemido cuando la lleno. Suave y cálida, se estira alrededor de mi polla, que le entra la hostia de bien.

«Puede que yo no sea lo bastante bueno para ella, pero ella está hecha para mí».

Le acaricio el muslo mientras entro y salgo de ella. Por primera vez desearía que no tuviera la barriga de embarazada en medio. Porque quiero ver cómo su coño apretado se ajusta a mi alrededor. Ver que su cuerpo y el mío están hechos para conectarse en ese punto. Pero, sobre todo, quiero besarla mientras hacemos el amor.

El movimiento es tan relajado y natural que parece que estoy soñando a cámara lenta. El mundo está borroso y confuso, y me cuesta recordarme que no debo decirle que la quiero ahora mismo. Nos mecemos juntos y la hago jadear con cada embate. Me agarra de los muslos para obligarme a entrar más dentro, más cerca.

—¿Puedes… abrazarme? —pregunta sin aliento.

Una petición que no me esperaba, pero a la que no pienso negarme.

—Túmbate de costado, encanto.

En cuanto dejo de estar dentro de ella, todo mi cuerpo se desmorona, es como si me hubieran arrancado una parte de mí. Me muevo para besarla en los labios, le doy un beso lento y exploratorio. Dejo que nuestras lenguas se rocen, le retengo el labio inferior entre los dientes y siento que su gemido me recorre la garganta.

Apenas le ha dado tiempo a ponerse de lado antes de que me acomode detrás de ella y vuelva a meterle la polla en ese hogar cálido y seguro. Y ahora, sin la barriga interponiéndose, puedo abrazarla. Puedo amarla como es debido. Acariciándole las tetas con las manos, besándole el cuello y pegándole el pecho a la espalda. El resplandor ardiente le ilumina las curvas suaves. El olor de su champú me inunda las fosas nasales y en la habitación solo se oye el crepitar del fuego. Con las penetraciones pausadas y naturales, espero que esto sea tan mágico para ella como lo está siendo para mí. Porque, no me jodas, la quiero con toda mi alma.

Vuelve la cabeza para mirarme con una pequeña sonrisa y, mientras yo también le sonrío como un idiota borracho de amor, noto que tensa los músculos del coño a mi alrededor. Se trabaja el clítoris con los dedos a toda velocidad para provocarse un orgasmo. El cosquilleo me empieza en las pelotas y me envuelve con una intensidad que me entumece las piernas y me debilita la respiración. Jadeo cuando me empotro contra ella por última vez. Cuando reventamos juntos, la lleno por completo de semen. Le rebosa y se me desliza por la polla, que me niego a sacar de donde está. Por lo que a mí respecta, podemos quedarnos así para siempre.

—Eres muy bueno conmigo. —Entrelaza los dedos con los míos—. Siento haberte apartado de mí.

—Chis. Fui yo el que la cagó. —Le retiro el pelo de la cara y le beso el rastro de pecas que tiene en la nuca. Una de las ventajas de la variedad de posturas sexuales que hemos practicado es que me he aprendido todos los detalles íntimos de su cuerpo: las pecas que ni siquiera ella sabe que tiene, la pequeña cicatriz que apenas se le nota en la cara interna del muslo izquierdo, el suave vello rubio de la parte baja de la espalda; estoy seguro de que no le haría ninguna gracia saber que lo he visto—. Y, a pesar de que soy un idiota de campeonato, has vuelto. Si tenía que pasarme un mes sin dormir por algo, me alegro de que haya sido por ti.

Se queda callada un instante mientras me pasa las uñas arriba y abajo por el antebrazo con el que la rodeo.

—Estoy harta de tenerle miedo a esto. Quiero estar contigo, si la oferta sigue en pie.

—¿Y si te decepciono otra vez?

—Pues lo hablaremos. Que es algo en lo que está claro que los dos tenemos que mejorar. —Menea las caderas, así que, por desgracia, me salgo de ella. Luego se tumba boca arriba y una sonrisa de satisfacción le curva los labios. Los ojos azules le brillan bajo el tenue resplandor del fuego—. Hablando de comunicación, quiero que cenemos con mi padre. Necesito que las cosas vayan bien entre vosotros.

Dudo mucho que haya algo que le haga pensar a Dave que soy mejor que mi padre. Pero, si Cass quiere que sea su hombre, moriré tratando de demostrar mi valía. Mientras ella me considere digno, al resto del mundo le pueden dar por el culo.

—Tienes razón. Y, además, debo disculparme con él. ¿Cocino yo?

Me besa y tira de mi mano hacia abajo para colocársela entre las piernas. Me agarra el dedo corazón y se lo mueve con suavidad sobre el clítoris, dibujando líneas provocadoras arriba y abajo.

—Eres increíble, ¿lo sabías? Ahora… —Un gemido interrumpe su frase cuando aumenta la presión—. Lento e íntimo ha estado muy bien. Pero ha pasado un mes y necesito que me folles. Por favor.

Cielo santo. La amo.

—La verdad es que debería castigarte por haberme vuelto tan loco durante todo un puto mes, ¿no?

Sonríe con ganas.

—Desde luego. Haz lo que quieras conmigo, soy toda tuya.

—Entonces supongo que tendré que follarte hasta que estés tan dolorida que mañana no puedas hacer nada sin acordarte de mí. ¿Sigues estando llena de semen, cariño?

Frunce la nariz y las cejas, confundida.

—Supongo que sí.

—Aprieta el coño, encanto. Usa esos músculos firmes con los que tanto te gusta apretarme la polla. Quiero ver lo bien que se me ha dado marcarte como mía, quiero ver mi corrida saliendo de ti.

Me pongo a cuatro patas y desvío la mirada desde su rostro

sonrojado hasta la uve perfecta que tiene entre las piernas. Se sujeta los muslos gruesos con las manos y los abre para mí. Y cuando mi semen le sale de dentro y le resbala por el pliegue del culo, lo recojo con los dedos y me lo esparzo por la polla dura como una roca. Se la meto con un gemido estrangulado y salvaje. Y luego me follo a mi chica como si no hubiera un mañana hasta que tenemos los músculos demasiado cansados para poder seguir y nos quedamos dormidos hechos una maraña en la cama.

29
Cassidy

*Treinta y tres semanas (la bebé tiene el tamaño
de una bolsa de patatas fritas con sabor a kétchup)*

El sol que entra por la ventana escarchada me despierta del mejor de los sueños. Hasta que miro a mi alrededor y veo la colcha de color verde bosque que apenas cubre el cuerpo desnudo de Chase y las brasas rojas y las pequeñas llamas que aún crepitan en la chimenea. Este es el sueño. Un cuento de hadas. Nada de lo que ocurrió anoche parece real, es como un recuerdo borroso y reconstruido tras una noche de borrachera.

Ayer me enamoré de él.

Con la misma facilidad con la que la nieve caía a nuestro alrededor. Flotaba más que caía, se arremolinaba antes de posarse sobre todo como una manta acogedora. A pesar del tiempo que he pasado revoloteando, amarlo era tan inevitable como la nieve de enero.

Me levanto, cojo una manta sobrante y me envuelvo en ella para dar los cinco pasos que me separan del cuarto de baño. Cuando regreso, echo un tronco al fuego y espero a que prenda antes de volverme hacia la cama. Chase está incorporado, apoyado en un codo, mirándome con la cabeza ladeada. Con una sonrisa torcida y los ojos vidriosos y somnolientos, da unos golpecitos en la cama a su lado. Descalza, cruzo el suelo de madera, me desplomo sobre el colchón y caigo contra su pecho con un sentimiento de pura satisfacción.

—Creo que nunca había estado en un sitio tan calentito y acogedor. —Me acurruco en la sangradura de su brazo, envuelta en las cálidas sábanas y cubierta por el peso de una colcha hecha a mano—. Mejor no nos vamos jamás, ¿te parece?

—Entonces ¿la razón de que normalmente estés cabreada por la mañana es que tienes frío? Eres tremenda.

—Claro, no tiene nada que ver con que por lo general me despiertes a las cuatro de la mañana.

Me relajo aún más sobre él y me convierto en masilla cuando me acaricia el muslo con los nudillos.

—Te dije que me iría sin que te enteraras. Incluso me diste una llave para que dejara la puerta cerrada al salir —dice—. Fuiste tú la que decidiste despertarte conmigo.

—Porque, si intentas escabullirte antes de que me despierte, da la sensación de que solo quedábamos para follar.

—Iba a tu casa, te follaba y me iba a primera hora de la mañana. Eso es quedar solo para follar. —Se ríe en voz baja—. Gracias a Dios que por fin has descubierto lo que yo he sabido desde el principio.

—Ah, ¿sí? —Levanto la vista hacia él y me da un beso sutil en la frente—. ¿Y qué es?

—Que eres mía. Que desde el momento en el que abriste esas preciosas piernas para mí sobre el capó de aquel coche, fuiste mía.

—Caray, sí que tienes el ego subido para ser... —cojo el móvil y entorno los ojos para ver la hora— las siete de la mañana. No te pertenezco. No soy un objeto.

—Aun así, eres mía.

Me rodea el pecho con los brazos y aprieta los músculos hasta que empieza a costarme respirar y me revuelvo. Le doy un manotazo en la cicatriz que tiene junto al codo, los restos de una herida que hace veinte años nadie se molestó en curarle como es debido. Cada vez que pienso en su pasado, quiero cubrirlo de besos y encontrar la manera de arreglarle el corazón. Después de lo de anoche, al menos al fin soy capaz de hacer lo primero. Le beso la mejilla, la barba áspera de la mandíbula, los labios suaves, la cresta dura de la nariz, la frente. El cuello, el pecho, el hombro, la clavícula, la oreja. No paro hasta que rompe a reír y me pregunta una y otra vez qué cojones me pasa.

—Que vuelva la Cass de las mañanas gruñonas. Con ella al menos sé lo que hacer. Hoy estás de demasiado buen humor.

Con los labios humedecidos, me traza una estela de besos soñolientos por el cuello y la clavícula.

—Es solo que…

«¿Te quiero?».

El rugido de mis tripas retumba en la habitación y me interrumpe antes de que diga algo grande y aterrador.

—He dicho que quiero a la Cass gruñona, no a la Cass furiosa porque no ha comido. Tengo que alimentaros a Potatita y a ti antes de que os convirtáis en fieras. —Se queda callado e inmóvil durante un instante, con los labios a escasos centímetros de mi piel. O está totalmente sumido en sus pensamientos o acaba de estropearse—. Mmm. Problema. O nos vamos al pueblo, o comemos cualquier mierda que encontremos en el dormitorio de los peones, o… vamos a la casa grande.

Se le forma una pequeña ristra de arrugas en el puente de la nariz cuando pronuncia las últimas palabras.

—No soy responsable del trol en el que me convertiré si no como nada hasta que volvamos a Wells Canyon. ¿Qué es la «casa grande» y por qué tu tono ha hecho que suene intimidante?

—En teoría es la casa de Jackson y Kate. Pero, en realidad, es más bien un punto de encuentro para todos. Kate, Cecily y Beryl estarán allí, como mínimo. También es probable que veamos a Austin. Y solo Dios sabe a quién más.

Me quedo sin aliento. Ver a todo el mundo hace que esto sea real. Hace que nosotros seamos reales.

—Ah.

—Sé que hace un tiempo me dijiste que estabas abierta a venir a cenar un día, pero obligarte a enfrentarte a ellos a primera hora de la mañana no es precisamente lo mismo. Seguro que en el dormitorio de los peones hay cereales o algo así, y dudo que allí haya alguien.

—¿La casa grande tiene comida de verdad?

—Sí. Puede que no sea un banquete, pero siempre hay bollería, pan, fruta…

—Me tenías convencida con el «sí». —Me incorporo y busco mi ropa. Por muy incómodo que sea, quiero demostrarle que se acabó el esconderse y el vernos solo para follar. Que lo elijo a él—. Vamos.

En la cabaña, rodeada por el calor seco de la leña, me había olvidado del frío que hacía fuera. Me cago en la leche, qué puto frío. Las fosas nasales se me pegan con cada inhalación, pero no me atrevo a respirar por la boca porque el aire helado me hace daño en los pulmones. Yendo a pie, me da la sensación de que la casa grande está mucho más lejos que anoche, cuando pasé por delante de ella con el coche, así que me aferro a la gran mano de Chase con las dos mías para intentar no perder el equilibrio sobre el sendero helado.

Cubierta de nieve y de una decoración navideña atemporal, la enorme casa blanca parece sacada de un número de la revista *Home & Garden*.

—Dios, esta es la casa de mis sueños —digo.

—Tomo nota.

Chase me aprieta la mano.

Subimos los escalones del porche delantero y no me cuesta nada imaginarme pasando las noches de verano aquí mismo, tomando una copa de vino. Con vistas a los graneros, los campos y…

«Olvídalo». Ahora me imagino pasando las noches de invierno dentro. Chase abre la puerta y nos recibe el olor del pan y del café recién hechos. En el vestíbulo hace calor y, a pesar de que no he estado aquí nunca, me siento como en casa. Es acogedor y está limpio e impecablemente decorado con preciosas piezas antiguas. Cuando me asomo a lo que parece ser el salón, veo unos sillones inmensos llenos de mantas junto a una chimenea encendida. Ahí es justo donde pasaría todas las agradables noches de invierno.

Siguiendo el ruido de unas voces cantarinas, enfilamos el largo pasillo con las paredes llenas de fotos y entramos en la amplia cocina. Como alguien cuyos conocimientos culinarios no van más allá de preparar un sándwich de queso a la plancha, no puedo decir que haya soñado alguna vez con una cocina. Pero, si lo hiciera, sería con esta.

—Buenos días —dice Chase para anunciar nuestra presencia.

Cecily y Kate, además de una mujer mayor que supongo que debe de ser Beryl, se vuelven para mirarnos. La noticia de que estoy aquí debe de haber corrido como la pólvora esta mañana, porque ninguna de ellas se muestra sorprendida al verme. Austin levanta la mirada el tiempo justo para saludarnos con un gesto suave de la cabeza y luego vuelve a su revista. Y, en el otro extremo de la mesa, Odessa y Rhett están rebozados en plastilina hasta las axilas.

—Hola. —Esbozo una sonrisa tímida.

Puede que antes de hablar fuera invisible, porque mi vocecita es lo único que se necesita para que se produzca tal explosión de energía en la habitación que me agarro al brazo de Chase por instinto, como si la onda expansiva del entusiasmo colectivo fuera a hacerme salir volando.

—Ven a sentarte. —Cecily se limpia las manos en un paño de cocina y señala la mesa—. ¿Tienes hambre?

—¿Quieres café? ¿Té? ¿Agua?

La mujer de pelo gris y piel bronceada se encamina hacia un armario sin dejar de mirarme en ningún momento.

—Ah, mmm... Un café me iría genial. Gracias. —Camino hacia Cecily y la silla vacía que parece estar reservándome. Y, para cuando me siento, tengo delante un plato rebosante de comida, seguido, poco después, de una taza grande y blanca llena de café—. Guau. Podría haberme servido yo el plato... Gracias.

—Si no te andas con ojo, estas tres no pararán de atiborrarte de comida.

Chase se sienta a mi lado y, cuando me pone una mano en el muslo, el pecho se me llena de mariposas. «Vamos a hacer esto en serio». Lo más probable es que nadie le vea la mano bajo la mesa, pero parece una declaración pública.

—Anda, calla.

La anciana se sienta frente a nosotros, flanqueada por Cecily y Kate. Esto se parece mucho al comienzo de un interrogatorio. Austin incluso baja la revista para mirarlas de reojo antes de negar con la cabeza y volver a lo que sea que esté leyendo.

—Soy Beryl. —La mujer confirma mis sospechas con una

cálida sonrisa que le arruga la piel de las comisuras de los ojos—. Me alegro muchísimo de que por fin hayas venido al rancho. Llevo meses oyendo hablar de ti sin parar, cariño.

—Todos estamos encantados de que al final hayas aparecido por aquí. —Cecily me lanza una sonrisa radiante. Austin y ella no son clientes habituales del bar, pero han venido las veces suficientes como para que nos conozcamos—. Y muy felices de que estéis…

Se queda callada, bebe un sorbo de café y mueve la muñeca de un lado a otro para señalarnos a los dos.

—¿Cómo te encuentras? —Kate se inclina hacia mí—. Oye, cuando te di mi número, lo de que podías escribirme siempre que quisieras iba en serio.

—Pues… me encuentro bastante bien. A ver, me duelen mucho las articulaciones y… ¡Uf!

Un cuerpo pequeño se estampa contra el mío para abrazarme. Cuando miro hacia abajo, veo a Odessa intentando rodearme con los brazos y, aunque no lo consigue, no será por falta de ganas, porque no para de apretujarme y estirarse para alcanzar.

—Dios, no echo de menos estar siempre tan incómoda —dice Kate.

Ahora Odessa trepa directamente hacia mi regazo y le aparta la mano a Chase con la rodilla huesuda. Me mira como si me estuviera atravesando el alma, a apenas un par de centímetros de distancia, y me bloquea la vista de las tres mujeres con la cabeza. Está tan cerca que huelo los cereales que ha tomado para desayunar.

—¿El bebé todavía está en tu barriga? —pregunta, a todas luces sorprendida de que siga embarazada después de la cantidad de tiempo que ha pasado desde que la vi en la Feria de Invierno.

Asiento despacio, intentando apartar la cabeza de ella todo lo posible. Esperaba que esta vez me resultara más fácil conectar con ella, pero no es así. Por el amor de Dios, espero que Chase tenga razón y que no me sienta tan incómoda con nuestra niña. Que se me active el instinto maternal. Chase me da un golpecito en el pie y, cuando intercambiamos una mirada, me guiña un ojo como si me hubiera leído el pensamiento.

Me aclaro la garganta y miro a Odessa.

—Sí, todavía la niña está ahí dentro. Le quedan unas semanas más.

—¿Vas a tener una niña? —chilla Odessa con los ojos desorbitados por la emoción al tiempo que empieza a dar botecitos sobre mi regazo—. ¿Voy a tener una prima?

—Sí. Será divertido, ¿eh? Tendrás que enseñarle todo lo que sabes.

—De mayor voy a ser jinete de toros, así que puedo enseñarle eso. Se me da muy bien montar vacas…, excepto a veces, cuando me caigo. Pero entonces me ponen una escayola en el brazo y me dejan hacerle dibujos.

Me sonríe como si romperse el brazo fuera la mayor emoción de su vida.

—Quizá no haga falta que le enseñemos a tu primita todo lo que sabes.

Kate se pellizca el puente de la nariz y reprime una sonrisa.

—Seguro que puedes enseñar a montar al tío Denny —interviene Chase—. Se cae a todas horas.

Odessa frunce la carita diminuta.

—El tío Denny no es lo bastante guay para montar vacas. Solo caballos.

—Uy, estoy deseando contarle lo que acabas de decir. Te la vas a ganar.

Chase sonríe y Odessa se baja de mi regazo de un salto y con un chillido. Pero no es lo bastante rápida. Chase le rodea la cintura con un brazo y se la pone sobre el regazo. Le hace cosquillas en la barriga y le alborota el pelo, lo cual provoca más chillidos agudos. Rhett, que hasta ahora había estado jugando educadamente con la plastilina, grita en sintonía con su hermana mayor.

Chase se levanta, se echa a Odessa al hombro y levanta a Rhett con la mano que le sobra. Giran en círculos en medio de la cocina, el pelo castaño y rizado de Odessa vuela en todas direcciones y las carcajadas llenan la habitación. A lo lejos, en algún otro lugar, distingo las voces apagadas de las mujeres mientras charlan. Pero solo le presto atención a él.

«Ojalá pudiera verse ahora, no se parece en nada a su padre».

Puede que todo esto empezara como un error, pero ahora dista mucho de serlo. No esperaba enrollarme con un vaquero odioso en un rodeo y acabar enamorándome del hombre con el que voy a tener una hija. Pero aquí estamos. Y me alegro mucho de que sea él.

Estoy tan abstraída en mi propio mundo que me pierdo la conversación por completo. Aunque, por lo que se ve, ha vuelto a centrarse en mí, porque las tres mujeres están sentadas en silencio. Me miran con expectación, a la espera de la respuesta a una pregunta que no he oído.

—Perdón, no escuchaba.

Frunzo el ceño y lucho por impedir que la mirada se me desvíe de nuevo hacia Chase y los niños.

—Ah, hablábamos de organizar un sistema de preparación de comidas para cuando nazca la niña. Lo último que necesitas cuando tienes un recién nacido en casa es tener que preocuparte de cocinar —dice Cecily mientras las otras dos asienten con entusiasmo.

Chase se ríe; está claro que le hace gracia que piensen que sería capaz de tomarme la molestia de cocinar.

—¿Y vas a celebrar un baby shower? —pregunta Kate—. ¿Qué te falta aún por comprar? Puedo darte un montón de cosas. Es casi como si tuviéramos una tienda de bebés montada en el desván. Te lo digo con toda sinceridad, llévate todo lo que necesites.

—Vaya, gracias. Es un gesto muy generoso. —Pico algo del plato que tengo delante—. Mmm, no creo que vaya a celebrar ninguna fiesta antes del parto. Mi mejor amiga no puede venir hasta más o menos la fecha en la que salgo de cuentas, así que quizá hagamos algo después. No estoy segura… De todos modos, creo que tengo casi todo lo básico, así que tampoco es necesaria. Y mi padre y yo hemos montado el cuarto infantil.

Meto una mano por debajo de la mesa y se la pongo a Chase en la rodilla cuando vuelve a sentarse.

—¿Ya lo habéis montado?

Se vuelve para mirarme y el dolor que se le refleja en el rostro me oprime el pecho.

—Sí. —Me muerdo el interior de la mejilla mientras remuevo las patatas que tengo en el plato—. Lo siento.

—Bueno —Beryl se levanta arrastrando la silla por la madera del suelo e interrumpe la tensión—, tenemos mucho pan que hornear. Me alegro de haber conocido al fin a la chica que le ha robado el corazón a nuestro querido Red. Es un buen chico.

—El más bueno… y el más guapo.

Le aprieto el muslo justo a tiempo de sentir que el teléfono empieza a vibrarle en el bolsillo. Lo saca y se aleja para contestar. Regresa unos minutos más tarde y me posa un beso brusco en la coronilla. «Definitivamente, esto ya es público».

—Jackson tiene problemas con un tractor y está en el campo de North Creek. Tengo que coger unas piezas e ir a echarle una mano. ¿Te importa quedarte aquí?

—Debería irme a casa. Cambiarme de ropa, tomarme la medicación…; esas cosas.

Ni una sola parte de mí quiere separarse de él… Ni siquiera quiero ponerme ropa, punto. Pero supongo que esta es la vida de un peón de rancho. Incluso cuando se supone que es su día libre, el deber lo llama.

—¿Vuelves luego? Te prepararé la cena y, además, todavía no te he dado tu regalo de Navidad.

La cara se me ensombrece al mismo tiempo que se me hunden los hombros. Es sábado.

—Esta noche tengo que trabajar.

—Mierda, claro. —Se frota la mandíbula con la palma de la mano—. Vale…, pues…

—Ya nos apañaremos. Ve a trabajar.

—Lo siento. Mándame un mensaje cuando llegues a casa.

Empieza a alejarse, pero le agarro una mano y tiro de él hacia mí. Le recorro el brazo con la palma de la mano, se la pongo en la nuca y lo atraigo hacia mí para darle un beso lento que hace que se me detenga el corazón. Espero que todo el mundo presente nos esté mirando y, lo que es aún más importante, espero que Chase se esté dando cuenta de lo que siento por él, aunque me ponga demasiado nerviosa decirlo en voz alta.

> En casa, sana y salva. Y a punto de darme
> un baño en una bañera muy solitaria

Chase
A punto de dejar el trabajo para no perder
ni una sola oportunidad de verte desnuda

> O... puedes tener lo mejor de ambos mundos

Sin pensármelo dos veces, me saco una foto del torso desnudo. A decir verdad, eso es lo único que juega a mi favor desde hace un tiempo; al menos tengo las tetas más grandes y turgentes que nunca. Me contesta al instante con una retahíla de emoticonos distintos que representan todas las emociones que sin duda está experimentando, seguida de las palabras: «Cass, eres la chica de mis putos sueños». Y me deshago en el baño caliente.

Nunca he sido de las que envían desnudos, pero que a alguien le gusten de verdad —que yo le guste de verdad— me ha hecho replantearme mi postura.

Antes de responderle con unas palabras que no podré retirar, llamo a Blair. Tengo la mente saturada y necesito a alguien que me ayude a descargarla.

Contesta a la primera señal de llamada.

—Los poderes psíquicos de las gemelas atacan de nuevo. Estaba a punto de llamarte. Ya tenía el móvil en la mano y todo.

—¿Qué pasa? —pregunto mientras me tapo un pecho con un montón de burbujas y pienso en Chase cubriéndomelo con la mano ayer por la noche.

—Tú primero, que para eso me has llamado antes.

—Estoy enamorada de Chase.

Las palabras se me escapan de los labios con tanta facilidad que me asombra pensar que es la primera vez que las pronuncio en voz alta.

Blair se parte de risa.

—No me digas… Hace meses que lo sé. Pero ¿qué te ha hecho darte cuenta de repente?

—En teoría, creo que me di cuenta cuando fui a visitarte en Navidad. Nunca me había sentido así y estaba perdiendo la puta cabeza. Anoche Denny me envió un mensaje. —He dicho su nombre miles de veces, pero jamás mientras hablo con Blair. Es un tema que no hemos tocado hasta ahora—. Eh… Estaba preocupado. Por lo visto, su padre está enfermo y Chase se ha estado comportando de una forma rara o algo así. No podía quedarme en casa de brazos cruzados y rayada, así que me fui al rancho y la visita me ha aclarado muchas cosas. Sobre todo, que he sido imbécil.

—Me alegro de que por fin te hayas dado cuenta, tontorrona. Supongo que si tengo que cederle mi condición de progenitor corresponsable a alguien, me alegro de que sea a él. Sé que ni siquiera os he visto a los dos juntos, pero sois buenos el uno para el otro. Se nota. Aun así, dime, ¿cuál es el plan con tu padre?

Gimo y me hundo más en la bañera hasta que las burbujas se me pegan al mentón como una barba.

—Voy a decirle que vamos a cenar juntos los tres y a hablar, así que… reza por mí.

—Estás en mis pensamientos y en mis oraciones. —Se ríe—. ¿Alguna otra noticia que quieras compartir?

—No, solo esa, que al parecer no era ni nueva ni impactante para nadie excepto para mí. Te toca.

—Bueno…, por mucho que me alegre de saber que Red y tú habéis arreglado las cosas, sigo esperando compartir algunos de los beneficios de la paternidad corresponsable. Me pido hacer de canguro en todas vuestras citas nocturnas y voy a presentarme ahí a achuchar a la recién nacida cada vez que me dé la gana. —Se aclara la garganta y, a través de la línea, oigo con claridad que toca un redoble de tambor con los dedos. No tengo ni idea de qué coño está hablando y los pulmones dejan de funcionarme mientras espero a que termine de hablar—. Porque me vuelvo a vivir a Wells Canyon.

Se me estremece todo el cuerpo, un relámpago de adrenalina me zumba bajo la piel.

—Ay, Dios mío. ¿De verdad? ¿Qué? ¿Por qué? ¿Cuándo? Juraste que jamás volverías aquí.

—Sí, bueno… Eso fue antes del diagnóstico de mi madre.

«Mierda. Claro».

—Mi padre no puede hacerlo todo solo. Mi hermana lo está pasando mal con Jonas ahora mismo… Está tan liada que dudo que sea de gran ayuda con mi madre. Así que me he puesto en contacto con el doctor Brickham y se ha mostrado encantado de poder descargarse de unos cuantos pacientes. Quizá empiece a preparar el terreno para jubilarse.

El doctor Brickham es el único médico de Wells Canyon desde antes de que yo naciera. Es un viejo cascarrabias que hace las visitas a domicilio en una vetusta camioneta destartalada. Mi primer recuerdo de él es de cuando yo tenía unos cinco años: me comí la *poutine* con más queso de mi vida mientras lo veía arreglarle el hombro dislocado a un tipo en medio del bar.

—Debe de rondar los doscientos años. Ya es hora de que ese ser inmortal y macabro se jubile.

—Sí —suspira Blair.

Por mucho que me emocione que mi mejor amiga vaya a volver, sé lo destrozada que debe de estar. Lo único peor que lidiar con sentirte aquí atrapada, que es lo que he hecho yo a lo largo de los últimos trece años, es salir al fin del pequeño pueblo en el que naciste y te criaste y verte obligada a regresar para cuidar de tu madre enferma. Si no estuviera a punto de tener una hija, estaría haciendo las maletas para mudarme a casa de los Hart y que Blair no tuviera que hacerlo.

—¿Cuándo te mudas?

—Ya he dado el preaviso en el hospital y termino a finales de febrero. Así que… la primera semana de marzo. —Se le alegra un poco la voz—. Al menos no tendré que perderme ni un solo momento de la vida de mi sobrina. En serio, saber que podré verla a todas horas hace que no me duela tanto tener que volver al pueblo. Así que gracias por quedarte preñada.

—Me congratula que mi situación de mierda te ayude con la tuya. Mierda, me gustaría poder echarte una mano con la mudanza, pero, por razones obvias, va a ser que no.

—No pasa nada. Whit y mi padre se han ofrecido a ayudarme, y tampoco es que necesite llevarme muchas cosas para meterme en el dormitorio de mi infancia.

—Lo siento, Blair.

—Es lo que hay. Me encanta mi vida aquí, pero quiero estar ahí ahora que mis padres lo necesitan. Quiero pasar todo el tiempo posible con mi madre mientras pueda… Y mi padre se niega a reconocer que precisa ayuda, pero está claro que es así.

—Siendo egoísta, me muero de ganas de que vuelvas. Sé que esto no tiene nada que ver con lo que querías para tu vida, pero quizá termine siendo una buena decisión. Bien sabe Dios que en este pueblo necesitamos una atención médica de mejor calidad.

Se ríe en voz baja.

—¿Qué? ¿Tienes algún problema con que Brickham dé puntos de sutura en mitad de un campo de heno?

—Excelente ejemplo de por qué mi médico está en Sheridan. Ese guardián de la cripta no va a acercarse ni a mi vagina ni a mi bebé.

—Que ahora tiene el tamaño de una piña, por cierto.

Finjo tener una arcada.

—Hemos llegado oficialmente al punto en el que las referencias de tamaño son tan grandes que me aterroriza saber que tiene que salir de una forma u otra. Para.

Blair se parte.

—Cariño, una piña no es nada. Espera y verás.

30
Red

Treinta y cinco semanas
(la bebé tiene el tamaño de un bocadillo de los grandes)

Me recoloco el montoncito de tabaco que tengo debajo del labio y le doy un golpecito a Bárbara en el costado con el talón para que avance más deprisa. Si quiero tener la más mínima esperanza de que me dé tiempo a ducharme y a empezar a preparar la cena antes de que llegue Cass, esta puñetera yegua tiene que cooperar por una vez en su vida. Juro que entiende la urgencia de mis nervios y que está pasando de mí a propósito.

Con el sol de la tarde calentándome la espalda y convirtiendo el abrigo de trabajo en una sauna personal, me bajo de la silla. Cuando se da cuenta de que estamos tan cerca de casa —y de la cena—, la yegua por fin acelera el paso. Al entrar con ella en el establo, me encuentro con Austin, que baja de su despacho.

—Hola, jefe. —Suelto la cuerda y empiezo a desensillarla—. Gracias por cuidar de Odessa y de Rhett esta noche.

Fui lo bastante listo como para acudir directamente a Cecily y pedirle que Austin y ella les hicieran de canguro a los niños para que Jackson y Kate tuvieran una cita esta noche. Y todo con tal de poder utilizar la bonita cocina de la casa principal para cenar con Cass. Habría sido mucho más fácil y cómodo cenar en su casa de la ciudad, como de costumbre —la rutina que hemos vuelto a recuperar desde la noche en la que apareció por aquí—, pero no puedo darle mi regalo de Navidad superatrasado a menos que estemos aquí. Aunque a ver quién consigue explicárselo a Cassidy sin fastidiar toda la sorpresa.

—Me debes una.

Entra detrás de mí en la sala de los arreos.

—Sí, sí. —Dejo caer la silla sobre la repisa con un golpe seco y polvoriento y me vuelvo hacia él—. Solo estoy intentando hacer todo lo posible para que esto salga bien, ¿me entiendes?

Se le escapa una risa por la nariz.

—Sí, conozco esa sensación.

—Lo sé, jefe. Desde el día en el que Potrilla apareció por aquí, solo tuviste ojos para ella. Y así es como me siento yo con Cass desde aquel rodeo.

—Pues más vale que espabiles. Como te vea con toda esa mierda encima, saldrá corriendo en dirección contraria.

Hace un gesto para señalarme las pintas que llevo: los vaqueros sucios, las botas cubiertas de mierda y una camisa de manga larga arrugada. Razón no le falta. Tengo mucho que hacer y poco tiempo para hacerlo si quiero que esta noche sea perfecta.

—Hola.

La voz de Cass llega antes que ella. Estaba tan absorto cocinando que no he visto sus faros iluminando el camino de entrada. Unos segundos después dobla la esquina. Lleva un vestido rojo vaporoso y escotado que no le había visto nunca, pero que espero poder ver muy a menudo a partir de ahora. Lleva el pelo recogido en una trenza suelta que le cae sobre el hombro.

—Estás… Joder.

Sin palabras.

Sonríe, me rodea la cintura con los brazos y se pone de puntillas para besarme. Los labios le saben a chicle de canela y, durante un instante, se funde conmigo.

—Me pareció que tenía que arreglarme porque, en teoría, es nuestra primera cita.

—Para mí, cada cena ha sido una cita. —Le coloco unos cuantos mechones de pelo suelto detrás de la oreja, aunque no parece que a ella le molesten; me siento constantemente abrumado por la necesidad de tocarla de la manera que sea. Y, ahora que estamos juntos de modo oficial, puedo hacerlo. Lo cual es algo que jamás daré por sentado—. Eres sexy de cojones, lleves lo que lleves... o lo que no lleves.

—Ya llegaremos más tarde a la parte de «lo que no lleves» de la noche.

Me tira del labio inferior con los dientes para atraerme hacia un beso lento.

No puedo evitarlo. Le bajo las manos por la cintura y, en un abrir y cerrar de ojos, se las meto por debajo del vestido corto. Le acaricio la piel suave de la parte superior del muslo con la yema de los dedos.

—Cass, ¿siempre vas sin ropa interior a las primeras citas?

—Nunca se sabe cuándo el chico va a necesitar acceder con facilidad.

Se encoge de hombros con una sonrisa seductora.

Recorro con la lengua el camino que le separa la mandíbula de la oreja y le susurro:

—Mira que eres zorra.

Oigo que un gemido dulcísimo y suave se le escapa de entre los labios y me pongo de rodillas. A la mierda la cena, me la comeré a ella. Le levanto el vestido y sonrío al ver cómo abre las piernas instintivamente para mí.

—Chase —jadea cuando la lamo por primera vez. Se le moja la piel y le tiemblan los muslos, uno a cada lado de mi cara—. ¿Y si entra alguien?

—Supongo que habrá que ofrecerles un buen espectáculo. —Le beso el coño desnudo y suelto la tela del vestido que tenía apretada entre las manos para poder separarle más las piernas—. Ábrete más, encanto.

Obedece..., claro que obedece. Solo ha protestado un poco porque seguro que se ha sentido obligada. Pero los mensajes sensuales que llevamos intercambiándonos todo el día demuestran que es lo que desea. Me entierro más en ella, la abro con el índice y el pulgar y le paso la lengua por la entrada húmeda y caliente. El vestido que me rodea la cabeza amortigua sus gemidos y noto que corcovea, que le cuesta mantenerse erguida cuando le meto dos dedos bien dentro.

—No puedo —jadea, y le fallan las rodillas.

Salgo de debajo del vestido para comprobar si está bien y veo que se está agarrando con las manos al borde resbaladizo de la encimera de cuarzo, que tiene los nudillos blancos de intentar mantenerse en pie. No será suficiente para evitar que se desplome cuando el orgasmo la haga pedazos.

Me yergo con un gruñido grave y paso el antebrazo por la isla de la cocina para apartar de un empujón todos los preparativos de la cena. El estruendo de los cuencos metálicos al chocar contra el suelo de madera resuena por toda la sala, seguido del ruido sordo de por lo menos una decena de patatas que caen al suelo una por una. Un vaso medidor se hace añicos y le doy un golpe a la encimera fría con la mano.

—Súbete aquí echando hostias.

Me mira como si me hubiera vuelto loco. Y puede que sea verdad. Pero la agarro por el culo y ella no se resiste cuando la levanto hacia el borde.

—Échate hacia atrás y deja que te saboree, cariño. Ponte cómoda.

Se apoya en los codos y me observa con atención mientras le subo la falda del vestido. Meto la cabeza debajo y le paso la lengua plana por el interior del muslo suave hasta llegar al centro del calor húmedo.

Tal vez sea porque estoy borracho de ella, pero Cassidy Bowman sabe como si estuviera hecha para mí, como si no fuese a seguir apellidándose Bowman si se me permite opinar al respecto. Es más adictiva que cualquier tipo de alcohol y, cuando me la bebo a ella, en lugar de tomar malas decisiones, me entran ganas de hacerlo de puta madre.

Arquea la espalda y debe de mover un brazo, porque algo sale volando de la encimera y aterriza en el suelo con un gran estrépito. Gime, intenta apretar los muslos y forcejea contra el peso de mis antebrazos. Aun así, la sujeto donde está, la mantengo abierta para poder follarle el coño con la lengua y los dedos. Le trazo círculos en el clítoris y le rozo la pared interna con la yema de los dedos, suplicándole que se corra. Las vibraciones de sus piernas temblorosas se me propagan por todo el cuerpo y Cassidy mueve las caderas para obligarme a penetrarla más profundamente con los dedos.

—Lo deseas con todas tus fuerzas, ¿eh? ¿Me estás follando la mano para poder correrte?

Le mordisqueo la piel delicada de la cara interna del muslo y noto que los músculos se le contraen debajo de mí.

Me oprime los dedos con el coño prieto y suelta un jadeo irritado.

—Alguien tendrá que hacerlo.

—Eres una cabrona. —La agarro por los muslos gruesos, la bajo de la encimera y le doy la vuelta. Se agarra al borde del cuarzo y yo le tiro de las caderas hacia mí hasta que se dobla por la mitad. Con el peso de la bebé combándole la columna, puede que esta postura no le resulte cómoda durante mucho rato. Menos mal que sé hacer que se corra rápido—. ¿Crees que no soy capaz de hacer que revientes? Te gusta tanto mi polla que estoy seguro de que dentro de unos segundos te estará corriendo el orgasmo por las piernas, zorra. Agárrate a la encimera, que te lo voy a demostrar.

—Vale, papi.

Vuelve la cabeza por encima del hombro para sonreírme con arrogancia.

«Me cago en la puta, la quiero».

Mientras me desabrocho el cinturón a toda prisa con una sola mano, noto los latidos acelerados de su corazón contra la palma de la otra, que le presiona la parte baja de la espalda. Los pantalones vaqueros ni siquiera me han llegado a los tobillos cuando la rozo con la punta de la polla. Está empapada, reluciente y perfecta con mi polla apretándole la entrada. Cass gime cuando me clavo en ella y dejo que eche la cabeza hacia delante hasta tocar la isla reluciente.

Por fin hago lo que he pensado cada puñetera vez que la he visto con una trenza en el pelo. Se la agarro, aprieto el puño alrededor de la suave melena dorada como si fueran las riendas de un caballo bronco y le doy un pequeño tirón. No demasiado fuerte. No al principio. Jadea y vuelve a posar los tacones sobre el suelo para que se la meta más dentro. Y tiro de nuevo, esta vez con más fuerza.

—Te encanta que te utilicen, ¿verdad, Cass?

—Solo tú —gimotea, con las palmas estiradas sobre la isla para apoyarse—. Puedes hacerme todo lo que quieras. Soy tuya.

«Mía. No sé cómo, pero Cass es mía».

Respiro hondo.

—Joder. Estoy obsesionado contigo.

Aprieto la mandíbula para controlar las ganas de correrme y la embisto hasta el fondo una y otra vez mientras observo cómo se le mueve la cabeza de un lado a otro. Gime en voz baja y la sensación de que me está estrangulando la polla hace que los huevos se me tensen con un hormigueo de advertencia. No puedo contenerme, no con Cass. Correrme demasiado pronto nunca había sido un problema antes de conocer a la mujer que me vuelve completamente loco de deseo. Desde el momento en el que me deslizo dentro de ella, es una batalla perdida.

¿A quién quiero engañar? Es una batalla perdida desde el momento en el que la toco.

Le busco el clítoris con los dedos y se lo restriego con desesperación hasta que empiezan a temblarle las piernas y se le enrigidece la columna. Y entonces me permito perder el control, cierro los ojos y echo el cuello hacia atrás, sucumbo al alivio estremecedor que comienza en la entrepierna y me estalla por todas las extremidades. El coño de Cassidy se tensa en oleadas a mi alrededor y mi orgasmo se prolonga con el suyo. Posa la frente sobre la encimera y, durante un instante, permanecemos inmóviles, sumidos en un silencio atónito.

Cuando me subo los pantalones, me arrodillo detrás de ella y le lamo con suavidad todo el coño. Le clavo los dedos en el culo carnoso y le limpio nuestros fluidos con la lengua mientras me deleito con el temblor de sus muslos sobre mis mejillas.

—No puedo decir que hubiera experimentado algo así en una primera cita —dice cuando vuelvo a ponerme en pie, y se coloca el pelo suelto detrás de las orejas con una sonrisa de satisfacción.

Intenta alisarse las arrugas del vestido. Tiene las mejillas sonrosadas, el pelo alborotado y los ojos entornados, y es la cosa más bonita que he visto en mi vida. Si fuera pintor, fotógrafo o escritor, así es como me gustaría retratarla: con un codo apoyado en la encimera, la mano libre rodeándose la barriga y un subir y bajar lento en el pecho enrojecido.

—Tendrías que haberme dejado que te pidiera salir hace mucho tiempo, Cass. Está claro que todas esas otras primeras citas han sido una pérdida de tiempo.

—Pero me dieron de cenar. Y tú... No veo comida por ningún sitio.

Se muerde el labio y examina la encimera, ahora vacía. La agarro por los hombros, la oriento en dirección a la larga mesa de madera y la empujo hacia ella con delicadeza.

—Ya basta de impertinencias. Siéntate mientras recojo todo esto y, después, a cenar antes de que te vuelvas aún más mala.

Cristales rotos, metralla de patata y un surtido de utensilios de cocina manchan el suelo. Para cuando la cocina está limpia y la cena servida, tengo la sensación de que hay una bomba de relojería en el centro de la mesa. No quiero estar aquí cuando vuelvan Kate y Jackson y, a juzgar por lo rápido que Cass engulle su puré de patatas, creo que ella opina lo mismo. Y esto confirma por qué tengo que hablar con Austin sobre la posibilidad de mudarme a la casa que dejará libre cuando les terminen la nueva, que es mucho más grande y lujosa. Puede que solo tenga un dormitorio, pero es mejor que lo que tengo ahora. Quizá me aloje temporalmente en la cabaña vacía en la que Cass y yo pasamos la noche mientras espero a que la de Austin quede disponible. Estoy seguro de que pasaré la mayor parte del tiempo en casa de Cassidy cuando llegue Potatita, pero quiero que se sienta cómoda viniendo aquí si le apetece.

Agarrándola de la mano con firmeza, guio a Cass por el camino nevado que va desde la casa grande hasta el establo. Aunque el abrigo le llega hasta las rodillas, está tiritando. Tendría que haberle advertido que había que salir a la calle. Le prepararé un baño y la abrazaré toda la noche después de esto. Avanzamos despacio para que no se resbale, siguiendo el haz de luz de la linterna que llevo metida en el bolsillo del pecho. Por fin nos detenemos ante un pequeño cobertizo escondido en la parte trasera del establo.

Me vuelvo hacia ella.

—¿Preparada para tu regalo de Navidad? Cierra los ojos.

Asiente con cierta desconfianza y, cuando empieza a bajar los párpados, abro el cerrojo de la puerta del cobertizo. Tras asegurarme de que tiene los ojos bien cerrados, meto la mano por la puerta y acciono el único interruptor de la luz. Una pequeña lámpara de techo ilumina los bancos de trabajo de madera y proyecta sombras sobre la nieve a través de la ventana y de la puerta abierta.

—Vale. Ábrelos.

Se queda totalmente callada y boquiabierta mientras contempla su regalo. Un pequeño cobertizo de madera, con bancos de trabajo hechos a mano, una pared llena de cajones y estanterías de almacenaje e incluso una alfombra mullida del mismo tono azul claro que sus ojos. No soy carpintero, pero opino que he hecho un trabajo cojonudo.

—Chase…, ¿qué…? ¿No me habías dicho que era un regalo pequeñito? ¿Qué es esto?

Da saltitos sin moverse del sitio, intentando ocultar su entusiasmo con todas sus puñeteras fuerzas.

—Bueno, empezó siendo algo pequeño, esa herramienta para trabajar el cuero que decías que querías, pero que eras demasiado tacaña para comprarte.

Un recuerdo le baila por la cara.

—El mazo caro, sí.

—El caso es que al final se convirtió en todo este espacio de trabajo. Supongo que, con eso de que pasabas de mí, me aburría y necesitaba encontrar una forma de entretenerme. —Le doy un codazo suave y ella pone los ojos en blanco—. No quiero que renuncies a algo que te gusta tanto. Así que aquí tienes un lugar donde hacerlo mientras yo me encargo de que dispongas de tiempo libre para ello.

Cass entra en el cobertizo y desliza los dedos por el tablero del banco de trabajo. Abre los cajones y una sonrisa enorme la obliga a entornar los ojos mientras continúo explicándole:

—Hay un calefactor pequeño y podemos hacernos con una unidad de aire acondicionado de ventana para el verano. He pensado que podríamos trasladarlo a tu patio y colocarlo encima de los parterres del jardín que usas. También tengo veinte vaqueros con pedidos bastante extensos: cinturones, zahones, cabezadas. Creo que Jackson quiere hablar contigo sobre el diseño de una silla de montar para el cumpleaños de Kate.

Saco el cuaderno en el que lo he ido anotando todo. Empecé coaccionando un poquito a todos los peones del rancho para que pidieran un cinturón cada uno. Una vez que la pelota comenzó a rodar, se me fue de las manos bastante rápido.

Hojea las páginas.

—Son un montón de pedidos y no dispondré de mucho tiempo.

—Todos están de acuerdo en que te tomes todo el tiempo que necesites. Tienes demasiado talento para empaquetar todas tus herramientas y dejarlo sin más.

—Chase, yo… Gracias.

Se abalanza sobre mí, me rodea el cuello con los brazos y me estrecha con fuerza contra ella. De pronto me doy cuenta de que tengo el cuello de la camisa mojado y le doy un beso en el pelo.

No logro contenerme y le susurro la verdad que lleva meses atormentándome:

—Te quiero.

Dejo de oír su respiración agitada. Creo que el tiempo se

detiene. No noto el latido de su corazón a través de las muchas capas de ropa que llevamos, así que, con suerte, ella tampoco estará notando que el mío me golpea el pecho como un martillo neumático.

—Cass, por favor, no te asustes. Tú no tienes por qué decírmelo… nunca. No lo he… Joder. —Si pedirle que saliera conmigo bastó para que le entrara el pánico hace unas semanas, es imposible que esto no vaya a sacar a la luz el caballo salvaje y asustadizo que lleva dentro—. No lo he dicho porque esperara que tú también me lo dijeras. No tienes por qué decírmelo jamás. Nunca me había enamorado, así que no sé cómo se gestionan estas mierdas. Pero eres la única para mí y no puedo seguir mintiéndote. No puedo seguir fingiendo que no me siento así. Lo quieras o no, mi corazón te pertenece. Por favor, no me odies por ello.

Con una exhalación temblorosa, me aprieta los dedos contra la espalda y me atrae hacia ella.

—Gracias —susurra tras levantar la vista hacia mí.

Tiene las mejillas manchadas de lágrimas y las pestañas empapadas, pero la sonrisa que me dedica es real.

«Me quiere». Ahora lo tengo claro.

Mientras siga sonriéndome así durante el resto de mi vida, no hace falta que me diga nada. Eso es suficiente para mí. Eso significa suficiente para mí.

Le limpio las lágrimas con la yema del pulgar y luego le beso la frente, la nariz, la mejilla y la boca. Y repito. Y repito. Hasta que las lágrimas dejan de caer y tiene la cara enrojecida por la aspereza de mi vello facial, no por el llanto.

31
Cassidy

Gracias?». ¿Qué cojones me pasa?

Me ha dicho que me quiere. Dos palabras que hace tiempo que me cuesta contener y, cuando por fin llega el momento perfecto de decírselas, no lo hago. Las palabras nunca han sido un problema para mí. Cuando un tipo me hace un comentario inapropiado en el bar, soy capaz de replicarle y cambiar las tornas en un santiamén. Pero, cuando el hombre al que amo me dice que me quiere por primera vez, mi cerebro se convierte en avena.

«El cerebro de embarazada. Tiene que ser eso».

Hemos vuelto a la cabaña en silencio, conmigo aferrada a su brazo y aún más a mis emociones, consciente de que lo único que me impedía derrumbarme era el hecho de que las lágrimas se me congelarían antes de caer. Al llegar ha avivado el fuego y ha dicho que salía a coger más leña.

Me quedo mirando el montón de leña perfectamente apilada —más que suficiente para la noche, estoy convencida— y saco el móvil.

EMERGENCIA
Me ha dicho que me quiere
y yo le he dicho que gracias

Shelby
GRACIAS?!

Blair
Me estoy riendo como una loca
Gracias A TI por esto

                                        Muy útil, imbéciles

Blair
Vale, vale
Qué hizo cuando LE DISTE LAS GRACIAS?

Shelby
No le dijiste a Derek que lo querías como
a las 2 semanas o así?
Por qué coño te has vuelto tan asustadiza de repente?

Blair
Porque esta vez lo dice en serio
Además, es tonta del culo

                                        Qué borde

Shelby
Pero no lo niega, eh?

Blair
Deja de hablar con nosotras y dile lo que sientes

Shelby
Dilo más alto para que te oiga la tonta del culo del fondo

Blair
VE A DECÍRSELO

                                        Que os follen a las dos

Cojo mi grueso plumífero del sofá y salgo corriendo por la puerta, con cuidado de no resbalar en los escalones helados. El camino que lleva a la leñera no está mucho mejor, y pongo los brazos en cruz para no perder el equilibrio.

«Podrías haber esperado hasta que volviera a la cabaña, tonta del culo».

—¡Chase!

Patino hacia él, sin tener claro si las volteretas que siento en el estómago se deben a la bebé o son mis nervios. Cuando oye mi voz, deja caer la madera que lleva en los brazos y echa a correr hacia mí.

—¿Qué...? ¿Estás bien?

Me agarra de los antebrazos y me escudriña los ojos para intentar averiguar por qué estoy aquí fuera. Con este frío. Con un vestido. Estoy segura de que la expresión de mi cara también transmite pánico.

—Te quiero —le suelto—. Y no sé por qué no te lo he dicho antes. Mierda, no sé por qué no lo dije hace semanas, pero… te quiero.

—¿Y has tenido que salir corriendo a decírmelo en este mismo instante? —Arquea una ceja y una sonrisa engreída le curva los labios—. Encanto, ya lo sabía. No hacía falta que me persiguieras cuando iba a volver enseguida.

«Vete a tomar por culo». Niego con la cabeza.

—Mentira. ¿Vas a quedarte ahí plantado y a decirme que sabías lo que sentía antes que yo misma?

—Después del rodeo me dijiste que pasara de ti como solía hacer. Pero, Cass, yo nunca he pasado de ti. Vale, no éramos lo que se dice amigos y no te conocía como ahora, pero no pasaba de ti.

Me ciño más el abrigo y lo miro de hito en hito sin decir una sola palabra. No tengo ni idea de adónde quiere llegar con esto.

—En el cole de primaria tenías un negocio de venta de pulseras de la amistad, ¿te acuerdas?

Me río y el vapor de mi aliento se condensa a nuestro alrededor.

—Hasta que me lo cerraron por darle a Sophie una que ponía «zorra». Aunque era una zorra, y sigue siéndolo.

Se aprieta el interior de la mejilla con la lengua y la sonrisa se le extiende mucho más allá de los ojos.

—No me jodas, pues claro que se lo merecía. Convencí al abuelo Wells de que me pagara por hacer tareas extra en la granja para poder comprarte pulseras. Era un puñetero crío de once años, así que no tenía ninguna necesidad de tener «pulseras de la amistad», pero necesitaba una excusa para hablar contigo. Por eso, esto… —levanta la muñeca y mueve la pulsera de cuero a la luz de la luna— significa muchísimo para mí. Creo que una parte de aquel chaval ya estaba enamorada de ti en aquel entonces, aunque no supiera lo que significaba el amor. En el instituto no parecía importarte que fueras más lista, divertida y guay que todos los demás. Dabas clases de apoyo gratis, ayudabas a los nuevos a conocer el instituto, te ofrecías voluntaria para todo tipo de proyectos. Me parecías la hostia, pero también tenía clarísimo que estabas muy fuera de mi liga. Tratabas genial a todo el mundo, pero a mí ni siquiera me mirabas.

Frunzo las cejas y abro la boca para protestar, pero él me detiene con una sonrisa burlona.

—Sabes que tengo razón. No pretendo cabrearte, Cass, solo estoy diciendo que siempre te he prestado atención. Tú no te dabas cuenta, porque yo te importaba una mierda, y no te lo reprocho… No es que me mi comportamiento contribuyera a mejorar tu opinión acerca de mí, precisamente, a pesar de que hace años que me gustas. Tal vez fuera egoísta por mi parte aceptar que nos liáramos en el rodeo cuando tú no sabías nada de todo esto, pero ¿cómo iba a rechazarlo? La chica de mis sueños por fin me prestaba una pizca de atención más allá de los comentarios insolentes que me daban la vida cada vez que te veía. Entonces me dijiste que estabas embarazada y sentí que por fin tenía una oportunidad. No he parado de currármelo desde entonces porque quiero que me veas como soy.

Me quita un copo de nieve de las pestañas.

—Así que tenía mis sospechas. Porque, a pesar de todo lo malo, de todas las razones por las que no deberías darme ni la hora, estás aquí, mirándome con esos ojos tan grandes y bonitos y con una sonrisa que nunca te he visto dedicarle a nadie más. Ya es más de lo que jamás habría soñado tener. No necesitaba oírte decirlo con palabras.

—Gracias por tener paciencia conmigo. Sé que soy un desastre y que se me da fatal decirte cómo me siento. Perdóname. Ojalá te hubiera encontrado antes. Ojalá no lo hubiera jodido todo cuando me dijiste que querías que estuviéramos juntos.

—No jodiste nada. Ahora estamos aquí.

Me da un beso profundo, sujetándome la mandíbula con fuerza con una mano. Tengo las mejillas húmedas y no sé si estoy llorando o si es que el calor que se acumula entre nosotros está derritiendo la nieve.

—Te quiero, Cassidy.

Me susurra las palabras directamente en la boca ebria de besos.

Cierro los ojos y me concentro solo en la sensación de sus labios cerca de los míos; no esperan ni exigen una respuesta, solo transmiten una esperanza paciente.

—Te quiero, Chase.

El beso que sigue me convierte en lava fundida; desprendo calor y a duras penas soy capaz de no convertirme en un charco en el suelo. No sé si nos besamos durante cinco minutos o durante cinco horas. Noto la boca magullada y tiemblo de pies a cabeza, pero no puedo apartarme de él… Y, si pudiera, no querría hacerlo. Sin embargo él se separa poco a poco de mí y señala con la cabeza el camino iluminado por la luna.

—Vamos, encanto. No quiero arriesgarme a que te congeles o que cojas una neumonía. Es mejor que sigamos dentro.

Asiento mientras lucho por mantenerme erguida sin su cuerpo firme y musculoso sosteniéndome.

—¿Por qué me has dejado sola en la cabaña?

—Porque me he dado cuenta de que estabas nerviosa. Me ha parecido que necesitabas un minuto para entrar en pánico a solas, escribir a Blair, pensar si debías reconocer que sentías lo mismo, quizá plantearte la posibilidad de huir… Por cierto, si hubieras intentado marcharte, te lo habría impedido.

Es posible que sí me conozca mejor que yo.

—No me he planteado huir, pero sí he hecho las otras tres cosas.

Se ríe en voz baja.

—¿Y qué te ha dicho Blair?

—Que soy una tonta del culo y que tenía que hablar contigo.

—Siempre he sabido que me caía bien.

Se agacha para recoger los trozos de madera esparcidos por la nieve.

—Vaya, me alegro, porque se muda a Wells Canyon dentro de un par de semanas y la verás mucho. —Me agarro a su grueso bíceps y recorro el sendero oscuro a su lado—. A lo mejor necesitamos un sofá más grande para que entremos los tres durante nuestros atracones de telerrealidad.

—Ni de coña. Eres la única persona del mundo que puede saber que veo esa mierda.

Lo miro con la nariz fruncida.

—Demasiado tarde. Sabe que te vuelven loco los programas de citas. Creo que ya has visto suficientes temporadas como para que podamos considerarte oficialmente un superfán. Espero que sepas que voy a regalarte merchandising para tu cumple. —Una idea brillante me ilumina el cerebro y le aprieto el brazo con fuerza—. Joder. Voy a comprar camisetas a juego para que nos las pongamos mientras vemos el episodio final de la temporada. ¿Cómo no se me había ocurrido antes?

Se echa a reír.

—¿Qué parte de que no quiero que nadie se entere de que he visto ese programa ridículo te hace pensar que voy a ponerme una camiseta?

—Te dije que te arrepentirías de hacer que me enamorara de ti.

—No me arrepiento ni por un instante, encanto. Aunque la camiseta va a vivir siempre en tu casa… No puedo arriesgarme a que la vean los chicos.

—Entonces ¿no podemos sacarnos una foto mona de pareja para las redes sociales? —pregunto en tono burlón mientras le doy unos golpecitos en las costillas con el codo—. Es broma.

«No es broma. Pienso sacar una foto».

—Mentira, no es broma. Te estás esforzando mucho en hacer que me arrepienta, ¿eh?

—Da igual. Ahora ya no puedes librarte de mí.

Me paso la mano libre por la barriga y nunca he sentido tan pocos remordimientos en mi vida. Todo encaja a la perfección en su sitio.

La habitación sigue a oscuras cuando me despierto con un sobresalto. Una sensación dolorosa, como un calambre, que me recorre la pelvis.

«Puede que me haya aguantado el pis demasiado rato».

Para cuando me levanto de la cama, ha desaparecido. Voy al baño, negándome a abrir los ojos más de una rendija para no despertarme del todo, y vuelvo a la cama. Me coloco una almohada bajo la barriga y le paso un brazo a Chase por encima del torso. Al calor de la leña, ya estoy otra vez medio dormida cuando la presión me obliga a llevarme las manos a la tripa.

«Qué cojones pasa. ¿Qué cojones pasa?».

Antes de que me dé tiempo a dejarme llevar por el pánico, el malestar se disipa. Permanezco tumbada, totalmente inmóvil, controlando la respiración y sintiendo el pulso que me retumba contra la palma de la mano que mantengo extendida sobre el abdomen.

Me pongo de lado y cojo el móvil para ver la hora: las 4.54. La alarma de Chase sonará dentro de seis minutos. Entonces podré pedirle que me tranquilice diciéndome que estoy loca. Me tomaré unos analgésicos o algo. Todo irá bien.

Quedarme dormida está descartado. Escudriñar los numeritos digitales es lo único que me siento capaz de hacer para evitar tener un ataque de pánico en toda regla. Un minuto hasta que suene la alarma. Entonces me aliviará el…

No. Nunca he tenido un bebé y tendría que haber aprovechado la oportunidad de charlar con Kate cuando me lo ofreció. Porque esto no puede ser, ¿verdad? Todavía queda todo un mes. No. Voy a tomar una decisión ejecutiva: no va a pasar. Así de simple.

—No esperaba que estuvieras despierta.

Apaga la alarma del móvil, se da la vuelta y me besa en el hombro.

—Es que estoy… muy incómoda, no sé por qué. Como si todo estuviera supertenso.

Me aparta los labios del hombro y una expresión de preocupación le inunda el rostro adormilado.

—¿Quieres que vayamos al hospital?

—Estoy segura de que no es nada. Supongo que es por dormir sin la almohada de embarazo. O porque necesito beber agua. O que son contracciones. O que es por el sexo de anoche. O no lo sé.

—Cass, no puedes soltarme «o que son contracciones» y seguir como si nada. ¿Es eso lo que te está pasando?

—Pues… a lo mejor. Es bastante coherente… Pero nunca he pasado por esto. ¿Cómo narices voy a saberlo?

—Por Dios, ¿por qué no me has despertado? —Aparta las sábanas de golpe y se levanta de la cama; se pone la camisa y los pantalones vaqueros en cuestión de segundos. Luego se me queda mirando como si la que estuviera loca por no intentar batir el récord mundial de rapidez en levantar el culo de la cama y vestirme fuera yo—. Vamos. El hospital está a tomar por el puto culo. No pienso quedarme aquí perdiendo el tiempo para que acabemos teniendo una criatura, y encima prematura, en el arcén de la autopista.

—Vale —digo en tono de exasperación—. Tienes razón. Vámonos. Pero si al final es algo supervergonzoso, como que tengo que tomarme un antiácido, no tienes derecho a reírte de mí.

—Nada de reírse. Solo unas patatas fritas para celebrarlo si resulta que no es más que eso. Vístete, voy a arrancar la camioneta para que vaya calentándose.

Se va y me deja sola, muerta de miedo.

Tengo la mente nublada, pero, aun así, consigo vestirme y

sentarme en el borde de la cama a esperarlo. He estado tan absorta en nuestra relación —o en nuestra falta de ella— que me había olvidado de todo el rollo de lo de ser padres. No tengo preparada la bolsa del hospital. No hemos elegido el nombre. No he terminado de decidir si quiero la epidural… Sí, por supuesto que la quiero. No hemos hablado de si permitiré que Chase se acerque a los pies de la cama durante el parto, aunque sea de lejos. No sé si voy a ser capaz de hacerlo.

—Oye. —De repente está agachado delante de mí y me ha apoyado las manos en las rodillas—. Todo va a salir bien. La camioneta ya está caliente, he cogido una botella de agua para que te hidrates y podemos pasar por tu casa a por lo que necesites.

Me lamo los labios resecos.

—No tengo nada preparado. He hecho la lista, pero no he…

—No pasa nada. Yo cojo las cosas. Vamos —me dice con una sonrisa suave y con una voz aún más suave.

Me coge de las manos y me pone en pie.

—No me atrevía a preparar la bolsa… porque me hacía pensar en tener que hacer esto sin ti.

Me roza los nudillos con los labios.

—Encanto, aquí me tienes. Estoy contigo. No vas a hacer esto sin mí.

El trayecto hasta Wells Canyon me resulta exasperantemente lento gracias al intenso dolor que noto en la barriga cada cinco o seis minutos y a que Chase conduce a la velocidad de un cortejo fúnebre.

—Perdona, pero ¿por qué nos movemos más lentos que la melaza? A este paso, tendremos suerte si llegamos a Sheridan antes de la fecha en la que se suponía que salía de cuentas.

Poso una mano temblorosa sobre la que él me ha puesto con naturalidad sobre el muslo. El mero hecho de sentir el peso tranquilizador de su palma hace que le dé las gracias a cualquier poder superior que haya ahí fuera por permitirme contar con él. Si estuviera sola, me hallaría en pleno ataque de pánico.

—Porque este camino está lleno de puñeteros baches y no me apetece sacarte a Potatita de dentro a base de empujones.

—¿Sabes lo que me parece curioso? —Pongo los dedos de los pies sobre la rejilla de la calefacción—. Que hace meses que sabemos que es una niña y no nos hemos molestado ni en ponerle nombre.

—¿Me estás queriendo decir que no puede llamarse Potatita para siempre?

—Sí, para que se metan con ella a todas horas.

Me agarra el muslo con más fuerza.

—Me encantaría ver al puñetero crío que lo intentara.

—No se pega a los niños. —Le lanzo una mirada de soslayo para que le quede claro que no apruebo el comentario—. De todas maneras, te estás desviando del tema. Tenemos que ponerle nombre.

—Rhett y Odessa les pegarán por mí. —Relaja la mano y me roza la parte superior del muslo con el pulgar, despacio, hasta que siento que una oleada de calor me corre por las venas—. Supongo que tienes toda una lista de nombres. ¿Cuáles te gustan?

Me saco el móvil del bolsillo.

—Creía que no ibas a preguntármelo nunca. —Toco varias veces la pantalla, hasta que encuentro la lista que empecé a recopilar cuando tenía unos trece años—: Ivy, Poppy, Hazel, Eloise, Noelle, Fiona, Ada...

—Oye —dice, y me da un golpecito con la mano en la pierna—. No vayas tan deprisa. ¿Cómo leches quieres que me dé tiempo a pensar si no...? ¿Uno de esos nombres era «Noelle»? En plan... ¿Navidad?

Arquea una ceja, pero no me mira, no quiere apartar la vista de la carretera ni un solo segundo.

—Es bonito —protesto—. ¿Tienes alguno mejor?

—La verdad es que no he pensado mucho en ello, así que dame un minuto.

La camioneta gira hacia mi calle y se detiene ante mi casa con un traqueteo. Chase abre la consola central para coger la llave que le di y no puedo evitar fijarme en las múltiples latas de Skoal.

—Creía que habías dejado el tabaco de mascar.

—¿Qué? —Cierra la consola y me lanza una mirada confusa—. No, desde luego que no lo he dejado.

—Nunca te veo con él en la boca.

Ahora que lo pienso, no recuerdo haberlo visto con el labio inferior abultado por el tabaco desde aquella primera noche.

—Porque me dijiste que no me besarías con tabaco en el labio y no quería correr el riesgo de perder una oportunidad. Además, lo cierto es que no siento la necesidad de recurrir a él cuando estoy contigo.

Durante todo ese tiempo estaba esperando a besarme, pero yo estaba demasiado rayada, pasando como una imbécil de la persona tan increíble que tenía delante de las narices. Con todos esos pequeños sacrificios y los gestos de cuidado del día a día…, me estaba amando mejor de lo que nadie lo ha hecho jamás.

—Ostras, estás un poquito colgado de mí, ¿eh?

—No tienes ni idea. Vale, ¿qué necesitas que me lleve?

Mi lista de la bolsa del hospital es aún más larga que la de los nombres de bebé —y también se la leo más deprisa—, pero no parece que le cueste seguirla. Deja la camioneta en marcha y la calefacción a tope, y echa a correr hacia a la casa. Mientras escucho el rumor del motor diésel, respiro para superar la incomodidad que no para de repetirse —bueno, está claro que son contracciones, ya no hay forma de negarlo— e intento alejar de mi mente la idea de que eso es justo lo que son, porque no estamos preparados para esto. Y se supone que ella tampoco está preparada todavía.

Menos de cinco minutos más tarde, Chase está metiendo las maletas y la sillita del coche —que sigue dentro de la estúpida caja— en el asiento trasero.

—He cogido todo lo que me has dicho y, además, el gel de baño que te gusta, la sudadera que me robaste y la manta peluda del sofá. Porque en los hospitales hace frío y tú básicamente necesitas tener una lámpara de calor encima a todas horas. Y tus nombres son preciosos, pero creo que deberíamos esperar a verla para decidir. Me parece que, en ese momento, lo sabremos.

Vuelve a posarme la mano en el muslo al instante y me sujeta con fuerza mientras se incorpora a la tranquila calle que conduce a la autopista. Por suerte, ahora que circulamos sobre el asfalto liso, hace que la camioneta vaya un poquito más rápido. Desde luego no va a superar ningún límite de velocidad ni a realizar maniobras arriesgadas, pero cabe la posibilidad de que lleguemos al hospital a tiempo.

—Gracias por estar haciéndolo todo tan bien esta mañana. —Me muerdo el labio y parpadeo para contener las lágrimas—. ¿Qué vamos a hacer si termina naciendo ya?

Me rodea el dedo meñique con el suyo. Me mira y dice:

—Pues tendremos una niña preciosa y fuerte, igual que su madre. Está claro que tiene ganas de conquistar el puto mundo cuanto antes, así que seguro que nos da mucha guerra. Pero nos las apañaremos… juntos. —Sin soltármela, se lleva mi mano a la boca y me da un suave beso en el dorso—. Vas a ser la mejor madre que esta niñita podría esperar. Y yo voy a hacer todo lo posible por ser todo lo que las dos necesitáis que sea.

—Creía que el embarazo solo me ponía ñoña y sentimental a mí. —Me limpio la nariz y me seco las lágrimas a toda prisa con la mano libre—. Para, porque, si no, voy a llegar incluso con peores pintas de las que ya llevo. Menuda llorona…

—Encanto, eres un sueño.

—Para —gimoteo en tono de broma, y pongo los ojos en blanco con una sonrisa.

Me he pasado veintitantos años sin hacerle ni caso, excluyéndolo, perdiendo el tiempo con chicos que no sabrían distinguir cuál de los diez botes de gel que tengo en la ducha es mi favorito. Que consideraban que mi cuerpo, con diez kilos menos, era algo de lo que debería avergonzarme. Que no tenían los traumas que tiene Chase, pero que tampoco tenían su corazón.

Esta bebé es un auténtico milagro, en más sentidos de los que soy capaz de enumerar.

Por supuesto, Chase no iba a tomarse la molestia de pagar el aparcamiento, así que estoy bastante convencida de que hemos ocupado una plaza reservada para un médico. Pero estaba cerca de la entrada principal y, aunque la frecuencia de las contracciones ha disminuido bastante durante la hora y media que ha durado el trayecto, ha insistido en que no habíamos venido hasta aquí a perder el tiempo como unos gilipollas.

Evidentemente, el personal médico opina lo contrario.

—Podría ser peor. Tenemos una cama… y la intimidad de una cortina. —Lo observo pasearse de un lado a otro con nerviosismo por el diminuto espacio que separa la cabecera de la cortina blanquecina—. De todas formas, estoy bien. Por eso te he dicho que era una tontería avisar a mi padre y a Blair. Seguro que, en cuanto venga el médico, nos manda a casa tan tranquilos.

—Llevamos aquí dos horas sin que nadie nos dé respuestas. Y hace una hora que nadie viene a comprobar cómo estás.

—Porque estoy bien. —Muevo la mano como una loca en torno al monitor conectado a las correas que me rodean la barriga, aunque sé que ninguno de los dos tenemos ni la menor idea de lo que significan las líneas del gráfico. Poco después de que llegáramos, mencionaron las palabras dilatación y parto prematuro y, desde entonces, Chase está de los nervios—. Si no estuviera bien, estarían aquí dentro. Oye, ¿por qué no sales y te relajas un poco? Así te da un poco de aire. Y me traes algo de picar.

—Antes voy a tener unas palabras con alguien de ahí fuera.

Entorna los ojos y se asoma por el borde de la cortina.

—Oye —le digo, y lo agarro por la muñeca para impedir que salga hecho una furia—. Nada de pelearte con los médicos, ¿recuerdas?

Suelta una exhalación exagerada.

—Vale. No me pelearé con nadie… todavía. Si me necesitas, llevo el móvil, ¿vale?

Levanto los brazos desde la cama de hospital rígida e incómoda en la que estoy sentada, le enredo los dedos en el pelo y lo atraigo hacia mí para darle un beso. Sabe a menta, y noto la suavidad y la frescura de sus labios sobre los míos. No puedo evitar perderme en él durante un minuto.

Cuando dejo caer las manos a los costados con un ruido sordo, él endereza la espalda.

—Vuelvo enseguida con algo de comer.

Me tapo más con la manta rasposa y estéril y cierro los ojos. Con un poco de suerte, podré echarme una siesta mientras él no está. Chase coge la cartera y el móvil, que quedaron junto a mis pies, y me aprieta los dedos a través de la sábana antes de apartar las cortinas y salir.

Su voz invade el pasillo del hospital, que, por lo demás, está desconcertantemente tranquilo. No emplea un tono enfadado ni irritado, pero percibo un claro dejo de preocupación que ha logrado ocultarme a lo largo de toda la mañana.

—Oiga, llevamos aquí más de una hora y mi esposa ha tenido…

Mis oídos bloquean todo lo que dice después de la palabra «esposa» con tanta facilidad que bien podría haber sido ruido blanco. Siento un golpeteo en el pecho; una sonrisa insistente que me curva los labios; un temblor que no tiene nada que ver con las contracciones; una satisfacción perfecta que me invade de arriba abajo, como la paz que sientes en el momento en el que te estás quedando dormida. Y, entonces, me duermo.

32
Red

Bajo las escaleras de dos en dos hasta la planta baja del hospital. El ascensor me parecía demasiado arriesgado: si se quedaba atascado, me impediría volver con Cassidy. La enfermera me ha dicho que alguien iría a echarle un vistazo dentro de quince minutos. Sinceramente, teniendo en cuenta el rato que llevamos esperando, sus palabras me han sonado a tomadura de pelo. Pero tengo que ser la persona que Cass se merece. No un broncas. No un gilipollas. Así que le he dado las gracias con mucha educación y me he ido.

La planta baja del hospital está abarrotada debido a la saturación del servicio de urgencias. Haciendo caso omiso del nudo que siento en el pecho, me abro paso serpenteando entre el mar de gente sin apartar la vista de la hilera de máquinas expendedoras que hay cerca de la salida. Avanzo con tal determinación que no me doy cuenta de que alguien intenta captar mi atención hasta que me agarra del brazo con brusquedad y tira para frenarme en seco. Me doy la vuelta, dispuesto a soltar un puñetazo, pero me encuentro cara a cara con Dave.

—Ah, hola.

Bajo el brazo libre con un suspiro de alivio.

—¿Dónde está? ¿Está bien?

Joder. A lo mejor Cass tenía razón y deberíamos haber esperado antes de decirle que estábamos en el hospital. Lleva la preocupación pintada en los surcos de la frente y puede que esta sea la primera vez en la historia en la que me mira sin que los ojos le rezumen desprecio.

—Está bien, hasta donde nos han informado. No ha vuelto a examinarla nadie desde poco después de que nos ingresaran, así que me ha mandado a por algo de picar.

—¿Hace dos horas que estáis aquí y nadie se ha molestado en echarle un ojo? ¿Qué cojones pagamos entonces con nuestros impuestos?

Se le está poniendo la cara roja y, en la última frase, ya está gritando. Al menos no soy el único que opina que esto es una puta tomadura de pelo.

—Mejor no me hagas hablar. Solo intento mantener la calma por Cassidy.

Meto varias monedas en la máquina expendedora y le compro Cheetos picantes, patatas fritas con sabor a kétchup y una chocolatina Aero.

Dave le da unos golpecitos al cristal de la parte delantera de la máquina.

—Sus chocolatinas favoritas son las Coffee Crisp.

—Normalmente sí. Pero no ha vuelto a tocarlas desde que se comió dos seguidas y vomitó, hace un par de meses. Todavía no puede pensar en ellas sin que le entren náuseas.

Resignado, deja caer la mano.

—Ah. Vale.

Volvería a subir por las escaleras, pero, con Dave pisándome los talones, me desvío hacia la izquierda para dirigirme a los ascensores. Cuando la puerta se cierra detrás de nosotros, me aclaro la garganta.

—Oye, quería disculparme por lo que pasó en el bar. Lo que me dijiste se me quedó grabado. Lo último que quiero es obligar a Cass a pasar por la mitad de lo que mi madre tuvo que pasar con mi padre. Sé que hay personas, tú entre ellas, que piensan que no me la merezco. Y tenéis razón. Pero querer a tu hija es lo más gratificante que he hecho en la vida. Y estoy dispuesto… No, la palabra no es «dispuesto». Estoy ansioso por currármelo y convertirme en un hombre con el que se sienta orgullosa de estar. Porque necesito que esto funcione tanto como el aire que respiro.

Ladea la cabeza para mirarme.

—Solo un hombre de verdad reconocería algo así.

—Eso es lo que estoy intentando ser. He dejado de beber. Y, no te ofendas, pero no pienso volver a poner un pie ni siquiera en los alrededores de tu bar. Estoy intentando ser mejor persona.

Me escruta la cara con una mirada inquisitiva, en busca de un hilo del que tirar, haciendo todo lo posible por desentrañar lo que estoy convencido de que piensa que es una mentira.

—Cassie se merece lo mejor.

—No podría estar más de acuerdo. —Salgo del ascensor detrás de él y le señalo el pasillo en dirección a la sala de maternidad—. Está justo ahí.

Una mezcla de alivio y temor se me agita en el estómago cuando veo a una médica hablando con Cass. Las dos mujeres se vuelven hacia nosotros cuando entramos y dejo los aperitivos a los pies de la cama. Tenía que soltarlos antes de que se me resbalaran de las manos húmedas y acabasen esparcidos por el suelo.

—Tú debes de ser el papá.

La doctora me saluda con un gesto de la cabeza. Abro la boca para corregirla —para aclararle que yo soy el novio y que Dave es el padre— cuando me doy cuenta de que nos estamos refiriendo a Potatita. Y, mierda, soy el papá. A juzgar por la sonrisa burlona de Cass, debo de tener la cara tan desfigurada que parece que es la primera vez que oigo hablar de la bebé.

—Ah, sí.

«¿Por qué tengo la boca tan seca de repente?».

—Perfecto. Bueno, estaba explicándole a Cassidy que nos gustaría que la niña aguantara dentro hasta la semana treinta y siete. Está dilatada, pero las contracciones han parado, así que me siento cómoda enviándola a casa. Dicho esto, durante las dos próximas semanas tiene que descansar y mantenerse hidratada. Nada de paseos largos, escaleras limitadas, nada de levantar peso... y también tiene que hacer reposo pélvico. Así que ningún tipo de inserción por vía vaginal y nada de orgasmos.

O alguien ha subido el termostato de golpe o me ha subido fiebre, porque estoy ardiendo. Siento que el sofoco me asciende desde el estómago hasta la parte superior de la cabeza, de la que, sinceramente, podría salirme humo en cualquier momento. Y me es imposible moverme para acercarme a la ventana abierta, porque ahí es donde está Dave escuchando todo esto.

—De acuerdo —grazno.

—Perfecto. Pues entonces ya podéis iros a casa. Espero no volver a verte por aquí hasta dentro de unas semanas.

Le da un apretón en el brazo a Cass antes de desaparecer tras la cortina.

—Hola, papá. Ya te dije que no hacía falta que vinieras hasta aquí.

—¿Creías que me quedaría sentado en el bar a esperar a que me dijeran si era una emergencia y que luego tuviera que sumarle una hora para llegar hasta aquí?

—Bueno, es una tontería que hayas venido hasta aquí para nada.

Cuando se sienta y las piernas le quedan colgando de un lado de la cama, Cass intenta alcanzar sus zapatos. Dave y yo nos agachamos al mismo tiempo y estamos a punto de darnos un cabezazo en nuestro empeño por ser el primero en ayudarla. Le pongo las botas de invierno a Cassidy y le ato bien los cordones y, cuando levanto la vista, veo que está disfrutando cada segundo de esta forma de tratarla. Sé que le va a encantar mangonearme durante las dos próximas semanas, porque no entiende que, cuanto más me hace currármelo, más me enamoro de ella.

—Oye, Dave —digo, todavía acuclillado y con las manos en los cordones de las botas negras—, ¿por qué no vienes a casa de Cass a cenar? Cocino yo.

Conozco bien la cara de Cassidy. Apostaría lo que fuera a que ahora mismo se está cagando internamente en la médica por ponerla en reposo pélvico.

—No hace falta que cocines. Compraré unas pizzas por el camino. Nos vemos allí.

—Qué cojones… —articula Cass moviendo solo los labios, con los ojos del tamaño de los de un dibujo animado.

Y, en cuanto Dave se marcha, me coge por el cuello de la camisa y me obliga a estampar los labios contra los suyos.

Haciendo equilibrios con la pizza y el refresco en las manos, me siento junto a Cass en el sofá y le paso el trozo más grande de la de pepperoni que he encontrado en la caja.

—Sabes que «actividad ligera» no significa que no pueda levantarme del sofá, ¿verdad?

—Pero no tienes que hacerlo, porque estoy aquí.

—¿Y ahora qué? ¿Me metes trocitos de pizza en la boca como si fuera un pajarito?

—Si te pone…

Me interrumpo en cuanto Dave entra en la habitación. Ya ha visto cómo la doctora me atravesaba el alma con la mirada mientras me decía que tenía terminantemente prohibido provocarle un orgasmo a su hija durante las dos próximas semanas. Ya es incomodidad más que suficiente para un solo día.

Nos comemos la pizza casi en silencio. Entonces Cass adopta su postura habitual: me pone los pies en el regazo y empieza a enredarse un mechón de pelo en el dedo índice. La tapo bien con la manta y le presiono la planta del pie derecho con el pulgar. Hemos pasado horas así sentados, viendo sus programas de citas, pero Dave nos mira de tal manera que hace que me sienta como un animal en el zoo, con los ojos entornados oscilando desde su hija hasta mí como si fueran un péndulo.

Por suerte, no me hace falta hablar, porque Cass no calla durante el tiempo suficiente para que alguno de los dos podamos meter baza. Los ojos le brillan bajo la luz cálida y una sonrisa inquebrantable le dibuja arruguitas alrededor de los ojos. Le cuenta a su padre lo del cobertizo que le he construido, le describe todos los detalles y me mira de vez en cuando. Luego se lanza a relatarle que ya tiene una lista de pedidos muy larga con todos los encargos que le han hecho los chicos del rancho, y que está deseando ponerse con ellos ahora que ya está de baja en el trabajo. La expresión de su padre mientras absorbe hasta la última palabra que sale de su boca es suave y está llena de amor y reverencia.

Cuando por fin para un poco para coger aire, sé que tengo que decírselo, aunque vaya a fastidiarle el buen humor.

—Pues… es que no sé si voy a poder trasladar el cobertizo hasta aquí durante las dos próximas semanas. Hablaré con los chicos a ver si consigo reclutar a alguno, pero puede que resulte difícil hacerlo a tiempo. Lo siento.

—Bueno, ¿y si no lo trasladamos? —pregunta, y me sorprende tanto que dejo de masajearle los pies—. He… He pensado que a lo mejor es más fácil que me quede en el rancho contigo. Si te parece bien, claro. Pero no en el barracón de los peones.

—Claro que me parece bien. A mí tampoco me importa venirme aquí, lo sabes, ¿no?

—Sí, lo sé. Pero le he estado dando vueltas desde la primera noche en la que cogí el coche y me fui para allá. Como me encontraré de baja por maternidad, no me hará falta quedarme en el pueblo, y así tú no tendrás que ir y venir. Además, allí tendré a las chicas si necesito ayuda y podré empezar con los encargos en el cobertizo. Sé que mi padre está aquí… —señala con la cabeza a Dave, que permanece inquietantemente callado— y que Blair volverá pronto, pero los dos tienen que trabajar. Estaría bien no pasarme el día aquí sola con la niña, todos los días.

Durante un segundo me da miedo reaccionar. Estoy esperando a que Dave suelte lo que piensa. A que proteste por el plan. Pero no lo hace.

Pasar todas las noches envuelto alrededor de Cass en la cama y despertarme oliendo su champú es lo único que siempre he deseado.

—Si es lo que quieres, así lo haremos, encanto. Pero ¿dónde va a dormir la niña?

—Estará un tiempo en el moisés junto a la cama. Luego, ya veremos.

—De acuerdo. —Asiento, sin molestarme lo más mínimo en disimular lo contento que estoy. Cass me pasa las uñas por el antebrazo para darme a entender que se siente igual—. Vale, a ver si algunos de los chicos me ayudan a trasladar tus cosas.

—Red, yo también puedo echarte una mano. Lo que necesites.

—Gracias, Dave.

Le aprieto el pie a Cass por debajo de la manta al mismo tiempo que ella me tensa los dedos alrededor del antebrazo.

Cass me está convirtiendo, sin ayuda de nadie, en el hombre que quiero ser. Está rescatando los pedazos rotos del naufragio, tamizando lo malo y encontrando lo bueno, amándome a pesar de que soy una catástrofe. «Tal vez… —en el fondo de mi cabeza, una vocecita empieza a formular un pensamiento que hasta ahora siempre había descartado con rotundidad— pueda llegar a ser lo bastante bueno para Cassidy». Tal vez pueda llegar a ser todo lo que ella necesita. Tal vez pueda llegar a ser un sueño para ella tanto como ella siempre lo ha sido para mí.

33
Cassidy

Treinta y siete semanas
(la bebé tiene el tamaño de un cubo de pollo)

Sentada a mi banco de trabajo, alineo con cuidado el último cinturón del pedido de los peones del rancho y le hago los agujeros. Todavía tengo pendientes una silla de montar, zahones y un bolso para Cecily, pero, por suerte, teniendo en cuenta lo rápido que me han acogido en el rancho, mi base de clientes es prácticamente de la familia, así que son comprensivos respecto a la posibilidad de que la espera sea larga.

Tan desorganizada como siempre, Blair está como loca con los preparativos para su mudanza de la semana que viene. Por eso, desde hace un tiempo, la mayoría de nuestras llamadas transcurren como esta: yo trabajando en el cobertizo, ella haciendo cajas. A veces hablamos, a veces solo trabajamos en silencio dentro del marco de la cámara.

Es durante un momento de quietud, poco después de haber mantenido una apasionante conversación sobre la logística de casarse con alguien a primera vista, cuando siento un doloroso calambre en el estómago. Me muevo de un lado a lado sobre el asiento hasta que se disipa. Unos minutos más tarde, otra vez. Y luego otra. Y a lo largo de todo el debate acerca de si mi mejor amiga está empaquetando las cosas como debería (la respuesta es no, y por eso tendría que estar allí para ayudarla). Hasta que pasa una hora y se hace evidente que la agónica sensación de tener una goma elástica demasiado apretada alrededor de la barriga no va a detenerse. De hecho, está empeorando.

—Oye, Blair, una cosa. Creo que estoy teniendo contracciones.

—¿Que estás qué?

Se pasa el dorso de la mano por la frente sudorosa y se aparta un mechón suelto de la cara.

—Estoy... —La frase se interrumpe en contra de mi voluntad. Necesito hasta el último resquicio de mi capacidad mental para soportar la molestia. Mientras el dolor se me expande por el vientre y me baja por la ingle, me muerdo el labio inferior hasta notar el sabor del hierro. Al cabo de unos segundos puedo volver a respirar—. Sí, estoy teniendo contracciones.

—¡Mierda! ¿Son muy intensas? ¿Y cuánto tiempo pasa entre una y otra? ¿Sientes presión o solo dolor?

De repente, la cara de Blair está en superprimer plano y me escruta a través del teléfono.

—Son como dolores menstruales; no es para tanto. No sé cuánto tiempo hay entre una y otra, pero no siento presión.

—Cass, tienes síndrome de ovario poliquístico y tus dolores menstruales habituales harían que la mayoría de las mujeres se cayeran redondas. No se te da bien calcular el dolor. ¿Cuándo han empezado?

—Bueno, llevo todo el día. Pero han sido bastante esporádicas durante la mayor parte de la mañana.

—¡Cassidy Bowman! —grita—. Llevamos... una hora y veinticuatro minutos hablando por teléfono y ¿me lo dices ahora?

—Desde que fuimos al hospital, de vez en cuando tengo alguna que otra contracción pequeña. He pensado que no era nada.

Suelto las herramientas al notar que la sensación me comienza a crecer de nuevo en el abdomen. Es como una ola que se agranda despacio y de forma constante hasta que rompe con un dolor atronador que me envuelve toda la cintura antes de desaparecer.

—Cass... —Blair me habla con voz tranquila mientras me lamo los labios y suelto una larga exhalación cuando el dolor se retira—. No quiero alarmarte, pero han pasado menos de dos minutos. Y ha durado un minuto entero. Creo que deberías ir a buscar a Red y pedirle que te lleve a Sheridan.

La miro como una tonta. Tiene razón. Por supuesto que tiene razón. Dios, ojalá no la tuviera.

—No me cuelgues hasta que lo encuentres, ¿vale?

—Vale —murmuro. Cuando echo a andar hacia la puerta, me siento como si estuviera sumergida en agua hasta la cintura. La cabeza me da vueltas al salir a la luz del sol y el aire frío de febrero me sonrosa las mejillas—. Creo que está en el establo.

Blair se aprieta los labios con los dedos y espera con paciencia mientras avanzo arrastrando los pies por el camino de tierra. No llego muy lejos antes de que el dolor vuelva a apoderarse de mí. Estoy a punto de estamparme contra el suelo cuando se me doblan las rodillas.

—Presión —suelto cuando soy capaz de hacerlo, aún totalmente consumida por el calambre que me envuelve el abdomen—. Mucha presión.

Mi amiga solo dice una palabra, pero el tono me da a entender el lío en el que estoy metida:

—Joder.

—¿Qué…? —Me cuesta respirar y me llevo la mano al pecho—. ¿Qué hago?

—Vamos a buscar a Red. ¿Tienes la sensación de que necesitas empujar?

—Quizá. —Mi voz adquiere el mismo tono de pánico que la suya—. No tengo ni puta idea, Blair. Pero puede ser.

Por suerte, cuando abro de un tirón la puerta del establo, estoy a punto de chocarme con Chase, que sale de la sala de los arreos.

—Hola, encanto. ¿Qué pasa? —Me da un beso en la frente. Al ver a Blair, se da la vuelta para saludarla—. Hola, Blair.

—Hola, cuánto tiempo sin verte… Tienes que llevarla a un lugar caliente y limpio antes de que la bebé nazca literalmente en un establo.

—¿Qué quieres de…? —Su pregunta se ve interrumpida cuando le clavo las uñas en la carne del bíceps y tengo que contenerme para no gritar—. Vale, vamos a la camioneta. Las bolsas del hospital ya están dentro.

—No creo que os vaya a dar tiempo —grita Blair desde el

otro lado de la línea—. Cass, tienes que intentar respirar cuando lleguen, ¿vale?

—No. —Rompo a llorar mientras se aplaca el dolor. Chase me quita el teléfono de la mano con delicadeza y me seca las lágrimas con la manga de su sudadera. La cara se le ha puesto más blanca que el papel y me mira con los ojos abiertos como platos mientras divago—. Tenemos que llegar al hospital. Aguantaré hasta entonces. La gente siempre dice que el primero tarda una eternidad en nacer.

—Ya, bueno, pues la tuya no, cariño.

Chase me saca de nuevo del establo y me guía por el sendero hacia nuestra cabaña. Tenemos que pararnos más de una vez para que respire hondo cuando vuelve el dolor y el instinto me lleva a apretar los muslos para evitar la presión agobiante que noto en la entrepierna.

—Quiero la epidural —gimoteo cuando termina la contracción, y ambos me sonríen con compasión.

En los ojos de Chase veo que está aterrorizado, pero, por lo demás, aparenta una calma infinita.

—¿Qué hago? —le pregunta a Blair, aferrado a mi teléfono mientras yo me quito el jersey, repentinamente abrumada por la necesidad de deshacerme de alguna capa de ropa ahora que el sudor me perla la piel.

—Llama a una ambulancia. Déjame hablar con Cassidy un segundo.

Chase me devuelve el teléfono y me observa con preocupación mientras llama a emergencias con su móvil.

—Cass, ojalá pudiera estar ahí ahora mismo. Pero eres fuerte y valiente, y esto terminará siendo una historia cojonuda. No es una experiencia original: miles de mujeres han hecho esto y tú también puedes. Decide dónde vas a estar cómoda. ¿En el suelo? ¿En la cama? ¿En la bañera?

—Con todos mis respetos, vete a tomar por el culo. Me importa una mierda que otras mujeres lo hayan hecho. —La medicina moderna existe por algo, y mi plan era aprovecharla al máximo. Esto no tiene nada que ver con mi plan. La idea de parir en casa no me atraía en absoluto. De hecho, hice callar a

Blair con una retahíla de tacos bien sonoros cuando me lo mencionó como opción hace unos meses—. La bañera. No hay duda, en la bañera.

La mano me tiembla con tanta violencia que me cuesta evitar que el teléfono se me caiga al suelo.

Para cuando Chase termina de hablar con la centralita, estoy desnuda y metiéndome en la bañera vacía, con Blair apoyada sobre la tapa cerrada del inodoro.

—Por Dios, encanto. Deja que te ayude. Ven. —Me agarra del codo y me sirve de apoyo mientras bajo el cuerpo tembloroso. Las lágrimas me ruedan por la cara y él se arrodilla junto a la bañera para abrir el grifo. Después pone la mano debajo del chorro de agua para asegurarse de que está a la temperatura adecuada—. ¿Qué necesitas de mí, Cass?

—No… No lo sé. No quiero hacer esto. Esto no iba a ser así.

—Lo sé. Pero Blair tiene razón, eres fuerte. Si hay alguien que pueda conseguirlo, eres tú.

—¡Claro que puedes!

El grito de Blair retumba en el pequeño cuarto de baño.

Quiero decirles que se callen, pero mi cerebro está flotando en algún lugar que no es mi cuerpo. Es como si las olas del mar me estuvieran revolcando y no fuera capaz de hacer nada salvo concentrarme en coger una bocanada de aire cada vez que salgo un instante a la superficie. No sé si no me duele nada o si me duele tanto que mi cuerpo ha dejado de percibirlo.

34
Red

Está ensimismada, con la mirada clavada en el grifo, los nudillos blancos de agarrarse al borde de la bañera y la cara pálida. No sé si Blair sigue al teléfono —supongo que sí—, pero todo está aterradoramente silencioso desde que acabó la última contracción. No le he dicho a Cass que calculan que la ambulancia no llegará hasta dentro de cuarenta y cinco minutos, pero estoy seguro de que sabe que es imposible que llegue a tiempo hasta el rancho.

—Encanto, ¿quieres que me meta ahí contigo?

Sin decir nada, se echa hacia delante y me desnudo en un tiempo récord. Luego me coloco detrás de ella. Justo como la última vez, cuando sentí las patadas de nuestra hija y estuve a punto de confesarle a Cassidy que la quería. Se recuesta contra mí y le susurro en el pelo:

—Te quiero.

—Tengo mucho miedo —me contesta también en un susurro.

—Lo sé.

Es lo único que puedo decirle mientras le acaricio el pelo con suavidad. Yo también tengo miedo. Estoy acojonado. Sé todas las cosas que pueden salir mal. He ayudado a las vacas a parir miles de veces: los terneros mueren, las vacas mueren, necesitan intervención médica. Si pasa algo, nunca me perdonaré no haberla obligado a alojarse en un hotel de Sheridan durante las dos últimas semanas.

Gruñe, aparta la mano del borde de la bañera para agarrarse a la mía y aprieta tan fuerte que creo que me va a partir los huesos.

—Respira, Cass —digo, porque es lo único que se me ocurre que pueda ayudar en esta situación.

Apoya los pies contra el otro extremo de la bañera. Aunque no sabía que mi corazón era capaz de latir tan rápido como lo está haciendo desde hace veinte minutos, de alguna manera logra subir una marcha más. Me aporrea el pecho mientras abrazo a Cass y la siento pujar con un gemido gutural que me retumba en todo el cuerpo.

—Estoy muy orgulloso de ti.

La beso en la coronilla cuando el cuerpo al fin se le relaja y le retiro un mechón de pelo de la frente empapada en sudor.

—Gracias… Y, también, que te jodan.

Con otra contracción, me clava las uñas en el antebrazo y estoy seguro de que me hace sangre.

Tres intensos pujos después veo que el amor de mi vida se agacha para coger al nuevo amor de mi vida y llevárselo al pecho. Es pequeña, tiene la cabeza llena de pelo y grita tan fuerte que me sorprende que no se rompan los cristales. Y, como era de esperar, la mirada de Cassidy mientras contempla a nuestra hija es el momento más increíble de toda mi vida.

—Lo has conseguido, encanto. ¡Joder, lo has conseguido! Te quiero muchísimo. Eres preciosa e increíble y, hostia puta, cómo te quiero.

Le aliso el pelo con una mano y con la otra le trazo círculos suaves en la espalda a nuestra Potatita. Las lágrimas me nublan la vista y el eco de los gritos de la bebé es el sonido más milagroso que he oído en mi vida. Cass vuelve la cabeza para besarme de una forma que hace que el mundo deje de girar por completo.

Esta vez, los médicos no pierden el tiempo cuando la ambulancia nos deja en el hospital nada menos que dos horas después. Una vez confirmado que Cassidy y la bebé están bien, nos llevan a una habitación como es debido. Una habitación privada, con paredes de verdad, un penetrante olor a líquidos esterilizantes y vistas al patio nevado, aunque no tengo ninguna intención de apartar la mirada de las dos chicas perfectas que se han acurrucado en la cama reclinable del hospital.

Cuando la enfermera se marcha, le envuelvo las piernas a Cass con la manta de color azul claro y me siento en el borde de la cama a observar a mis chicas. Tal como sospechaba, Cass tiene un talento innato para ser madre. La ambulancia ni siquiera había llegado y ya tenía a la niña alimentada y perfectamente envuelta en una manta gruesa. La verdad, si no fuera por mi miedo a todo lo que podía salir mal, creo que ella les habría dicho a los sanitarios que se marcharan.

—Siento lo del pelo rojo.

Con cuidado, le paso el pulgar a la bebé por el pelo recién lavado, sedoso y de color melocotón.

—Me habría decepcionado un poco si no lo hubiera tenido así. —Aparta los ojos de nuestra hijita dormida durante solo un instante para clavarlos en los míos. Se coloca un mechón rebelde detrás de la oreja con una sonrisa soñolienta—. La quiero mucho, pero sí que se parece un poco a una patata, ¿no? ¿He comido demasiadas y he tenido una bebé patata? ¿La hemos gafado llamándola Potatita?

Me río y le tapo las orejitas con suavidad a la niña.

—Calla. Hazel es la patatita más bonita del mundo.

Cass vuelve a mirarme y enarca una ceja.

—¿Hazel?

—Estaba en tu lista, ¿no? Me gusta. ¿Qué te parece?

Con una mano, se recoge el pelo en un moño improvisado a la altura de la nuca.

—Me encanta. Esa siempre había sido mi primera opción de la lista.

—La perfecta niña Hazel. Tengo la sensación de que nos lo va a poner difícil.

—Sí, imagino que el karma tiene mucho que devolverte.

Se aparta otro mechón suelto de la cara.

—¿Puedes incorporarte un poco?

Me levanto, rebusco en el bolsillo delantero de su maleta y saco una goma del pelo. Luego me acurruco a su lado y le peino el pelo rubio con los dedos.

—¿Qué estás haciendo?

Vuelve la cara hacia mí y le pongo la yema de los dedos en la mandíbula para empujársela ligeramente hacia la pared del fondo.

—Está claro que el pelo te está volviendo loca. Qué leches, verte recolocándotelo todo el rato me está volviendo loco a mí. Y tienes las manos ocupadas, así que deja que te lo solucione.

Empezando por la coronilla, le voy cruzando mechones de pelo el uno sobre el otro. Hace tiempo que ha renunciado a mantener la bata del hospital en su sitio, así que le beso el hombro desnudo mientras trabajo.

—¿Sabes hacer trenzas?

—Encanto, yo nací para ser el papá de una niña.

Suelta una pequeña carcajada. Cuando le pongo la goma al final de la larga trenza, le poso los labios sobre la piel de detrás de la oreja.

—He trenzado un montón de crines y colas a lo largo de los años. Solo te diré que se me da de puta madre. Esta chica mala no va a ir a ninguna parte.

Le doy un tirón ligero y juguetón a la trenza y Cass se deja arrastrar por él. Le paso el brazo por los hombros y nos quedamos totalmente cautivados ante el milagro de tres kilos doscientos gramos que tiene entre los brazos. Los ruiditos ásperos de la respiración de la bebé me llenan el corazón hasta que creo que va a estallarme el pecho. Deja escapar un lloriqueo que Cass se apresura a calmar con un siseo suave. Son perfectas. Y sé que yo no lo soy, ni mucho menos, pero estoy esforzándome en conseguirlo. Por ellas, lo seré todo. Lo haré todo.

—Me has salvado, ¿lo sabes? —digo con la voz queda, intentando disimular el nudo que tengo en la garganta y las lágrimas que me escuecen en los ojos.

Cassidy ladea la cabeza para mirarme y se le curvan las comisuras de los labios.

—Alguien tenía que hacerlo. Me alegro de que fuéramos nosotras.

Llaman a la puerta justo cuando Cass está terminando de darle el pecho. Me levanto de un salto de la cama, donde he estado observando con admiración lo increíble que ya es como madre.

—Les diré que necesitas un rato más.

—No pasa nada, se ha emborrachado demasiado de leche y se ha vuelto a quedar frita. Llevan horas abajo esperando a que les dejen subir a visitarnos. Solo espera un segundo a que me guarde la teta.

—Eres increíble, ¿lo sabías?

—Solo me lo has dicho cuatrocientas veces en las cinco horas que han pasado desde que nació.

—Si te lo dijera cada vez que se me pasa por la cabeza, ese número estaría multiplicado por tres…, como mínimo.

No puedo borrarme la sonrisa de la cara desde el instante en el que me di cuenta de que mis chicas iban a estar bien. En cuanto me hace un gesto con la cabeza para indicarme que ya se ha cubierto, abro la puerta y un tsunami de familiares está a punto de hacer que me caiga de culo.

Hay un montón de gente en la habitación y, aun así, todos contemplan a la bebé dormida sumidos en un silencio tan reverencial que, si se cayera un alfiler, lo oiríamos.

Denny me pone las llaves de mi camioneta en la palma de la mano y me da un fuerte abrazo.

—Te quiero, tío. Me parece alucinante que tengas una hija.

Me guardo las llaves en el bolsillo sin dejar de mirar a Cassidy, aunque la gente que la rodea no para de interrumpirme la vista.

—Dímelo a mí.

Una mano enorme me golpea la espalda con fuerza. Cuando me doy la vuelta y veo a Dave a mi lado, se me encoge el estómago…, pero solo dura un instante. Nunca había visto una sonrisa tan enorme como la suya y, cuando me hace un gesto de aprobación con la cabeza, veo que tiene los ojos llorosos.

—Enhorabuena. Es preciosa.

—Sí, creo que antes Cass y yo nos hemos pasado una hora entera mirándola en silencio.

—Gracias por haberla cuidado hoy. Por haberla mantenido a salvo. Estoy seguro de que te estabas cagando encima… Yo me desmayé cuando nació Cassidy, y eso que estaba en el hospital con médicos y enfermeras haciendo su trabajo. No me lo puedo ni imaginar.

—Si te soy sincero, no hubo mucho tiempo para el pánico. Fue todo muy rápido y creo que, a nivel inconsciente, sabía que no podíamos perder los papeles los dos. Además, Blair estuvo al teléfono en todo momento para guiarme tanto durante el parto como después. Cass es la que se merece los elogios. Es la que ha hecho la parte difícil.

—Bueno, me alegro de que te tuviera allí. Puede que te haya juzgado mal hasta ahora, y te pido perdón por ello. —Vuelve a darme palmaditas en la espalda—. Creo que esa niña tiene suerte de tenerte. Y Cass también.

Le hago un gesto con la cabeza, tan estupefacto ante su cambio de actitud que no sé cómo reaccionar.

—Gracias, Dave.

Se acerca para abrazar a Cass y después coge al pequeño bulto rosa entre sus brazos enormes con impaciencia. Y comprendo por qué no le caía bien ni confiaba en mí; antes lo entendía a nivel superficial, pero ahora lo comprendo de verdad. Hasta ahora, Hazel solo había estado en mis brazos o en los de Cassidy. Y sé que la gente que hay en está habitación protegerá a nuestra pequeña con su vida, pero, aun así, se me seca la boca al ver cómo a todo el mundo le llega su turno de cogerla en brazos. Cómo se la pasan despreocupadamente de unos a otros. Jamás voy a confiarle a mi Hazel a nadie.

—A ver… Aunque nos dijiste que no la necesitabas, te habíamos organizado una pequeña baby shower sorpresa para este fin de semana —anuncia Kate mientras le pasa a la bebé a Beryl—. Sin embargo, como supongo que no tendrás muchas ganas de fiestas hasta dentro de un tiempo, te hemos traído nuestros regalos y... ¿Vais a volver al rancho? —Alterna la mirada desde Cass hacia mí y viceversa hasta que asentimos—. Perfecto. Bueno, toda la comida que hemos preparado os estará esperando en la nevera.

—Gracias, Kate.

Cass sonríe. A pesar de que sé que está agotada, se muestra radiante.

Cecily le pasa una bolsa de regalo llena de libros para bebés... Nada sorprendente, teniendo en cuenta que ella casi siempre tiene un libro en la mano.

—No sabía qué libros serían los mejores para esta edad, así que puede que se me haya ido la mano comprando cualquier cosa que me pareciera mona. —Cassidy saca un libro de John Deere sobre tractores, y Cecily añade—: Esa es la contribución de Austin, por si no lo habías notado.

Denny se ríe y le da un codazo a Aus en las costillas.

—Parece de su nivel de lectura.

—Gracias, chicos. Esto... significa mucho.

Cass se enjuga las lágrimas y saca el papel de seda de otra bolsa de regalo que tiene sobre el regazo. Con una mano, Kate le frota las piernas por encima de la manta que se las cubre.

—Es lo menos que podemos hacer por la familia.

¡Bienvenida al mundo!

HAZEL BLAIR THOMPSON

22 de febrero
14.14 h 3,200 kg

35
Cassidy

5 semanas después

El aire de la cabaña es cálido y está impregnado de un ligero olor a cedro. Pasar una hora entera en el taller de marroquinería ha sido como estar de vacaciones, aunque no he podido avanzar mucho con el trabajo porque no dejaba de darle vueltas a cómo lo estaría llevando Chase. Insistió en que no les pasaría nada, en que seguro que Hazel seguiría dormida hasta que volviese, y parece que tenía razón. Está recostado sobre el sofá viendo la tele, con los pies apoyados en la mesita de centro y el cuerpecito de la niña sujeto contra el pecho desnudo. Hazel tiene las piernas dobladas bajo el culete y el pañal, el puñito apretado junto a la mejilla regordeta y el cabello ralo y pelirrojo de punta.

Cuando los veo juntos, siempre hay algo que me toca la fibra sensible. Dudo mucho que alguna vez me canse de ver a Chase con nuestra hija en brazos. Aunque pensaba que verlo haciendo de tío era sexy, verlo enamorarse perdidamente de nuestra pequeña ha hecho que me sienta aún más atraída por él de lo que creía posible. Pero hay ratos en los que necesito que las seis semanas de la cuarentena acaben cuanto antes. Como ahora, cuando están compartiendo un instante de vinculación en contacto piel con piel, o cuando la acuna en los brazos para que se duerma mientras le susurra, o cuando la lleva colgada en un fular mientras prepara la cena.

«Estoy perdida».

Me acomodo a su lado en el sofá raído con una exhalación de satisfacción.

—Bueno, ¿cómo te ha ido?

—Me he pasado la mayor parte del tiempo preocupada por vosotros dos, pero supongo que eso irá mejorando, ¿no? Tengo que decir que me ha sentado muy bien ver algo distinto a estas cuatro paredes, para variar. —Me meto los pies debajo del cuerpo y le echo un vistazo a las pestañas temblorosas de Hazel—. He vuelto porque, a juzgar por lo que me duelen las tetas, calculo que está a punto de despertarse en cualquier momento.

Como si hubiera estado esperando la señal, la niña gimotea y mueve la cabeza de un lado a otro sobre la piel de su padre. Justo antes de que empiece a ponerse nerviosa de verdad, la separo de su pecho y me la llevo al mío. Mirándolo en retrospectiva, todas mis preocupaciones acerca de no establecer un vínculo afectivo con ella me parecen una tontería. Ya la quería incluso antes de que naciera, pero agacharme para recogerla cuando llegó a este mundo me llenó de una sensación absolutamente indescriptible. Como si ella y yo compartiéramos un alma. No me agobia pensar si seguiré los pasos de mi madre, ya no. Y no puedo hablar por Chase, pero no creo que a él le dé miedo convertirse en su padre.

Viendo a nuestra niñita perfecta, me resulta imposible imaginar que alguien pueda hacerle daño a su hijo. Hazel tiene un padre y una madre que harían cualquier cosa por ella. Un padre y una madre que están tan enamorados que el tiempo se detiene cuando se besan, y yo veo estrellas fugaces que pasan zumbando cuando miro a su papá a los ojos.

—Eres increíble.

Chase ladea la cabeza para apoyarla en la mía. Desde que nació, pasamos la mayor parte del tiempo justo así, observando con asombro a nuestra hija perfecta mientras simplemente existe. Da igual que esté comiendo, durmiendo, haciendo caca o las tres cosas a la vez. Estamos obsesionados con ella.

Mi móvil empieza a vibrar y Chase lo coge de la mesita de centro.

—Es Blair. Por lo visto, estaba de voluntaria en el rodeo de hoy y Denny ha perdido el conocimiento, así que van para el hospital.

—Mierda. ¿Está bien? ¿Tienes que irte?

—A ver, espera. Voy a preguntar.

Ya está tecleando una respuesta con los dedos mientras habla.

—Por otro lado… —Le lanza una mirada traviesa—. ¿Denny y Blair están juntos ahora mismo? ¿Por primera vez desde hace más de una década? ¿Podemos hablar de eso?

—Cómo te gusta remover la mierda. —Me da un empujoncito con el hombro—. Denny está despierto y van a hacerle unas pruebas en el hospital. Así que no pasa nada porque me quede aquí con mis chicas.

—Sabes que haces que se me derrita el corazón cada vez que nos llamas tus chicas, ¿no?

Me besa y luego se agacha y le planta un beso suave en la cabecita a Hazel, tomándose un segundo para disfrutar de su dulce olor a bebé.

—Sois mis dos chicas, mi mundo, toda mi razón de ser.

4 meses después

Sentada a la orilla del río, sumerjo los dedos de los pies en la corriente de agua fría mientras amamanto a Hazel bajo una sombrilla de playa. Aparte de mi taller de marroquinería, donde paso varias horas todas las semanas preparando el lanzamiento de mi tienda en línea el mes que viene, este es mi lugar favorito. Todos los habitantes del rancho aprovechamos este pedacito de paraíso cada vez que podemos. De momento no hemos podido hacerlo muy a menudo, debido al insoportable calor que nos ha traído el verano hasta ahora y a los terribles incendios forestales, que hacen que muchos días el cielo esté demasiado cargado de humo como para permanecer al aire libre con una bebé.

Cecily está recostada entre las piernas de Austin, con la nariz enterrada en un libro. Kate y los niños están apilando piedras río abajo. Un poco más allá, varios de los peones del rancho chapotean y se comportan como adolescentes mientras beben cerveza. Y Blair está tumbada boca abajo en una toalla junto a la mía. Se ha puesto unas gafas de sol tan oscuras que no sé si está dormida o solo empanada, pero, en cualquier caso, lleva al menos veinte minutos sin moverse lo más mínimo.

Cuando miro hacia abajo, veo que Hazel está profundamente dormida entre mis brazos. Decido arriesgarme a pensar que Blair está despierta y le digo:

—¿Puedes quedártela? Voy a ver por qué Chase está tardando tanto.

—¿Eh? ¿Qué? —Ladea la cabeza, se protege del sol con la palma de la mano y entonces se da cuenta de lo que le estoy pidiendo—. Ah, sí. Claro. Dame a mi sobrina.

Se sienta a toda prisa y, después de arrastrar la sombrilla hacia ella, coge a mi hija en brazos y la tranquiliza con sonidos sibilantes.

—Gracias. Vuelvo enseguida.

Me levanto y me sacudo la arena de las piernas antes de calzarme las sandalias y subir por el camino montañoso hacia el rancho.

Me sorprendo al ver a Chase en el camino de tierra, cargando con una nevera de plástico llena. Las venas abultadas le tejen un intrincado camino por los dos brazos, desde las grandes manos endurecidas por el trabajo hasta los bíceps enormes. Tiene el pecho tenso y reluciente debido a una ligera película de sudor. Y la sonrisa que me lanza está a punto de hacerme caer de rodillas.

«Dios. Es tan atractivo que resulta cruel».

—Eh, hola —dice.

Respondo agarrándolo por la nuca y besándolo. Le exploro la boca cálida con la lengua y le muerdo el labio inferior para atraerlo más hacia mí. No rompemos el beso cuando se agacha y deja la pesada nevera en el suelo. Entonces ya tiene las manos libres para tocarme. Para bajármelas por la cintura, metérmelas por debajo del vestido de verano que llevo puesto y agarrarme el culo. Juguetea con los cordones del biquini y me pasa un dedo por el hueso de la cadera.

—Hola, papi.

Esbozo una sonrisa burlona sin separarme de sus labios.

—Joder, Cass. Ya sabes cómo me pone que me llames así.

Mueve las caderas y presiona contra mí un bulto que enseguida noto más duro. Sé perfectamente bien cómo le pone.

—La tía Blair está con la niña.

—¿Sí? —Me clava los dedos con más fuerza en el culo—. ¿Nos vamos a casa un rato?

—Tengo una idea mejor. —Me lamo los labios. Este es el momento que estaba deseando—. ¿Eres rápido corriendo, papi?

Sin esperar a que conteste, salgo disparada sendero arriba y después me desvío hacia la izquierda para enfilar una pista que baja por el arroyo. Aunque le llevo ventaja, está reduciendo la distancia a gran velocidad. Es cierto que antes no corría. Pero, cinco meses después del parto, no estoy precisamente en el mejor momento de forma de mi vida.

Me roza la espalda con los dedos y dejo escapar un chillido, porque no quiero que me coja y, al mismo tiempo, estoy desesperada por que me coja. Entonces me agarra por el vestido y me obliga a frenar en seco. Con la mano libre, se aferra a mi brazo y me atrae hacia él.

—¿Por qué huyes, encanto?

Sin aliento, me besa en los labios.

Jadeo y me llevo la palma de la mano al pecho ardiente.

—Quería… comprobar… si me perseguías.

—Pues claro que iba a perseguirte. Como he hecho siempre. Como siempre haré.

Su cuerpo pesado me empuja contra un árbol y la corteza áspera me araña la espalda mientras me da un beso profundo. Me mete las manos ásperas por debajo del vestido y engancha un dedo en el cordón del biquini. Me recorre la parte baja del vientre con la mano, cada vez más cerca de la zona en la que palpito, en la que ansío sentir sus caricias. No hemos tenido muchas oportunidades de hacerlo desde que Hazel nació, y eso se nota en lo mojada que estoy ya. En lo dura que tiene la polla cuando me la restriega contra el vientre.

—Tócame —gimoteo—, por favor.

—¿Aquí mismo, al aire libre? ¿A plena luz del día? Eres tremenda, Cass.

—Supongo que tenías razón. —Me acerco lo suficiente como para rozarle la oreja con los labios—. Cuando estoy contigo, soy la más zorra de las zorras. ¿Qué vas a hacer al respecto?

Exhala por la nariz y me clava los dedos en las caderas carnosas.

—Si sigues hablando así, tendré que follarte contra este árbol y después mandarte otra vez al río con nuestros amigos mientras el semen te chorrea entre las piernas. Eso es lo que quieres, ¿no?

—Sí. Dios, sí.

Le agarro la mano y me la meto entre las piernas. Cuando descubre que tengo la braguita del biquini empapada, un gruñido grave le resuena en el pecho y quedo atrapada entre su cuerpo caliente y semidesnudo y el árbol. Todas mis fantasías hechas realidad.

—¿Te has bañado o todo esto es por mí? —me pregunta con una sonrisa provocativa.

—Eso sí que es un comentario de padre pervertido.

—Te encanta. —Un dedo áspero me roza la piel antes de hundirse despacio en mi interior—. Joder, lo eres todo para mí. ¿Cómo he tenido tanta suerte?

Ahogo un gemido y me meto un puño en la boca, me muerdo los nudillos cuando me introduce un segundo dedo, y luego un tercero. Me explora entera con la boca, con ferocidad, como si se nos fuera a acabar el tiempo y esta fuese su última oportunidad de ponerme los labios encima. Cuando me saca la mano de debajo del vestido, ambos forcejeamos con sus pantalones cortos para bajárselos. Y, durante una milésima de segundo, nos miramos a los ojos y una chispa de miedo destella en los suyos. O, tal vez, solo sea un reflejo de lo que yo siento.

—¿Estás segura de esto? —Como si alguien hubiera accionado un interruptor, se convierte en el hombre cariñoso y atento al que amo—. Si todavía no estás cómoda, lo entiendo.

—Empecé a tomar la píldora con el único objetivo de que no tuviéramos que usar condones para siempre. En algún momento tendremos que empezar a confiar en su efectividad, ¿no?

Arquea una ceja con una sonrisa antes de volver a endurecer el rostro.

—Ábrete de piernas como la buena putita que eres. Y cierra el pico, a menos que quieras que todo el mundo sepa que te gusta que te folle donde cualquiera pueda pillarnos.

Tirando de la cuerda del biquini, me expone con un solo movimiento. Hace una bola con el trozo de tela rosa y me rodea el cuello con la mano; me inmoviliza y me enreda el pelo en la corteza del árbol. Y, cuando me clava la polla, gimo a pesar de la presión de sus dedos.

—O sea que quieres que alguien nos pille, ¿eh? —pregunta a la vez que me besa a lo largo de la mandíbula, sin dejar de entrar y salir de mí.

El vestido se me levanta hacia arriba y el árbol me roza el culo desnudo con cada embestida estremecedora.

—No —gimoteo—. Es solo que… no puedo callarme.

Se aprieta el interior de la mejilla con la lengua.

—Abre la boca, encanto.

Obedezco y, durante un segundo, me siento totalmente asqueada, pero la expresión de la cara de Chase cuando me mete la braguita del biquini entre los labios con gran delicadeza es lo único que necesito para convencerme de que es lo más excitante del mundo. Le rodeo las caderas con una pierna, lo espoleo con el talón. Una y otra vez. Forzándolo a entrar más y más dentro. Hasta que el último puto centímetro de su gruesa erección me llena hasta el fondo. Gimo a pesar de la tela suave que tengo en la boca, dejo que me destroce por dentro y me recomponga, que me trabaje con los dedos y la polla a la vez para desencadenar un tsunami en mi interior. Si no fuera porque me sujeta con la mano que me rodea la garganta, me caería al suelo. Me tiemblan las rodillas, se me licúan los músculos y se me nubla la vista.

—Respira, Cass. Por la nariz. Sigue corriéndote para mí. Estás la hostia de guapa ahora mismo. Has chorreado al correrte, cariño.

Me embiste con más fuerza. Más rapidez. Tensa la mano del cuello y la piel de la columna me escuece con cada estocada, la corteza áspera me raspa y me roza. Está tan a punto que lo noto en cómo le tiembla la mano, que lo veo en su mirada delirante.

Cuando empieza a reventar dentro de mí, me saco el bañador de la boca y lo meto en la suya para ahogar un gemido rugiente. El fuego de sus ojos se aviva mientras se desmorona por completo.

Por eso. Por eso ha valido la pena el riesgo de no usar condón.

Con una sonrisa de satisfacción, le saco la tela de la boca y lo beso. Siento que me roza la piel con los dedos antes de introducírmelos en el coño. Cierro los ojos y me muerdo el labio para contener otro gemido. Sé lo que está haciendo. Los dos sabemos que no va a conducir a un embarazo… Al menos, más nos vale que no. Pero le encanta asegurarse de que hasta la última gota se queda dentro de mí, y el hecho de que Chase marque así su territorio tiene algo que hace que me entren ganas de saltar sobre él otra vez. Lo atraigo hacia mí para darle un último beso lento cuando aparta la mano.

Lucho por recuperar el aliento mientras él se agacha para volver a ponerme el bañador y me da un beso suave en la piel sensible.

—No sé si puedo volver caminando. Creo que me has roto.

—Súbete a mi espalda.

Le lanzo una mirada de incredulidad. Este hombre se niega a creer cualquier cosa negativa que tenga que ver con mi talla. Me encanta que no me presione para perder todo el peso del embarazo ni para que sea nada salvo yo misma con él. Pero eso no significa que pueda cargar conmigo por un camino de tierra sinuoso y desigual.

—Cassidy, deja que te lleve a caballito. O me veré obligado a cogerte contra tu voluntad y practicar la mejor postura para cruzar el umbral cuando nos casemos algún día.

—Cuando nos casemos, ¿eh? Te veo muy seguro de ti mismo.

—Bueno, es que va a pasar. Tengo que ponerte un anillo en el dedo antes de volver a dejarte preñada, porque creo que, si no, tu padre me matará de verdad la próxima vez.

A regañadientes, acepto que me lleve a caballito, y todas las miradas se posan sobre nosotros cuando volvemos a la orilla del río. Me tumbo en la manta junto a Blair y mi amiga niega con la cabeza con una sonrisa cómplice.

—Oye, Cass. —Se echa hacia atrás y noto que me acaricia delicadamente los hombros expuestos—. Sería conveniente que Red te pusiera pomada antibiótica en la espalda más tarde. Parece que te hayas peleado con un gato salvaje.

—También podríamos hablar de lo que parece que has estado haciendo tú últimamente.

Le señalo los chupetones mal disimulados que tiene en las tetas y me aparta los dedos de un manotazo, riendo.

Chase se acomoda a mi lado, saca a Hazel de la hamaquita y la estrecha contra él. Me coloca la mano izquierda en el muslo y le trazo una línea imaginaria en el dedo anular para afianzar una promesa que sé que comprende.

EPÍLOGO
Red

Una cálida brisa de verano que arrastra el aroma del heno recién cortado se cuela por el pasillo abierto del establo, y me saco un caramelo de menta del bolsillo para dárselo a Bárbara. Lo coge con delicadeza de la palma de mi mano y lo mastica mientras me mira fijamente, con las orejas erguidas y a la espera, como la gran terapeuta personal que es.

—¿Ves? Si fueras así de educada todo el tiempo, podría incluirte hoy. Pero no quedaría bien que tiraras al suelo a los novios, ¿verdad?

Se le crispa el hocico y se agacha para olisquear a Hazel, a la que llevo apoyada sobre la cadera, preciosa con un vestido blanco abullonado. Parece una princesa, sonríe e intenta agarrar a la yegua con los dedos regordetes. Y, aunque en el pelo ha salido a mí, es la viva imagen de su madre. «Gracias a Dios».

A los dieciocho meses, ya está claro que le encantan los caballos. Por suerte, Bárbara es lo bastante sensata como para ser cuidadosa con los niños pequeños y aprieta el morro suave contra la mano abierta de Hazel.

—Toma, princesa. ¿Quieres darle un premio? —Me saco otro caramelo del bolsillo y se lo pongo en la palma diminuta y blanda. Le sujeto los dedos para que los mantenga estirados y le guio la mano hacia la yegua—. Así, no cierres la mano para que no te muerda los deditos… A lo mejor los confunde con zanahorias diminutas.

Suelta una risita al sentir que los bigotes de Bárbara le hacen cosquillas en la piel y aparta el brazo con una sonrisa de oreja a oreja cuando el caramelo desaparece. Le doy un beso en la coronilla, acaricio al caballo y me doy la vuelta para marcharme.

Cassidy nos ha estado observando desde la puerta, vestida de novia, así que me tapo los ojos a toda prisa con la mano libre.

—Por Dios, ¿eso no da mala suerte?

Se echa a reír y, de repente, siento el calor de sus manos rodeándome la cintura. Huele de puta madre, y lo único que quiero es abrir los ojos y bebérmela entera.

—Cielo, si la suerte no estuviera ya de nuestra parte, no estaríamos aquí. —Me besa con sus suaves labios—. Además, ¿no hay reglas que están hechas para romperse?

De mala gana, dejo caer la mano y parpadeo para centrarme en ella. Lleva el pelo largo y rubio recogido en una trenza con florecitas blancas sujetas entre los mechones, y una sonrisa radiante le invade el rostro mientras me mira a través de unas pestañas espesas y oscuras. Lleva un vestido de encaje, vaporoso y escotado, y esta noche va a quedar estupendo hecho un ovillo en el suelo de la habitación.

Da un paso atrás y me coge de la mano.

—¿Qué te parece?

—Eres... Dios, eres tremenda. Me...

Me lamo los labios, incapaz de encontrar una forma de expresar lo preciosa que está.

—¡Bapa! —interviene Hazel.

—Ay, cariño, gracias. Pero aquí la más guapa eres tú.

Cass le aprieta las mejillas regordetas y le planta un beso en la naricita.

—Estás impresionante, encanto. La chica de mis sueños —digo mientras le aprieto la mano—. Las dos lo sois. No sé por qué me merezco esto, pero soy el hombre con más suerte del mundo.

—Nosotras tenemos suerte de ser tus chicas.

—Hablando de eso, quiero enseñarte una cosa. —De repente recuerdo el secreto que tanto me ha costado guardar durante los últimos días. Un secreto que ha sido increíblemente difícil de ocultar teniendo en cuenta que vivimos en una casa pequeña y que me gusta estar desnudo con mi mujer lo más a menudo posible—. Como no he querido una despedida de soltero al uso, me han hecho un regalo.

Le paso a Hazel a su madre y me desabrocho los botones de la camisa. Cass arquea una ceja.

—¿Qué narices estás...?

Se interrumpe de golpe y se inclina para examinar el tatuaje reciente que tengo en el lado izquierdo de la caja torácica. Tres tipos de flores unidos por un cordón de cuero atado en forma de lazo. Un ramo entintado en la piel, entre los surcos de las costillas. Tan incrustado en mi alma como las dos chicas que representa el diseño floral.

—Quería algo que representara a mis dos chicas para siempre. Así que me he tatuado las flores del mes de vuestros respectivos nacimientos, la espuela de caballero y las violetas.

—¿Las blancas son las de tu mes de nacimiento?

Bate las largas pestañas cuando levanta brevemente la vista hacia mí.

—Son flores de la patata. Me pareció apropiado.

—Chase, me encanta.

Se le quiebra la voz de emoción y abraza a Hazel con más fuerza.

—Tengo muchos tatuajes para cubrir el dolor de los peores momentos de mi vida, para ocultar las partes rotas de mí que solo tú pareces querer. —La observo mientras me examina la piel y se le curvan los labios—. Pero quería algo para recordar los mejores ratos. Algo casi tan colorido y bonito como mis dos personas favoritas de la Tierra. Quería tener un tatuaje que por fin surgiera del orgullo, no de la vergüenza.

—Ay, Dios mío, es precioso. No me puedo creer que me estés haciendo esto justo cuando acabo de terminar de maquillarme.

Se limpia las lágrimas con delicadeza y sonríe con los ojos vidriosos, como si ella fuera la afortunada aquí. Pero, gracias a

Cassidy, tengo más de lo que jamás pensé que fuera posible: una razón para levantarme todas las mañanas, una familia esperándome en casa todas las noches, una esposa guapísima y una niña que me mira como si fuera todo su mundo.

Hoy voy a casarme con la mujer que me ha salvado la vida, en el rancho que siempre ha sido mi hogar, delante de nuestros amigos y familiares, aunque Hazel es la única con la que estoy emparentado de manera legal. Si he aprendido algo desde que dejé de beber, una enseñanza que se vio afianzada por una llamada telefónica tras la muerte de mi padre hace unos meses, es que mi familia elegida es más importante que la sangre. Personas que no hacen nada salvo querernos y apoyarnos a mí, a Cassidy y a Hazel. Que se pondrían delante de un puño para protegernos, en lugar de hacerse a un lado y quedarse mirando cómo recibimos el golpe.

—Eres lo mejor que me ha pasado. Mi primera opción, todos mis sueños hechos realidad. Gracias por ser la otra mitad de mis pedazos rotos. Estoy locamente enamorada de ti, marido.

Y me besa como si estuviéramos hechos el uno para el otro, con una intensidad que nunca había sentido antes de ella. Que hace que me olvide de respirar. Cuando le paso las manos por el intrincado encaje del vestido, me acuerdo de que estoy besando a Cassidy Bowman. La chica de mis sueños. La chica que estuvo siempre fuera de mi alcance durante años, la chica que sigue siendo demasiado buena para mí. Vuelvo a besarla y el corazón me da un vuelco al pensar que la que me devuelve el beso es la futura Cassidy Thompson.

EPÍLOGO EXTRA
Cassidy

Chase me mira desde el sofá con una sonrisa torcida.

—Pasearse de un lado a otro de la habitación y dar saltitos no hace que las pausas publicitarias terminen más rápido.

—En mi cabeza, sí. Soy incapaz de estarme quieta ni un instante.

—Cass, si tengo que seguir viendo cómo meneas el culo un puto segundo más, nos lo perderemos entero, porque te llevaré a rastras a la cama.

—Joder, ni se te ocu...

Chillo cuando me rodea con un brazo y me sienta en su regazo antes de que pueda terminar la frase. Me agarra la cintura con las dos manos y me da un beso cálido en un lado del cuello.

Durante el resto de la interminable pausa publicitaria, me mantiene abrazada con fuerza; el movimiento ascendente y descendente de su pecho hace que los latidos del corazón se me estabilicen, a pesar de que mis nervios quieran que se aceleren. Jugueteo con el anillo que lleva en la mano izquierda, dándole vueltas y más vueltas. Resulta que no tenía motivos para preocuparme de no quererlo después de que las hormonas del embarazo y del posparto se disiparan. De hecho, ahora estoy todavía más enamorada de mi marido y tengo la sensación de que continuaré enamorándome de él con el tiempo.

—¡Hostia puta! —jadeo y señalo a la televisión, y entonces

siento que los brazos de Chase se aflojan para que pueda volver a sentarme—. Hostia puta. Esos son mis zapatos. No me lo puedo creer, joder. Sabes que esta noche va a ganar el premio a la solista femenina del año y lo va a hacer con unos putos zapatos que he hecho yo.

Me echo hacia delante, con la mirada clavada en el frío resplandor de la televisión, y veo a la cantante country más famosa del mundo interpretar su nuevo éxito en el escenario de los Country Music Awards. Cuando su equipo se puso en contacto conmigo para que le hiciera unos tacones de cuero labrado a medida para esta noche, creo que me desmayé durante un segundo. Luego tuvieron que convencerme para que me creyera que no era una estafa. A pesar del éxito que he vivido a lo largo de los dos últimos años —los artículos en revistas de moda vaquera, los influencers y los campeones del circuito de rodeos que llevan mi marca, y el hecho de que mi sitio web lo venda todo en cuestión de segundos cada vez que lo abro para aceptar pedidos—, esto es absolutamente alucinante.

—Baila conmigo —dice Chase, que me besa en el hombro antes de darme un empujón suave para que me levante de su regazo.

—Nunca quieres bailar. Y, cuando Hazel y yo lo hacemos, nos miras como si fuéramos dos taradas.

—Sí, porque tengo que reservar mis movimientos para las ocasiones especiales. Si los hago demasiado a menudo, ya no te impresionarán.

Tira de mí para ponerme en pie, me coloca una mano en la parte baja de la espalda y nos balanceamos al ritmo de la balada de amor.

—Tú siempre me impresionarás —le digo—. No estaría aquí si no fuera porque tú me animas a intentarlo. Porque me haces sentir que tengo algo que ofrecerle al mundo. Por no hablar de que sin ti no podría compaginar el negocio con la niña.

—Sabía que, si aguantaba en los momentos difíciles, al final podría vivir como un mantenido. —Me besa y una familiar cascada de calor me recorre todo el cuerpo—. Estoy muy orgulloso de ti, encanto. Eres muy fuerte e inteligente y tienes mucho talento. Solo agradezco que me quieras a tu lado mientras todo esto sucede.

—Te quiero mucho, Chase Thompson.

—No tanto como yo te quiero a ti, Cassidy Thompson.

Cuando termina la canción, no dejamos de bailar. Lo beso y sonrío contra sus labios mientras nos abrazamos. Él me mantiene la mano firme en la espalda. Yo le acaricio el pelo caoba de la nuca con los dedos.

Movemos los pies sobre las crujientes tablas del suelo de nuestra primera casa. Es pequeña y bonita, está situada más o menos a medio camino entre el pueblo y el Rancho Wells y es toda nuestra. Seis meses después de que naciera Hazel, mi padre se ofreció a vender mi casa y darnos el dinero. Al año siguiente, después de mi primer gran reportaje para una revista, se lo devolví. A pesar de que mi sueldo actual bastaría para comprarnos una casa el doble de grande, esta ha sido más que suficiente para nuestra pequeña familia. Sé que el sueño de Chase es que vivamos en el rancho, puesto que ya pasamos allí la mayoría del tiempo. Y, cuanto más lo pienso, más me planteo si habrá llegado el momento de dar el siguiente gran paso.

—He estado pensando —le murmuro junto al cuello cuando le apoyo la cabeza en la clavícula— que quizá tendríamos que darle otra vuelta a la idea de comprar una casa más grande.

—Creía que teníamos que quedarnos a vivir aquí para siempre porque todas las primeras veces de Hazel habían sido aquí.

—Bueno, al principio no quería que nos marcháramos de la cabaña porque era donde había nacido. Pero ahora me alegro mucho de que aquí tengamos nuestro propio dormitorio... con pestillo. Así que puede que me pase lo mismo si nos hacemos una casa más grande en el rancho, con un montón de primeras veces más cuando tengamos otro bebé.

—Cassidy... —Me aparta de él para poder mirarme a los ojos—. ¿Me estás diciendo que estás embarazada?

—No, no. Estaba pensando... Hazel cumplirá cuatro años dentro de un par de meses. Si vamos a tener otro hijo, quiero hacerlo pronto. Pero no sé si seré capaz de apañarme con Hazel, un bebé y el trabajo.

—Vamos a ser capaces de apañarnos los dos. Formamos un equipo de puta madre, mira lo bien que se nos ha dado hoy darle de cenar, bañarla y acostarla para que estuviera dormida antes de la entrega de premios. Si quieres otro bebé, tengamos otro bebé. Llámame egoísta, pero mataría por volver a verte con tetas de embarazada. Eres la embarazada más guapa del mundo.

—Entonces ¿crees que deberíamos hacerlo?

Es una pregunta retórica. Sé que lleva años deseando tener otro bebé. La decisión siempre ha dependido de mí, pero planear algo tan enorme como tener un segundo hijo me paralizaba. Después de casarnos, empezamos a utilizar la marcha atrás como único método anticonceptivo. Teniendo en cuenta que la primera vez me había quedado embarazada a pesar de tener síndrome de ovario poliquístico y de utilizar un preservativo, la verdad es que pensaba que volvería a ocurrir de inmediato. Me pareció más fácil dejarlo en manos del azar que tener que decidirlo yo.

Está claro que mi plan no está funcionando.

—Ya sabes mi respuesta. Si tú quisieras, llenaría esta casa con una decena de críos.

—A ver, no te vengas arriba. Solo he accedido a uno más.

—Perfecto. —Me da una palmada en el culo y me mordisquea el cuello—. Vamos, estoy impaciente por que nos pongamos manos a la obra. Joder, voy a hacerte un bombo enorme, encanto.

Tira de mí hacia el sofá y me quita la camiseta por encima de la cabeza a toda prisa mientras me siento a horcajadas sobre él. Me agarra los pechos desnudos con las manos y los pantalones de chándal que lleva no disimulan en absoluto lo dura que se le ha puesto ya. Me restriego contra su regazo y lo beso sin parar.

Justo en el momento oportuno, la voz áspera de Hazel nos llega desde el fondo del pasillo. Algo sobre un monstruo verde que hay en su armario y del que papi tiene que encargarse. Chase gime contra mi pecho.

—¿Seguro que quieres otro? —Me río y me bajo de su regazo—. Significa tener aún menos tiempo a solas.

—Esa niña es lo mejor que he hecho en la vida. Las dos sois mi razón de ser. Así que sí. Joder, sí. —Me besa la frente—. Sírvete un poco de champán para celebrarlo y relájate. Cuando vuelva, vas a ser una buena esposa y vas a dejar que te preñe.

—Bueno, si me lo dices así, ¿cómo voy a negarme?

Lo empujo y me quedo mirando su espalda musculosa mientras recorre el pasillo en dirección a la habitación de nuestra hija.

Tras veinte minutos de silencio, empujo la puerta despacio y me encuentro a Chase y a Hazel dormidos en la cama diminuta. La barbilla de mi marido descansa sobre la cabeza de mi hija, y la niña tiene un brazo y una pierna encima de su padre. Con cuidado, cojo el osito de peluche que le cuelga a Hazel de los dedos y lo coloco a su lado. Luego los tapo a los dos con el edredón rosa y les doy un beso suave a cada uno antes de volver a salir.

No pensaba que mi vida fuera a ser así. Pasé mucho tiempo perdida y apática. Sin saber que una sola noche imprudente con un vaquero desquiciado llamado Red lo cambiaría todo. Sin saber que el hombre del que había pasado durante tantos años era justo la persona que necesitaba. Ahora, el único futuro que quiero tener es con esta pequeña familia perfecta; el resto, que se lo coman con patatas.

CAPÍTULO EXTRA
Chase

Mientras me abro paso por un campo de minas de manzanas caídas, me asomo por encima de la cabeza redonda de Hazel para ver dónde pongo los pies. Lo último que necesito es pisar una manzana medio podrida, torcerme el tobillo y caerme al suelo con la niña cargada en el portabebés. Lleva parte del escaso cabello pelirrojo recogido en una coleta que le sobresale justo de la coronilla y que me hace cosquillas en la cara cuando intento ver el suelo.

Se le balancea la cabeza y se la agarro muy suavemente con la punta de los dedos. A sus siete meses, monta unos berrinches tremendos si no va mirando hacia delante para poder ver el mundo cuando me la cuelgo en el pecho, pero luego le entra sueño —como ahora— y tengo que sujetarle la barbilla con una mano para que la cabeza no se le caiga hacia delante.

En la otra mano llevo un cubo casi lleno de manzanas. Pesa un montón y tengo que parar una y otra vez para cambiar la postura de los dedos. Los chicos me vacilaron un montón cuando se enteraron de que venía a un puñetero huerto de manzanos, rematado con un zoo de mascotas. Hemos pagado por montarnos en cajas de manzanas gigantes remolcadas por un tractor y así poder recorrer un millón de hileras de árboles para coger manzanas, por las que también tenemos que pagar.

Esto parece el timo definitivo, y yo soy el tonto que ha caído. ¿Qué iba a hacer si no? ¿Decirle que no a Cass? Ya, claro.

Cassidy me da un empujoncito con la cadera y desvía mi atención del suelo al instante. Al ver a mi preciosa novia de reojo, dejo escapar una bocanada de aire sobre el pelo de Hazel.

—Encanto, espero que sepas que jamás seremos capaces de comernos tantas manzanas.

La trenza rubia le cae sobre el hombro cuando se vuelve para mirarme.

—Beryl me ha dicho que se las quedará ella y hará crujiente de manzana.

«Bueno, en ese caso...».

—Ojalá pudiéramos comprar unos cuantos cubos más sin tener que recogerlas nosotros mismos. Mataría por llenar nuestro congelador con su crujiente de manzana.

—Podemos hacerlo —dice tan tranquila.

Me detengo para dejar el cubo en el suelo y suelto el asa de plástico. Incluso con las manos ásperas tras años de trabajo en el rancho, este cubo de veinticinco kilos se me clava en las palmas de una forma incómoda en el mejor de los casos.

—¿Qué quieres decir? —pregunto.

Sin el balanceo de mis pasos, Hazel se yergue enseguida y se pone a hacer pedorretas y a llenarme las manos de babas como forma de participar en la conversación.

Cass encoge un hombro y escudriña las ramas de un árbol en busca de otra manzana que añadir a nuestra colección.

—Venden bolsas de manzanas en la tiendecita en la que hemos comprado las entradas. Y también sidra, zumo de manzana y esas cosas.

—O sea que todo esto... —Hago un gesto con el que pretendo abarcar el cubo y las interminables hileras de árboles verdes—. Es para...

—Divertirse —me interrumpe con una sonrisa mona. Luego se adelanta, de manera que Hazel queda aprisionada entre ambos, y me da un beso en los labios—. Esto es lo que se supone que hacen las familias para divertirse.

Lo dice como si fuera un hecho, y la creo. No sé qué se supone que hacen las familias para divertirse, porque yo no tuve unos padres a los que les importara una puta mierda este tipo de cosas. Y quiero hacerlo mucho mejor con nuestra hija. Así que apúntame a todos los huertos de manzanas, de calabazas y de solo Dios sabe qué más.

—Creo que Potatita disfrutaría mucho más de esto si pudiera mordisquear las manzanas.

Ayudo a Cass a quitarle el extremo de la trenza a Hazel de la mano segundos antes de que la niña se lo meta en la boca.

Cass niega con la cabeza y se ríe.

—O la oreja de la cabra del zoo de mascotas.

Hazel empieza a lloriquear y, desde el portabebés, estira el brazo para intentar agarrarle otra vez un puñado de pelo a Cassidy. Desde que empezaron a salirle los dientes, todo lo que pueda alcanzar con las manitas le parece adecuado para llevárselo a la boca. Le ofrezco el mordedor de silicona con forma de vaca que llevo en el bolsillo, pero no lo quiere. Por suerte, justo antes de que los pucheritos se conviertan en un berrinche en toda regla, acepta mi pulgar como alternativa razonable y empieza a masticármelo alegremente con las encías.

—Menos mal que eres guapa. —Hago una mueca de dolor cuando los bordes afilados de un diente recién salido me arañan el nudillo—. No dejaría que ninguna otra persona me babeara la mano así.

Cassidy se ha puesto de puntillas para alcanzar una enorme manzana roja y la camisa de franela a cuadros que lleva puesta se le ha subido de tal manera que le veo una minúscula porción de la parte inferior de la espalda por encima de la cintura de los vaqueros. Los pantalones oscuros se le curvan alrededor del culo y de los muslos generosos y la devoro con la mirada.

Jamás entenderé cómo he tenido tanta suerte. Cómo una noche de impulsividad lo cambió todo para mejor. Ahora estoy plantado en medio de un manzanal con una niña en el pecho, nueve meses de sobriedad a la espalda y las dos mujeres más bellas del mundo, que me quieren sin condiciones.

Obedeciendo a un instinto, me meto la mano libre en el bolsillo del chaleco Carhartt para confirmar que la cajita de terciopelo del anillo sigue en su sitio. Hace semanas que la llevo conmigo, desde el día en el que se lo enseñé a Dave y me aseguré de que no me mataría por pedirle matrimonio a su hija.

Y, cuando estoy intentando decidir si soy capaz de arrodillarme sin que el peso de Hazel sobre el pecho me haga perder el equilibrio, la voz de Cassidy llena el aire, grave y sensual.

—Eso es totalmente falso. Anoche me hiciste lamerte los dedos.

—Cassidy, este es un sitio para toda la familia —la regaño en tono de broma.

Me lanza una mirada por encima del hombro y luego se pone aún más de puntillas, se estira al máximo para intentar rodear la manzana con los dedos. Unas cuantas hojas se desprenden de la rama y revolotean hasta caerle a los pies.

Con un resoplido, se da por vencida y centra su atención en mí.

—Venga ya, por favor. Como si tú no hubieras hecho antes un comentario acerca de que las manzanas no son lo único firme y jugoso que has tenido hoy en las manos.

Suelto la caja del anillo y me acerco a ella para meterle la mano en el bolsillo trasero de los vaqueros.

—Solo expongo los hechos, encanto.

Levanta la cabeza y arquea una ceja.

—Y también has hecho un comentario acerca de que me agache a por algo que no sean manzanas.

Con una carcajada gutural, le clavo los dedos en el culo carnoso y la atraigo hacia mí.

—Ya sabes que no puedo dejar pasar la oportunidad de hacer un chiste inapropiado de padre.

Se le hinchan las fosas nasales.

—Desde luego que no, y por eso te quiero.

—Razón de más para que siga haciéndolos.

Cass le acaricia la mejilla a Hazel.

—Y también le hará pasar una vergüenza terrible a nuestra hija algún día.

—Bien. Que vea lo atraído que me siento por su madre.

Compartimos un beso lento y apasionado, como si en este gigantesco campo de frutales no hubiera nadie más que nosotros: nuestra familia perfecta en un día perfecto. Y el momento perfecto para hacerle al fin la pregunta que me moría de ganas de hacerle.

El corazón me galopa en el pecho con la fuerza de una manada de caballos salvajes, me bate con tanta fuerza contra el esternón que seguro que Hazel lo siente en la espalda. Cassidy rompe el beso y me mira a los ojos con los labios a escasos centímetros de los míos.

—Cass… —Trago saliva con dificultad, ya luchando contra la emoción que se me agolpa en el fondo de la garganta y contra el cosquilleo que siento detrás de los párpados—. Cassidy, eres preciosa y soy el hombre más afortunado…

Otra pareja se acerca por el sendero, detrás de nosotros, e interrumpe el hilo de mis pensamientos cuando estoy a media frase. Los miro por el rabillo del ojo y sonrío a Cassidy con nerviosismo. Tengo clarísimo que ella no querría que nadie presenciara este momento tan íntimo, y menos aún unos desconocidos, por eso he tardado tanto en encontrar el instante adecuado para proponerle matrimonio.

Cass se aparta y me posa una mano en el abdomen, justo debajo del portabebés de Hazel. Me recorre el rostro con una mirada lenta como una caricia mientras la pareja sigue su camino sin decir una sola palabra. Apenas soy capaz de respirar durante el tiempo que tardan en llegar al final de nuestra hilera de árboles y pasar a la siguiente. Todos los latidos del corazón se me hunden en el estómago agitado y, en silencio, repaso las palabras que quiero decirle.

Después de todas las veces que he practicado el discurso cuando estaba en el campo montado a caballo, cualquiera pensaría que lo tengo memorizado. Pero su impresionante media sonrisa hace que me olvide de todo.

—Venga, hay que terminar de coger las manzanas que necesitamos y largarse de aquí antes de que la niña se cabree porque tiene hambre.

Señala con la cabeza a Hazel, que ha aumentado la intensidad con la que me roe el pulgar.

Cass me da la espalda y vuelve a intentar atrapar la escurridiza manzana que escapa a su alcance por poco. Mi exhalación temblorosa cae sobre la cabeza de Hazel y me trago el miedo que me está impidiendo arrodillarme de inmediato.

Doy un paso atrás y me agacho en una posición de embestida extraña que hace que los vaqueros me aprieten de una forma incómoda. Me muevo despacio para que Hazel y yo no nos caigamos; puede que sea pequeña, pero me está haciendo perder el equilibrio.

Justo cuando rozo la tierra cubierta de hierba con la rodilla, Cass se aclara la garganta.

—¿Te importaría cogerme esa maldita manzana?

«Vaya, mierda».

Me levanto a toda prisa y me sacudo las patas de los pantalones.

—Claro que no, encanto.

Con tanto meneo, Hazel se ríe y me suelta la mano babeada para intentar agarrar de nuevo a su mamá. Lo entiendo, yo también quiero tocarla. Cass debe de estar agotada por la necesidad que ambos tenemos de estar tocándola de alguna manera a todas horas. Aunque saberlo no me impide colocarme junto a ella y pasarle la mano limpia por la parte baja de la espalda. Es demasiado… tocable.

Me limpio la saliva de bebé en el muslo y me estiro para coger la manzana con la mano libre.

—No soy mucho más alto que tú, así que no sé si llegaré —digo con un gruñido, y siento que hasta el último músculo de mi cuerpo, desde el cuello hasta los dedos de los pies, se estira al máximo.

El hombro y la columna vertebral me emiten unos molestos chasquidos, similares a los del plástico de burbujas cuando las estallas. Todos los años que llevo trabajando en el rancho se hacen evidentes en el dolor que me provoca este simple movimiento. Aun así, le daré a Cassidy todo lo que me pida, literalmente, aunque sea algo tan tonto como una manzana concreta en un huerto enorme.

No consigo arrancarla con elegancia, pero sí soltarla de un golpe y atraparla antes de que caiga al suelo y se estropee.

—Mi héroe —canturrea Cass a mi espalda.

Con el corazón ya latiéndome a un ritmo normal y el cerebro más despejado que nunca, me doy la vuelta y le tiendo a Cassidy la pieza de fruta. Está radiante. Hazel balbucea en su idioma de bebé. Y antes de que pueda replantearme el momento, clavo la rodilla derecha en el suelo de golpe.

Ya ha empezado a llorar antes de que consiga sacarme la caja del anillo del bolsillo, y la abro con la mirada clavada en la suya.

—Cassidy Bowman, te quiero más de lo que creía posible. Eres preciosa, inteligente y la mujer más increíble que he conocido. No puedo imaginarme la vida sin ti. Y… —Trago con la boca seca, se me llenan los ojos de lágrimas y la veo borrosa—. Y me encantaría…

De repente está justo delante de mí, de rodillas, agarrándome la cara con las manos calientes. Asiente con entusiasmo.

—¡Sí! Chase, te quiero. Te…

Interrumpe su propia frase dándome un beso en los labios. No es un besito dulce y apto para familias. Es como si yo fuera su única fuente de oxígeno, igual que ella es la mía. Es apasionado, desesperado, mágico. El amor que siento por ella —por mis dos chicas— es lo único que me late en las venas. De lo único de lo que siempre he estado seguro es de ellas.

Sonreímos mientras nos besamos, con Hazel acurrucada entre los dos. Resulta que habría dado igual que hubiera alguien mirando porque, en este momento, no existe nadie más.

—Encanto —le murmuro en la boca a la vez que le agarro la barbilla con los dedos—, no me has dejado hacerte la pregunta.

—Pregúntamelo, Chase —me contesta en un susurro.

—¿Quieres? —Le rozo los labios para darle un beso tierno—. ¿Casarte? —Beso—. ¿Conmigo? —Beso.

—Me muero de ganas de casarme contigo —dice con la voz áspera a causa del llanto.

Los ojos vidriosos de Cassidy están de un azul más intenso que de costumbre: del color de un lago justo antes de una tormenta. Le limpio con cuidado las lágrimas que le cuelgan de la mandíbula antes de que caigan encima de la cabeza de Hazel.

Aunque, a juzgar por la mancha húmeda que tiene en el pelo rojo, ya le han caído unas cuantas.

—Eres mi sueño, Chase. Mi mundo entero.

«Soy su sueño, tanto como ella ha sido siempre el mío».

Podría ponerme a gritarlo desde la puta montaña más alta. Cassidy es mía. Y se está comprometiendo a ser mía para el resto de nuestras vidas. Aparte del día en el que nació Hazel, no he vivido ningún otro instante en el que la felicidad me haya llenado tanto todos los rincones del alma. Si no fuera porque la sensación que me provocan sus manos al enmarcarme la cara me mantiene pegado a la tierra, podría echar a flotar ahora mismo.

—Hazel y tú... No sé qué haría sin vosotras dos. —Me chupo una lágrima solitaria del labio y, por fin, recobro un poco la cordura y le pongo el anillo de diamantes en la mano izquierda—. Te quiero.

Esto es lo único que deseo desde hace años y años. A ella. A nosotros.

Sonríe y me da un beso ligero en los labios. Arrodillados el uno junto al otro a la sombra de los manzanos, la hierba fresca y húmeda nos empapa los vaqueros. Y, entre promesas susurradas de para siempre, con nuestra niñita perfecta rodeándome el pulgar con los deditos, beso a mi prometida.

Agradecimientos

A mi «Red» personal —mi marido—, gracias por aguantar el tipo cuando estaba embarazada y por comer patatas asadas rellenas en la cama todas las noches (10/10 como tentempié para antes de dormir, la verdad). Y gracias a mi hija, que básicamente me convirtió en la Cassidy Bowman de la vida real: no paraba de dormir ni de temblar y comía patatas a diario. Aquí hay tanto de vosotros dos como de mí, y os quiero por ello.

¡Brittany! Este libro es para ti, aunque la idea se me ocurriera antes de conocerte. Tu pasión (un tanto extrema) por el tropo del embarazo accidental me hizo seguir adelante incluso cuando me preocupaba que todo el mundo lo odiara. Gracias por leer este libro cuando gran parte de la historia era un desastre, y por amarlo de todos modos (o por ser una mentirosa excelente).

Abrazos y agradecimientos enormes a mi increíble equipo de lectoras beta: Sydney, Samantha, Albany, Stefanie y Amanda. Vuestras opiniones, críticas e hilarantes comentarios han contribuido a convertir este libro en lo que es ahora. Mil millones de gracias.

Andrea, me siento muy honrada de ser la razón de que tuvieras que buscar cómo se escribía *thundercunt*. Una vez más, gracias por soportar mis tonterías y hacer que este libro brille. Siento haberte hecho llorar.

Amiga y correctora extraordinaria, Hannah. Gracias por no

matarme cuando me subí a tu coche sin ni siquiera plantearme si era buena idea hacerlo. Estoy deseando volver a correr hacia tus brazos cuanto antes.

Sé que mucha gente ni siquiera se molestaría en coger este libro si no fuera por la increíble cubierta de Acacia, de Ever After Cover Design. Una vez más, ¡has dado totalmente en el clavo! Estoy maravillada con tu trabajo.

No puedo nombrar a dos de mis chicas del club de lectura sin mencionar al resto. Brittany, Samantha, Mimi, Jessica y Nicole, sois el mejor grupo de amigas con el que salir a tomar algo y hablar de obscenidades. Gracias por aguantar que asistiera al club de lectura durante los meses en los que no tenía tiempo de leer, por apoyarme en todo y por emocionaros tanto con todos mis planes secretos sobre libros futuros.

Además, ¡GUAU! Qué cambio desde la publicación de *Marcado a fuego* hace solo unos meses. He tenido la suerte de conocer a un montón de autores y lectores increíbles a través de bookstagram/booktok. No tenía ni idea de que iba a hacer tantos amigos, y estaría aquí todo el día si intentara nombrar a todas las personas que han influido en mi vida durante los últimos meses. Pero quiero dedicar un agradecimiento especial a algunas personas con las que no puedo pasar ni un día sin hablar: Hali y Karley (las que se preocupan por las ventanas), Kayla y Sydney. Estoy segura de escribiría bastante más sin nuestros millones de mensajes de voz desquiciados, vídeos tontos de TikTok y lluvias de ideas para libros, pero esta vida de autora sería significativamente menos divertida sin todas vosotras. Además, a veces necesito que alguien me amenace con tirarme por la ventana o atacarme con una espada si no alcanzo mi objetivo de palabras diarias.

Y un nuevo agradecimiento que jamás esperé tener que incluir en este libro (en serio, ¡¿qué es esta vida?!): muchísimas gracias a mi agente, Carly. No llevamos mucho tiempo trabajando juntas, pero ya estoy muy agradecida por tu experiencia y tu amor por esta serie. Sé que vamos a llegar muy lejos y me siento bendecida por tenerte de mi lado.

Gracias a los miembros del equipo callejero que nos promocionan a mis libros y a mí como si les fuera la vida en ello. Hacéis que compartir *teasers*, revelar cubiertas y todas las noticias emocionantes sea cien veces más divertido. Y el chat de grupo es uno de mis lugares favoritos para pasar el rato.

A los lectores de los ejemplares anticipados: sé que estoy escribiendo esto antes de que hayáis tenido la oportunidad de leerlos, pero quiero daros las gracias de todos modos. Si este libro obtiene algún éxito, será en gran parte gracias a vosotros. Os deis cuenta o no, vuestras reseñas tienen un enorme impacto en mi carrera. Os quiero a todos y cada uno de vosotros.

Hablando del tema, queridos lectores: os quiero más que a las patatas. Gracias por leerme. Gracias por reseñar, compartir con amigos y por repostear mis publicaciones en las redes sociales. Todo eso significa mucho para mí. Cuando publiqué *Marcado a fuego*, estaba convencida de que solo la leerían un puñado personas. Estoy abrumada de la mejor manera posible por la cantidad de amor que la gente siente por este mundo y estos personajes. Todo esto es para vosotros. ❤

«Para viajar lejos no hay mejor nave que un libro».
Emily Dickinson

Gracias por tu lectura de este libro.

En **penguinlibros.club** encontrarás las mejores
recomendaciones de lectura.

Únete a nuestra comunidad y viaja con nosotros.

penguinlibros.club

Penguin
Random House
Grupo Editorial

 penguinlibros